Laura Labas

Night of Shadows and Flames

Der Wilde Wald

LAURA LABAS

Night of Shadows and Flames

Der wilde Wald

Mit zwei Karten

PIPER

Wenn Ihnen dieser Roman gefallen hat, schreiben Sie uns unter Nennung des Titels »Night of Shadows and Flames – Der Wilde Wald« an *empfehlungen@piper.de*, und wir empfehlen Ihnen gerne vergleichbare Bücher.

Von Laura Labas liegen im Piper Verlag vor:
Lady of the Wicked 1. Das Herz der Hexe
Lady of the Wicked 2. Die Seele des Biests
Emerald Witches 1. Ahnenmond
Emerald Witches 2. Seidenblume
Bronwick Hall 1. Dornengift
Bronwick Hall 2. Dornenkrone
Night of Shadows and Flames 1. Der Wilde Wald
Night of Shadows and Flames 2. Die Ewige Nacht

Unser Versprechen für mehr Nachhaltigkeit
Klimaneutrales Produkt
FSC®-zertifiziertes Papier
Hergestellt in Europa

FSC
www.fsc.org
MIX
Papier | Fördert gute Waldnutzung
FSC® C083411

Originalausgabe
978-3-492-70911-8

Redaktion: Wiebke Bach
Karten: Markus Weber, Guter Punkt
Satz: psb, Berlin
Gesetzt aus der Legacy Serif
Druck und Bindung: CPI Books GmbH, Leck
Printed in the EU

Dieses Buch widme ich all jenen, die über die Jahre immer wieder zu meinen fantastischen Geschichten gegriffen und sie gelesen haben.

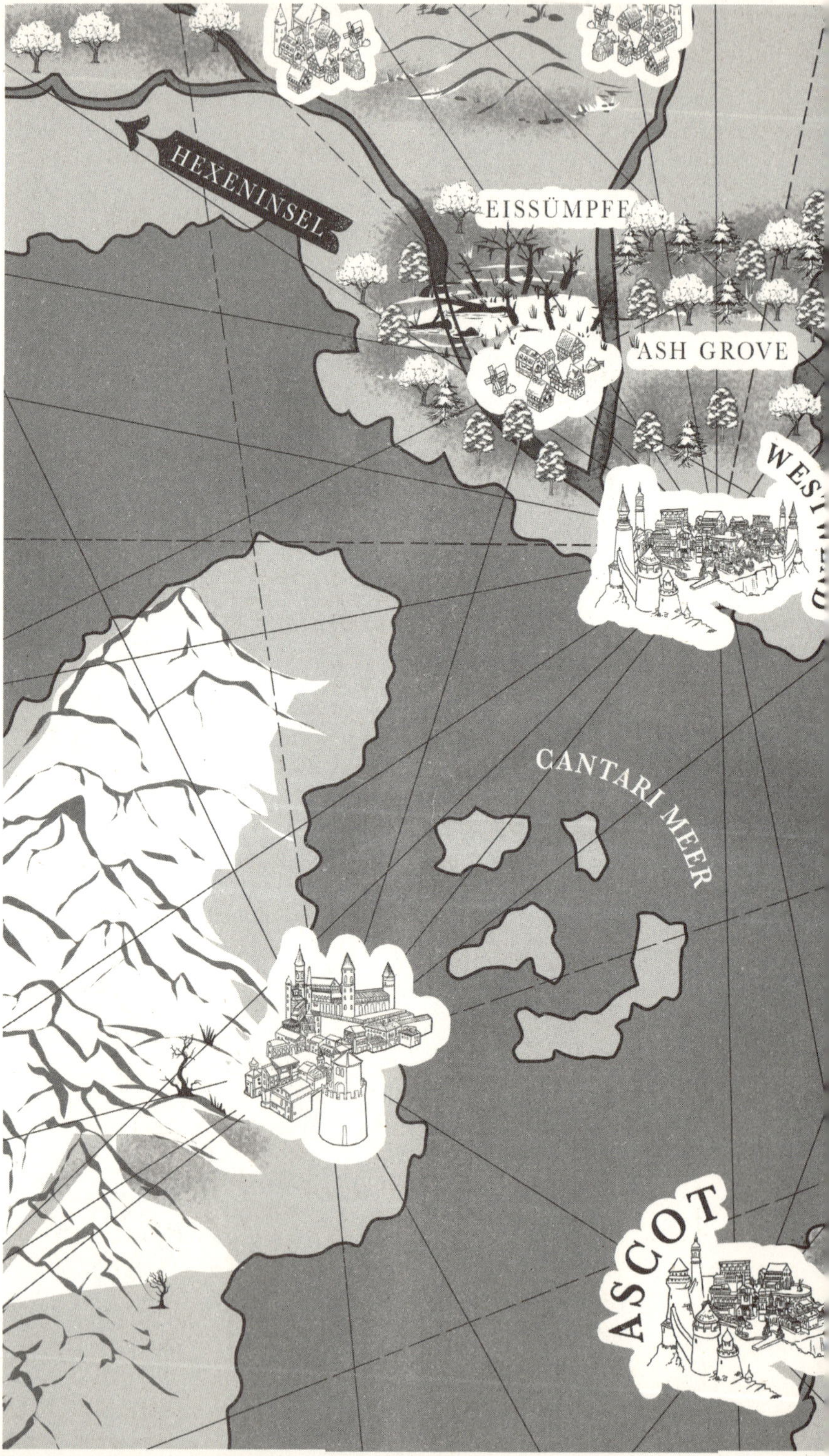
HEXENINSEL
EISSÜMPFE
ASH GROVE
WEST
CANTARI MEER
ASCOT

Republik Wimborne
WOODPINE
N
W
O
S

WESTTOR
HIGH TOWN
ZENTRUM
JAMIES HAUS
TIANS HAUS
ZWILLINGSBRÜCKE
Westwend

CATTLEHILL
MARKT HALLE
WHITE BELL
LUNAR UHR
OTHS HAUS
OSTTOR
LOWE TOWER
EL

PROLOG

Eine meiner ersten Erinnerungen war blutgetränkt. Da gab es ein anderes Mädchen, zu einer anderen Zeit, das versehentlich bei einer Brautschau leer gesaugt worden war.

Nun. Nicht gänzlich leer.

Irgendwann hatte der Vampir von ihr abgelassen, und sie war zu Boden gefallen. Blutend und dem Tode nahe. Eine Lache hatte sich von ihrem Hals aus um ihren Kopf ausgebreitet, als würde es ein makabres Bild für die Ewigkeit schaffen. Bis sie ihren letzten Atemzug getan hatte.

Nicht leise und sanft.

Laut und röchelnd.

Erst dann war es vorbei gewesen.

Mit anklagendem Blick hatte sie mich angestarrt, obwohl ich nichts für ihr Schicksal konnte. Ein Schicksal, das auch mich hätte treffen können. Noch immer treffen könnte.

Vampirinnen und Vampire herrschten mit eiserner Hand über das Hexenvolk. Seit jüngster Vergangenheit galten wir als ihr Eigentum. Freiheit wurde uns nicht gestattet. Aber das war mir erst später klar geworden.

Damals … *vorher* hatte ich das nicht verstanden. Ich war bei meinen Eltern in einer Kommune aufgewachsen, in der mir eine falsche Art von Freiheit vorgespielt wurde. Ich wuchs in dem Glauben auf, dass alle so lebten wie wir. In einem kleinen, ummauerten Dorf, das nie jemand verließ, aber das von einem vampirischen Baron besucht wurde. Wir gehörten ihm allein.

Weil meine Eltern und alle, die dort lebten, dies gestatteten. Sie hatten sich damit abgefunden, für ihn zu bluten. Sie hatten ihm erlaubt, ihre Kinder zu verkaufen. Weil Hexenblut das begehrteste Blut war. Und weil manche von uns besonders waren.

Heute war erst meine zweite Schau. Zusammen mit anderen jungen Hexen und Hexern, die sich dem Vampir darboten, der dem Baron genug Geld bezahlt hatte, um uns zu testen. Er wollte wissen, ob einer oder eine von uns mit ihm kompatibel war und ihm durch ein Ritual zu größerer Macht verhelfen könnte.

Seit dem unglückseligen Vorfall vor vier Jahren, als ich gerade sechs Sommer gezählt hatte, war es den Besucherinnen und Besuchern verboten worden, uns zu beißen. Ein kleiner Trost. Stattdessen wurde uns mit einem Dolch ein Schnitt am Unterarm zugefügt, damit unser Blut gekostet werden konnte.

Ich betrachtete meinen eigenen roten Lebenssaft, der träge auf den sandigen Boden tropfte. Der Schmerz ein Echo in meinem Inneren. Auch wenn ich die Erkenntnis nicht gänzlich greifen konnte, wusste ich, dass das nicht richtig war. So sollte das Leben von Kindern nicht sein. Aber ich hatte niemanden, mit dem ich darüber reden konnte. Der mich verstand, anstatt mir den Mund zu verbieten.

Meine Eltern waren nicht dabei. Niemand außer uns Kindern, die auf dem kleinen Platz standen, war hier. Hexen und Hexer hielten sich in ihren Lehmbauten versteckt, weil der Baron sie nicht dabei haben wollte.

Neben mir standen drei Jungs und zwei Mädchen. Ich war die letzte in der Reihe, die der Baron mit dem Dolch verletzt hatte. Mein Hass auf ihn war ins Unermessliche gewachsen. Sollte ich diese Gefühle spüren? Die anderen wirkten ängstlich und scheu, aber nicht wütend. Nicht diesen flammenden

Zorn haltend, der mich Nacht für Nacht wachhielt und den meine Eltern mit Essensentzug bestraften.

Ich sollte nicht aufsässig sein. Nicht kühn und nicht trotzig. Dem Baron und auch keinem anderen widersprechen. Ich sollte mich eingliedern und mein Schicksal akzeptieren.

Doch wie?

Wie?, klang es in meinem Inneren tausendfach nach, während ein schneidender Wind aufkam.

Nicht mehr lange und der Baron würde uns mit seinem Besuch erreicht haben. Unser Blut kosten lassen, ob wir wollten oder nicht. Uns verkaufen, ob wir wollten oder nicht.

Ich konnte nicht.

Es war nicht so, als würde ich diesen Ort nicht verlassen wollen. Im Gegenteil. Ich wollte jedoch nicht einem weiteren Vampir gehorchen. Ich wollte diesem hier und allen anderen das Herz aus der Brust reißen.

Panisch blickte ich mich um, als ich die sich nähernden Schritte hörte. *Knirsch, knirsch.*

Mein Blick glitt über die anderen zitternden Kinder. Der Junge neben mir wimmerte. Der Geruch von Pisse mischte sich zu dem des Blutes. Jemand hatte sich in die Hose gemacht.

Angst. Sie hatten solche Angst.

Doch ich?

Ich spürte den Drang in mir, alles zu vernichten.

Aber selbst mit zehn Jahren wusste ich, dass ich nicht die Kraft dazu besaß, gegen Vampire zu bestehen. Noch nicht. Stattdessen konnte ich etwas anderes tun.

Ohne einen weiteren Moment zu zögern, machte ich auf dem Absatz kehrt und rannte davon.

Mein dunkelrotes Haar schwebte wie ein Schleier hinter mir her, während meine Füße kaum den Boden berührten. So schnell war ich. So schnell trugen mich meine Beine. Am besten bis zur Mauer und dann darüber hinaus.

Ich hatte die letzten Wochen damit verbracht, mir einen Fluchtweg zurechtzulegen. Auch wenn mir bis zu diesem Zeitpunkt die Überzeugung gefehlt hatte, war mir ganz tief in meinem Inneren klar gewesen, dass ich den Weg brauchen würde. Früher oder später.

Dann verhedderte sich mein Fuß in dem viel zu langen braunen Kleid, und ich fiel der Länge nach in den Staub. Meine Handballen und Knie wurden aufgeschürft. Mit dem Kinn traf ich hart auf, und der Aufprall schoss wie eine Kraftwelle durch meinen gesamten Körper.

Der Schmerz blendete mich für ein paar Sekunden, ehe ich wieder zu mir fand. Tränen schossen mir in die Augen, aber ich hielt nicht inne. Sofort rappelte ich mich auf, weil ich das Rufen über das Rauschen des Windes gehört hatte.

Der Baron hatte mein Verschwinden bemerkt. Mir blieb nicht viel Zeit.

»Du schaffst das, Billie«, knurrte ich wie ein wild gewordenes Tier, das sich nicht mehr einsperren ließ. Entweder ich würde sterben oder ich würde diesem verfluchten Ort entkommen.

Und dann fiel mir meine Magie ein. Etwas, das kaum jemand in der Kommune nutzte, weil es der Baron nicht gern sah. Nur für die Arbeit war es in Ordnung. Für die Herstellung von Talismanen und verpackten Zaubern, die er dann verkaufen konnte.

Ich bewegte meine kleinen Finger ein paarmal, ehe mir der stürmische Wind gehorchte. Meine Spuren verwischte und meinen Geruch forttrug, damit ich schwieriger zu finden war.

All das kostete mich bereits so viel Kraft, dass mir schwindelte. Trotzdem gab ich nicht auf.

Ich taumelte weiter. Fast blind, weil die Schatten der Erschöpfung mein Sichtfeld verkleinerten. Kein Wunder, dass ich die Person zu spät sah, als ich direkt in sie hineinrannte.

Hände schlossen sich um meine Oberarme. Ich setzte mich

zur Wehr und schrie auf, als sich die Hand von meinem Arm löste und stattdessen auf meinen Mund legte.

»Pst, Billie, es ist alles in Ordnung. Ich bin es, Tante Frinn.« Irgendwie drangen ihre Worte durch den tosenden Sturm in meinem Kopf. Nach und nach sickerten sie in meinen Verstand, und ich ließ davon ab, zu versuchen, ihr die Fingernägel in die Haut zu graben.

Sie ließ mich los.

»Tante Frinn?« Blinzelnd sah ich zu ihr auf. Ich hatte meine beiden Tanten vor langer Zeit das letzte Mal gesehen und hätte mich bis zu diesem Moment nicht an ihre Gesichter erinnern können. Doch ja, Frinn kam mir bekannt vor.

»Mein armes Kleines, wir kommen gerade rechtzeitig, hm? Tante Elma und Hugh warten auf uns. Komm, wir müssen uns beeilen.« Ich stand da wie angewurzelt. Sie schien meinen Unglauben zu erkennen und strich mir sanft über die Wange. Sie war von Kopf bis Fuß in Leder gekleidet, und an ihrem Gürtel glänzte neben mehreren kleinen Beuteln ein scharfes Messer. »Es ist vorbei. Du musst hier nicht mehr sein. Wie hört sich das an?«

Unsere Zeit war knapp. Das wussten wir beide. Trotzdem drängte sie mich nicht. Sie überließ mir die Entscheidung.

Es war das erste Mal, dass ich die Macht besaß, über mein eigenes Schicksal zu entscheiden.

Ich betrachtete sie eingehend. Nahm die kleinen Fältchen um ihre glänzenden braunen Augen wahr und das warme Lächeln. Mutter hatte mich einst auch so angesehen. Bevor ich es gewagt hatte, Fragen zu stellen. Frinn ähnelte ihr sehr, auch wenn sie härter und kampferprobter wirkte, als es Mutter je sein könnte. Für mich war Frinn die kraftvollste und beeindruckendste Person, der ich je begegnet war. Sie strahlte eiserne Stärke aus, die auf mich überschwappte und mich entschlossener machte.

»Sehr gut«, krächzte ich schließlich und ergriff Frinns Hand. Sie war so groß, dass meine eigene darin zu verschwinden schien. Voller dicker Schwielen.

Meine Tante lächelte. »Jetzt müssen wir nur noch rennen. Schaffst du das?«

Ich nickte. Es gab nichts, dessen ich mir sicherer gewesen wäre. Zusammen liefen wir meiner Freiheit entgegen.

1

Die Wintersonne neigte sich dem Horizont entgegen und färbte die Wipfel der weiß gesprenkelten Tannen flammend orange. Ich saß auf den Stufen des Wohnwagens und zog die Kordeln meiner Stiefel mit geübten Bewegungen fest.

»Hast du es bald, Billie?«, rief Elma aus dem Wagen, ohne sich die Mühe zu machen, rauszuschauen. Dafür war es ihr zu kalt. Sie war nicht für den Winter geschaffen. Nicht so wie ich.

Ich konnte mir kaum etwas Schöneres vorstellen, als den weißen Boden mit vampirischem Blut zu besprenkeln.

Kleiner Scherz.

Weiße Wolken bildeten sich beim Ausatmen vor meinem Mund.

»Kannst du mir zwei Sekunden geben, mir die Schuhe anzuziehen?«, schrie ich zurück.

»Das waren bereits mehr als zwei Sekunden. Das Feuer geht gleich aus.«

Ich verdrehte die Augen. »Du bist eine Hexe. Ein bisschen Magie kannst du schon einsetzen.«

Stille.

Kopfschüttelnd stand ich auf. Die zwei alten grauen Gäule, die unseren Wagen normalerweise mit der Unterstützung unserer Magie zogen, wieherten leise. Wir hatten sie nirgendwo angebunden. Sie wussten, wie gut sie es bei uns hatten, selbst wenn sie in der Kälte stehen mussten.

Im Vorbeigehen klopfte ich ihnen liebevoll auf die Flanken.

Sie trugen mit Schaffell gefütterte Decken, in die Tante Frinn einen Zauber gewebt hatte, der sie warmhielt. Selbst bei eisigen Temperaturen wie heute.

Ich stapfte weiter durch den Schnee und verließ die Lichtung auf der Suche nach Brennholz.

Im Schutz der schlanken Tannen lag zwar weniger Schnee, doch die Temperaturen sanken augenblicklich. Ich erzitterte und rieb mir über die dunkelblaue Wolljacke. Das nächste Mal konnte Tante Elma selbst gehen. Ich hatte keine Zeit. Musste mich gleich schon auf den Weg nach Westwend machen, um eine »Verabredung« einzuhalten.

Nicht dass ich ihr entgegenfiebern würde. Sie führte mir wieder vor Augen, wie katastrophal unsere Lage sich momentan darstellte. Doch da sich daran nichts ändern ließ, musste ich die Zähne zusammenzubeißen.

Ich sammelte im schwindenden Licht einen Armvoll Holz zusammen. Dabei war es nicht wichtig, ob es nass oder trocken war. Mit einem kleinen Zauber würde die Feuchtigkeit verfliegen.

Als ich fast nicht mehr die Hand vor Augen sehen konnte, kehrte ich zum Wohnwagen zurück. Eine Buntglas-Laterne lockte mich zur Tür, die genauso beeindruckend wirkte wie alles andere an dem Wohnwagen.

Dabei handelte es sich nicht um einen gewöhnlichen umfunktionierten Planwagen. Damit hätten sich meine Tanten nicht zufriedengegeben.

Sie würden es niemals zugeben, doch sie besaßen einen extravaganten Geschmack, der sich in allem, was sie taten oder besaßen, widerspiegelte.

Der hintere Teil des Wagens war zweistöckig, der vordere Teil einstöckig, aber mit einer hohen Decke. Die Form erinnerte an ein kleines Schiff mit mehreren eingelassenen Rundfenstern und einem blassgrünen Dach, aus dem zwei gebogene Kaminrohre ragten. Der hintere Teil besaß zwei Erker jeweils auf der gegenüberliegenden Seite und ein kleines Rundtürmchen.

Jeder, der den Wohnwagen mit der gelblich-braunen Fassade sah, hätte eigentlich auf den Gedanken kommen müssen, dass bloß Hexen darin hausen konnten. Unserer Erfahrung nach sahen die meisten Menschen aber nur das, was sie sehen wollten. In diesem Fall war dies ein normaler Wagen, der von zwei widerspenstigen Gäulen gezogen wurde.

»Bin wieder da«, rief ich vor der schwarz lackierten Holztür, da ich keine freie Hand zum Anklopfen hatte.

Wenige Augenblicke später öffnete mir Frinn die Tür und ließ mich ins kuschelig warme Innere. Zumindest bis zur gewebten Fußmatte.

»Schuhe aus«, sagte sie streng und nahm mir den Holzstapel ab.

»Ich muss gleich eh wieder …«, beschwerte ich mich, doch sie wandte sich bereits ab. Ich seufzte. Man konnte keine Diskussion mit ihr führen und erwarten, zu gewinnen.

Ich ergab mich meinem Schicksal und setzte mich auf die gepolsterte Bank gleich neben der Tür.

Hier unten im Eingangsbereich hatten all die Möbel und Gegenstände ihren Platz gefunden, für die der Schlafbereich zu klein gewesen war. Leider konnte sich Elma nur schlecht von Sachen trennen, und Frinn und ich brachten es nicht übers Herz, sie dazu zu bringen. Deshalb glich dieser Teil einem Antiquitätenladen ohne Kundschaft. Ein großer verblasster Teppich lag in der Mitte, und auf ihm stand zurzeit ein Webstuhl mit Arbeitstisch und diversen Stoffresten darauf verteilt. Der dreibeinige Hocker hatte schon bessere Tage gesehen, und ich müsste ihn sicher bald wieder reparieren, weil er drohte, ein Bein zu verlieren.

Eine Topfpflanze mit breiten Blättern und ohne jeglichen

Nutzen stand neben der Bank, auf der ich gerade meine Stiefel auszog. Sie sah weder besonders hübsch aus, noch bildete sie schöne Blüten. Immerhin ging sie in der hier herrschenden Hitze nicht ein.

Von der Decke hing einsam und verlassen ein langer gemusterter Teppich. Elma hatte ihn vor ein paar Jahren geknüpft, ohne darüber nachzudenken, dass ihre ältere Schwester die Farbe Orange nicht ausstehen konnte. Deshalb war er hierher verbannt worden.

Abgesehen davon gab es noch einen weiteren an die Wand gerückten Werktisch mit allerlei Krimskrams darauf, eine Garderobe, gestapelte Decken, Bücher und Werkzeug, das Hugh des Öfteren benutzt hatte. Er liebte es, Figuren aus Holz zu schnitzen, und etliche davon fand man an den seltsamsten Stellen verteilt.

Durch einen Raumteiler abgetrennt befand sich an die linke Seite gequetscht eine Kochnische samt Esstisch. Von dem schwarzen Herd reichten zwei Blechrohre zum Dach hinaus, damit wir durch den stinkenden Qualm nicht erstickten. Ein Einzelbett mit durchgelegener Matratze hatten wir erst vor Kurzem links neben die Leiter gestellt.

Ich hängte meine geflickte Wolljacke an einem Metallhaken auf, der wie der Schwanz einer Sirene geformt war, und tapste dann zur festgenagelten Sprossenleiter, die ins obere Stockwerk führte.

Elma saß direkt im ersten sehr kleinen Raum an ihrem Schreibtisch und werkelte an einer Taschenuhr herum, die sie vor einigen Tagen auf der Straße gefunden hatte. Mehr als der Tisch und ihr schmales Bett passten nicht hier rein.

»Kannst du es nicht mal gut sein lassen?«, ärgerte ich sie, bloß um sie abzulenken.

Wann immer sie sich derart zurückzog, dachte sie an Hugh. Und an Hugh zu denken machte sie traurig.

»Wilhelmine Kron«, presste sie hervor, ehe sie ihre Wangen aufblies. Sie drehte sich auf dem quietschenden Stuhl zu mir um. »Deine Erziehung lässt wie immer zu wünschen übrig. Du hast deine älteren Verwandten mit Respekt und Höflichkeit zu behandeln.«

Ich verschränkte die Arme, während ich mich seitlich an die Wand lehnte. Das Lächeln konnte ich nur mit Mühe unterdrücken.

»Zum Glück musst du dir das selbst ankreiden.«

»Billie!«

»Hab dich auch lieb, Tante.« Ich überbrückte den geringen Abstand zu ihr und drückte sie einmal fest. »Ich mache mich jetzt auf den Weg. Gibt es etwas, das ich ihm ausrichten soll?«

Ich bereute es fast, sie gefragt zu haben, weil sich die Schatten sofort wieder auf ihr Gesicht legten.

»Dass wir ihn lieben und auf ihn warten.«

»Natürlich.« Ich zögerte einen Moment, doch es gab nichts, das ich nicht schon hunderte Male zuvor gesagt hätte, um sie zu beruhigen. Nichts davon hatte je Wirkung gezeigt.

Hugh geht es gut.

Mein Vertrag ist fast erfüllt.

Wir bekommen ihn zurück.

Mein Zimmer hatte ich mir mit meinem Cousin Hugh, Elmas Sohn, geteilt, bevor ... vor allem. Ich hatte im linken Bett geschlafen und er im rechten. Dazwischen gab es einen zurückgezogenen Vorhang und einen halben Meter Platz. Gerade breit genug, um zu den eingebauten Regalen zu kommen, die meine wenigen Habseligkeiten beherbergten.

Normalerweise ging ich auch hier auf dem Land niemals ohne meinen Dolch raus, doch Elma hatte mich so aufgescheucht, dass ich ihn vergessen hatte. Jetzt nahm ich die Waffe mit der Obsidianklinge vom Regal und schob sie zurück in die Lederscheide an meinem Gürtel.

Abgesehen davon wagte ich es nicht, mich mit Kräutern oder Amuletten auszustatten, aus Angst, als Hexe erkannt zu werden. Das würde mich in große Schwierigkeiten bringen. Im besten Fall würde ich in einem Kampf gegen die Häscher sterben, im schlimmsten als Sklavin in irgendeinem Vampirhaushalt landen.

Ich erschauerte allein bei dem Gedanken.

Nein. Das wäre wirklich ein grausames Schicksal. Insbesondere nachdem ich diesem bereits einmal ganz knapp entkommen war.

Das Kribbeln weckte mich aus meinen tiefen Gedanken.

»Ja, ja, ich komme ja schon«, murmelte ich. Als hätte mich das schwarze Tattoo, das sich direkt unter meinem linken Schlüsselbein befand, verstanden, hörte es auf, zu jucken. Drei detailliert gestochene Motten, die meinen Pakt mit Moth besiegelt hatten. Eine war nach oben ausgerichtet, die andere flog nach links auf mein Herz zu und die dritte blieb scheinbar unbewegt dazwischen. Sie alle waren mit Punkten gesprenkelt und besaßen zusätzlich zu den weitgefächerten Flügeln noch lange, geschwungene Fühler.

Ich war diesen Pakt nicht freiwillig eingegangen. Moth hielt Hugh als Geisel, und was sollte ich anderes tun, als zu gehorchen?

»Hast du was gesagt?«, fragte Frinn an der Tür stehend. Sie trug eine blaue Schürze über ihrem dicken Wollkleid. Obwohl sie die fünfzig bereits überschritten hatte, war ihre Haut so rein und strahlend, dass ich sie darum beneidete. Meine Sommersprossen brachten mich eines Tages noch an den Rand der Verzweiflung.

Zudem war ich die einzige in meiner Familie mit widerspenstigem dunkelroten Haar. Elma, Frinn und meine Mutter hatten allesamt schwarzes Haar, auch wenn dieses bei ihnen nun mit vielen grauen Strähnen durchzogen war. Selbst das von Hugh und meinem Vater zeigte nicht den Hauch von Rot.

Vielleicht war ich ja doch ein Kuckuckskind und deshalb hatten mich meine Eltern loswerden wollen …

»Ich muss gehen«, sagte ich. »Bis morgen früh.«

Als ich an Frinn vorbeigehen wollte, drückte sie kurz meinen Unterarm. Ihre blauen Augen strahlten Wärme und Zuversicht aus. Die Sorge in ihrem Gesicht schien in den Hintergrund gerückt.

»Sei vorsichtig.«

Ich grinste schief. »Immer.«

Nachdem ich mich im Eingangsbereich wieder mühselig angezogen hatte, verließ ich das warme Innere und erzitterte sogleich.

Salazar und Paddy schnaubten glücklich. Ich wünschte mir, mit den beiden Gäulen tauschen und mit einer wärmenden Decke hier stehen bleiben zu können, anstatt mich zur Stadt aufzumachen.

Es half nichts. Zu Fuß machte ich mich auf den Weg von unserem Halteplatz am Rand eines Waldes bis zur Straße, die direkt in die Hauptstadt von Wimborne hineinführte.

Da wir keinen festen Wohnsitz hatten, war es einfach, mit dem Wohnwagen vor Städten und Dörfern zu halten. Auch sicherer. Dort wurden wir nicht von neugierigen Nachbarn beäugt, und Häscher verirrten sich selten aufs Land, wenn sie nicht gerade verzweifelt versuchten, Hexen oder Hexer aufzuspüren und festzunehmen.

»Warum muss es auch so kalt sein heute?« Ich zog den schwarzen Schal über meinen Kopf, sodass meine Ohren verdeckt waren. Danach steckte ich bibbernd meine Hände in die gefütterten Taschen meiner Jacke.

Immerhin hielten meine neuen Stiefel dem Schnee stand

und sogen sich nicht mit Feuchtigkeit voll. Es waren momentan die kleinen Dinge, die mir Genugtuung verschafften. So etwas wie Glück hatte ich schon lange nicht mehr empfunden.

Wahrscheinlich seit Hugh von Moth entführt worden war. Noch heute machte ich mir Vorwürfe, nicht ausreichend auf meinen Cousin aufgepasst zu haben. Er war nur drei Jahre jünger, doch er hatte immer zu mir aufgesehen. Damals waren wir noch zusammen auf die Jagd nach Vampirinnen und Vampiren gegangen, bis dies eines Tages schiefgelaufen war.

Moth hatte ihn ergriffen und mich dazu gebracht, einen Vertrag mit ihm einzugehen.

Ich knirschte mit den Zähnen. Bald. Nicht mehr lange und ich hätte ein Jahr in seinen Diensten gestanden. Sobald der nächste Monat rum war, würde er Hugh frei und mich in Ruhe lassen.

Als ich die Straße erreicht hatte, konnte ich froh sein, mir während der Wanderung im Dunkeln nicht das Genick gebrochen zu haben. So nahe am Osttor von Westwend gab es immerhin ein paar Öllaternen, die den Weg wiesen. Das war keineswegs selbstverständlich, und es gab sie hier bloß, weil es sich um die Hauptstadt von Wimborne handelte.

Da es schon spät war, fuhren nur ab und zu Wagen an mir vorbei. Alle hatten es eilig. Niemand warf mir einen zweiten Blick zu. Die Wahrscheinlichkeit war zu groß, dass ich eine Vampirin auf Streifzug war und man dadurch meine Aufmerksamkeit auf sich zog. Vielleicht fiel ich aber auch einfach nicht auf.

Ich wusste nicht, was mir lieber war. Es wäre sicherlich von Vorteil, eine Aura des Respekts auszustrahlen. Insbesondere in den heutigen Zeiten.

Vor fast einem Jahrhundert hatten sich das Vampir- und das Hexenvolk den Menschen zu erkennen gegeben. Man hatte immer über ihre Existenz gemunkelt. Nicht selten war es vorgekommen, dass Menschen von Wesen wie Ghulen oder Sirenen gefressen worden waren, doch so richtig geglaubt hatte man die vermeintlichen Ammenmärchen wahrscheinlich nicht.

Nach der Offenbarung hatte es jedoch kein Zurück mehr in die Leugnung gegeben. Die Menschheit musste sich neu arrangieren.

Während das Hexenvolk allerdings unterdrückt und versklavt wurde, hatten sich Vampirinnen und Vampire aufgeschwungen, um über alle zu herrschen. Den Menschen war nichts anderes übrig geblieben, als ihre Existenz nach erfolglosen Aufständen zu akzeptieren. Was einfacher zu ertragen war, weil sich nicht wirklich viel für sie änderte. Klar, hier und dort gab es einen leer gesaugten Menschen, aber vornehmlich terrorisierten Vampirinnen und Vampire mein eigenes Volk.

Hexen und Hexer hatten es schwer.

Ich atmete aus, und immer noch bildeten sich Wölkchen vor meinem Mund. Es war ein kleiner Trost, dass es nicht zu schneien begonnen und der Wind vor einer Weile nachgelassen hatte. Sosehr ich eine schneeverwehte Landschaft auch bewundern mochte, so wenig Spaß machte es, sich dabei fortbewegen zu müssen.

Westwend ragte wie eine riesige Festung vor mir auf. Jedes Mal war ich beeindruckt von der steinernen Stadt, die alle anderen Siedlungen in den Schatten stellte.

Die graublaue Stadtmauer umschloss die Hafenstadt zu allen Seiten und war in regelmäßigen Abständen mit Geschütztürmen ausgestattet. Dahinter bohrten sich blau und rot gekachelte Spitzdächer in den Himmel sowie einige große Backsteinbauten mit cremefarbenen Rundbögen, die sich überall in der Stadt wiederfanden. Immergrüne Pflanzen rankten sich an Hauswänden hinauf und wurden teilweise zu einem undurchdringlichen Geflecht, das den Zugang zu alten

Ruinen versperrte. Rauch stieg aus unzähligen Kaminen und mischte sich mit dem weiß getünchten Nachthimmel.

Die Türen des massiven Osttors waren geöffnet und das schwere Gitter in der Mauer versteckt. Ich hatte es noch nie geschlossen erlebt und wusste nicht, was dafür geschehen müsste. Trotz konstanter Bedrohung durch übernatürliche Wesen, blieb meine Welt überraschend friedlich.

Ein Mann und eine Frau von der Stadtwache standen entspannt vor einer Kohlepfanne und wärmten sich daran die Hände. Bei meinem Eintreten blickten sie kurz auf und nickten mir zu. Ich strahlte für sie wohl keinerlei Gefahr aus.

Von diesem Punkt aus bewegte ich mich auf dem unregelmäßigen grauen Kopfsteinpflaster zwischen den riesigen Stein- und Lehmbauten entlang. Hier wie überall herrschte der Eindruck von geordnetem Chaos.

Westwend war ursprünglich nicht als eine Großstadt geplant worden. Nachdem die riesige Festung auf dem Hügel im Osten erbaut worden war, hatten sich nach und nach Menschen drumherum angesiedelt. Eben dort, wo noch Platz war. Dabei waren sie so kreativ geworden, dass einige Häuser mithilfe von Stelzen über anderen Häusern errichtet worden waren. Und durch ihre Mitte schlängelte sich die Sanil bis zum Cantari Meer.

Trotzdem oder gerade deshalb strahlte Westwend eine unglaubliche Weite und Vielseitigkeit aus. Beengte Gassen gab es zuhauf, genauso wie riesige Einkaufspassagen, in denen die Oberklasse ihr Geld verprasste, wenn sie dies nicht gerade in der beeindruckenden Markthalle in der Nähe des Rathauses tat.

Eine betrunkene Frau stolperte aus einer Bar und rempelte mich an. Ihre Wangen waren rot und ihre Augen glasig.

»Pass doch auf«, grummelte ich, mir über den Arm wischend.

»Pass du doch auf, Hexe«, zischte sie, ehe sie die Straße entlangtorkelte.

Ich erstarrte für eine Sekunde. Woran hatte sie mich erkannt? Waren Häscher in der Nähe, die sie gehört hatten?

Im nächsten Moment kam mir die Erleuchtung, dass sie den Begriff bloß als Beleidigung benutzt hatte. Trotzdem sah ich mich sicherheitshalber um.

Als ich niemanden in unmittelbarer Nähe entdecken konnte und die Fenster bis auf die der Bar allesamt dunkel blieben, setzte ich meinen Weg fort.

Bei den Göttern, wie sehr ich Westwend verabscheute. Überall waren Trunkenbolde, Süchtige nach Rauschgiften, die den Geist vernebelten, oder Häscher, die es auf meinesgleichen abgesehen hatten. Von den Vampirinnen und Vampiren einmal ganz zu schweigen. Die brauchte wirklich niemand. Auch wenn ebenjene mir widersprechen und gleich darauf die Kehle rausbeißen würden.

Während im Rathausviertel die Fassaden gepflegt und die Gassen gekehrt waren, häufte sich in White Bell der Unrat. Wenn einen nicht unbedingt Besorgungen in diesen Stadtteil führten, vermied man dieses heruntergekommene und ärmliche Viertel Westwends. Zum Glück musste ich es nur durchqueren, um zu Moth zu gelangen.

Mit wachem Blick und den Fingern um meinen Dolchschaft machte ich einen Bogen um einen Schneehaufen, den jemand neben seinem Lokal zusammengekehrt hatte. Das Schaufenster eines Barbiers wirkte überraschend edel dafür, dass er hier und nicht im Rathausviertel zu finden war. Goldene und schwarze Lettern, eine Werbetafel im Fenster, die die Preise bezifferte, und verschiedene Grünpflanzen zur Dekoration.

Seufzend setzte ich meinen Weg fort. Ich war schon spät dran, und die Motten unter meinem Schlüsselbein hatten wieder zu jucken begonnen.

Er wurde ungeduldig.

Als hätte es jemals die Möglichkeit gegeben, dass ich meinen Vertrag nicht erfüllte. So einfältig war ich nun auch nicht. Ich wusste, dass er Hugh sofort schaden würde, und das könnte ich meinen Tanten niemals antun. Mir selbst natürlich auch nicht.

Eine der schwarzen Laternen, die in regelmäßigen Abständen die Nacht erhellten, flackerte heftig, ehe sie ganz erlosch. Ich beeilte mich.

Wenige Minuten später läutete die Lunar Uhr bereits zur neunten Stunde. Ich war eindeutig zu spät. Die Glockenschläge waren so laut, dass ich mir einbildete, mein Körper würde vibrieren.

Ich verließ die große Straße zugunsten einer grau gepflasterten Gasse, duckte mich unter einer Wäscheleine hindurch, die zwischen zwei Häusern aufgehängt war und an Spannung eingebüßt hatte. Es war rutschig hier, und nicht nur einmal verlor ich auf den glatt getretenen Steinen beinahe das Gleichgewicht. Unelegant ruderte ich mit den Armen und versuchte, mich zu fangen. Immerhin fiel ich nicht hin und brach mir auf peinliche Weise das Genick.

Dann endlich erreichte ich das kleine gedrungene Stadthaus, das genauso unscheinbar wirkte wie alle in der Straße: eine mit Ritterkreuz-Efeu überwucherte Steinfassade, ein verlassener Balkon und abgedunkelte Fenster. Ein Hauch von Licht drang aus dem unteren Stockwerk nach draußen und verriet, dass es bewohnt war.

Ich stieg die zwei Stufen zur Haustür hinauf und betätigte den Messingklopfer, der die Form einer Katze hatte. Zwei Mal schlug ich ihn ans gebeizte Holz, bevor ich innehielt.

Es dauerte nicht lange, bis die Tür von dem Diener geöffnet wurde, der mich jedes Mal erwartete. Seine Freude, mich zu sehen, hielt sich allerdings in Grenzen. Er war ein Mann, der die achtzig Jahre weit überschritten hatte. Dennoch strahlte er Stärke und Abneigung aus wie niemand sonst, dem ich je begegnet war.

Wahrlich beeindruckend.

»Schön, dich wiederzusehen«, zwitscherte ich zur Begrüßung, weil mir einzig zwei Möglichkeiten blieben.

Die erste war die Naheliegende: Ich gab mich trotzig, wütend und ausfallend und konnte doch nichts an der Situation ändern. Und ja, ich hatte es in der Anfangszeit damit versucht.

Die zweite war die, dass ich mir meinen Humor nicht nehmen ließ, um gerade Moth nicht zeigen zu müssen, wie sehr es mir unter die Haut ging, ihm zu dienen. Damit meinte ich nicht nur die Motten, die er mir eigenhändig gestochen hatte.

Der Diener, der zu seinem Glück kein Sklave war, – denn menschliche Sklavinnen und Sklaven zu halten war verboten –, grunzte etwas Unverständliches und schritt dann wie gewohnt mit schlurfenden Sohlen in den angrenzenden Salon.

Im Gegensatz zum kalt wirkenden Flur, der nicht ein einziges Möbelstück beherbergte, war der Salon eingerichtet – weiche Sofas mit geschwungenen Rosenholzlehnen, dicke Teppiche auf den knarzenden Fußbodendielen und Wandbehänge in gedeckten Farben sowie gerahmte Landschaftsgemälde. Ein gut gefülltes Bücherregal stand direkt neben der Tür und gegenüber des weißen Specksteinkamins, in dem ein Feuer prasselte. Funken sprühten, als hätte gerade erst jemand frisches Holz nachgelegt, und der Geruch von Zedern breitete sich aus. Juckte mir in der Nase.

Ich sah mich um, doch ich war allein. Die drei hohen Spitzbogenfenster hatte vermutlich der Diener mit den schweren Brokatvorhängen verhüllt. Licht spendeten das Kaminfeuer und die vereinzelt platzierten Schirmlampen.

»Wo ist Hugh?«, fragte ich.

Der Diener drehte sich wortlos von mir weg und ließ mich stehen.

»Du bist spät«, kam es prompt aus der dunklen Ecke, die am weitesten von mir entfernt war. Ich hatte Moths Anwesenheit bis dahin nicht bemerkt. Wie üblich kleidete er sich in dunklen Schatten, sodass seine Identität geheim blieb. Wirbelnde Nebelschwaden von Kopf bis Fuß, die mich gerade am Anfang stets abgelenkt hatten.

Ich konnte lediglich seine Silhouette erkennen, abgesehen davon sah ich seinen schwarzen Umhang und die Kapuze, die er tief ins Gesicht gezogen hatte. Trotz der Schatten. Er wollte nicht das geringste Risiko eingehen, dass ich ihn erkannte.

Schon öfter hatte ich mich gefragt, ob das daran lag, dass wir uns im Schein der Sonne begegnen könnten. In der Stadt als Mann und Frau, wenn ich nicht mit ihm rechnete.

War das der Grund für seine Vorsicht? Weil er jemand Bekanntes war? Oder weil er mir bereits begegnet war? Vorher …

Als er mein Mottentattoo eigenhändig gestochen hatte, hatte er mir die Augen verbunden, weil er mir so nahe hatte kommen müssen. Mit den Fingern hatte er hauchzart über mein Haar gestrichen, damit er es nicht versehentlich mit dem Band verknotete. Es war das erste Mal, dass ich einen Hauch von Wärme von ihm ausgehend gespürt hatte.

Doch ich konnte und wollte meinen Sinnen nicht vertrauen, für den Fall, dass er mich in die Irre führte.

Natürlich hatte ich längst mit meiner Magie überprüfen wollen, ob es sich bei ihm um einen Vampir handelte oder nicht, doch er musste einen Schutzbann um sich gewoben haben. Das bedeutete, entweder er selbst war als Hexer dazu fähig oder er hatte den Zauber eingekauft. Schutzzauber wie diese gab es zuhauf auf dem Markt zu erstehen. Sie waren nichts Besonderes und kein weiterer Hinweis auf seine Identität.

Ein Jahr war mittlerweile vergangen, seit wir uns das erste Mal begegnet waren. Ich konnte mich noch daran erinnern, als wäre es gestern gewesen.

Es gab so viele Dinge, die ich im Zusammenhang mit ihm und Hugh bereute.

2

Vor einem Jahr

»Wo bei den Höllen kann er bloß sein?«, fragte ich nicht zum ersten Mal, ohne eine Antwort zu erwarten.

Elma, Hughs Mutter, war völlig aufgelöst, seit Hugh in der Nacht ohne uns losgezogen war. Einzig eine beklemmende Nachricht hatte er hinterlassen, die keine von uns beruhigt hatte.

Ich will mir und euch beweisen, dass ich auch dazu fähig bin, Jagd auf Vampire zu machen. Das ist wichtig für mich. Ich möchte nicht immer zurückbleiben. Ich kann auch etwas für das Hexenvolk tun.
Macht euch keine Sorgen. Ich bin gut vorbereitet und bei Morgengrauen wieder zurück.
Hugh

Natürlich war er nicht bei Morgengrauen zurück gewesen. Natürlich machten wir uns trotzdem Sorgen. Er hätte nicht allein losziehen sollen. Niemand von uns zog je allein los. In Ordnung. Abgesehen von mir, doch dabei hielt ich mich an sämtliche Sicherheitsvorkehrungen, und meine Tanten wussten immer, wo ich war. Wann ich zurückerwartet wurde, und was sie tun mussten, wenn ich nicht wiederkam.

Zu dritt hatten wir stundenlang die Straßen von Westwend durchkämmt und dabei jeden Ort abgeklappert, den Hugh für eine Jagd auf einen fremden Vampir oder eine fremde Vampirin als geeignet empfunden hätte. Doch nichts.

Mittlerweile war die Sonne das zweite Mal seit Hughs Verschwinden untergegangen, und wir standen neben unserem Wohnwagen, während die eisige Kälte in meine Haut biss. Frost hatte sich auf den grauen Pflastersteinen gebildet. Der Geruch von Schnee lag in der Luft.

»Und wenn ihm was passiert ist?«, fragte auch Elma zum wiederholten Mal. Ihre Stimme zitterte genauso wie die schlanken Finger, die aus ihren fingerlosen Handschuhen herauslugten und die sie sich an die Lippen presste. Das Haar war mittlerweile völlig zerzaust, weil sie sich ständig mit den Händen durch die grau-schwarzen Strähnen fuhr.

»Er ist achtzehn. Er kann auf sich aufpassen. Wir haben ihm alles mitgegeben, was er zu wissen braucht«, beschwichtigte Frinn ihre jüngere Schwester und klopfte ihr auf die Schulter. Trotz ihrer Worte strahlte sie wie wir Hoffnungslosigkeit aus. Es war kein gutes Zeichen, dass wir nicht mal die kleinste Spur von Hugh gefunden hatten. Dass wir ihn selbst mit geballter Magie nicht orten konnten. Es gab kein Gerücht über einen schiefgelaufenen Anschlag auf eine Vampirin oder einen Vampir. Keine Nachricht, die im Geheimen weitergereicht wurde und wichtige Informationen zu einem gefangen genommenen Hexer enthielt.

Dass wir ihn nicht finden konnten, bedeutete entweder, dass er sich an einem magisch abgeschirmten Ort befand oder dass er ...

Mein Verstand scheute instinktiv davor zurück, den Gedanken zu Ende zu führen. Er durfte nicht tot sein.

Ich ballte die Hände zu Fäusten. Das hier wäre nicht das Ende. Wir hatten nicht zusammen überlebt, um jetzt einen von uns zu verlieren.

»Wir müssen uns aufteilen«, sagte ich schließlich in die Stille der Nacht hinein.« Die Lichter der meisten Häuser ums uns herum waren bereits gelöscht. Dringend benötigter Schlaf hatte sich über die Bewohnerinnen und Bewohner von Westwend gelegt, bevor am folgenden Tag die nächsten harten Arbeitsstunden ihren Tribut forderten. Die Gaslaternen am Ende der Straße flackerten und verloschen dann ganz. Ich spürte eine unheimliche Präsenz. Gänsehaut breitete sich auf meinem gesamten Körper aus. »Was ...?«

Da, wo am Ende der gepflasterten Gasse zuvor nur Schatten gewesen waren, stand plötzlich eine in schwarz gekleidete Gestalt. Sie blickte mit ihrem weißen Gesicht genau in unsere Richtung. Abwartend. Wissend auf eine Art, die ich zwar fühlte, aber nicht beschreiben konnte.

»Wer ist das?«, fragte Elma, sofort hatte sie ihren Dolch umfasst. Magie knisterte unsichtbar in der Luft. Trotz allen Schmerzes waren wir immer noch Jägerinnen und keine leichten Opfer.

Ganz gleich, welches Wesen es auf uns abgesehen hatte.

»Wir werden es herausfinden«, sagte Frinn. »Kommt.«

Ich bildete die Nachhut, blickte nach oben und suchte die Dächer nach etwaigen Feinden ab, die vielleicht darauf warteten, uns anzugreifen, während wir abgelenkt waren.

Abgesehen von dunklen Firsten und monsterhaften Wasserspeiern konnte ich jedoch keine Gefahren erkennen.

Wir näherten uns dem alten Mann, dessen Falten ihm tief ins Gesicht gegraben waren. Ein hämisches Lächeln zog an seinen schmalen Lippen und stieß mir sauer auf. Er wusste definitiv etwas, das er als Überlegenheit uns gegenüber empfand.

»Was willst du?«, fragte Frinn mit einem knurrenden

Unterton. Wie ich hatte sie vermutlich mit ihrer Magie erfühlt, dass es sich bei ihm um keinen Vampir handelte. Aber ob er ein Mensch war, konnte ich nicht mit Sicherheit bestimmen.

Es war unabdinglich, vorsichtig zu bleiben.

Sein Grinsen wurde breiter, dann – kurz bevor ich die Geduld verlor – deutete er mit einem runzeligen Finger auf mich, die zwischen meinen Tanten stand. Weiter den glänzenden Dolch umfassend.

»Wenn du glaubst, dass ich mit dir irgendwohin gehe, …«, begann ich, bevor er seine Hand drehte und öffnete. Ein zerknittertes Stück Papier kam zum Vorschein.

Ich zögerte einen Moment. Es könnte eine Finte sein, mich zum Näherkommen zu bewegen. Gleichzeitig hatte mich meine Neugier gepackt, und ich war selbstsicher genug, um nicht derart leicht überwältigt zu werden. Mit meinen Tanten rückte ich vor, bis uns nur noch anderthalb Meter trennten.

Der Kerl hatte sich nicht bewegt, und ich streckte meinen Arm aus, ehe ich den knisternden Zettel an mich nahm und auffaltete.

Worte in geschwungener schwarzer Schrift schlugen mir entgegen. Eines unglaublicher als das nächste.

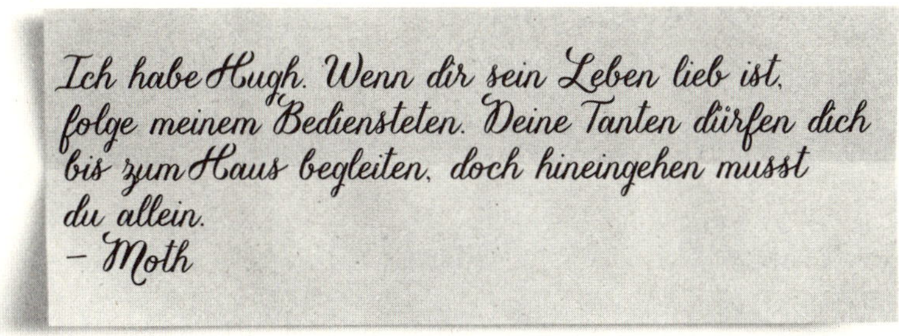
Ich habe Hugh. Wenn dir sein Leben lieb ist, folge meinem Bediensteten. Deine Tanten dürfen dich bis zum Haus begleiten, doch hineingehen musst du allein.
– Moth

»Moth?« Ich hatte die Nachricht laut vorgelesen, sodass ich sie nicht weiterreichen musste. »Ob er ein Vampir ist?«

»Woher weiß er, dass Hugh zu uns gehört?« Frinn wischte

sich mit der freien Hand übers Gesicht, als würde sie dadurch das gedankliche Gewitter vertreiben können. Auch ihr Verstand war in den letzten Stunden überanstrengt worden.

Der Bedienstete drehte sich um und begann, von uns davonzulaufen.

»Warte!«, rief ich ihm nach, da wir noch keine Entscheidung getroffen hatten. Das schien ihn jedoch nicht zu beeindrucken. Er setzte seinen Weg unbeirrt fort.

Hilfesuchend blickte ich zu meinen Tanten.

Elma zuckte mit den Schultern. »Es ist die erste Spur, die wir gefunden haben. Oder die eher uns gefunden hat. Auch wenn ich verstehen kann, wenn du das Haus nicht allein betreten willst.«

»Das ist es nicht«, murmelte ich. Ich hatte keine Angst. Nur eine dunkle Vorahnung, die sich wie eine Schlange eng um mein Herz wand.

Wir eilten dem alten Mann nach, bevor er an der nächsten Kreuzung verschwand. Unverwandt fand er seinen Weg durch White Bell und weiter.

Und ich selbst fand mich wenig später meinem Schicksal gegenüber.

»Was soll ich sagen, viel Verkehr«, antwortete ich mit einem Schulterzucken, wieder im Hier und Jetzt angelangt. So unbekümmert wie möglich wirkend bewegte ich mich zum Feuer, um meine gefrorenen Glieder aufzutauen.

Götter, mir war so kalt. Lag das an der Erinnerung, die vehement an mir festhielt wie eine Schneebestie? Sie fühlte sich heute präsenter an als sonst.

»Und immer noch zitterst du nicht vor Angst.« Seine Stimme war dunkel und rau. Wie ein Finger, den er über meine Wirbelsäule gleiten ließ. Als Reaktion darauf erschauerte ich wider Willen.

Ich konnte nicht sagen, ob er die Stimme verstellte oder immer so klang. Sie war der Hauptgrund dafür, dass ich dachte, dass es sich bei Moth um einen Mann handelte.

»Warum sollte ich? Solange ich meinen Teil der Abmachung einhalte, hältst du dich auch an deinen, oder nicht?« Ich legte den Kopf schief, sodass meine Kapuze nach hinten rutschte.

Moth löste sich aus der Ecke und näherte sich mir. Er wirkte nicht direkt bedrohlich, doch es wäre mir lieber gewesen, wenn er auf Abstand blieb. Weit entfernt, sodass ich mich rechtzeitig wehren könnte, was auch immer er versuchte.

Da ich ihm nicht meine tatsächlich vorhandene Angst zeigen wollte – falls er nicht ohnehin mein rasendes Herz hören konnte –, blieb ich stockstill.

Als uns nur noch das eine geblümte Sofa voneinander trennte, hielt er an. Die Schatten quollen weiterhin wie Rauchschwaden aus seinem Körper hervor. Der Zederndurft ging nicht von ihnen aus, und sie verteilten sich auch nicht im Raum. Blieben wie eine Aura in seiner direkten Nähe. Berührten mich dennoch irgendwo tief drin und warfen mich ein weiteres Mal zurück in die Vergangenheit.

Unser erstes Aufeinandertreffen hatte sich damals in meine Knochen gezeichnet. Als hätte jemand mit Hammer und Meißel unsere Geschichte auf ihnen verewigt, damit ich sie niemals vergaß.

In mir.

Nachdem ich dem Griesgram allein ins Haus gefolgt war, hatte er mich in ebenjenen Salon gebracht. Moth hatte bereits auf mich gewartet. Wie heute. Ohne Hugh.

»Wer bist du?« Obwohl ich meinen Obsidiandolch nicht in der Hand hielt, war ich nicht hilflos. Ich hatte meine Magie, die ich jederzeit einsetzen konnte. Selbst wenn ich nicht sonderlich mächtig war, würde sie für eine Ablenkung ausreichen.

»Du darfst mich Moth nennen«, antwortete er heiser. Die Schatten, die um seine Silhouette wirbelten, irritierten mich. Ich konnte weder seine Gesichtszüge erkennen noch irgendein Stück seiner Haut.

»Ich will dich weder Moth nennen noch bei irgendeinem anderen hirnverbrannten Namen. Sag mir, wo Hugh ist!«

Ich bildete mir ein, ein Schmunzeln zu sehen, dabei konnte ich weiterhin bloß Schatten erkennen. Vielleicht lag sein Vergnügen auch wie ein schwerer Geruch in der Luft.

»Du solltest mir dankbar sein, schließlich habe ich deinen Cousin vor einem schmerzhaften Tod bewahrt.«

Ich verengte die Augen. Jetzt kamen wir immerhin zur Sache. Es war eine schwierige Entscheidung gewesen, allein das Haus zu betreten. Genauso gut hätte eine Falle auf mich warten können, und ohne meine Tanten als Unterstützung standen meine Chancen schlecht.

Doch Hughs Name aus seinem Mund beruhigte mich geringfügig.

»Bedeutet was genau? Wo ist er?«

»Hier im Haus. Du wirst ihn gleich sehen können. Vorausgesetzt, wir gelangen zu einer Übereinkunft.« Die Gestalt, *Moth,* blieb auf der anderen Seite des Zimmers, worüber ich froh war. Sein Blick wog nichtsdestotrotz schwer auf mir.

»Was genau ist passiert?«

»Die Einzelheiten sind nicht wichtig. Er hat sich im Kampf übernommen, und bevor er von der Vampirin ausgesaugt wurde, bin ich dazwischen gegangen.«

Bis hierhin klang seine Geschichte gar nicht so weit hergeholt. Es passte zu dem, was Hugh in seinem Brief an uns geschrieben hatte.

»Aus der Güte deines Herzen?«

»Wohl kaum.« Immerhin war er ehrlich. »Ich brauche ihn als Druckmittel.«

Ich verschränkte abweisend die Arme. Einerseits war es gut, dass er einen Nutzen für Hugh hatte, was für den Moment sein Überleben sicherte, andererseits würde nun etwas sehr Unangenehmes folgen. Moth brauchte sicher keinen Pfand, um mich dazu zu bringen, seine Einkäufe zu erledigen oder bei ihm als Haushälterin anzuheuern.

»Rück schon raus mit der Sprache, oder soll ich dir deinen Wunsch von den Schatten ablesen?« Auch wenn in mir drin die Furcht ihr schreckliches Haupt erhob, würde ich es ihn ganz sicher nicht wissen lassen.

Er neigte den Kopf. »Ein Jahr. Du stehst mir ein Jahr zur Verfügung, in dem Hugh hier bei mir verweilt, unverletzt und versorgt, und dann lasse ich euch ungeschoren gehen.«

»Inwiefern zur Verfügung stehen?« *Ein Jahr?* Das war eine verdammt lange Zeit.

»Es wird weniger schlimm, als du dir gerade zweifellos ausmalst.« Moth hatte nicht mal den Hauch einer Ahnung, welche verwerflichen und grauenhaften Gedanken in mir erweckt worden waren. »Du tust das, was du bisher auch getan hast.«

Ich schnaubte. »Was? Vampire töten?«

»Ganz genau.« Ich hatte es bloß im Scherz gesagt, weshalb mich seine Bestätigung kurzzeitig irritiert zurückließ. »Die Vampire, die ich dir vorher nenne. Du ziehst allein los, tötest sie und bringst mir einen Beweis.«

»Das klingt …«

»Zu einfach?«

»Normalerweise arbeite ich für niemanden und schon gar nicht für jemanden, der mich erpresst.« Ehrlicherweise war das, was er verlangte, tatsächlich weniger schlimm, als ich gedacht hatte.

»Das ist mir klar, aber du würdest ohne Hugh nicht auf mich hören.«

Wo er recht hatte ... Das machte die Sache allerdings nicht angenehmer.

»Ein Jahr lang?« Er nickte. »Woher weiß ich, dass du dich an die Abmachung hältst?«

»Traust du meinem Wort nicht?« Er wirkte gespielt bestürzt, wartete aber keine Antwort ab. »Dir bleibt wohl nichts anderes übrig. Und da ich am längeren Hebel sitze, musst du noch eine andere Sache für mich tun.«

Ich wollte widersprechen, aber er hatte recht. Hugh war in seiner Obhut. Meine Tanten waren draußen. Er gab mir eine Chance, uns alle zu retten, und ich sollte klug genug sein, sie vorerst wahrzunehmen.

»Ich werde keine Menschen töten und nicht deine Dienerin spielen.« Eine Hexensklavin zu werden, war das schlimmste Schicksal, das ich mir ausmalen konnte.

»Ein Tattoo. Du brauchst noch ein Tattoo, damit du meinen Ruf vernehmen kannst, wenn ich deine Dienste benötige.«

»Wenn es sonst nichts ist ...«, sagte ich, ohne es zu meinen. »Denkst du, ich bin nicht mehr ganz bei Verstand? Warum sollte ich dir alles geben und vertrauen? Was hält dich davon ab, mir in zwei Monaten in den Rücken zu fallen? Vergiss es.«

Ich attackierte ihn ohne Vorwarnung mit meiner Magie. Dazu bewegte ich meine Hände vor mir in einem Kreis. Ich zog das Feuer aus dem prasselnden Kamin bis zu mir, um es dann in einer brennenden Wand Moth entgegenzuschleudern.

Doch er war schneller als gedacht. Statt ihn zu einem Häufchen Asche zu verbrennen, versengte ich das Sofa, das hinter ihm gestanden hatte.

Wo war er?

Hektisch suchte ich in dem dämmrigen Raum nach den tiefen Schatten, die ihn umgeben hatten. Als ich mich umdrehen wollte, spürte ich kaltes Eisen an meiner Kehle. Ich gab mein

Bestes, nicht vor Schreck zusammenzuzucken, versagte dabei jedoch kläglich.

Moth ragte fast einen Kopf über mir auf. Seine Präsenz wirkte zumindest so auf mich in meinem Rücken, selbst wenn ich ihn nicht sehen konnte. Ich spürte seinen Körper nah an meinem. Seine Wärme? Vielleicht.

Mein Herz schlug so heftig, dass mir übel wurde.

»Das sind meine Bedingungen. Akzeptiere sie oder die Konsequenzen, die sich aus deiner Weigerung ergeben«, raunte er.

»Hughs Tod?«

Sein Schweigen war Antwort genug. Und meines auch.

»Kommen wir zum Geschäftlichen«, sagte er prompt und riss mich damit ein weiteres Mal aus meinen Gedanken. Seit damals hatte sich eine Art Routine zwischen uns eingespielt. Etwas, worüber ich nicht zu genau nachdenken wollte, weil sie implizierte, dass ich mich längst nicht mehr vor ihm fürchtete. Dass er zu einer bekannten Konstante in meinem Leben geworden war.

Ein großer Fehler.

Ich verdrehte die Augen, bemüht, ihm meinen inneren Konflikt zu verheimlichen. »Als wäre ich diejenige, die uns aufgehalten hat.«

Er schwieg einen Moment.

»Baron Temerin.«

Baron. Diesen und andere Adelstitel hatten sich Vampirinnen und Vampire nach der Offenbarung gegeben. Unabhängig von der menschlichen Gesellschaft regierten die wichtigsten und einflussreichsten von ihnen zusammen mit dem vampirischen Bürgermeister Crosspin von Westwend in einem Stadtrat. Oder eher Vampirrat.

»Betrachte es als erledigt.« Baron Temerin. Mein nächstes Opfer.

Es war zwar ungewöhnlich, dass mir Moth auftrug, einen so mächtigen Vampir, wie besagter Baron einer war, zu erledigen, aber nicht unerhört. Es gab zwei Kategorien von Vampirinnen und Vampiren, die das einzige waren, was bei meiner Jagd einen Unterschied machte.

»Er ist ein Kronvampir«, fügte Moth an, als hätte er meinen Gedankengang verfolgen können.

»Und ich bin Billie Kron«, erwiderte ich grinsend, obwohl ich gerade heute Nacht keine Lust auf einen Kronvampir hatte. Irgendetwas fühlte sich anders an.

Prinzipiell waren Kronvampirinnen und -vampire wie alle anderen auch, nur dass sie das eben nicht mehr waren. Ein neuer Vampir beispielsweise konnte nur von einem Kronvampir kreiert werden. Zu einem Kronvampir wurde man dann, wenn man eine magische Verbindung mit einer Blutbraut oder einem Blutbräutigam eingegangen war. Jede Hexe und jeder Hexer konnte eine Vampirin oder einen Vampir haben, zu dem sie passte. Manchmal passten wir auch zu mehreren und andersherum. Während Hexen und Hexer jedoch nur eine Konvergenz eingehen konnten, konnten sich Vampirinnen und Vampire mehrere Blutbräute und Blutbräutigame zulegen. Eine Bezeichnung, die mir zunehmend sauer aufstieß.

Es war keine Heirat. Es war Zwang.

Und nur deshalb wurden wir gejagt. Deshalb konnten wir nicht mehr in Freiheit leben.

Vampirinnen und Vampire brauchten Hexen und Hexer, um ihr volles Potenzial auszuschöpfen und ihre Rasse vor dem Aussterben zu bewahren.

Ich hasste es.

Möglicherweise spürte ich dadurch neue Motivation in mir aufflackern, Baron Temerin zu erledigen. Er hatte sicherlich eine Hexe oder einen Hexer unfreiwillig zu einer Konvergenz gezwungen. Und damit ihr oder sein Leben für immer an das seine gebunden.

»Dein Cousin kommt gleich.« Moth entfernte sich wieder von mir.

»Warum Temerin?«, fragte ich aus einem Impuls heraus. »Hast du eine persönliche Fehde mit ihm?«

Er blieb auf der Türschwelle stehen. »Würde es dir mehr oder weniger Freude bereiten, ihn auszumerzen, wenn es so wäre?«

»Weniger«, antwortete ich ehrlich.

»Dann ist es wohl besser, nichts zu sagen.«

Er gab mir nicht die Chance, etwas zu erwidern, weil er sogleich in der Dunkelheit des angrenzenden Korridors verschwand.

Nachdenklich knibbelte ich an meinem Daumennagel, während ich ins Feuer starrte. Das Knacken und Knistern beruhigte mich. Fast konnte ich mir einbilden, im Wohnwagen zu sein. In der Heimeligkeit meines Zuhauses.

»Billie!«, rief Hugh aus, als er zu mir eilte.

Wir umarmten uns, als hätten wir uns Monate nicht gesehen. Ich vermisste seine Anwesenheit im Wohnwagen mehr, als ich zu sagen vermochte. Seine Nähe vertrieb jedoch für kostbare Momente all meine Sorgen.

Für seine achtzehn Jahre war er ziemlich schlank und zierlich. Während wir tagtäglich unter Frinns strengem Regiment trainierten, um für die Jagd körperlich fit zu sein, saß Hugh für gewöhnlich am Küchentisch und schrieb eigene Geschichten.

Nicht zum ersten Mal zog ich in Betracht, dass dies der Grund dafür war, dass er sich davongestohlen hatte und dann von Moth überwältigt und entführt worden war. Wir hatten ihn nicht genügend vorbereitet. Hatten geglaubt, wir würden ihn beschützen können.

»Geht es dir gut?« Als wir uns voneinander lösten, kniff ich ihm spielerisch in den Oberarm und er zuckte lachend zurück. Er sah gesund aus. Seine Haut, die wegen seines Vaters ein paar Nuancen dunkler war als die von meinen Tanten und mir, strahlte förmlich im Schein des Feuers. Das widerspenstige blonde Haar stand nach allen Seiten ab, und die Augenbrauen waren buschig und dick.

»Schon. Mir ist bloß langweilig nur in Gesellschaft des Dieners.« Er verdrehte die Augen. »Er hat immer noch kein Wort mit mir gewechselt. Auch nach einem Jahr nicht. Es ist frustrierend und einsam. Ich wünschte, ich könnte mehr tun. Für dich. Für uns alle.«

»Das tut mir leid. Nächstes Mal nehme ich deine Mutter mit, ja?«

»Wie geht es ihr?« Sofort verdüsterte sich sein Blick.

»Sie gibt ihr Bestes, nach vorne zu schauen. Und es ist ja fast geschafft. Das Jahr dauert nicht mehr lang.«

Er zeigte mir ein wackliges Lächeln, und es brach mir das Herz. Auch nach so langer Zeit konnte ich ihn nicht einfach mit mir mitnehmen.

Ich hatte es versucht. Hatte seine Hand genommen und war mit ihm bis zur Haustür gerannt, doch weiter waren wir nie gekommen. Spätestens dort hatte sich Moth uns in den Weg gestellt.

Ich hatte versucht, ihn mit meiner Magie in Schach zu halten. Ihn mit den Flammen aus den Öllampen zu blenden, ihn in einen kleinen Wirbelsturm gefangen zu nehmen und ihn an dem Holz der Böden festzukleben.

Es hatte funktioniert. Für die Dauer eines Wimpernschlags war der Triumph der meine gewesen, ehe die Realität wie ein kalter Regenschauer auf mich niedergeprasselt war.

Die Wahrheit war die, dass Hexen und Hexer zwar Magie wirken konnten, doch solange sie keine Konvergenz mit einer

Vampirin oder einem Vampir eingegangen waren, konnten auch sie niemals ihr gesamtes magisches Potenzial ausschöpfen. Unsere Magie reichte aus, um im Alltag zu bestehen. Zu überleben. Doch nicht, um uns gegen das Vampirvolk und andere Geschöpfe – denn, um was es sich bei Moth handelte, wusste ich nicht – zu verteidigen.

Nachdem mir die Erkenntnis gekommen war, hatte ich es mit meiner körperlichen Stärke versucht. Doch ganz gleich, wie ich mich bewegt hatte, welche Finte ich mir ausgedacht und ausgeführt hatte, ich hatte ihn nie zu fassen bekommen.

Er war ein Phantom.

Und so hatten Hugh und ich und meine Tanten ... Wir alle hatten uns dem Schicksal ergeben müssen. Der Kontrakt war ungebrochen. Die Konditionen mit gefährlichen Nadeln festgesteckt.

Auch wenn mir Moth nie verraten hatte, warum er mich brauchte, um seine Drecksarbeit zu erledigen, war ich froh, dass er uns überhaupt die Möglichkeit gab, Hughs Freiheit zurückzugewinnen.

»Wir sehen uns später«, versprach ich meinem Cousin. Sollte mein Attentat auf Temerin erfolgreich verlaufen, könnte ich den Beweis für meinen Auftragsmord schon vor dem Morgengrauen abliefern.

Sobald die Sonne aufging, war es mir nicht mehr gestattet, Moth oder Hugh zu besuchen. So lautete eine der Regeln.

Ich drückte ihn noch einmal fest, dann verabschiedeten wir uns.

Der Diener reichte mir wie üblich den Zettel mit der Adresse, öffnete mir dann schweigend die Haustür und knallte sie hinter mir zu.

»Unhöflicher Mistkerl«, grummelte ich, ehe ich mir den Schal wieder über den Kopf zog. »Dann mal los.«

3

Ascolott 4. Rathausviertel. Nachdem ich die Adresse gelesen hatte, ließ ich den Zettel mit dem Funken einer Straßenlaterne zu Asche zerfallen. Kurz zischte es, dann waren die Überreste im rauen Wind verschwunden.

Standesgemäß hauste Baron Temerin im angesehensten Viertel Westwends. Als Kronvampir fühlte er sich vermutlich unter seinesgleichen am wohlsten.

Ich beeilte mich, durch die mitunter menschenleeren Straßen und Gassen zu wandern, um mein Versprechen gegenüber Hugh halten zu können. Es war schwer nachzuvollziehen, wie er nach all dieser Zeit noch Hoffnung in mich oder meine Tanten setzen konnte. An seiner Stelle hätte ich mir große Vorwürfe gemacht. Weil ich nicht dazu in der Lage war, ihn zu befreien, ohne nach Moths Pfeife zu tanzen.

Meine Entschlossenheit steigerte sich. Gleichzeitig wurde mir erneut furchtbar kalt.

Es kribbelte bereits in meinem Nacken. Mein Herz pochte in zweifacher Geschwindigkeit, weil mein Unterbewusstsein etwas wahrgenommen hatte, das ich noch nicht greifen konnte.

Abrupt blieb ich stehen. Drehte mich um und inspizierte mit verengten Augen meine Umgebung.

Fast hatte ich es an White Bell vorbei geschafft. Rechts von mir breitete sich dieses ärmliche Viertel aus. Direkt hinter der halbhohen, mit Unkraut bewachsenen Mauer. Frost zog sich in rasender Geschwindigkeit über die rauen und teilweise gesprungenen Backsteine. Auch die Hausfassade zu meiner Linken war mit einer dünnen Eisschicht überzogen und an ihr …

Ich riss den Mund auf, als ich mit bloßem Auge beobachten konnte, wie dunkelgrüne Pflanzen, braune Äste und Zweige Boden und Wände knisternd und raschelnd überwucherten. Sie schienen mit einer so düsteren Aura ausgefüllt zu sein, dass ich instinktiv zurückwich. Ich befürchtete, dass mich eine einzige Berührung vergiften würde.

Das war unmöglich. So schnell konnte nichts wachsen. Zumindest nicht ohne Magie.

Unwillkürlich ging ich einen weiteren Schritt zurück und noch einen.

»Was zur Hölle?«

Abgesehen von dem Knistern des Eises, das sich weiter ausbreitete, sowie dem Rascheln von Blättern und Geäst des wachsenden Waldes, war es still. Dort, wo ich gerade noch gestanden hatte, schoss unter lautem Getöse und Knirschen ein Baumstamm so breit wie mein Körper in die Höhe. Eine riesige Baumkrone spannte sich über mich, als die ersten dicken Schneeflocken zwischen den Blättern hindurchfielen.

Das war der Moment, in dem ich die Glöckchen vernahm, die sich mit dem Wiehern von Pferden mischten.

Angst, wie ich sie noch nie zuvor in meinem Leben empfunden hatte, schnürte mir die Kehle zu. Sie verhinderte außerdem, dass ich mich bewegen konnte.

Als wäre ich zu einer Salzsäule erstarrt.

Ich hatte davon gehört. Hatte die Gerüchte während meiner Streifzüge durch die Stadt vernommen und gleichzeitig für das abgetan: Gerüchte, die von Menschen in die Welt gesetzt wurden, weil sie sich vor den Schattenwesen fürchteten, die unter ihnen lebten.

Doch brauchten sie einen Grund, weiteren Schrecken zu verbreiten? Hatten sie sich nicht längst mit der neu sortierten Gesellschaft arrangiert, weil nicht sie in der Hierarchie ganz unten standen, sondern das Hexenvolk?

Mit sonderbarer Klarheit wurde mir schließlich bewusst, dass ich sterben würde.

Die Wilde Jagd war gerufen worden, und sie hatte den dunklen, Wilden Wald mitgenommen. Die Reiter hatten mich anvisiert und würden mich enthaupten, so wie es allen geschah, die das Klingeln und das Wiehern der Hengste vernahmen.

Wenn es allen so geht, wer erzählt dann die Geschichten?, erinnerte mich meine innere Stimme, auf die stets Verlass war. Der Furcht gebot dies jedoch keinen Einhalt.

Als sich zu dem Wiehern das Klappern der Hufe auf den Pflastersteinen gesellte, fand ich endlich wieder zu mir selbst.

Sofort holte ich den Obsidiandolch aus der Scheide und presste mich an die zugewachsene Wand, auch wenn es sich in mir sträubte. Glücklicherweise war meine Befürchtung grundlos. Die Berührung mit diesem sonderbaren Geäst war zwar unangenehm, doch nicht gefährlich.

Ich konnte mich halb hinter einem der neu gewachsenen Baumstämme verstecken, bevor ich den Blick auf einen Trunkenbold erhaschte. Er stolperte über Wurzeln und dann über seine eigenen Füße, in der Hoffnung, den sechs Reitern zu entwichen.

Sie waren nahe genug, dass ich ihre geisterhaften Gestalten erkennen konnte. Unnatürlich. Andersartig. Mehr noch als jedes Schattenwesen, das existierte.

Zum einen waren sie größer als ein durchschnittlicher Mann, besaßen breite Schultern, die unter einer Rüstung versteckt waren. Menschliche Knochen schmückten diese an diversen Stellen. Zum anderen konnte ich die Gesichter wegen der verschiedenen Schlachthelme nicht erkennen, obwohl die

Visiere geöffnet waren. Dahinter befand sich nur Dunkelheit, die im Kontrast zum bläulichen Schein ihrer Körper stand.

Die Pferde, die sie ritten, waren ebenso geisterhaft. Ihre Gerippe schienen bei jedem Schritt durch ihre ebenso bläuliche Haut. Sowohl durch die Reiter als auch durch die Hengste konnte man hindurchblicken. Was man sah, war jedoch kein klares Bild. Alles dahinter wirkte dunkel und verzerrt.

Ich bemerkte schnell, dass die Reiter mit dem Betrunkenen spielten. Sie hätten ihn längst einholen können. Der Wald war kein Hindernis. Sie konnten ganz einfach durch die Bäume hindurchreiten, als wären sie nicht wirklich.

Ich presste mich enger an die Mauer. Was sollte ich tun? Noch hatten sie mich nicht gesehen, was sich zweifellos ändern würde, sollte ich mich wegbewegen.

Die andere Möglichkeit war, still zu bleiben und zu beobachten, wie sie den Betrunkenen einkesselten und töteten.

»Ah, verflucht«, zischte ich und machte bereits einen Schritt nach vorn, als eines der Pferde mit den Vorderhufen ausschlug und den Betrunkenen am Kopf traf. Er taumelte nach vorn. Blut spritzte, verteilte sich auf den mit Frost überzogenen Pflastersteinen, als der Betrunkene stürzte.

Die sechs Reiter versammelten sich um ihn. Ihre Gestalten flossen ineinander über.

Wenn es sich bei ihnen nicht um Geister gehandelt hätte, hätten sie niemals in einer engen Gasse wie dieser zusammen stehen können.

Sie sagten kein Wort, als einer von ihnen seine glänzende Axt hob und sich hinabbeugte. Viel tiefer, als es hätte körperlich möglich sein sollen.

Durch die Pferde hindurch konnte ich sehen, wie der Kopf des Betrunkenen mit einem Schlag abgetrennt wurde. Die Axt, die auf den Stein traf, verursachte nicht das leiseste Geräusch, was mich fast mehr ängstigte als das dunkelrote Blut.

Es hielt mir vor Augen, dass es unmöglich wäre, diese Begegnung zu überleben. Vor Geistern konnte man nicht davonlaufen.

Ich presste eine Hand auf meinen Mund, um einen erschrockenen Laut zu unterdrücken.

Das Blut ... blieb nicht einfach auf den Steinen. Es stieg in unzähligen Tropfen auch aus der Leiche empor und pflanzte sich glühend Rot in die Brustkörbe der sechs Reiter. Dort, wo eigentlich ihre Herzen hätten schlagen sollen.

Sie sagten nichts. Sie bewegten sich nicht. Und doch ging ein Gefühl der Ekstase von ihnen aus. Als wären sie im Rausch.

Nachdem sämtliches Blut verschwunden und die Leiche förmlich leer gesaugt worden war, versiegte die beinahe euphorische Aura.

Der Reiter, der mit einem Speer statt einer Axt ausgestattet war, spießte den abgetrennten Kopf auf und hielt ihn in die Höhe. Es fehlte lediglich ein triumphierender Aufschrei und er hätte sich genauso gut auf einem Schlachtfeld befinden können. Die Stille hingegen ließ mich erschauern.

Fast glaubte ich, sie würden sich nach erfolgreicher Jagd auflösen und mich in Ruhe lassen. Fast gab ich mich der Hoffnung hin.

Dann wurde ich eines Besseren belehrt.

Die Reiter, die bis dahin noch mit dem Rücken zu mir gestanden hatten, lenkten ihre Pferde in meine Richtung. Ich bildete mir ein, sie würden mich aus der Finsternis ihrer Gesichter betrachten, obwohl sie vermutlich nicht mal funktionierende Augen besaßen.

So ein Mist.

Ich verlor keine Zeit mehr und rannte in die entgegengesetzte Richtung.

Anders als der armselige Betrunkene hatte ich noch alle Sinne bei mir und konnte mich flink über die von Wurzeln angehobenen Steine hinweg bewegen. Ohne zu fallen. Das Ende der Gasse zu erreichen war mein Ziel. An der Einmündung würde mir sicher jemand zu Hilfe eilen. Oder mir würde ein plötzlicher Einfall kommen, wie ich meinen eigenen wertvollen Hintern retten konnte.

Nur noch wenige Meter.

Aus dem Augenwinkel bemerkte ich, wie sich die Pflanzen an den Mauern meiner Geschwindigkeit anpassend weiter bewegten. Es knisterte und knackte, und ich sprang über eine Wurzel hinweg, die so dick war wie mein Unterarm.

Es passte alles. Ich war geschickt. Ich war schnell.

Nur als meine Sohle auf den Pflastersteinen aufkam, rutschte ich weg. Festes, glattes Eis hatte sich ausgeweitet.

Ich drehte mich um die eigene Achse und ruderte hilflos mit den Armen. Verzweifelt versuchte ich, mein Gleichgewicht zurückzugewinnen, doch es war zwecklos. Ich verlor allen Halt und knallte rücklings auf den harten Boden. Der Dolch rutschte mir aus der Hand und schlitterte außer Reichweite über das Eis.

Mein Steißbein schrie förmlich auf. Kurzzeitig wurde meine Sicht von schwarzen Flecken und Blitzen durchzogen, ehe ich nicht mehr rutschte und zum Halten kam.

Das war auch der Augenblick, in dem mir bewusst wurde, dass mir die Reiter gefolgt waren.

Aus der Ferne hatten sie bereits angsteinflößend gewirkt, aber von Nahem waren sie fast zu grotesk, um ihre Existenz zu begreifen.

Die einzige glühende Laterne in unmittelbarer Nähe erlosch. Ich wurde im fahlen Weiß des herabfallenden Schnees zurückgelassen. Den durchscheinenden Geistergestalten ausgeliefert und dem Tod geweiht.

»Kommt nicht zu nahe!«, presste ich zwischen zusammengebissenen Zähnen hervor. Als würden sie davon abgeschreckt werden … Der vom Sturz hervorgerufene Schmerz lähmte mich. Ich wollte aufstehen und mich wehren. Zumindest auf eigenen Beinen stehend dem Tod entgegentreten. Schweiß rann mir trotz der Kälte die Schläfen hinab. »Ich warne euch!«

Ich rief meine Magie und versuchte damit, die Reiter zu greifen. Um sie von mir zu werfen. Doch sie waren nicht wirklich da. Meine Magie floss unverrichteter Dinge durch sie hindurch.

Hektisch überlegte ich mir meinen nächsten Schritt.

Götter, ich wollte nicht sterben.

Nicht heute.

Da Feuer, ohne sichtbare Quelle, keine Möglichkeit war, nutzte ich das Eis um mich herum. Verformte es zu einem Schild, das ich wie eine Mauer um mich herum hochzog.

Einer der Reiter zerschmetterte diesen problemlos mit seinem riesigen Breitschwert. Dass er mit der Spitze nicht mein Gesicht aufschlitzte, war nur Glück zu verdanken. Oder dem Umstand, dass der Reiter sich noch nicht herabgebeugt hatte, weil er – wie zuvor mit dem betrunkenen Mann – auch mit mir und meiner Todesangst spielte.

So leicht gab ich nicht auf. Ich musste an meine Familie denken. An unsere Zukunft.

Sobald mein Vertrag mit Moth erfüllt war, wollten wir zur Hexeninsel in den Norden. Der einzige Ort in ganz Wimborne, an dem wir frei leben konnten, ohne gejagt und verkauft zu werden.

Die Wilde Jagd würde mir diesen Traum nicht nehmen!

Obwohl mich der Schmerz blendete, rollte ich durch die Beine eines Pferdes hindurch, klaubte meinen Dolch vom Boden und sprang auf. Ich wankte.

Ich ließ meine Magie in die schwarze Klinge sinken, die daraufhin rot aufleuchtete, als hätte ich sie mit Feuer getränkt. Ohne zu zögern, machte ich einen Ausfallschritt und schnitt mit dem Dolch durch die entblößte Flanke des Geisttieres.

Es schrie auf und trat aus.

Bevor es mich mit seinen Hufen treffen konnte, war ich auf die gegenüberliegende Seite der Gasse ausgewichen. Mein nächstes Opfer war schon in Reichweite. Ich holte aus und wurde jäh zurückgehalten. Meine Jacke wurde dabei von meinen Schultern gerissen. Nur mit Müh und Not konnte ich den Dolch festhalten, obwohl meine Bewegungsfreiheit eingeschränkt war. Meine Magie versiegte jedoch, da meine Konzentration nachgelassen hatte.

Die Ranken einer riesigen Kletterpflanze hatten sich in den Stoff gegraben. Der Wald gehorchte den Reitern.

Ich wurde an die Hausfassade gepresst festgehalten. Pferde und Reiter sammelten sich um mich. Schneeflocken verfingen sich in meinen Wimpern und erschwerten mir das Sehen. Weiterhin versuchte ich, mich von dem Griff der Pflanze zu befreien. Ohne Erfolg.

Das Spiel war vorbei. Die Reiter machten ernst. Ich konnte nur noch den Kopf, aufgespießt auf dem Speer, ansehen.

Weder war es mir möglich, mich mit Magie zu verteidigen, noch konnte ich den Arm mit dem Dolch bewegen. Sie hatten mich eingekesselt.

Der Reiter unmittelbar neben mir hob seine Axt, um mich mein Schicksal spüren zu lassen. Ich kniff die Augen zusammen und konzentrierte mich auf mein schlagendes Herz. Nicht mehr lange und es würde für immer stillstehen.

Vielleicht war ich doch ein Feigling, weil ich meinem Tod nicht entgegensehen konnte.

Tut mir leid, Hugh.

Ich keuchte auf. Der Schmerz war brennend und allumfassend. Aber er rührte nicht von dem Schlag einer Waffe her, sondern von den Motten unter meinem Schlüsselbein. Es schien, als würde das Tattoo ein weiteres Mal gestochen werden – dieses Mal mit einer heiß glühenden Nadel.

Als ich aufblickte, waren die Reiter verschwunden. Nichts war von ihnen zurückgeblieben.

Schockiert sah ich die Gasse hinunter. Sie war leer.

Im nächsten Moment lockerte sich der Griff des Wilden Waldes, und ich konnte mich von seiner Umklammerung befreien. Sofort brachte ich Abstand zwischen die Kletterranken und mich. Stolpernd, unter Schmerzen.

Eine Hand presste ich auf die Motten auf meinem Schlüsselbein, doch der Schmerz hatte bereits nachgelassen.

Einzig der Wald und die kopflose Leiche blieben als Zeugen zurück. Die Temperaturen stiegen langsam wieder an. Ich vernahm weder das Klingeln der unheimlichen Glöckchen noch das Wiehern der Pferde.

Sie waren fort. Als wären sie nie da gewesen. Und ich hatte entgegen jeder Wahrscheinlichkeit überlebt.

»Was zur Hölle …?«, wiederholte ich, ehe ich davonrannte, weil es das einzig Vernünftige war.

Erst als ich völlig außer Atem war und zwei Mal fast wieder ausgerutscht wäre, blieb ich unter dem Schutz einer Holzbrücke stehen. Sie verband zwei Häuser auf zweiter Ebene und schützte mich vor dem Schnee.

Ich brauchte eine Minute. Einen Augenblick.

»Was zur verdammten Hölle?«, rief ich aus, bevor ich mich fassen konnte.

Ich würde die Begegnung mit der Wilden Jagd vermutlich nicht sofort verarbeiten können, doch schon jetzt schien sie mir wie ein weit entfernter Albtraum, wenn auch der Schmerz in meinem unteren Rücken Beweis genug war. Es war passiert. *Irgendetwas* war passiert.

Wie sollte ich das in Worte fassen? Wie könnte ich jemandem davon erzählen, ohne dass dies als Wahnvorstellung abgetan werden würde?

Abgesehen davon, dass ich dem Tod gerade so von der Schippe gesprungen war, galt es aber noch immer, einen Auftragsmord zu begehen. Ich wusste, dass ich nicht zögern durfte. Hughs Leben und Freiheit standen auf dem Spiel. Die Zeit war knapp.

Ich ballte die Fäuste. Es war ein Ding der Unmöglichkeit, mich zu beruhigen. Dennoch ...

Später. Wenn die Sonne aufgegangen war und ich Westwend verlassen hatte, dürfte ich mir eine Verschnaufpause gönnen. Vielleicht schien im Tageslicht alles nicht mehr ganz so dramatisch. Vielleicht ... hatte ich mir wirklich alles eingebildet.

Jetzt und hier konnte ich nicht daran denken. Es war unvorstellbar, mich an die kalte Aura der Reiter zu erinnern und dabei klar bei Verstand zu bleiben. Dies war jedoch unabdinglich, um Baron Temerin zu erledigen.

»Reiß dich zusammen, Billie«, murmelte ich und holte ein schwarzes Tuch aus meiner Tasche. Mit geübten Handgriffen hatte ich es hinter meinen Ohren befestigt, sodass nur noch meine Augen sichtbar waren. Auch den Schal zog ich enger um meine roten Locken, bis sie gänzlich darunter verschwanden.

Den Dolch würde ich erst später hervorholen. Alles zu seiner Zeit.

Alles so wie ich es schon Dutzende Male zuvor getan hatte. Es gab keinen Grund, von meinem Plan abzuweichen.

Es gab keinen Grund, in Panik zu verfallen.

Ich fand Baron Temerin genau dort, wo Moth mich hingeschickt hatte. Ascolott 4. Ein schlankes asymmetrisches Stadthaus, das sich vier Stockwerke und mit genauso vielen Türmchen in die Höhe schraubte. Man konnte von außen die Anbauten erkennen, die über die Jahre hinzugekommen waren.

Zweifellos Temerins Werk, dem die ursprüngliche Größe des Hauses offensichtlich nicht ausgereicht hatte.

So hatten es viele Vampirinnen und Vampire gemacht, die sich im Rathausviertel eingenistet hatten, nachdem sie sich nicht mehr in White Bell versteckt halten mussten. Mittlerweile lebten hier mehr von ihnen als Menschen.

Nachdem ich die unmittelbare Umgebung ausgekundschaftet hatte, wie ich es immer tat, kam ich wieder vor dem Haus zum Stehen. Es war eingerahmt von kleineren Bauten, in denen sich eine Schneiderei und eine Hutmacherei befanden. Dahinter gab es keinen direkten Zugang zum rückwärtigen Teil des Hauses, was mir als Einstieg gut gepasst hätte. Aber ich konnte auch improvisieren.

Selbst hier im Viertel gab es unzählige Hänge- und feststehende Brücken, die von Haus zu Haus führten, um Wege zu verkürzen. Ich kletterte eine Leiter am Ende der Straße hoch und betrat die rutschigen Holzplanken, um zurück zu Haus Nummer vier zu kraxeln. Dabei musste ich mich wenig elegant am rustikalen Geländer festhalten, während der Schnee weiterhin auf mich hernieder ging. Die tief hängenden Wolken fingen den Qualm auf, der aus den unzähligen Kaminen stieg und meine Sicht beeinträchtigte.

Das Gute daran war, dass ich dadurch nicht so leicht entdeckt werden würde.

Schließlich erreichte ich die wacklige Treppe, die von der Brücke zum Dach meines Zielobjekts führte. Ich verlor keine Zeit, sie hinabzusteigen und dann über die Schindeln zu klettern, bis ich die Dachluke öffnen konnte.

Mit jedem Schritt und jedem Griff fand ich in meine Gewohnheit zurück. Die Schreckensbegegnung von vorhin wurde immer mehr in den Hintergrund gerückt, und ich spürte, wie ich mich entspannte.

Nachdem ich die Luke lautlos öffnen konnte, ließ ich mich

in den Dachstuhl hineinfallen. Mein schlanker Körperbau war bei Aktionen wie dieser ein Vorteil. Meine trainierten Muskeln halfen wiederum, den Aufprall auf dem Boden abzufedern. Die Schmerzen in meinem Steißbein konnten sie allerdings nicht mindern.

Ich sehnte mich nach einer von Tante Elmas Salben, die nach kurzer Einwirkzeit alles betäubten. Ich musste nur ein bisschen durchhalten und einen alten Vampir ausmerzen.

Nichts leichter als das.

Nach fast einem Jahr der Arbeit für Moth gab es nichts mehr, das mich überraschen konnte. Nicht ein einziges Mal hatte er mir mehr Informationen gegeben als den Namen und die Adresse des Opfers. Früher hatte ich eine Nacht zur Vorbereitung gebraucht, um mir den Ort des Verbrechens anzusehen. Heute war ich erfahren genug, um mir Zeit und Arbeit zu sparen.

In neun von zehn Fällen hielten sich die Vampirinnen und Vampire, die Moth tot sehen wollte, in ihren Häusern auf und begaben sich früher oder später in eine verwundbare Situation. Ich hatte mich schon mal gefragt, ob Moth bereits vorher wusste, wer wo sein würde, um für einen reibungslosen Ablauf zu sorgen. Doch es war mir nie wichtig genug erschienen, nach einer Antwort zu verlangen.

Ich schlich die knarzende Treppe hinab ins obere Stockwerk, das staubig und heruntergekommen wirkte. Entweder hatte Temerin keine Bediensteten, die sich um den Haushalt kümmerten, oder er benutzte diese Etage nicht.

Kurz lauschte ich in dem dunklen Korridor, von dem vier Türen abzweigten.

Als sich nichts rührte, stieg ich die einzige Treppe nach unten, an deren Fuß ich sofort von warmem Licht empfangen wurde. Und weniger Staub. Ich hörte außerdem Geräusche aus einem der Räume weiter hinten sowie leise Stimmen aus dem Erdgeschoss.

Mit meiner Magie streckte ich die Fühler aus. Auf der Suche nach den lebenden Toten im Haushalt. Ich stieß auf zwei Auren, von denen meine Magie abgestoßen wurde. Das war meine Art, Vampirinnen und Vampire ausfindig zu machen.

Beide befanden sich unter mir. Es würde die Sache verkomplizieren, wenn sich Temerin mit jemand anderem im selben Raum aufhielt, doch nichts war unmöglich.

Sicherheitshalber zog ich meinen Dolch und ging leise, Stufe um Stufe, nach unten.

Mein Blick glitt über die Wandbehänge und Gemälde von ein und derselben Person. Vermutlich Baron Temerin, wie ich an dem Siegelring erkannte, der auf jedem Bild gemalt worden war. Termin trug einen grauen Spitzbart, der sein ohnehin langes Gesicht noch länger erscheinen ließ. Dazu wechselte er auf jedem Porträt seine Kopfbedeckung, die das einzige war, was sich änderte. Da er als Vampir nicht alterte, konnten die Künstler auch nichts an seinen Zügen verändern. Mir fiel außerdem auf, dass er kein einziges Mal lächelnd gezeigt wurde. Immer strahlte er Überheblichkeit und Arroganz aus.

Schon lange fragte ich mich, welche Gründe so schwerwiegend sein konnten, dass sie Moth dazu gebracht hatten, sich den Tod so vieler hochrangiger Vampirinnen und Vampire zu wünschen.

Und warum er mich dafür brauchte.

Die Vermutungen abschüttelnd fokussierte ich mich auf mein Vorhaben, das sich selbst ohne Ablenkung gefährlich genug gestaltete. Zudem peinigte mich mein Steißbein immer noch.

Im unteren Stockwerk brannte eine einzelne, in Glas eingefasste Kerze auf einer schmalen, mit Schnitzereien verzierten Kommode. Das Licht reichte aus, um mich zu orientieren. Die lang gezogenen Schatten an den vertäfelten Wänden ignorierend, schlich ich von Tür zur Tür.

Die meisten waren geöffnet, sodass ich schnell einen prüfenden Blick hineinwerfen konnte.

Ich wusste zwar, wo sich die beiden lebenden Toten aufhielten, doch ich wollte nicht von Wesen oder Menschen ertappt werden. Das würde die Sache grundlos verkomplizieren.

Salon folgte auf Salon, dann ein Arbeitszimmer und schließlich die Waschräume am Ende des Ganges. Ich drehte mich um. Damit blieb nur noch der Raum mit dem Baron und seinem Gast. Unglücklicherweise müsste ich mich ihnen beiden stellen.

Dann mal los.

Als ich den Messingtürknauf der Tür drehte, holte ich ein letztes Mal tief Luft, ehe ich mich vollkommen fallen ließ. Meine Erfahrung, aus der ich schöpfte, glich einer inneren Stasis. Mein Körper bewegte sich, doch ich dachte nicht mehr nach. Instinktiv wusste ich, was zu tun war.

Bei dem Zimmer handelte es sich um eine mäßig beleuchtete Bibliothek. Obwohl ich nur Regale sehen konnte, erschien mir der Raum nicht sonderlich groß. Dieser Eindruck wurde durch die niedrige Decke verstärkt, auch wenn ich mich nicht darauf verlassen wollte.

Möglichst lautlos drückte ich die Tür zurück ins Schloss, bevor ich mich wieder zu den dunklen Holzregalen umdrehte, die in mehreren parallel laufenden Reihen aufgestellt worden waren. Sie reichten weit über meinen Kopf hinaus und beherbergten sowohl in Leder gebundene Bücher als auch alte Pergamentschriftrollen, die einen durchdringenden Geruch verbreiteten. Ich entdeckte sogar schwer von der Zeit angegriffenen Papyrus. Schriftstücke, die längst unter dem Schutz von Glas hätten platziert werden müssen.

Ich hob die Waffe bis auf Brusthöhe. Jederzeit bereit, sie einzusetzen und meinen Auftrag zu erfüllen.

Erst nachdem ich die ersten drei von Regalen gesäumten

Gänge passiert hatte, vernahm ich die Stimmen der beiden männlichen Anwesenden. Ich wagte mich in den vierten Gang hinein und ging an einer morsch wirkenden Leiter vorbei. Am Ende dieses Gangs stand ein Pult, auf dem eine heruntergebrannte Kerze platziert worden war. Der Geruch von Salbei und altem Papier war hier besonders vorherrschend. Als hätte jemand gerade erst in Büchern geblättert und dabei Kräuter zur Beruhigung verbrannt. Es juckte in meiner Nase und brachte mich beinahe zum Niesen. Im letzten Moment drückte ich mir die Nasenflügel zu.

»... hat keinerlei Auswirkungen auf unseren Stand im Rat«, sagte einer der beiden mit bedeutend tieferer Stimme. Sie strahlte Autorität und Direktheit aus.

»Menschen sterben«, murmelte der andere unsicher, als ich um das Pult herumgegangen war und mich mit dem Rücken gegen das Regalende drückte. Dann wagte ich ganz vorsichtig einen Blick.

Zwei männliche Vampire, wie mir meine Magie bereits verraten hatte. Einer von ihnen, Baron Temerin, saß vor dem prasselnden Feuer in einem tiefroten Sessel. Die Füße auf einem mit goldenen Kordeln verzierten Hocker und in seiner Hand ein Glas Rotwein. Oder war es Blut?

Mich überkam ein Schauer. Daran würde ich mich nie gewöhnen können. Die Selbstverständlichkeit, mit der sie Blut tranken.

Neben ihm stand ein jünger aussehender Vampir mit gesenktem Kopf und komplett in Schwarz gekleidet. Er schien aus jeder Pore Furcht auszustrahlen.

Unwillkürlich verstärkte ich den Griff um meinen Dolch.

Die Uhr tickte. Früher oder später würden mich die Vampire auch durch den Duft des Salbeis riechen, der in einer Schale über dem Feuer hing.

Aber könnte ich mich gegen zwei Vampire gleichzeitig zur

Wehr setzen? Selbst wenn der Furchtsame vermutlich kein Kronvampir war und deshalb noch nicht zu seiner vollkommenen Stärke gefunden hatte.

»Und was interessiert es mich?« Baron Temerin machte eine wegwerfende Handbewegung. »Sie sollen froh sein, dass wir so gnädig sind, sie nicht zu versklaven.«

»Sie sagen, es steckt mehr dahinter. Der Wilde Wald ...«

»Schluss damit, Pance. Ich will nichts mehr davon hören. Wir haben Schwierigkeiten genug damit, Hexen und Hexer zu finden. Du willst doch sicher auch bald aufsteigen, oder nicht?«

Pance senkte den Kopf noch tiefer. »Mehr als alles andere«, flüsterte er voller Sehnsucht.

Hatte ich vielleicht geringfügig Mitleid verspürt, so war dieses nun pulverisiert. Pance war wie alle anderen. Er wollte das Hexenvolk ausnutzen und von einer Verbindung profitieren.

»Dann lass mich in Frieden. Solange ich morgen wieder in den Rat gewählt werde, ist alles so, wie es sein soll.«

Morgen stand eine Wahl an? War das womöglich der Grund für den Auftrag, ihn zu erledigen? Wollte Moth verhindern, dass Temerin erneut in den Vampirrat berufen wurde?

Ich war so in Gedanken versunken gewesen, dass ich die Verabschiedung verpasst hatte. Glücklicherweise verließ Pance die Bibliothek auf der anderen Seite.

Mit gespitzten Ohren lauschte ich seinen verklingenden Schritten, bis er die Tür erreicht hatte. Er verließ die Bibliothek mit einem leisen Türklicken, das trotzdem lauter war als alles, was ich seit meinem Eintreten an Geräuschen erzeugt hatte.

»Wie lange willst du dich noch versteckt halten, kleine Maus?«

Ich erstarrte.

Es war das erste Mal, das ich entdeckt worden war, ohne im Mindesten damit gerechnet zu haben.

Allerdings war Baron Temerin ein Kronvampir. Ich hätte ihn nicht unterschätzen dürfen.

»Ich wollte euch nicht unterbrechen«, sagte ich mit schiefem Lächeln, während ich mein Versteck verließ und auf den edlen Webteppich trat. »Das wäre überaus unhöflich von mir gewesen.«

Baron Temerin stellte sein Glas auf dem Kirschholztisch ab, der neben seinem linken Arm positioniert war. Langsam hob er die Lider und fixierte mich dann mit seinem geschärften Blick, mit dem ich mich bereits auf den Gemälden vertraut gemacht hatte.

Vampirinnen und Vampire wurden nicht geboren, sondern erschaffen. Wie genau das vonstatten ging, wusste ich nicht. Einzig, dass ein Biss eines Kronvampirs dafür vonnöten war. Sobald die Wandlung vollzogen war, stoppte der Alterungsprozess des neu geschaffenen Vampirs.

Baron Temerin musste irgendwann in seinen Vierzigern gewandelt worden sein. Vierzig Jahre, die er als Mensch verbracht hatte, um dann den Rest seiner Unsterblichkeit als Vampir und schließlich als Kronvampir zu verbringen.

Wäre der Spitzbart nicht gewesen, hätte er durchaus attraktiv auf mich gewirkt. Der grau melierte Bart und das kurz geschorene Haar erweckten eher Respekt als Bewunderung. Seine braunen Augen ließen nicht den leisesten Hauch von Gefühlen erkennen, und als Antwort darauf hob ich die Klinge weiter an.

»Wer hätte gedacht, dass eine Meuchelmörderin Taktgefühl besitzt?« Er klang weder überrascht noch indigniert.

Es war gefährlich, ihm weiter zuzuhören, wo ich ihn doch einfach hätte attackieren können, bevor etwas Unvorhergesehenes geschah. Hatte mich die Begegnung mit der Wilden Jagd leichtsinnig werden lassen? Glaubte ich nun, unbesiegbar zu sein?

Es sah mir nicht ähnlich, zu zögern.

»Ich bin gnädig genug, dich nicht vor deinem Untergebenen zu töten.«

»Ah. Was das angeht ...« Er lehnte sich zurück. Funken stoben auf, als Holzscheite im Feuer in sich zusammenfielen. »Wer hat dich geschickt?«

Ich betrachtete ihn eingehend. »Moth.«

Seine Augen weiteten sich geringfügig. Ihm sagte der Deckname etwas, und eine Welle des Stolzes überkam mich bei seinen nachfolgenden Worten. Als wären es Lorbeeren, die für mich bestimmt waren. »Er ... Ich wollte es nicht glauben, aber die toten Vampire sind seine Schuld? Deine? Du erledigst für diesen Moth die Drecksarbeit?«

»Vielleicht.« Meine Selbstsicherheit kehrte zurück. Es war nicht überraschend, dass er mittlerweile von mir und Moth gehört hatte. Seit einem Jahr stand ich in seinen Diensten.

Wut zeichnete sich nun auf seinem bleichen Gesicht ab. »Das hier wird dein letzter Auftrag sein, kleine Maus. Mal sehen, was Moth davon hält, wenn ich ihm deinen Kopf schicke. Machen wir es kurz.«

Ehe ich seine Bewegung überhaupt registriert hatte, hatte er mich mit einer Hand an der Kehle gepackt und gegen das Regal gepresst. Bücher krachten auf den Boden. Mein Hinterkopf pochte durch den schmerzhaften Aufschlag.

Der Baron drückte mir die Luft ab. Doch es hatte schon gefährlichere Situationen gegeben. So leicht ließ ich mich nicht aus der Ruhe bringen. Besonders da ich dem Tod eben erst entkommen war.

Ich stieß mit dem Dolch zu und erwischte ihn, bevor er sich zurückziehen konnte. Blut spritzte und sickerte dann warm über meine Hand und unter meinen Ärmel.

Wieder hatte der Baron sich zu flink bewegt und stand nun auf der anderen Seite des Teppichs. Er zog die schwarze Klinge aus seiner Seite.

»Du bist nicht so schreckhaft, wie ich dachte«, sagte er immer noch gefühllos, während ich nach Luft schnappte.

»Glaubst du, ich hätte mich dann in das Haus eines Kronvampirs gewagt?« Meine Stimme war kratzig. Ein paar Sekunden länger und er hätte mir die Luftröhre zerquetschen können.

Sorgenvoll rieb ich mir den Hals mit einer Hand.

»Immerhin weißt du, dass ich dir weit überlegen bin.« Er presste seine Hand auf die Wunde, die sich bald schon wieder schließen würde. Seinesgleichen konnte sich zu meinem Bedauern schnell von normalen Verletzungen erholen und auch Wunden, die für Menschen tödlich gewesen wären, stellten kein endgültiges Problem für sie da.

Am liebsten hätte ich ihm mit dem Dolch die Kehle durchgetrennt und den Kopf vom Körper geschlagen, noch bevor er mich hätte kommen sehen. Etwas, das ihn wahrhaftig getötet hätte. Doch der Moment dafür war vorbei.

Ich hatte gerade einen neuen Plan entworfen, als er den Abstand zwischen uns überbrückte und mich am Arm packte. Er schleuderte mich wie einen Sack Kartoffeln gegen den Sessel, auf dem er eben noch gesessen hatte. Mit mir zusammen kippte dieser nach hinten. Ich rollte mich unter Qual auf dem Boden ab und sprang sofort wieder auf. Nur um von Temerin ein weiteres Mal erwischt zu werden. Seine Hände umschlossen meine Kehle, und er übte viel mehr Druck aus als zuvor.

Meine vermutlich allerletzten Sekunden des Bewusstseins ausnutzend fixierte ich das Feuer mit meinem Blick. Ich kratzte mit den blutigen Fingernägeln über Temerins weißes Hemd, als die ersten Funken vom Kamin auf uns zu stoben.

Ein letztes Aufbäumen meiner Magie, und der Vampir fing Feuer wie ein Streichholz.

Gleichzeitig mit dem markerschütternden Schrei, der sich aus seiner Kehle löste, lockerte sich der Griff um meinen Hals.

Gerade rechtzeitig konnte ich zurückspringen, um nicht selbst von den glühend roten Flammen verschluckt zu werden.

Er versuchte verzweifelt, ihnen zu entkommen, und wedelte unkontrolliert mit den Armen, während sich der Geruch von verbranntem Fleisch ausbreitete.

Grimmig lächelnd blickte ich auf meine Hand hinab und öffnete die Faust. Sein silber-schwarzer Siegelring lag darin.

Auf meine Instinkte war Verlass.

Da ich erschöpft war, sowohl mental als auch körperlich, sammelte ich meine Obsidianklinge ein und öffnete eines der von Vorhängen verhüllten Fenster. Ich hatte nicht vor, gegen seinen Untergebenen zu kämpfen. Der Auftrag war erledigt.

Auf dem Sims hockend warf ich einen letzten Blick über meine Schulter. Der Baron knallte gegen eines der Regale und löste einen Dominoeffekt aus, als alle anderen dahinter zu fallen und zu brennen begannen.

Temerin zuckte noch, machte jedoch keinen Laut mehr. Es war fast vorbei.

Entschlossen öffnete ich das Fenster und sprang aus dem ersten Stock in die verschneite Nacht hinaus.

4

Ich wurde am nächsten Tag von meinen Tanten umsorgt. Um sie nicht unnötig zu beunruhigen und vielleicht auch, weil ich nicht mehr vollkommen davon überzeugt war, die Wilde Jagd gesehen zu haben, behielt ich die Begegnung für mich. In meinem Kopf ergab es viel mehr Sinn, dass ich sie mir eingebildet hatte, nachdem ich mich am Kopf gestoßen hatte. Oder etwas in der Art.

Meine Tanten wussten, was Moth von mir verlangte, und sie sahen das Töten von Vampirinnen und Vampiren – genau wie ich – nicht als Problem an. Schließlich hatten wir dies bereits vor unserer schicksalhaften Begegnung mit Moth getan. Nur dass wir keine bestimmten Untoten erledigt hatten.

Trotzdem spürte ich ihren Kummer, weil Moth ihnen nicht erlaubte, mich zu begleiten. Er hatte sich dahingehend nie erklärt. Vielleicht wollte er sehen, wozu ich fähig war. Oder er genoss die Macht, die er über mich hatte. Suhlte sich darin, mir jedes Mal das Gefühl zu geben, dass die Verantwortung allein auf meinen Schultern lastete.

Umso mehr kümmerte sich meine Familie jedoch nach jeder Jagd um mich. Es war das Einzige, das sie tun konnte. Tante Frinn kochte meine Lieblingsspeise – Haferschleim mit roten Waldbeeren –, und Tante Elma heilte mich mit Salbe und Magie, bis ich keinerlei Schmerzen mehr verspürte.

Kurz bevor die Sonne unterging, kämpfte ich mich aus meinem wohlig warmen Bett und spannte unsere Gäule an.

Salazar und Paddy schnaubten, als sie sich endlich in Bewegung setzen durften. Heute Nacht würden wir Hugh zusammen besuchen, bevor ich Baron Temerins Siegelring an Moth übergab.

Insgeheim hoffte ich, dass er mir eine kurze Auszeit gönnen und mich nicht sofort mit einem weiteren Auftrag strafen würde. Manchmal ließ er sich Tage oder Wochen Zeit, doch in den letzten zwei Monaten war die Zahl der Opfer angestiegen.

Was genau er erreichen wollte, wusste ich nach wie vor nicht.

Es wunderte mich nicht, dass Temerin reagiert hatte, als ich ihm Moths Namen genannt hatte.

Da ich viele Vampirinnen und Vampire der Oberklasse gejagt und aus dem Weg geräumt hatte, waren gerade meine letzten Aufträge schwieriger geworden. Lange Zeit hatte sich das Vampirvolk für unbesiegbar gehalten, und auch jetzt fiel es ihm noch schwer, die eigenen Schwächen zu akzeptieren, doch vor Temerin waren die Schutzvorkehrungen im Einzelnen hin und wieder verstärkt worden.

»Bereit?«, rief Frinn aus einem Fenster heraus.

»Du lässt die kalte Luft rein«, antwortete ich und tätschelte ein letztes Mal Paddys Kopf. »Fertig.«

»Pass auf, dass ich dich nicht zu Fuß gehen lasse, du Göre!« Sie schlug lachend das Fenster zu. Schnee rieselte vom Dach, als der ganze Wagen unter der Wucht erzitterte.

Kopfschüttelnd zog ich mich am Geländer hoch, während sich die Kutsche durch Magie in Bewegung setzte. Die Pferde trugen nicht mal den Bruchteil des Gewichts unseres Wohnwagens, was Außenstehenden nicht auffiel. Dafür sorgte unsere Magie.

Tante Elma saß vorne auf dem Kutschbock, wo es mir zu kalt war. Ich fand, dass ich nach dem Drama der letzten Nacht durchaus weiter Ruhe verdient hatte. Deshalb zog ich mich wieder aufs Bett zurück und konzentrierte mich darauf, nicht an die sechs geisterhaften Reiter zu denken.

»Lass uns rein«, verlangte ich, als der Angestellte Anstalten machte, mir die Tür vor der Nase zuzuschlagen.

Den Wohnwagen hatten meine Tanten und ich an der Mündung der menschenleeren Straße abgestellt. Sie standen hinter mir, in der Hoffnung, ihren Sohn und Neffen in die Arme schließen zu können.

»Wir wollen Hugh sehen, und ich habe den Beweis für ... für ...« Etwas hielt mich davon ab, auf der Straße herauszuposaunen, dass ich einen Mord begangen hatte.

Der klapprige, unhöfliche Greis fletschte die Zähne.

»Ich geb dir gleich was!«, knurrte ich und krempelte bereits meine Ärmel bis zu den Ellbogen, als sich sein Gebaren in der nächsten Sekunde änderte.

Er neigte den Kopf und trat zurück.

»Geht doch!«, zischte ich, stieß die Tür gänzlich auf und betrat das wenig anheimelnde Haus. Meine aufsteigende Wut brachte mein Blut zum Kochen. Ich konnte kaum einen klaren Gedanken fassen.

Die Ungerechtigkeit, die meiner Familie über die Jahre widerfahren war, brachte mich mehr und mehr an meine Grenzen.

Nicht mehr lange. Halte noch etwas durch.

Bald schon würden wir auf der Insel zur Ruhe kommen.

Anders als sonst, wenn ich mit meinen Tanten kam, erwartete uns Moth bereits in Schatten gehüllt im Salon. Im Kamin glühten die Überreste eines Feuers. Lediglich ein Kerzenleuchter erhellte den länglichen Raum. Ein kalter Luftzug ließ mich erzittern.

»Wo ist Hugh?« Ich spürte sofort, dass etwas faul war.

Moth machte nicht mal Anstalten, das zu vertuschen.

Meine Tanten bildeten die starken Säulen meiner Existenz,

die ich während der Jagd so sehr vermisste. Jetzt aber konnte ich mich auf sie verlassen.

»Dein Cousin ist geflohen.« Worte, die mit Moths monotoner Stimme unwirklich klangen. Doch selbst mit Leidenschaft oder einem anderen Gefühl vorgetragen, wären sie schwer zu glauben gewesen.

»Was? Warum ... Warum sollte er das tun?« Nicht nur warum, sondern *wie*? Moth hatte ihn fast ein Jahr lang erfolgreich eingesperrt. Wie konnte das nun passieren? Wir waren kurz vor dem Ende unseres Kontrakts.

»Woher soll ich wissen, was im Kopf eines Jünglings wie ihm vor sich geht?« Er bewegte sich vor uns auf und ab. Der schwarze Umhang seinen Körper verhüllend. »Ich habe versucht, ihn zu finden.«

»Wann?«

»Er ist vor Morgengrauen geflohen. Häscher haben ihn aufgegabelt, wenn meine Quellen richtigliegen.«

Elma keuchte auf. Frinn drückte mich am Ellbogen. Ein anderes Zeichen ihrer Betroffenheit ließ sie sich nicht anmerken. Auch sie vergaß nicht, dass Moth in erster Linie ein Raubtier war.

»Und du hast das einfach so zugelassen?« Ich ballte die Fäuste. Häscher machten Jagd auf Hexen und Hexer, um sie zu verkaufen.

Ich bildete mir ein Schulterzucken ein. Die Wahrheit war jedoch, dass Moth ungerührt schien. »Ich habe ihn nicht gezwungen, zu gehen. Er war hier sicher.«

»Sicher?«, echote ich fassungslos. Mein Verstand fühlte sich wie leer gefegt an. Was hatte Hugh sich dabei nur gedacht? Hatte er kein Vertrauen mehr in mich gehabt? »Ich muss ihn suchen.«

»Was du tun musst, ist, die Seite deines Vertrags zu erfüllen«, ermahnte mich Moth mit tödlicher Schärfe.

Ich hob das Kinn und warf ihm Baron Temerins Siegelring vor die Füße. Er drehte sich ein paarmal im Kreis, ehe er sich nicht mehr rührte. Moth hob ihn nicht auf. »Du hast den Kontrakt zuerst gebrochen. Hugh ist nicht mehr hier.«

»Billie«, flüsterte Frinn, ohne dass ich bestimmen konnte, was sie mir damit sagen wollte. Bat sie um Zurückhaltung meinerseits? Oder sprach sie mir Mut zu?

»Es ist nicht meine Schuld«, beharrte Moth.

»Du hast ihm die Freiheit genommen!«

»Und jetzt ist er weder frei noch sicher.«

Knisternde Magie stieg in mir auf. Das Verlangen war groß, sie gegen ihn einzusetzen. Mich zurückzuhalten bedurfte ein außergewöhnliches Maß an Selbstbeherrschung. Doch es würde mich nicht weiterbringen, Moth in seinem eigenen Haus zu attackieren.

»Deshalb braucht er mich.« Moth schwieg eisern, was mich nervöser machte, als wenn er weiterhin mit mir diskutiert hätte. »Was muss ich tun, damit du mich gehen lässt?«

Ich machte mir keine Illusionen darüber, dass er mich nicht problemlos festhalten könnte. Deshalb musste ich meinen Stolz und meine Wut runterschlucken. Wie ich es ständig im vergangenen Jahr getan hatte.

»Deine Tanten bleiben hier. Als Sicherheit.«

»Sicherheit wofür?«

»Dass du wieder zurückkommst. Zeitnah.«

»Unter keinen Umständen«, presste ich hervor, als Frinn eine Hand auf meine Schulter legte, wie um mich zurückzuhalten.

»Das erscheint mir nur gerecht.« Moths Schatten waberten träge um seinen Umhang, als würden sie seinen inneren Gemütszustand widerspiegeln.

»Dein Sinn für Gerechtigkeit ist nicht …«

»Abgemacht«, unterbrach mich Tante Elma. »Frinn und ich bleiben hier, während Billie Hugh sucht.«

»Nein.« Ich schüttelte zur Untermalung den Kopf. »Ihr sucht nach ihm, und ich bleibe, wenn es nicht anders geht. Zwei Personen sind besser als eine.«

»Auch wenn es mich schmerzt das zu sagen, Billie, weil ich dich lieber in Sicherheit wissen will, du bist die Fähigste von uns. Du kennst dich in Westwend am besten aus, und ich glaube ... Ich glaube, wenn es eine Möglichkeit gibt, Hugh zu retten, dann wirst du sie finden.« Frinn tätschelte meine Wange.

»Wir glauben an dich, Billie«, fügte Elma hinzu, während Tränen ihre Wangen hinabrannen. »Es sei denn, du traust es dir selbst nicht zu. Das wäre auch in Ordnung ...«

Leider hatten sie recht. Ich kannte Westwend wie meine Westentasche, und meine Magie war stärker als die von meinen beiden Tanten zusammen.

»Du sagst, Häscher hätten ihn aufgegriffen?«, fragte ich an Moth gewandt.

»Du könntest zum Markt gehen«, schlug er anstelle einer Antwort vor. »Vielleicht wird er noch vor Morgengrauen versteigert.«

Das ließ ich mir einen Moment durch den Kopf gehen. »Selbst wenn, würde ich ihn allein nicht befreien können. Nicht vor aller Augen. Aber wenn ich sehe, wer ihn ersteigert, dann ...«

»Das wird vielleicht nicht passieren«, entgegnete Moth. »Hochrangige Vampire schicken oft Stellvertreter, die sich um Prozedere wie das Einkaufen von Hexen kümmern. Und sobald er auf einem Boot ist, wird es schwer, ihm zu folgen.«

Frustriert hob ich die Hände. »Was soll ich dann tun? Du bist derjenige, der versagt hat, und jetzt zeigst du dich wenig hilfreich.«

»Wie wäre es damit, vorher einzugreifen?« Er schien nicht im Geringsten von meinen Worten beeinflusst zu werden. Es ärgerte mich mehr, als ich zugeben wollte. »Finde die Häscher, die wissen, wo er bis zur Auktion festgehalten wird. Bring sie zum Reden. Dann hast du vielleicht eine Chance.«

»Du könntest mir helfen.«

Er schnaubte tatsächlich. »Du bist mehr als fähig, das allein zu bewerkstelligen, Wilhelmine Kron.«

Ich erzitterte. Meinen vollen Namen mit seiner Stimme zu hören, behagte mir nicht. »Wir werden sehen.«

»Ich erwarte dich in zwei Tagen zurück.« Moth glitt an uns vorbei, bevor er ein letztes Mal innehielt. »Ich befehle meinen Untergebenen, sich um euren Wagen zu kümmern.«

Woher er wusste, dass wir mit den Pferden und dem Wohnwagen gekommen waren, war mir schleierhaft, überraschte mich allerdings nicht.

Nachdem er uns allein gelassen hatte, fielen wir drei uns in die Arme.

Ich konnte mich nicht fallen lassen. Noch immer befanden wir uns im Haus unseres maskierten Feindes, doch ich brauchte diesen Moment, um Kraft für das Kommende zu schöpfen.

»Warum würde er einfach wieder davonlaufen?«, fragte Elma genau das, was auch mich stutzig machte. »Das sieht ihm nicht ähnlich. Vor allem nach dem letzten Mal.«

»Vielleicht hat uns Moth nicht die ganze Wahrheit gesagt«, murmelte Frinn düster. »Pass auf dich auf, Billie. Dein Leben ist nicht weniger wert als Hughs.«

Darauf wusste ich nichts zu erwidern. Die Tatsache blieb bestehen, dass Hugh Elmas leibliches Kind war. Er hatte eine Mutter, die auf ihn wartete und um ihn trauern würde. Auch wenn mich meine Tanten liebten, war das kein Vergleich. Ich fühlte mich wie das fünfte Rad am Wagen, und gleichzeitig stieg der Hass auf meine eigenen Eltern, die mich nicht genug geliebt hatten.

»Ich werde ihn finden und zurückbringen«, versprach ich und drückte sie ein letztes Mal. »Macht euch keine Sorgen.«

»Als wäre das so einfach.«

Ich küsste erst Frinn und dann Elma auf die Wange. »Ich beeile mich.«

»Bis bald, Billie.«

Ich bereute es augenblicklich, White Bell betreten zu haben. Auch wenn mir keine andere Wahl blieb, wenn ich die Häscher ausfindig machen wollte, hasste ich es, dieses Viertel aufzusuchen.

Meine Tanten, Hugh und ich hatten durch das Reisen sehr viele Orte in der Republik Wimborne gesehen, aber keiner von ihnen konnte White Bell in puncto Verwerflichkeit das Wasser reichen. Selbst die Stadtwache schien einen großen Bogen darum zu machen und die Bewohnerinnen und Bewohner lieber sich selbst zu überlassen, was ein guter Hinweis darauf war, wie gefährlich es hier in den gepflasterten Gassen zwischen heruntergekommenen Bauten sein konnte.

Dazu kam noch mein eigener Verfolgungswahn.

Überall glaubte ich den magischen Wald zu sehen. Die Vorboten der Wilden Jagd, der ich auf keinen Fall ein weiteres Mal zum Opfer fallen wollte. Mein Steißbein hatte sich gerade erst wieder erholt. Außerdem war nicht davon auszugehen, dass ich eine erneute Begegnung überleben würde. Gestern Nacht hatte ich Glück gehabt. Warum auch immer. Ich wollte das Schicksal keinesfalls ein weiteres Mal herausfordern.

Ich sprang über eine Pfütze mit zweifelhaftem Inhalt und zog mir anschließend die Kapuze tiefer ins Gesicht. Eine Gruppe Halbstarke kam mir entgegen. Sie grölte laut und nahm die gesamte Straße für sich ein.

Normalerweise scheute ich keine Konfrontation wie diese, doch ich wollte mich nicht aufhalten lassen. Moth hatte mir zwei Tage gegeben, die ich nicht ausreizen wollte. Das würde nämlich bedeuten, dass Hughs Wohlbefinden auch zwei Tage lang in den Händen von Hexenhändlern lag.

Ich drängte mich an eine Hauswand und blickte zu Boden. Die Gruppe wankte fast im Gleichschritt an mir vorbei, ohne mich wahrzunehmen. Sobald sie die Kreuzung erreicht hatte, atmete ich erleichtert aus und setzte meinen Weg fort.

White Bell bestand aus vielen mehrstöckigen, alten Wohngebäuden, die behelfsmäßig zusammengeflickt waren. Doch es gab auch eine Straße, an der sich das Gesindel förmlich sammelte, um seinen Sünden unbehelligt zu frönen. Diese befand sich im Herzen des Viertels, war gespickt mit Kneipen, Spielhöllen und Bordellen. Das war mein auserkorenes Ziel.

Obwohl ich Häschern bisher nur mit Abstand begegnet war, gehörte es zu meinem Alltag dazu, alles über sie zu wissen. Bloß um ihren Weg nicht zu kreuzen.

Deshalb hatte ich auch herausgefunden, dass sich in White Bell ihr Hauptquartier befand. Und hoffentlich gab es hier auch den Ort, an dem sie Hugh festhielten.

Einmal in den Fängen eines Häschers war es unmöglich, zu entkommen.

Fast unmöglich.

Ich würde nicht zulassen, dass Hugh zu einem Teil dieser Statistik wurde. Mein Cousin würde morgen schon wieder seine Mutter in den Arm nehmen können. Dafür würde ich sorgen.

Als ich die sündenbehaftete Straße erreichte, war es noch nicht sehr spät. Vielleicht eine Stunde vor Mitternacht. Die Zeit in der Nacht, in der sich die meisten Besucherinnen und Besucher hier auf der Suche nach Drogen, Sex oder Glücksspiel herumtrieben. Ich konnte mich unauffällig in die Menge mischen, weil sowieso jeder mit sich selbst und der Erfüllung seiner niederen Bedürfnissen beschäftigt war.

In der Gosse fiel von den Menschen überraschend schnell die Angst vor den Schattenwesen ab. Sie hatten bereits gelernt, dass ihresgleichen oftmals zu grausameren Taten fähig waren als Vampirinnen und Vampire. Deshalb kümmerten sie sich auch nicht darum, dass viele der Untoten ohne Rang und Namen hierherkamen, um sich Blut zu kaufen. Sie mussten nur mit einer Goldmünze winken, und schon boten sich Menschen an, um ihnen etwas von ihrem Blut zu geben. Allein in den fünf Minuten, da ich mir einen Weg voran kämpfte, konnte ich drei Vampire erkennen, die ihren Durst stillten. Einer von ihnen stand lässig gegen die hölzerne Wand eines Stalls gelehnt und saugte am Hals eines zierlichen blonden Mannes. Unsere Blicke begegneten sich für eine Sekunde, ehe ich den meinen schnell weiter wandern ließ. Ich erschauerte.

Daran würde ich mich nie gewöhnen können.

»Na, Kleine, suchst du was? Ein bisschen Geld vielleicht?«, sprach mich eine Frau von der Seite an.

Nach einer kurzen Überprüfung mit meiner Magie wusste ich, dass sie eine Vampirin war.

Normalerweise hätte ich kurzen Prozess mit ihr gemacht und ein Messer zwischen ihre Rippen platziert. Doch ich rang mir ein gepresstes Lächeln ab. Selbst als sie mir so nahe gekommen war, dass ich ihren faulen Atem an meinem Nacken spürte.

»Nein, danke«, sagte ich und lief davon.

Ihr amüsiertes Lachen war das Einzige, das mir folgte. Immerhin würde sie sich schon bald ein anderes Opfer gesucht haben. Davon gab es ja hier zuhauf.

Nicht lange danach hatte ich das Hauptquartier der Häscher im Halbdunkel ausfindig gemacht, obwohl ich nur einmal zuvor hier gewesen war. Und das ganz aus Versehen, weil ich mich noch nicht in der Stadt ausgekannt hatte.

Das Gebäude ragte über alle anderen hinaus und besaß einen einzigen Turm, dessen Fenster mit Brettern vernagelt worden waren. Die Fassade war blau gestrichen, das Dach schmutzig orange. Es gab ein oval geformtes Eingangstor, das trotz der klirrenden Kälte offenstand.

Ich verharrte auf der gegenüberliegenden Straßenseite. Niemand schenkte mir Beachtung, während uniformierte Häscher ein und aus gingen. Sie trugen dunkelblaue Kleidung und rote Schärpen. Ihre Schädel waren kahlrasiert, wodurch sie harscher und angsteinflößender wirkten. Muskeln über Muskeln und überall Waffen: Schwerter, Dolche, Streitäxte, Speere, Ketten und Armbrüste.

Bisher war ich nur männlichen Häschern begegnet, das schloss jedoch nicht aus, dass es auch weibliche gab. Sie waren wahrscheinlich mindestens genauso furchteinflößend.

Ich hatte mich für so schlau gehalten. Dabei war mir nicht bewusst gewesen, wie groß die Gruppe mittlerweile geworden war. Wie stark ihre Zahl angewachsen war.

Wann war das geschehen? Waren Vampirinnen und Vampire so verzweifelt? Fürchteten sie um ihr Dasein?

Denn ohne Hexen und Hexer gab es keine Kronvampirinnen und -vampire und ohne sie würde es keine weiteren ihrer Art mehr geben.

Trotz der Waffen und vernarbten Gesichter wirkten die Häscher gut gelaunt, als sie einander begegneten. Manche kehrten zum Hauptquartier zurück, andere begannen gerade ihre Schicht. Auf der Jagd nach Frischfleisch, das sie ihren Geldgebern während der Auktion präsentieren konnten.

Sie gingen dabei Informationen nach, die sie entweder durch Geld oder Gewalt bekamen. Deshalb war es unabdinglich, auch vor Menschen keine Magie zu zeigen. Sie waren die ersten, die uns verkauften.

Ich blickte vom Eingangstor hinauf zum Turm und wieder nach unten. Befanden sich die Gefangenen dort drin? Und wenn ja, wie sollte ich Hugh daraus befreien?

Es war unmöglich. Das erkannte ich jetzt. Ich war allein und würde es nicht mit mehr als drei oder vier Häschern gleichzeitig aufnehmen können. Nicht während einer direkten Konfrontation jedenfalls.

Wie wäre es, hineinzuschleichen? Oder jemanden dazu zu bringen, Hugh rauszubegleiten?

Meine Gedanken rasten. Es musste einen anderen Weg geben.

Ich könnte einen Häscher entführen und ihm Fragen stellen, die er mir sehr wahrscheinlich nicht wahrheitsgemäß beantworten würde. Hätte ich den Mumm in mir, ihn zu foltern?

Moth hatte zurecht zur Eile gedrängt. Wenn ich es nicht vor der Auktion geschafft hatte, Hugh zu finden, würde sich alles schwieriger gestalten.

Ich schob die Kapuze tiefer in mein Gesicht, um meine Verzweiflung vor den Umstehenden zu verhüllen.

Flötenmusik drang zu mir rüber. Jemand grölte ein zur Melodie passendes Lied, und andere stimmten mit ein. Die Häscher sahen nicht einmal in die Richtung der Menge, waren allein auf sich selbst und ihr Vorhaben konzentriert.

Ich drehte mich weg.

Meine Atmung ging schneller und schneller, als ich in die nächstgelegene leere Gasse einbog. Panik schnürte mir die Kehle zu. Ich stützte mich auf meine Knie und versuchte, mich zu beruhigen.

Das Problem war, ich hatte meine Entscheidung längst getroffen. Mein Plan stand fest. Trotzdem stieg fürchterliche Angst in mir auf.

Ich wollte nicht sterben. Obwohl mir meine Situation in dieser ungerechten Welt ausweglos erschien, wollte ich weitermachen.

Das einzig Gute war, dass ich meine Furcht unterdrücken

und meine Absicht in die Tat umsetzen konnte. Ich schätzte, das war es, was Mut von Feigheit unterschied. Etwas, das ich nicht von meinen Eltern gelernt hatte.

»Dann wollen wir mal«, murmelte ich und richtete mich auf. »Alles oder nichts.«

Entschlossen setzte ich mich in Bewegung. Ich hoffte nur, ich würde es nicht bereuen.

Zurück auf der belebten Straße entfernte ich mich vom Hauptquartier. Ich musste es ja nicht zu offensichtlich machen.

Nachdem ich mich neben einem Straßenhändler positioniert hatte, der auf einer Decke saß und bunte Blechdosen für Kautabak anpries, schob ich meine Kapuze runter. Den Dolch versteckte ich in meinem Stiefelschaft.

Götter, lasst das bitte funktionieren.

Als ich einen Häscher erblickte, der allein unterwegs war, witterte ich meine Chance.

Für einen kurzen Moment zweifelte ich noch. Doch solange ich Vertrauen in mich selbst und meine Fähigkeiten hatte, würde ich gewinnen.

Ich senkte den Blick und ging los. Kein Zögern mehr. Keine Zurückhaltung.

Mit voller Wucht rammte ich meine Schulter gegen die des Häschers. Wir stießen brutal gegeneinander. Ich hatte nicht bemerkt, dass er unter seinem braunen langen Mantel Schildplatten trug, und das rächte sich jetzt.

Stöhnend rieb ich mir den entstehenden Bluterguss.

»Hey! Kannst du nicht aufpassen? Bastard.« Ich spuckte aus, um auch ja nichts dem Zufall zu überlassen.

Flammen schossen neben mir hoch, als sich jemand beim Feuerspeien versuchte. Leute stoben schreiend auseinander.

Der Häscher blieb stehen. Die Menge teilte sich um uns, als er seinen Kopf hin und her rollte. Dann, ganz langsam, drehte er sich zu mir um. Ein Ausdruck kalter Wut lag auf seinem zerfurchten Gesicht. »Was hast du da gesagt, Schlampe?«

»Schau mal besser, wo du hinläufst.« Ich musste mein Erzittern nicht spielen, als er sein Schwert lautlos aus der Scheide zog. »Was? Kannst du dich nicht einfach entschuldigen?«

»Du weißt nicht, mit wem du dich anlegst, Miststück.«

»Ich lege mich mit niemandem an, sondern …«

Er drehte sich nun gänzlich zu mir um. Breitbeinig und imposant. »Lauf davon. Das ist meine einzige Warnung.«

Ich grinste schief. »Wie auch immer.« Damit hob ich meine Arme und drehte die Handflächen nach oben. Flammen stoben von dem Feuerspeier zu mir, weil sie meinem Ruf gehorchten. Sie knisterten auf meiner Haut, ohne sie zu verbrennen.

»Eine Hexe!«, rief nicht nur eine Person.

Die Nachricht verbreitete sich rasend schnell, und innerhalb weniger Sekunden hatte sich ein Kreis um den Häscher und mich gebildet.

»Entweder überschätzt du dein Können oder du willst unbedingt verkauft werden«, knurrte er und spielte mit dem Kurzschwert in seiner Hand.

Unwillkürlich begannen wir, uns zu umkreisen. Hitze breitete sich in meinem Körper aus und verglühte mich wie ein Schürhaken fast von innen. Es war berauschend, mich ihm zu stellen. All meine Wut auf ihn zu übertragen.

Ich antwortete ihm mit meiner Magie. Schleuderte ihm einen Feuerball nach dem anderen entgegen, denen er umständlich ausweichen musste. Seine Körpermasse hinderte ihn daran, sich geschwind zu bewegen.

Die Schaulustigen liefen Schutz suchend davon, sodass uns für den Kampf viel mehr Platz geschenkt wurde.

Eigentlich hatte ich diesen eilig beenden wollen, doch einmal im Rausch gefangen, konnte ich mich nicht so schnell wieder davon lösen.

Mein Gegner hockte sich hinter einen leeren Planwagen, der Feuer gefangen hatte.

»Ist das alles?«, schrie ich und konzentrierte mich darauf, den Wagen magisch anzuheben. Noch nie zuvor hatte ich versucht, etwas derart Schweres von der Stelle zu bewegen.

Unser Wohnwagen war zwar magisch angetrieben, doch dahinter steckte ein ausgeklügelter Mechanismus, der unsere Magie nur als Zündung brauchte. Anders als hier.

Hier benötigte ich rohe magische Gewalt.

Ich spürte Blut, das vor Anstrengung, so viel Magie zu wirken, aus meiner Nase tropfte.

Der brennende Wagen erzitterte. Schweiß bildete sich auf meiner Stirn und rann mir die Wirbelsäule hinab. Ich schrie durch zusammengebissene Zähne hindurch.

Mit einem Ruck krachte der Wagen zur Seite gegen eine Backsteinwand. Funken sprühten, und Holzteile stoben in alle Richtungen. Trafen selbst mich am Arm und am Bein. Der Häscher allerdings hatte sich in Luft aufgelöst.

»Was?«

Ich drehte mich um und blickte direkt in sein grinsendes Gesicht. Sein fauler Atem stieg mir in die Nase, eine Sekunde bevor er den Schwertknauf gegen meine Schläfe krachen ließ.

Mein letzter Gedanke, bevor ich in die Dunkelheit abtauchte, galt Hugh.

5

Als ich wieder zu mir kam, wusste ich zunächst nicht, wo ich war oder was geschehen war. Ich konnte mich nicht mal orientieren, weil ich nichts außer schwarzen Stoff vor meinem Gesicht erkennen konnte.

Nach und nach kehrten zu dem gleichmäßigen Rütteln meiner Umgebung die Erinnerungen zurück. Moth. Hugh. White Bell. Der Häscher.

Wie peinlich. Ich hatte mich von meiner eigenen Magie so ablenken lassen, dass ich seine offensichtliche Täuschung nicht bemerkt hatte. Es machte kaum einen Unterschied, dass ich ohnehin vorgehabt hatte, mich gefangen nehmen zu lassen. So schnell hatte ich die Sache dann allerdings doch nicht abschließen wollen.

Das schmerzende Pochen in meinem Kopf versuchte ich, in den Hintergrund zu drängen. Genauso wie den Geschmack von Blut in meinem Mund. Meine Hände waren hinter meinem Rücken zusammengebunden, und ein Sack war über meinen Kopf gestülpt. Immerhin hatten sie auf einen Knebel verzichtet.

Ich wusste nicht, ob sie meine Waffen gefunden und mir weggenommen hatten. Das musste ich zu einem späteren Zeitpunkt überprüfen. Testweise bewegte ich meine Handgelenke, um herauszufinden, wie viel Spielraum mir das raue Seil zugestand.

Das Ergebnis war ernüchternd.

»Halt still, oder ich bring dich dazu«, sagte eine harsche Stimme irgendwo vor mir.

Jemand anderes wimmerte. Scheinbar war ich nicht die einzige Hexe, die transportiert wurde.

Da ich keinen Wind an meinen Händen spürte, ging ich von einem geschlossenen Planwagen aus, der uns bestimmt aus White Bell hinausbrachte. Der Häscher hätte keinen Wagen gebraucht, um mich zum Hauptquartier zu bringen. Vermutlich würden wir sofort zum Markt fahren. Bedeutete das, Hugh befand sich ebenfalls hier? Würde ich ihn gleich sehen können?

Fast schon entspannt ließ ich mich gegen das raue Holz sinken, als mir urplötzlich klar wurde, dass etwas ganz und gar nicht stimmte. Etwas, das ich während meines Plans nicht beachtet hatte und das mir nun das Genick brechen könnte.

Meine Magie!

Ich konnte meine Magie nicht mehr spüren. Das war der berüchtigte Logikfehler, der mich das Leben kosten würde. Natürlich.

Es war mir nicht in den Sinn gekommen, dass die Häscher vor meinem Verkauf meine Magie unterdrücken würden. Aber warum sollten sie ein Risiko eingehen? Mit meiner Gabe hätte ich mich jederzeit befreien können und alle anderen vermutlich auch.

Ohne Zugang zu meinen Fähigkeiten kam ich zwar zurecht, Angst machte mir jedoch die Unkenntnis darüber, wie das zustande kam. Ließ es sich rückgängig machen? Was, wenn ich den Rest meines Lebens als normaler Mensch verbringen müsste?

Andererseits würde es mich dann nicht für Vampirinnen und Vampire unbrauchbar machen? Möglicherweise könnte ich dann niemandes Blutbraut mehr sein, was ein Segen wäre.

Bevor ich mich weiter in etwaige Theorien hineinsteigern konnte, kam der Wagen ruckelnd zum Stehen. Jemand stapfte an mir vorbei. Eine Plane raschelte und kalter Wind fuhr unter meine Kleidung. Ließ mich heftig erzittern.

»Lasst mich gehen. Bitte«, flehte eine Frau. Sie klang älter als ich und verzweifelt. »Ich habe nichts getan.«

»Du bist eine Hexe. Das reicht«, antwortete jemand anderes schroff. Wahrscheinlich einer der Häscher. »Raus jetzt mit euch. Die Auktion beginnt gleich.«

Gleich? Das bedeutete, es war bereits der nächste Morgen.

Verdammt.

Mir wurde der Sack vom Kopf gerissen.

Noch während ich blinzelnd versuchte, im Licht einer Laterne etwas zu erkennen, wurde ich an einem Arm vom Wagen gezerrt. Ich sprang herunter, stolperte über meine eigenen Füße und fiel der Länge nach hin.

»Pass doch auf!« Ich bekam einen Tritt in die Seite und krümmte mich mehr aus Angst vor weiteren Tritten als vor Schmerzen.

Mühsam rappelte ich mich auf, was mit gefesselten Händen hinter dem Rücken nicht leicht war. Schließlich hatte der Häscher genug davon zu warten. Er packte mich erneut am Oberarm und riss mich auf die Beine.

»Jetzt lauf.« Wieder schubste er mich nach vorne. Dieses Mal war ich darauf vorbereitet und fiel nicht hin.

Das Einzige, was mich ablenkte, war die riesige Markthalle, die sich vor uns im Morgengrauen erhob. Wenige Male zuvor war ich hier gewesen. Immer hatte ich den Eingang von der Anlegestelle für Boote genommen, weil sich auf dem rückwärtigen Teil weniger Leute aufhielten.

Zum ersten Mal sah ich das Grandeur von außen. Die riesige weiße Fasse mit goldenen Blumenelementen, massiven Säulen und grünen Zitterpappeln davor. Dunkelgraue Wasserspeier und Fenster, die mehrere Stockwerke hoch reichten und von weißen Leisten eingefasst waren. Nur wenige Sekunden konnte ich den Anblick in mich aufnehmen, bevor wir durch einen der riesigen Eingänge gedrängt wurden. Meine Stiefel trafen auf den graublau gefliesten Steinboden einer Halle, deren Enden man nicht ausmachen konnte. Die Markthalle war das größte Gebäude in ganz Westwend, und sie wurde täglich von tausenden Besucherinnen und Besuchern betreten. Ganz gleich, was man suchte, man würde es an einem der Stände finden.

So auch Hexensklavinnen und -sklaven.

Wir wurden in einer Reihe durch die Menge geführt, die sich aus Vertreterinnen und Vertretern unterschiedlicher Gesellschaftsklassen zusammensetzte. Viele Bedienstete von gut betuchten Familien, aber eben auch jene selbst, die teure Kleidung zur Schau trugen und gesehen werden wollten.

Ich hatte davon gehört, dass es Menschen gab, die aktiv die Aufmerksamkeit von Vampirinnen und Vampiren suchten, und konnte mir nichts Schlimmeres vorstellen. Fand es gar widerwärtig. Was erhofften sie sich von diesen Monstern? Zuneigung? Macht? Ewiges Leben?

Hin und wieder wurden Blicke in unsere Richtung geworfen, nur um sich sogleich abzuwenden. Vermutlich aus Angst, irgendwann selbst an unserer Stelle zu sein.

Das Vampirvolk brauchte Menschenblut, aber es liebte Hexenblut mehr. Das war der zweite Grund dafür, dass Menschen frei waren und Hexen und Hexer versklavt wurden.

Wir wurden ohne großes Aufheben an diversen Ständen vorbeigeführt. Manche von ihnen bestanden lediglich aus einfach gezimmerten Tischen, andere waren ganze Häuschen, in denen die Händler ihre Waren abschließen konnten. Gleichzeitig wollten sie potenzielle Kundschaft mit Privatsphäre und Exklusivität locken. Insbesondere die Läden, die fein gewebte

Kleidung oder Edelsteine anboten. Alles, womit sich viele Münzen machen ließen.

Schließlich erreichten wir nach einer Abzweigung einen halbkreisförmigen Ausläufer des Gebäudes. Mein Blick wurde von der gewaltigen Decke angezogen, an die Sternenbilder gemalt worden waren. Etwas Farbe war über die Jahre abgeblättert, was den imposanten Eindruck auf mich jedoch nicht abmilderte.

Dann vernahm ich Hughs Stimme. Er rief meinen Namen.

Schockiert blickte ich nach vorn und erkannte jetzt, dass gefangene Hexen und Hexer hinter einem klapprigen Podest hockten. Links und rechts befanden sich schwarz bemalte einstöckige Hütten, die keinerlei Ware anpriesen.

Ich zuckte innerlich zusammen. Natürlich. Wir waren die Ware, und sie lag bereits aus.

»Billie«, rief Hugh erneut, als ich zu seiner Gruppe geschubst wurde. Wir Neuankömmlinge sollten uns zu dem bereits anwesenden Dutzend Gefangener setzen.

Sofort kroch ich – ohne meine Hände benutzen zu können – auf ihn zu und rempelte den einen oder anderen Leidgenossen an, was mir egal war. Ich wollte bloß zu Hugh.

»Da bist du«, flüsterte ich erleichtert, als ich neben ihm saß. Sorgenvoll musterte ich sein Gesicht und nahm das getrocknete Blut an seiner Schläfe wahr. Wie auch ich war er offensichtlich niedergeschlagen worden. »Wie geht es dir? Warum bist du weggelaufen?«

Er runzelte die Stirn. »Ich ... Was machst du hier, Billie? Sind Mutter und Frinn auch hier?«

Ich schüttelte den Kopf. Aus dem Augenwinkel sah ich, wie sich mehr und mehr Menschen und Vampirinnen und Vampire um das Podest versammelten. Zumindest nahm ich an, dass sich auch Untote unter die Menge gemischt hatten, auch wenn ich sie ohne Magie schwieriger identifizieren konnte.

Nachdem ich mit einem Blick festgestellt hatte, dass die Klinge aus meinem Stiefelschaft entwendet worden war, verlor ich keine Zeit, mich mit dem Rücken an Hughs Rücken zu setzen.

»Ich habe ein kleines Messer im Bund meiner Hose. Gib mir einen Moment, dann …« Er rückte sofort näher an mich dran, damit unsere Hände vor den Blicken anderer geschützt wären.

Mein Herz pochte in vielfacher Geschwindigkeit und jagte das Blut durch meine Adern. Ich war mir jeder verstreichenden Sekunde gewahr. Es war ein Risiko, doch gleichzeitig war es der letzte Moment, um mit Hugh fliehen zu können. Sollten wir an getrennte Häuser verkauft werden, wäre das eine Katastrophe.

Nein. Ich müsste ihn sofort befreien und irgendwie davonlaufen. In der Masse untertauchen. Selbst wenn wir unsere Magie nicht nutzen konnten.

Als ich mit den Fingerspitzen den rauen Griff berührte, hätte ich vor Erleichterung beinahe aufgeseufzt. Es war zwar laut in der Halle, doch ich wollte niemandem einen Grund liefern, in meine Richtung zu sehen.

Nach ein paar Sekunden hatte ich das Messer aus meinem Bund gezogen. Dann begann die schwierige Aufgabe. Anstatt damit zu versuchen, meine eigenen Fesseln zu zerschneiden, machte ich mich daran, Hugh zu befreien. Wenn es hart auf hart käme, würde ich eine Ablenkung verursachen, damit er fliehen könnte. Im Gegensatz zu mir war Hugh unerfahren und nicht kampferprobt. Vielleicht war es arrogant von mir das zu denken, aber ich glaubte nicht, dass er sich allein befreien könnte.

»Was machst du da?«, fragte er. Seine Stimme überschlug sich vor Aufregung.

»Hab ich dir wehgetan? Tut mir leid.« Meine Hände zitterten leicht, weshalb ich das Messer nicht immer gerade halten konnte.

»Du solltest dich zuerst befreien, Billie«, sagte er.

»Halt die Klappe«, nuschelte ich. »Ich hab's gleich.«

Tatsächlich spürte ich bereits die ersten Fransen des Seils. Nicht mehr viel und die Fesseln wären locker genug, damit Hugh seine Hände aus ihnen winden könnte.

Bevor es so weit war, stieg eine Frau mit lockigen grauen Haaren die Treppe zum Podest hinauf. Ich konnte lediglich ihren breiten Rücken unter mehreren Lagen bunter Kleidung erkennen. Ihre Stimme war dunkel und kratzig. Rau von Zigarren und Alkohol.

»Tretet näher, tretet näher, verehrtes Volk! In wenigen Augenblicken beginnt die Auktion, auf die ihr so lange gewartet habt.«

Ich musste ein Schnauben unterdrücken, während sie weitersprach. So lange gewartet? Es gab mehrmals die Woche Auktionen, auch wenn sie mit der Zeit weniger geworden waren, einfach weil bereits so viele Hexen und Hexer in Gefangenschaft lebten.

»Kannst du dich daraus befreien?«, presste ich hervor.

»Noch nicht ganz.« Das Beben in seiner Stimme war nicht zu überhören. »Ich habe Angst, Billie.«

»Das ist in Ordnung, aber es wird nichts passieren. Ich bin ja da.«

Schweiß brannte in meinen Augen. Ich fühlte mich für den Wettlauf gegen die Zeit nicht gewappnet. Von Anfang an hatten die Chancen schlecht gestanden und jetzt ... Hektisch arbeitete ich weiter. Führte die Klinge mit so viel Druck, wie ich aufzubringen imstande war, an dem Seil entlang, rutschte aus. Schnitt mir selbst in den Finger und traf auch Hugh. Keiner von uns verlor einen Laut. Doch das glitschige Blut machte meine Arbeit schwieriger, als bereits die erste Hexe aufs Podest gezerrt wurde.

Ich blendete ihr Flehen und Weinen aus. Konnte mich nicht mit ihrem Schicksal befassen, während das meines Cousins in meinen Händen lag.

»Es geht«, flüsterte er.

Sofort begann ich an meinen eigenen Fesseln zu arbeiten, auch wenn ich bereits wusste, dass es vergebene Mühe war.

»Wenn ich *Jetzt* rufe, springst du auf und läufst zu den Booten, verstanden?«

»Boote? Warum ...«

»Du bist ein guter Schwimmer.«

»Das Wasser ist eiskalt! Ich habe meine Magie nicht, um mich zu wärmen ...«

»Das ist bloß zur Ablenkung«, sprach ich eilig weiter. Die ersten Gebote wurden abgegeben. Es ging viel zu schnell. »Nachdem du untergetaucht bist, ziehst du dich auf eines der Boote und hältst dich dort versteckt.«

»Aber ...«

»Du wirst ihnen auf Land nicht davonlaufen können, Hugh.«

»Und du?«

»Ich schon«, log ich. »Wir laufen in verschiedene Richtungen, verstanden? Wenn du zögerst, ist es vorbei.«

»Verstanden.«

Ich gab es auf, meine Fesseln zu zerschneiden. Das Blut aus meinen Händen hatte den Griff zu glitschig werden lassen. Ich bekam keine Kraft mehr hinter die Bewegung. Stattdessen konzentrierte ich mich auf die Auktion.

Die Hexe kniete vor zwei Häschern auf dem Podest. Die Händlerin schritt hinter ihnen auf und ab. Einen runden Stock auf ihre Handfläche schlagend, bevor sie mit der Spitze auf den Höchstbietenden zeigte. Und dann ertönte ein durchdringendes »Verkauft«.

Ein Sack wurde erneut über den Kopf der schreienden

Hexen gestülpt. Sie wehrte sich heftig, doch die Häscher machten kurzen Prozess mit ihr. Ein Schlag mit der Faust und sie sagte nichts mehr. Der muskelbepackte Kerl warf sie sich über die Schulter, als er die Treppe hinunterstieg, um sie ihrem neuen Herrn zu überreichen.

Mir wurde übel.

In ihren Augen waren wir es nicht wert, mit Rücksicht bedacht zu werden. Wir waren nur die Goldmünzen wert, die sie mit uns machen konnten.

Ich wandte mich ab.

»Jetzt«, zischte ich.

Hugh sprang auf und sprintete los. Ich brauchte aufgrund meiner verbundenen Hände länger. Sofort stürzte ich mich auf den Häscher, der eigentlich über uns wachen sollte.

Im letzten Moment drehte ich mich um, sodass ich mit dem Rücken zu ihm stand. Dadurch konnte ich die Klinge in seinen Oberschenkel rammen.

Er schrie auf. Alle Anwesenden, auch die, die Hughs Flucht noch nicht registriert hatten, wandten sich uns zu. Leider hatte die Hexenhändlerin Hugh zuerst bemerkt und schrie Befehle, um ihn zurückzuholen.

Ich brüllte lauter, zog mein Messer wieder heraus und lief auf die Häscher zu, die bereits auf mich zueilten. Sie hatten damit gerechnet, dass ich vor ihnen davonlaufen würde, anstatt sie mit der Wucht meines Körpers aus dem Gleichgewicht zu bringen. Wir landeten in einem wirren Haufen auf dem Boden. Das Geschrei um uns herum war ohrenbetäubend laut.

Das Messer wurde mir aus den Händen gezogen, bevor ich mehr anstellen konnte. Ich biss den Häscher neben mir in die Wange. Er jaulte auf, ehe mich der andere an den Haaren wegriss.

Eine Faust landete in meinem Gesicht. Ein Tritt gegen meine Rippen folgte.

»Du Biest!«

Dann wurde ich auf den kalten Steinboden gepresst. Die Sohle eines Stiefels auf meiner Wange, sodass ich mich nicht rühren konnte. Schmerz explodierte.

Das hielt mich jedoch nur so lange davon ab, bis ich sah, wie Hugh aufs Podest verfrachtet wurde. Er war bewusstlos geschlagen worden, nachdem man ihn ergriffen hatte.

»Nein«, flüsterte ich. »Hugh!«

»Schnauze!« Der Druck der Sohle auf meinem Gesicht nahm zu.

Ich schrie auf. Glaubte, er würde jeden Moment meine Knochen brechen.

Da ich unten lag, konnte ich nicht aufs Podest sehen. Ich hörte jedoch den Preis, der für Hugh geboten wurde, und nur eine Minute später war er verkauft. Als er wieder an mir vorbei getragen wurde, wehrte ich mich mit meinem ganzen Körper. Ich musste ihm helfen. Ich konnte nicht derart versagt haben!

»Hugh! Wach auf! Hugh!«

Ein uniformierter Fremder, vermutlich der Bedienstete desjenigen, der ihn ersteigert hatte, nahm ihn dem Häscher ab und warf ihn sich über die breite Schulter. Ohne mich eines Blickes zu würdigen, stapfte er davon.

Ich versuchte, mir alles an ihm zu merken. Die Farben seiner Uniform, den Kurzhaarschnitt und die Gesichtsform. Dann war er verschwunden und Hugh mit ihm.

Tiefste Hoffnungslosigkeit erfüllte mich. Scham und Angst. Meine Tanten hatten an mich geglaubt. Hugh hatte mir vertraut. Und ich hatte absolut nichts ausrichten können.

Dieses Mal wehrte ich mich nicht dagegen, als ich am Kragen hochgezogen wurde. Meine Füße schliffen über den Boden, so hoch wurde ich von dem Häscher getragen, bevor er mich wie Unrat vor die Füße der Hexenhändlerin warf.

Da ich mich nicht mit meinen Händen aufstützen konnte,

krachte ich mit der Schulter voran auf die dunklen Planken. Mein Gesicht folgte, und Späne schürften meine Haut auf.

»Hier haben wir ein besonders widerspenstiges Exemplar«, kommentierte die Händlerin. »Wollen wir mal sehen, ob sie in ihre Schranken verwiesen werden kann. Kettet sie fest!«

Auch wenn ich nicht genau wusste, was mir blühte, war mir klar, dass dies nichts Gutes bedeutete. Trotzdem fühlte ich mich wie betäubt. In meinem Verstand herrschte Leere. Ich konnte keinen Ausweg sehen. Keine Flucht planen. Alle Blicke waren auf mich gerichtet.

Meine Hände wurden von den Fesseln erlöst, was meinen Schultern eine kurze Pause gönnte. Im nächsten Moment wurden meine Handgelenke jedoch über meinen Kopf mit Eisenschellen befestigt, von denen Ketten bis zum Geländer der Treppe reichten.

Ich kniete noch und versuchte, zu begreifen, was hier vor sich ging, als der Häscher, den ich gebissen hatte, hinter mich trat. Mit einem einzigen Schnitt hatte er meine Jacke und mein Shirt aufgeschlitzt, sodass mein Rücken der kalten Luft ausgesetzt war.

Getuschel und Gelächter vermischten sich mit dem Rauschen in meinen Ohren. Ich wollte aufstehen, doch meine Knie gaben nach. Meine Rippen schmerzten, und mein Kopf pochte.

»Wir bringen dir nur das bei, was dein zukünftiger Herr oder deine zukünftige Herrin dich sowieso lehren wird.« Damit trat die Hexenhändlerin hinter mich, sodass ich nicht mehr sehen konnte, was sie tat. Das war vielleicht besser so.

Die Menge holte im Kollektiv schockiert Atem. Ich wappnete mich für alles, was kommen würde. Trotzdem war der Schmerz so durchdringend, dass ich glaubte, für ein paar Sekunden mein Bewusstsein verloren zu haben.

Sofort folgte der nächste Schlag. Eine Peitsche. Es musste eine Peitsche sein. Ich hörte das Knallen in der Luft und spürte nun beim zweiten Mal, wie sich das lederne Band in meine Haut biss.

Finsternis waberte in meinem Sichtfeld. Legte sich über die Gesichter der Anwesenden, sodass ich ihre Mienen nicht deuten konnte. Sie verschwammen zu einer Masse, auf die ich all meinen Hass übertrug. Weil sie zusahen. Weil sie mir nicht halfen. Weil ... die Welt ungerecht war.

Ein weiterer Schlag folgte. Die Ketten wurden gespannt. Dadurch konnte ich nicht nach vorne fallen. Blieb weiterhin auf dem Boden hocken.

»Hast du es jetzt verstanden?« Die Händlerin packte mich am Haar und zog meinen Kopf zurück. Warmes Blut sickerte über meinen Rücken. Ich spürte nur noch dieses Brennen, das meinen ganzen Körper, Haut und Knochen, befallen hatte. Ihr Speichel landete auf meiner Wange, während sie weiterredete. Es fiel mir schwer, ihren Worten zu folgen, und irgendwann gab ich es auf.

Der nächste Schlag folgte und der nächste.

Ich biss mir auf die Zunge, nur um nicht loszuschreien. Gleichzeitig wusste ich, dass es eine Frage der Zeit war. Früher oder später würde ich die Qual nicht mehr in mir halten können.

Ich wartete bereits auf den nächsten Peitschenhieb, als die Holzplanken unter mir erzitterten. Jemand anderes war aufs Podest getreten.

»Hey! Was soll das?«, rief die Händlerin indigniert.

Ich besaß nicht die Kraft, meinen Kopf zu heben oder durch den Schleier meiner roten Haare zu sehen.

»Ich will sie kaufen«, hörte ich jemanden aus dem Publikum sagen. »Mein Freund sorgt lediglich dafür, dass du meine zukünftige Ware nicht weiter beschädigst.«

»Ach? So ist das?« Sie klang versöhnlich. »Hm. Das Startgebot für dieses Biest ist hoch. Bist du bereit, es zu bezahlen?«

»Meine Zeit ist kostbar«, erwiderte der Fremde. »Ruglio wickelt alles ab.«

Ich konnte nicht fassen, was hier geschah. Einerseits war ich froh darüber, dass die Peitschenhiebe vorbei waren, andererseits zwang mich die Realität dazu, mich der Tatsache zu stellen, dass ich ... dass ich gerade verkauft wurde. An einen anderen Vampir als Hugh, wenn ich richtiglag.

Die Kette wurde von meinen Schellen gelöst, aber ich blieb weiterhin an ihnen gefesselt. Gerade so konnte ich mich mit meinen Händen abstützen, um nicht ganz würdelos zu Boden zu fallen.

»Wir haben dich«, sagte eine Frauenstimme, die nicht der Händlerin gehörte. »Ruglio trägt dich.«

Große Hände legten sich um meine Hüfte und meine Schultern. Berührten versehentlich oder aus Notwendigkeit meine blutenden Wunden. Dieses Mal konnte ich einen Aufschrei nicht unterdrücken.

»Es geht leider nicht anders«, sagte die Frau.

Ich hätte die Augen öffnen und sie ansehen können, doch ich fand nicht die Kraft in mir.

6

Ich verlor immer wieder das Bewusstsein, ganz gleich, wie sehr ich darum kämpfte, wach zu bleiben. Mein Körper fühlte sich fremd an. Als würde sämtliches Blut aus mir raussickern und mir nur noch den Schmerz lassen.

Ruglio hielt mich fest in seinen Armen. Einzig die wunde Stelle an meinen Schulterblättern rieb über den Stoff seiner Jacke und riss mich immer wieder zurück in die Ohnmacht.

Ich konnte spüren, wie er mit mir das Podest verließ und ungehindert seinen Weg ging. Niemand hielt ihn auf. Den Preis mussten er oder seine Kumpane bereits beglichen haben.

Als es mir gelang, meine Lider zu öffnen, sah ich die bemalte Decke der Markthalle. Die Sternenbilder, die ich nachts am Firmament sehen konnte, wenn ich wieder nicht schlafen konnte.

Schließlich hörte ich das Schwappen von Wasser gegen Stein. Seemänner und Seefrauen riefen sich einander gut gelaunt und in ruppigem Ton Befehle und Beleidigungen zu.

Wir hatten den Hafenbereich der Markthalle erreicht, der sich ebenfalls unter dem gewölbten Dach befand. Auch wenn ich meine Augen wieder geschlossen hatte, konnte ich mir das klare blaue Wasser des Flusses Sanil vorstellen. In ihm spiegelten sich die hellen Säulengänge zu beiden Seiten des Kanals sowie das große Eingangstor mit Spitzdach. Kleinere Handelsschiffe und Boote von Besucherinnen und Besuchern gingen hier ein und aus. Für ein Bronzestück konnte man sein

Boot den ganzen Tag hier festmachen. Oder die ganze Nacht. Je nach dem, wann man dem Markt einen Besuch abstatten wollte.

Die Geräusche von Ruglios Schritten änderten sich, als er einen der unzähligen Stege betrat. Ich atmete den Geruch von gegrilltem Fisch vermischt mit Talg ein und fühlte mich an den Moment erinnert, als ich mit meinen Tanten und Hugh vor meinen Eltern und ihrem Meister geflohen und gegrillte Forelle meine erste Mahlzeit in Freiheit gewesen war.

Eine Ewigkeit war seitdem vergangen. Nichtsdestotrotz fühlte es sich an, als wäre es erst gestern gewesen.

Schließlich betrat Ruglio ein Boot. Es wankte leicht, und er musste innehalten. Zwei weitere Personen kamen mit einem dumpfen Geräusch neben uns auf.

»Ruglio legt dich jetzt auf dem Bauch ab. Das könnte schmerzhaft werden«, warnte mich die Frauenstimme.

Ich versuchte, etwas zu erwidern, doch die Zunge klebte mir dick und unangenehm am Gaumen.

Mit der Hilfe der Frau legte mich Ruglio auf eine ebene Fläche, auf der eine Decke ausgebreitet war. Es war nicht gemütlich, aber an diesem Punkt schien alles besser, als weiterhin getragen zu werden.

»Es wird kalt draußen«, sagte die Fremde. »Ist es in Ordnung, wenn ich eine Decke über deinen Rücken lege? Du kannst mir sagen, wenn es nicht geht.«

Vorsichtig ließ sie ihren Worten Taten folgen und tat mir dabei kaum weh. Ich beschloss, dass der leichte Druck auf meinen Wunden besser war als die scharfe Kälte, die sich bald schon in meinen Körper graben würde.

Schließlich setzte sich das Boot in Bewegung. Ich hatte nicht mehr hingesehen. Konzentrierte mich allein auf meine Atmung und darauf, nicht wieder in die Dunkelheit zu fallen. Mehr konnte ich nicht tun. Selbst wenn mich die Wut und die

Angst von innen wie wilde Bestien zerfraßen, waren mir die Hände gebunden.

Das war auch das Einzige, was mir in Erinnerung rief, dass ich immer noch unter Feinden war. Sie vertrauten mir nicht. Hatten mich wie Vieh auf dem Markt erstanden und taten höflich und nett, weil sie eine Gegenleistung von mir erwarteten.

Letztlich würden sie mich jedoch genauso behandeln, wie es die Hexenhändlerin getan hatte. Weil sie einem Vampir gehorchten und in dessen Weltsicht kein Platz für Mitleid mit Hexen war.

Nachdem die Stimmen der Hafenarbeiterinnen und -arbeiter verklungen waren, wusste ich, dass wir die Halle verlassen hatten. Das war der Augenblick, in dem ich mich dazu zwang, die Augen zu öffnen. Ich wollte zumindest ein Bild von meinen vermeintlichen Rettern haben, weil mich die Angst vor dem Unbekannten niederzuringen drohte.

Erst ein Mal zuvor hatte ich mich so schutzlos gefühlt, und es hatte fast kein gutes Ende genommen.

Zuerst sah ich Ruglio. Er saß in der Mitte des Bootes und bewegte zwei Ruder gleichmäßig im Wasser auf und ab. Ich wusste, dass es sich bei ihm um Ruglio handelte, weil ich seine Hände wiedererkannte. Das warme Braun und die vielen schwarzen Haare, die sich auf dem Handrücken befanden.

Sein Haar war weiß, obwohl er kein Greis zu sein schien. Sein kantiges Gesicht zeigte keine Falten. Die dunklen Brauen saßen tief über seinen sturmgrauen Augen, zwischen denen eine gerade breite Nase bis zu seinen vollen Lippen führte. Diese hielt er entspannt geschlossen, als würde ihm das Rudern kaum Kraft abverlangen.

Mir direkt gegenüber saß die Frau, die mit mir gesprochen hatte. Ihre Haut war eine Nuance heller als Ruglios, und sie gehörte zu den schönsten Geschöpfen, die ich je gesehen hatte.

Sie trug ihr schwarzes Haar voluminös und kurz. Ein vollkommen neuartiger Haarschnitt, der mir imponierte. Die Form ihrer grünen Augen hatte etwas katzenartiges. Klug und gerissen. Ein Ohrstecker blitzte an ihrem linken Ohr hervor. Edel und teuer. Sie war wie Ruglio in einen bordeauxroten Umhang gekleidet, unter dem ein weißes Hemd hervorlugte.

»Ich bin Kit«, stellte sie sich vor, als sie meinen Blick bemerkte. Sie lächelte nicht, was mir gefiel. Unter diesen Umständen hätte ich es ihr von den Lippen kratzen wollen.

Ich weigerte mich, ihr meinen Namen zu nennen. Stattdessen blickte ich zur dritten und letzten Person, die am Bug des Schiffes stand. Von mir abgewandt und die Hände auf dem Rücken verschränkt. Sein Blick war auf den Fluss gerichtet. Vielleicht musterte er auch das Ufer oder hielt nach etwas Ausschau.

Alles, was ich von meiner Position aus sehen konnte, waren seine großen Hände und das schwarze Haar, das sich im Nacken lockte.

Als spürte er meinen Blick, neigte er sein Gesicht nach unten und zur Seite, sodass er mir sein Profil darbot. Blassbraune Haut, volle Lippen und eine perfekt geformte gerade Nase. Gerade Augenbrauen und ein scharf geschnittenes Kinn.

Mein Herz klopfte schnell und unregelmäßig.

Das war er. Der Vampir, der mich ersteigert hatte.

Der Vampir, dem ich nun rechtmäßig gehörte.

Ich konnte nicht sagen, ob es an dem Schock lag oder der Tatsache geschuldet war, dass ich immer noch so stark blutete, doch ich versank erneut in Bewusstlosigkeit.

Es war kein seliger Frieden, der sich über mich legte. Nein. Die Düsternis war gefüllt mit Dämonen aus meiner Vergangenheit. Mit Worten, die von meinen Eltern ausgestoßen worden waren und die mich mehr verletzten, als es je ein Peitschenhieb tun könnte. Mit Erinnerungen an Moth, der mich vor eine unmögliche Wahl stellte und mir sein Symbol in die Haut ritzte, als gehörte ich von nun an ihm.

Schmerzen waren es auch, die mich von diesem Ort zwischen den Welten zurückholten.

Wir hatten das Boot verlassen. Ruglio trug mich wieder auf seinen Armen. Zumindest fühlte es sich bekannt an. Außerdem glaubte ich nicht, dass sich der Vampir die Hände schmutzig machte und sich erniedrigte, indem er seine neue Bedienstete trug.

Ich vernahm das Widerhallen der Schritte und das Plätschern von Wasser. Blut rann weiter meine Seiten hinab, da Ruglio mich dieses Mal mit dem Rücken nach oben hielt, damit er die Wunden nicht berührte. Meine Finger kribbelten, und ich fühlte mich so schrecklich schwach. Konnte mich nicht daran zurückerinnern, je in einer ähnlich schlechten Verfassung gewesen zu sein. Das machte mir Angst. Mehr als ich zugeben wollte.

Ob Moth versuchte, mich zu finden? Wäre er dazu fähig, mich hier aufzuspüren, und vor allem, würde er mich heilen und befreien? Ich war mir sicher, dass er zu beidem fähig war. Die Frage war bloß, ob es sich für ihn lohnte. Oder ob es einfacher für ihn war, sich meiner Tanten zu entledigen und ein neues Bauernopfer zu finden, das er manipulieren konnte.

»Ah«, keuchte ich, als ich mit der Schläfe gegen die Wand stieß.

»Entschuldige. Ruglio ist normalerweise nicht so ungeschickt«, murmelte Kit hinter uns.

Die Schritte des Vampirs waren verklungen. Er hatte es wohl eilig gehabt, wegzukommen.

Durch meine geschlossenen Lider bemerkte ich den Lichtunterschied. Sobald sich eine Tür schloss, wurde es blendend hell. Erst nach und nach gewöhnten sich meine Augen daran.

Kälte wurde durch angenehme Wärme ersetzt, die doch nicht gänzlich bis zu mir durchdrang. Das Kribbeln in meinen Fingerspitzen hatte aufgehört. Dafür begann ich nun, unkontrolliert zu zittern.

»Sie hat zu viel Blut verloren«, kommentierte Kit.

Ich hörte das Scheppern von Geschirr und Glas. Jemand klopfte auf eine harte Oberfläche.

»Auf den Tisch, Ruglio.« Der Vampir. Er war doch nicht davongelaufen. Seine Stimme klang ganz genau wie die eines Raubtiers. Warmem Honig gleich, um Beute anzulocken.

Eine Sekunde später wurde ich auf einer rauen Oberfläche abgelegt. Der Schmerz war so allumfassend, dass ich laut keuchte. Ich sehnte die betäubende Kälte herbei. Wollte mich in ihr verkriechen und ausharren, bis die Folter vorbei war.

Warum war mir der Frieden nicht vergönnt?

Doch ich hatte keine Ahnung gehabt, was mich noch erwartete. Kit warnte mich vor, trotzdem brannte es wie Feuer, als sie damit begann, die aufgeplatzte Haut zu reinigen.

Das Bild von Baron Temerin, wie er lichterloh brannte, erschien vor meinem inneren Auge. Hatte ich ihm diese Qualen angetan? Kein Wunder, dass er so erbärmlich gewirkt hatte, wie er sich gewunden hatte. Ich fühlte mich ganz genau so.

»Bitte nicht«, flehte ich und riss die Lider auf. Ich wollte aufspringen und davonlaufen. Jemand packte mich an den Fußgelenken und ein anderer drückte meine Arme auf den Tisch.

»Halt still«, beschwor mich der Vampir, der direkt vor mir stand. Ich konnte lediglich seine schwarze Hose erkennen. »Es geht schneller, wenn du dich zusammenreißt, Hexe.«

»Sag mir … nicht, was ich … tun soll«, fauchte ich ihn mit letzter Kraft an.

Schweigen, während Kit die Tortur fortsetzte.

Ich wollte meine Lider schon wieder zusammenkneifen, als

der Vampir vor mir in die Hocke ging, sodass unsere Gesichter auf einer Höhe waren.

Mir blieb das Herz stehen, als ich vollkommen unvorbereitet in dem Kobaltblau seiner Augen versank. Für einen viel zu langen Moment nahm ich nichts anderes wahr als diese außergewöhnliche Farbe.

Nach und nach registrierte ich mehr von seinem Gesicht. Das, was ich mir bisher nur durch seine Silhouette zusammengereimt hatte, wurde nun bestätigt. Er war viel zu schön. Sein Gesicht zu symmetrisch, seine Brauen zu voll und seine Lippen zu elegant.

Ich verabscheute ihn augenblicklich. Am meisten dafür, dass sich eben jene Lippen amüsiert kräuselten und er dadurch seine Fangzähne offenbarte. Nur ganz kurz, als hätte er nicht bemerkt, dass er auf mein Blut reagierte. Als hätte er vergessen, dass er ein Vampir war und ich seine Beute.

Kit schien meinen Rücken mit Säure zu behandeln. Ich schrie auf und verlor endgültig das Bewusstsein.

7

Stöhnend kam ich wieder zu mir. Dieses Mal brauchte ich nicht lange, damit sich das Geschehene in meinem Gedächtnis zusammensetzte. Die Erinnerungen fügten sich problemlos meinem Willen, und noch während ich auf dem Bauch lag und an eine rau verputzte Wand starrte, wurde mir klar, dass ich mich im Heim meines neuen *Meisters* befand. Dem Vampir mit den kobaltblauen Augen und dem gefährlich sinnlichen Mund.

Bevor ich mich traute, mich umzudrehen, versuchte ich zunächst, den Grad meiner Schmerzen zu bestimmen.

Die überraschende Erkenntnis setzte gleich darauf ein. Ich spürte einzig ein unangenehmes Ziehen an meinem Rücken, nichts weiter. Keinerlei Schmerz. Als hätte ich mir die Auktion und die Peitschenhiebe lediglich eingebildet.

Doch das konnte nicht sein, oder? Ich hatte Hugh gesehen. Hatte ihm beinahe zur Flucht verholfen und dann … dann hatte ich ihn verloren.

Vielleicht wäre es besser, daran zu glauben, dass alles bloß einem Albtraum entsprungen war.

Nur würde das nicht meinen Aufenthalt hier erklären.

Erst stützte ich mich mit den Händen auf der harten Matratze auf, dann setzte ich mich langsam seitwärts aufs Bett. Mit den Fußspitzen konnte ich gerade so den kalten Boden berühren und scheute davor zurück. Abgesehen davon war es jedoch überraschend warm in der kleinen Kammer.

Neben dem schmalen Bett, auf dem ich erwacht war, gab es lediglich eine Kommode mit Waschschüssel und Tonkaraffe darauf und einem runden kleinen Wandspiegel darüber. Eine Öllampe, die neben der einzigen Tür angebracht war, spendete sanftes Licht. Einzig ein Fenster vermisste ich, weshalb ich nicht die Tageszeit bestimmen konnte.

Ich hätte zehn Stunden geschlafen haben können oder bloß eine, wobei die Wundheilung dagegensprach. Andererseits hatte Kit, wer auch immer sie war, sicherlich eine magische Salbe verwendet, um die natürliche Heilung zu beschleunigen.

Nachdem ich aufgestanden und mir das Gesicht mit dem kalten Wasser aus der Karaffe gewaschen hatte, fiel mir erst auf, dass ich zwar meine Hose, nicht aber meinen zerrissenen Umhang oder das Hemd trug. Stattdessen hatte jemand die blutige Kleidung gegen ein blaues Leinenhemd ausgetauscht. Der Stoff war so weich, wie noch kein Stoff zuvor, den ich besessen hatte. Es irritierte mich, dass sie solch edle Kleidung an eine Dienstbotin verschwendeten. Als würden sie entgegen meiner Erwartung doch mehr in mir sehen.

Ich blickte mich um und fand meine Stiefel am Ende des Bettes. Sauber und gebürstet.

Was ging hier vor sich?

Kopfschüttelnd zog ich sie an, bevor ich mich vor dem runden Spiegel drehte. Vorsichtig zog ich das Hemd über meinen Rücken und blickte über meine Schulter, um das Ausmaß der Verletzung zu untersuchen.

Es war bei Weitem nicht so schlimm, wie ich befürchtet hatte. Vier, fünf rote Striemen, die von meinen Schulterblättern bis zu meinem Hosenbund reichten und bereits geschlossen waren. Sie glänzten feucht von der Creme, die die Schmerzen hoffentlich weiter betäubte.

Langsam ließ ich das Hemd wieder hinabgleiten, weil mir etwas anderes aufgefallen war. An meinem kurzzeitig entblößten linken Unterarm hatte ich ebenfalls eine Verletzung, an die ich mich jedoch nicht erinnern konnte.

Ich runzelte verwirrt die Stirn, als ich mit den Fingern über eine leichte Erhöhung fuhr. Kaltes Feuer breitete sich von dort aus. Ich zog meine Hand zurück.

»Was zum …?«

In den Lichtkreis der Öllampe tretend erkannte ich, dass jemand etwas in meiner Haut vergraben hatte. Ein Stäbchen, nicht länger als zwei Zentimeter und vom Durchmesser einer Katzenkralle gleich.

War das der Vampir gewesen? Oder Kit? Aber warum …

Dann fiel es mir wie Schuppen von den Augen. Das war der Grund, warum ich meine Magie nicht benutzen konnte. Die Art, wie man Hexen und Hexer kontrollieren konnte.

Panik erfasste mich.

Ich startete augenblicklich einen weiteren Versuch, das Stäbchen, was auch immer es war, aus meiner Haut zu kratzen. Doch jedes Mal, wenn sich ihm meine Finger näherten, schoss ein solcher Schmerz meinen Arm hinauf, dass ich fast blind wurde.

Es reichte nicht, um mich zum Aufgeben zu bewegen. Ich versuchte es immer wieder. Sank auf meine Knie und presste meine Fingernägel ins Fleisch, bis sich die Pein ins Unermessliche steigerte; bis ich bewusstlos wurde.

Ich hatte es satt. Jahrelang war ich nicht ein einziges Mal in Ohnmacht gefallen, und jetzt fühlte ich mich ständig schwach und unzureichend.

Für den Moment blieb ich auf den Holzdielen liegen und starrte an die stuckverzierte Decke. Ein paar Spinnennetze flirrten im Luftzug, der unter der Tür hereindrang.

Ich sollte nicht aufgeben. Es gab viel zu viel zu tun. Zum einen musste ich von hier fliehen und zum anderen auch irgendwie herausfinden, wo sich Hugh aufhielt. Zu allem Überfluss fürchtete ich zudem, dass Moth mein Fernbleiben als Entschuldigung nutzte, um meinen Tanten zu schaden.

Das reichte als Antrieb aus, damit ich mich aufsetzen konnte, nur um in der Sekunde danach vom Schreck meines Lebens überkommen zu werden.

Eine grüne Wolke waberte durch die geschlossene Tür und schwebte direkt vor mir in der Luft. Normalerweise war ich nicht so leicht aus der Ruhe zu bringen, doch als ich erkannte, dass es sich nicht um eine Wolke, sondern um einen Geist handelte, schrie ich los.

Möglicherweise war ich noch gepeinigt von der Begegnung mit den sechs Reitern der Wilden Jagd. Das musste es sein. Gleichzeitig war dieser Geist an sich bereits fürchterlich genug.

Ein tiefes Stöhnen entfloh ihm aus dem weit geöffneten Mund, in dem sich gelbliche Zähne fanden. Umrandet von dünnen schwarzen Lippen.

Nach und nach erkannte ich die Einzelheiten, vor denen mich mein Verstand im ersten Moment hatte schützen wollen.

Sein Gesicht war flach, als hätte ihn jemand mit einer Pfanne geschlagen. Es gab keine Nase, dafür aber zwei weiße kugelrunde Augen, die auf unterschiedlichen Höhen fast willkürlich ins Gesicht gedrückt worden waren. Ein Buckel, auf dem sich ein gespenstisch grüner Blätterhaufen befand, folgte einem gedrungenen Hals. Aus den Schultern wuchsen zwei Arme mit je vier krallenartigen, durchscheinend weißen Fingern. Bis zu den Rippen wirkte alles noch wie die fehlerhafte Nachbildung eines Menschen. Nach dem Torso verdrehte sich der restliche Körper zu einem einzigen Strang, der in einer Spitze endete, die kurz über dem Boden schwebte.

Die ganze Gestalt war von grünen Lianen umfasst und mit Blättern durchsetzt. Licht schien aus dem Körper hinaus zu leuchten, der offenbar keine feste Konsistenz besaß. So wie die Körper der Reiter, die auch durch Bäume hatten schweben können.

Ein weiteres Stöhnen folgte und mit ihm eine grünlichweiße Wolke, die das Wesen ausstieß.

Rückwärts krabbelte ich über den Boden, bis die Wand ein weiteres Zurückweichen verhinderte.

»Was bist du?«, stotterte ich. Wie sollte ich mich gegen einen Geist zur Wehr setzen? So ganz ohne Magie und Waffen? »Verflucht! Bleib mir vom Leib!«

Er stöhnte erneut, machte aber keinerlei Anstalten, mich anzugreifen.

Ich überlegte bereits, wie ich ihm entkommen konnte, als die Tür ruckartig aufgezogen wurde. Kit und Ruglio stürmten herein. Sie blieben abrupt stehen, als ihr Blick von dem Geist zu mir und wieder zu ihm wanderte. Ich konnte das bloß sehen, weil ich an dem Wesen vorbeiblickte. Es war zwar durchscheinend, aber nicht genug, um alles hinter ihm zu erkennen.

»Würdet ihr mir helfen?«, fragte ich entgegen meiner eigentlichen Lebenseinstellung, nicht um Hilfe zu bitten. Doch ich war mit meinem eigenen Wissen, was zu tun war, am Ende.

»Das ist Obambo, Bam«, erklärte Kit schmunzelnd und trat an dem ... an Obambo vorbei. Er überragte sie um einen halben Meter. »Er ist harmlos. Wollte wahrscheinlich nur Hallo sagen.«

»Wie bitte?« Die lockere Atmosphäre schwappte auf mich über. Ich fand die Kraft in mir, aufzustehen. Es war peinlich genug, dass sie mich in dieser hilflosen Lage aufgefunden hatten.

»Er gehört zu uns«, sagte Kit weiterhin. Obambo stieß ein weiteres Stöhnen aus und brachte sie zum Lächeln. »Wir leben hier zusammen. Du solltest dich besser an ihn gewöhnen.«

Ich sah den Grund dafür nicht, weil ich nicht vorhatte, hierzubleiben. Allerdings war ich klug genug, den Einwand für mich zu behalten. Ich musste ihnen ja nicht sofort auf die

Nase binden, dass ich bei der nächstbesten Gelegenheit fliehen würde.

Ruglio bewegte seine Hände und erregte dadurch Kits Aufmerksamkeit, die ihn eingehend betrachtete. Als er fertig war, übersetzte sie für mich.

»Ruglio sagt, wir sollten dir was zu essen geben. Außerdem gibt es viel zu besprechen. Komm mit.« Ich regte mich nicht. Obambo stand immer noch im Weg, was Kit schließlich auch realisierte. »Bam, geh schon mal vor. In die Küche.«

Ein Stöhnen folgte, das für mich genauso klang wie alle davor, und er drehte sich zur Wand, in die er langsam schwebend eindrang.

Erst als er gänzlich verschwunden war, stieß ich meinen Atem laut aus. Was für eine Art Haus war das hier?

Wieder musste ich an den Vampir mit den kobaltblauen Augen denken.

»Gibt es noch andere …, die hier wohnen?«, fragte ich, als wir die kleine Kammer verließen. Dahinter öffnete sich ein weiter Korridor, der mit allerlei Krimskrams gefüllt war: Rüstungen, Statuen, Wandteppiche und Beistelltische, auf denen Kästchen, Truhen und seltsame Stücke ungeordnet und verstaubt ihren Platz gefunden hatten.

Der dunkelrote Teppich war ebenso staubig, die gemusterte Tapete hier und da gerissen. Die Türen, die wir passierten, waren geschlossen. Noch immer hatte ich kein einziges Fenster gesehen, und ich fragte mich, ob sie alle zugemauert waren, weil der Vampir sich zu sehr vor der Sonne fürchtete. Ein Strahl würde ausreichen, um ihm große Qualen zu bereiten. Wäre er ihr länger ausgesetzt, würde es seiner Existenz ein Ende bereiten.

»Abgesehen von Tian nicht, nein«, antwortete Kit. Ruglio schritt voran. Konnte er uns hören? Oder war er taubstumm?

»Tian?« Noch während ich den Namen wiederholte, wusste ich, wen sie damit meinte. Ich erschauerte.

»Unser Freund und Herr«, antwortete Kit.

Ruglio bog an der nächsten Kreuzung ab. Schweigend schritten wir minutenlang durch die dämmrigen Korridore, bis wir das große Eingangsfoyer erreichten. Das war das erste Mal, dass ich hier ein Fenster erblickte. Und was für eines das war.

Inmitten des Foyers blieb ich stehen und drehte mich zur Treppe um, die zwei Ausläufer besaß. Sie trafen sich in der Mitte zu einem breiten Podest, um von dort gemeinsam ins nächste Stockwerk zu führen. Hinter dem Podest erhob sich das riesige Buntglasfenster, das Westwend während der vier verschiedenen Jahreszeiten zeigte.

»Wunderschön«, murmelte ich.

Kit, die weitergegangen war, stellte sich an meine Seite und folgte meinem Blick. »Das ist Tians Werk.«

Erschrocken sah ich sie an. »Was?«

»Wenn ihm langweilig ist, veredelt er Glas. Manchmal, wenn er in guter Stimmung ist, verkauft er seine Werke auch.«

Mehrere Dinge irritierten mich. Zum einen die Art, in der Kit über den Vampir sprach, als würde sie ihn ... mögen. Und hatte sie ihn nicht auch als Freund bezeichnet? Zum anderen, dass der Vampir freiwillig arbeitete, obwohl er sich ein Anwesen wie dieses leisten konnte.

Ich wandte mich von dem beeindruckenden Kunstwerk ab und trottete hinter Kit her. Sie führte mich in eine Küche, in der es ebenfalls Fenster gab. Es war dunkel draußen, wie ich eben schon erkannt hatte, deshalb waren vermutlich die Vorhänge nicht zugezogen.

Ruglio werkelte bereits an dem Ofen herum, und der Duft eines deftigen Eintopfs breitete sich aus. Auch wenn mein Magen knurrte, siegte meine Neugier. Ich stellte mich vor die Arbeitsfläche ans Fenster und versuchte, einen Blick nach draußen zu erhaschen.

Wir befanden uns im ersten Stock. Unmittelbar neben dem Haus wuchsen Bäume und Gebüsch, dahinter breiteten sich weitere Häuser und Bauten aus, die mir bekannt vorkamen. Es war überraschend, da wir uns nicht im Rathausviertel befanden, wie ich die ganze Zeit über angenommen hatte. Die Größe des Hauses hätte mir allerdings ein Hinweis sein sollen. So etwas gab es nicht im Rathausviertel.

Wenn ich richtiglag, hielten wir uns in der Nähe der Zwillingsbrücken auf. Ein Stadtviertel in Westwend, das nicht ganz so begehrt war, weil es zu weit vom Rathaus und somit dem Machtzentrum entfernt war.

In meinen Augen war jedoch alles besser als White Bell.

»Setz dich und iss etwas«, wies mich Kit an, ohne Widerworte zu dulden. Sie deutete auf den Tisch inmitten des Raumes, der mir allzu bekannt vorkam. Erst kurze Zeit zuvor hatte ich hier gelegen. Jetzt erinnerte nichts mehr an die Qual, die ich durchgestanden hatte.

Ein Stapel Teller stand neben diversen Küchenutensilien. Mehl war auf der Fläche verteilt und mehrere Becher trockneten verkehrt herum auf einem Küchentuch. Ich ließ mich auf einen der sechs einfach gezimmerten Holzstühle nieder und wartete.

Nachdem Ruglio mir kommentarlos eine Schüssel mit Eintopf und ein Stück weiches Brot bereitgestellt hatte, sagte erst mal niemand etwas.

Kit setzte sich mir gegenüber mit einem Korb, aus dem sie ihr Strickzeug nahm. Ruglio wusch das schmutzige Geschirr. Obambo hatte sich glücklicherweise verzogen.

Auch wenn er ihrer Aussage nach harmlos war, traute ich ihm nicht über den Weg.

Ich hatte nicht bemerkt, wie ausgehungert ich gewesen war. Doch jetzt, da ich etwas Warmes in meinem Magen hatte, fühlte sich meine Lage weniger dramatisch an.

Es würde gar nicht so schwer werden, das Haus zu verlassen und Hugh zu finden. Offensichtlich war ich nicht eingesperrt, und um das Stäbchen, das meine Magie unterdrückte, könnten sich meine Tanten sicher kümmern. Ich müsste es bloß zuerst zu ihnen schaffen.

»Kommen wir zu deinen Aufgaben«, sagte Kit, ohne von ihrer Handarbeit aufzusehen.

Ruglio nahm das als Stichwort, um sich neben sie zu setzen. Der Blick aus seinen eisblauen Augen richtete sich auf alles, nur nicht auf mich. Ich konnte nicht sagen, warum mich das störte.

Sollte ich nicht eher dankbar dafür sein, dass er mich nicht als gefährlich genug erachtete, um mich zu beobachten?

»Meinen Aufgaben?« Das konnte ja heiter werden.

»Du gehörst nun zu unserem Haushalt dazu und wirst das Geld wieder einbringen müssen, was Tian für dich ausgegeben hat.« Ich konnte mich nicht mehr an die Summe erinnern, doch sie musste wie üblich horrend gewesen sein.

»Huh.« Ich war stolz auf mich, dass ich nicht sofort aus der Haut fuhr. »Will er jede Nacht mein Blut trinken? Das lasse ich nicht zu.«

Nur über meine Leiche!

Kit und Ruglio warfen sich einen kurzen Blick zu, den ich nicht deuten konnte. Er zuckte mit seinen breiten Schultern.

»Das würde er nie von dir verlangen. Mach dir keine Sorgen. Dein Aufgabenbereich beschränkt sich auf den Haushalt«, antwortete Kit. »Du wirst hauptsächlich mir zur Hand gehen. Eigentlich kommen wir gut zurecht, aber eine helfende Hand kann nicht schaden. So unerwartet sie auch erscheinen mag.«

»Unerwartet?« Stirnrunzelnd hielt ich darin inne, mit dem Löffel Kreise in die Schüssel zu zeichnen. »Wie unerwartet kann es schon sein, wenn ihr zur Auktion gegangen seid, um sie zu ersteigern?«

Kit plusterte ihre Wangen auf. »Sind wir nicht! Wir waren bloß in der Nähe, und du ...«

»Ja?« Ich kaufte ihr kein einziges Wort ab, trotzdem war ich neugierig, was für Lügen sie mir auftischen wollte.

»Nichts. Das ist auch nicht so wichtig.« Sie legte ihre Stricksachen aufgeregt zurück in den Korb. Ihrem Aussehen und Verhalten nach zu urteilen hätte ich sie auf wenige Jahre älter als mich geschätzt. Sicher konnte ich mir jedoch nicht sein. Was brachte jemanden wie sie und Ruglio dazu, für einen Vampir zu arbeiten? Ich wurde einfach nicht schlau aus Menschen. »Komm mit. Ich zeige dir den Waschraum. Da kannst du dich auch umziehen und frisch machen.«

Ich griff im selben Moment nach der Schüssel wie Ruglio und unsere Finger berührten sich kurz. Erschrocken zuckte ich zurück. Er hielt die Schüssel fest in der Hand.

»Entschuldige«, murmelte ich. »Deine Finger sind kalt.«

»Nichts Ungewöhnliches«, kommentierte Kit augenzwinkernd. Ihre Leichtigkeit konnte mich immerhin beruhigen. Ob das etwas Gutes war, wenn man meine Situation bedachte, war mir allerdings nicht klar.

Sie führte mich ohne Ruglio, der sich weiter um das schmutzige Geschirr kümmerte, aus der Küche hinaus zurück in den Korridor. Holz knarzte. Es roch für einen Moment nach Weihrauch. Das Haus schien zu atmen.

Als dann noch Obambo neben mir aus der Wand schwebte und laut stöhnte, wäre ich beinahe vor Schreck zu Boden gegangen. Allein meine schnelle Reaktionsfähigkeit und mein jahrelanges Training halfen mir dabei, mir nicht die Blöße zu geben.

Nicht noch einmal, korrigierte ich mich selbst.

»Auch daran musst du dich wohl gewöhnen«, sagte Kit amüsiert. »Bam ist nicht für seine Subtilität bekannt. Aber er tut wirklich nichts.«

»Warum ist er überhaupt hier?« Da er vor mir auf der Stelle schwebte, ging ich hinter Kit eng an die Wand gedrückt an ihm vorbei. Ich bildete mir ein, dass er mir mit dem Blick aus seinen kleinen weißen Augen folgte, obwohl ich das nicht erkennen konnte.

»Warum nicht?«

Erst nachdem wir in den nächsten Gang abgebogen waren, der genauso aussah wie der vorige, entspannte ich mich etwas.

»Er ist ein Geist ...«

»Du bist eine Hexe. Und ich bin eine Kirke.«

»Was?« Ich blieb neben einem alten verstaubten Landschaftsgemälde stehen, dessen Leinwand von etwas Scharfem in der Mitte zerschnitten worden war.

Kit sah mich verschmitzt lächelnd über ihre Schulter an.

»Bist du überrascht? Hast du geglaubt, ich wäre bloß ein Mensch?« Sie spuckte das letzte Wort förmlich aus, bevor sie sich gänzlich zu mir drehte.

Ich sah sie in einem ganz neuen Licht und musterte sie erneut von oben bis unten. Sie war in etwa so groß wie ich, und ihre Statur ähnelte der meinen, auch wenn sie zierlicher wirkte. Wahrscheinlich stählte sie – anders als ich – nicht täglich ihren Körper. Eine magische Aura nahm ich dennoch nicht wahr. Wurde das auch von dem seltsamen Stäbchen in meinem Arm verhindert?

»Etwas«, gab ich zu.

Sie zwinkerte mir zu, was ihre strenge Miene weicher wirken ließ. »Du bist noch keiner Kirke begegnet, nicht wahr? Vor mir, meine ich.«

Als sie ihren Weg fortsetzte, folgte ich ihr. Es war wie ein Labyrinth hier drin. Ich fragte mich, wie das Haus von außen aussah. Konnte mich nicht daran erinnern, jemals ein derart verwinkeltes und großes Anwesen gesehen zu haben.

Dann wiederum war ich bestimmt nicht durch jede Straße in Westwend geschlichen. Selbst wenn es mir manchmal so vorkam.

»Nicht bewusst jedenfalls«, antwortete ich wahrheitsgemäß, als sie eine unscheinbare weiße Tür öffnete. Anstatt in einem Raum fanden wir uns in einem gedrungenen Gang wieder. Hier gab es keinen Teppich auf dem Boden und die verputzten Wände waren kahl. Zwei Leuchter, die von der Decke hingen, spendeten kaltes Licht.

»Das hier ist der Dienstbotentrakt. Wir nutzen ihn kaum, da das Haus groß genug ist, wenn Tian uns aus dem Weg gehen will.« Es verwirrte mich, dass der Vampir einen Grund hatte, sich vor ihnen zurückzuziehen, statt andersherum. Mir wäre viel eher daran gelegen, ihm nicht zu begegnen. »Den Waschraum kannst du für dich nutzen. Er ist direkt neben deinem Zimmer.«

Und tatsächlich. Als wir durch die nächste Tür schritten, stand ich vor dem Raum, in dem ich anfangs erwacht war.

»Der Weg ...« Ich sah von der Tür zurück zum beleuchteten Gang und dann zum Korridor.

»Viele Wege führen ans Ziel. Das wirst du schnell herausfinden.« Der Waschraum war tatsächlich direkt nebenan. Ich warf einen Blick hinein und bemerkte sofort, dass er vor Kurzem gereinigt worden war. Er war nicht so verstaubt wie das restliche Anwesen. »Weißt du, was eine Kirke ist?«

Sie lehnte mir gegenüber an der Wand. Die Arme abwartend verschränkt. Ich wurde nicht schlau aus ihr, doch vielleicht konnte es mir helfen, sie einzuschätzen, wenn ich erfuhr, was sie ausmachte.

»Nur, dass sie wie wir Hexen Magie verwenden können.« Ohne als Blutbraut missbraucht zu werden.

»Ja und nein.« Sie wog ihren Kopf hin und her. »Wir brauchen dazu einen Zauberstab und unsere ... Gabe ist es hauptsächlich, Flüche auszusprechen und Dinge oder Personen zu wandeln. Ohne unseren Zauberstab allerdings …«

Ich musste nicht nachfragen. Der Tonfall verriet bereits, dass sie ihren nicht bei sich hatte. Wahrscheinlich würde sie mir nicht verraten, was mit ihm geschehen war. Und wenn doch … nun, ich war nicht interessiert. Wenn ich meinen Willen bekäme, wäre ich morgen früh schon von hier verschwunden und würde sie nie wiedersehen.

»Das tut mir leid«, sagte ich bloß, damit sie mich nicht misstrauisch beäugte.

Sie nickte schroff. »Zieh dich um. Dann führ ich dich weiter rum.«

Ich nahm mir vor, dieses Mal besser auf den Weg zu achten und mir alle Kreuzungen einzuprägen. Im schlimmsten Fall verlief ich mich im Anwesen und wäre unfähig, den Ausgang zu finden.

Kit hatte davon abgesehen, mich einer Führung durch das gesamte Haus zu unterziehen. Stattdessen hatte sie mir die wichtigsten Korridore gezeigt und auf die Räume verwiesen, die ich instand zu halten hatte. Normale Haushaltsaufgaben. Ich müsste mich nicht beißen lassen und war auch nicht angekettet, damit mir mein Status als Sklavin bewusst war.

Alles in allem war ich überrascht von der Freundlichkeit. Gleichzeitig konnte ich nur daran denken, dass ich fliehen würde, sobald sie mich allein ließ.

Als es so weit war – wir hatten uns gemeinsam um die Wäsche im Raum neben der Küche gekümmert –, konnte ich meine Aufregung kaum unterdrücken. Sie brachte mich in den ersten Stock, wo ich sämtliche Räume im Nordflügel entstauben sollte. Um Mitternacht wäre es mir erlaubt, schlafen zu gehen.

»Hier befinden sich alle Utensilien, die du gebrauchen

könntest.« Sie öffnete die Tür eines kleinen Kämmerchens. Besen, Putzeimer, Staubwedel und alles, was das Herz begehren könnte. Wenn es für das Putzen schlagen würde, jedenfalls. »Ich muss ein paar von Tians Hemden flicken. Obambo wird derweil auf dich achtgeben. Bald bemerkst du ihn kaum noch.«

»Was?« Ich traute mich fast nicht, mich umzudrehen. Meine Nackenhaare stellten sich auf. »Er ist hinter mir, oder?«

Kit kicherte. »Du machst das schon.«

Damit wandte sie sich ab und ging zurück zur großen Treppe, die direkt ins Foyer führte.

Ich schluckte schwer, ehe ich einen Blick über meine Schulter wagte. »Götter noch mal!«, rief ich aus, weil Obambo mir so nahe gekommen war. Er stöhnte. »Bleib mir vom Leib! Ich mein's ernst!«

Es war besser, seine Anwesenheit zu ignorieren. Was sollte er schon groß machen, wenn ich versuchte, zu fliehen? *Stöhnen?*

Da ich noch nicht genau wusste, was ich tun sollte, nahm ich sicherheitshalber einen Putzlappen und den Staubwedel mit den grauen Federn zur Hand. Obambo besaß immerhin Anstand genug, mir nicht so dicht zu folgen, dass ich seinen Atem in meinem Nacken spüren konnte.

Ich steuerte den ersten Korridor an, den mir Kit zugewiesen hatte. Hinter der rechten Tür befand sich ein gemütlicher Salon, in dem sogar ein Feuer im Kamin knisterte.

Neugierig sah ich mich in dem mit Blumenmuster überladenen Raum um. Sofas, Sessel mit goldenen Klauenfüßen und ein Glastisch. Zwei Regale mit Glastüren standen gegenüber der Tür und beherbergten diverse Schatullen und Andenken von anderen Kontinenten. Zumindest nahm ich das an, da ich etwas Derartiges noch nie in der Republik Wimborne gesehen hatte.

Feine schwarze Linien auf weißem Porzellan, ein filigran gesponnenes Netz um einen runden Webrahmen. Gegenstände, die für mich keinen offensichtlichen Zweck hatten und deshalb fremdartig wirkten.

Ich wandte mich ab und schritt über die weichen Teppiche zur gegenüberliegenden Konsole. Nacheinander zog ich die Schubladen an den Messingringen auf und drückte sie wieder zu, als ich nichts Interessantes finden konnte. Abgesehen von Papier und Schreibutensilien war nichts darin.

Obambo hatte sich im Türrahmen platziert. Die Arme von sich gestreckt, die Hände nach unten geknickt, sah er ins Feuer.

Ich folgte seinem Blick und bemerkte zum ersten Mal, was auf dem breiten Steinsims stand: ein hölzernes Miniaturhäuschen.

Im Gegensatz zu den Objekten im Regal zog dieses sofort meine ungeteilte Aufmerksamkeit auf sich. Es besaß eine einzigartige Aura, die nicht mal mein magieunterdrückendes Stäbchen dämpfen konnte.

Als ich direkt davor stand, nahm ich all die Einzelheiten wahr. Das Häuschen war von der Seite offen, sodass man eine Art Querschnitt der sechs Zimmer und des Dachstuhls hatte.

Jemand hatte sehr, sehr viel Zeit darauf verwandt, die klitzekleinen Möbel herzustellen, die Wände zu tapezieren und den Boden mit schmalen Stofffetzen als Teppiche auszulegen. An manchen Wänden hingen sogar Gemälde, die so genau gezeichnet waren, dass ich die Landschaft erkennen konnte. Nur Puppen fanden sich nicht darin, sondern seltsame kleine Steine.

Ich streckte eine Hand aus, um mit dem Finger eine Vase auf dem Küchentisch zurechtzurücken, als Obambo laut stöhnte. Die Warnung reichte aus.

Ich war nicht mehr mit ihm allein.

»Fass das nicht an.«

Tian.

8

Ich wartete nicht ab, was er tun würde, sondern griff direkt an. Mit dem Staubwedel als einzige Waffe würde ich immer noch mehr Schaden anrichten als die meisten anderen Jägerinnen.

Das war keine Arroganz. Nur gesundes Selbstbewusstsein.

Tian stand gegenüber vom Sofa. Er hatte die Arme hinter seinem Rücken verschränkt, was sich änderte, als ich auf ihn zupreschte. Ich sprang von dem niedrigen Kaffeetisch auf das Sofa und dann auf den Vampir.

Er packte den Staubwedel mit beiden Händen, wie ich es erwartet hatte. Noch während ich in der Luft war, ließ ich den Wedel los und rammte ihm meine Faust in den Unterleib.

Leider bekam ich nichts als kalte Luft zu fassen, bevor ich auf dem Boden aufkam. Ich rollte mich ab und unterdrückte ein Stöhnen. Mein Rücken schmerzte von der abrupten Bewegung.

Der Wedel fiel klappernd neben mir auf die Dielen. Obambo schwebte zwischen Tian und mich, sodass ich den Vampir nur noch schemenhaft erkennen konnte. Doch dass er wütend war, wurde deutlich.

Gut.

Ich richtete mich langsam auf. Obambo stöhnte, während ich mich rückwärts an dem Sofa vorbei schlich. Der Geist würde mich nicht davon abhalten, diesen Vampir vom Antlitz der Welt zu kratzen.

Spätestens dann wäre ich frei und könnte mich um die wichtigen Dinge in meinem Leben kümmern.

»Du solltest dich zusammenreißen«, knurrte er.

Ich grinste. Er würde schon sehen, was er davon hatte, sich eine Hexe anzuschaffen und das Unrecht unserer Gesellschaft damit zu unterstützen.

Ohne Vorwarnung rannte ich vor. Dieses Mal stellte sich Obambo mir nicht in den Weg. Wahrscheinlich hatte der Geist erkannt, dass ich nicht so leicht von meinem Vorhaben abzubringen war.

Ich attackierte den Vampir mit einer Reihe von Angriffsfolgen, die ihn in Sicherheit wiegen sollten. Links, rechts, links, links und Ellbogen. Meine Magie würde mir zwar nicht helfen, doch das bedeutete nicht, dass ich ihm hilflos ausgeliefert war.

Als ich ihn an den Schultern zu fassen bekam, hätte ich ihm beinahe mein Knie zwischen die Beine gerammt. Leider packte er rechtzeitig mein Handgelenk und verdrehte meinen Arm. Trotz der Schmerzen gab ich nicht nach.

Der Kampf ging weiter. Wir bewegten uns durch den gesamten Raum, jedoch ohne dass ich einen einzigen richtigen Treffer landete.

Schließlich schleuderte mich der Vampir gegen die Glastüren des Regals, die unter dem Aufprall meines Kopfes zerbrachen. Mir wurde schwummrig. Ich wollte nicht in die Knie gehen, doch mein Körper gehorchte mir nicht. Splitter rissen meine Haut auf.

»Was tust du da?«, rief Kit wie aus weiter Ferne. Ich war mir ziemlich sicher, dass sie mich meinte und nicht ihren so geliebten Vampir. »Hast du den Verstand verloren? Wie kannst du so undankbar sein?«

Da fiel mir ein, dass ich ihr noch immer nicht verraten hatte, wie ich hieß.

Unwichtig. Kampf. Vampir. Ich sollte aufstehen.

Ein Schatten legte sich über mich. Blinzelnd sah ich auf. Mit einer Hand berührte ich meine Schläfe und spürte warme Flüssigkeit an meinen Fingerkuppen.

»Ich habe dir gesagt, du sollst dich zusammenreißen«, sagte Tian mit einem gefährlichen Blitzen in diesen verfluchten blauen Augen. »Kann ich dir beim Aufstehen helfen, ohne dass du mich angreifst?«

»Fass mich an, und du wirst es bereuen«, knurrte ich, obwohl wir beide wussten, dass es eine leere Drohung war.

»Ich helfe ihr«, bot Kit an. Nach kurzem Zögern trat Tian, der ein schwarzes Seidenhemd und ebenso dunkle Hosen trug, zurück. Beides faltenlos und ohne Risse. Kit beugte sich zu mir hinab und stützte mich am Arm.

Mir tat alles weh, als ich mich mühsam aufrichtete. Nicht nur die Wunden an meinem Rücken, sondern jeder im Kampf beanspruchte Muskel. So hatte ich mich schon lange nicht mehr gefühlt.

»Danke«, murmelte ich.

Sie geleitete mich zu dem Sofa, dass der Vampir und ich als einziges nicht umgeworfen hatten, und ich sank mittig darauf.

»Hier.« Sie reichte mir ein Stofftaschentuch, das ich mir auf den Hinterkopf drückte. Die Schnittverletzung an meiner Schläfe erschien mir nicht so schlimm wie die pochende Platzwunde.

»Kit, Bam, wartet bitte draußen.« Der Vampir blieb auf Abstand. Ich protestierte nicht, als Kirke und Geist den Salon verließen, damit er was auch immer tun konnte. In meinem miserablen Zustand würde ich nichts verhindern können.

Als ich den Blick hob, bemerkte ich eine einzelne schwarze Haarsträhne, die in seine Stirn fiel. Das einzige Anzeichen dafür, dass etwas in den letzten zehn Minuten geschehen war. Abgesehen davon sah er noch ganz genau so aus wie vor unserem Kampf, was deprimierend war.

Ich versuchte, nicht zu streng mit mir ins Gericht zu gehen. Schließlich war ich verletzt und konnte meine Magie nicht nutzen.

Im Normalfall hätte er mir nicht das Wasser reichen können. Er war vermutlich nicht mal ein Kronvampir.

Oder?

Leider ließ sich das nicht an seinem Gesicht ablesen. Vor allem nicht ohne Magie.

»Können wir uns normal unterhalten, ohne dass du mir an die Gurgel springst?«

Ich blickte an ihm vorbei zu den beiden Fenstern. Wie tief wäre der Fall? Könnte ich ihn hindurchstoßen und ihm schaden? Eher unwahrscheinlich. Da zudem Nacht war, würde ihn nicht mal die Sonne verbrennen.

Für den Moment beschloss ich, dass es klüger war, still zu halten. So unangenehm mir das auch war.

»Worüber sollten wir reden? Das Wetter?«

»Du bist nun Teil meines Haushalts und solltest ein paar Regeln kennen.«

»Und beachten?« Ich hob spöttisch eine Braue, was ich sofort bereute, da die Kratzer erneut brannten.

»Im besten Fall.« Wieder legte er die Hände auf seinem Rücken zusammen und wandte sich dem Feuer zu, sodass ich sein Profil betrachten konnte, ohne von seinen blauen Augen abgelenkt zu werden.

Götter, wie sehr ich seine Perfektion verabscheute.

»Und wenn ich das nicht will?«

Er ließ sich einen Moment Zeit mit der Antwort, was mich nervös machte. Es wäre nicht verwunderlich, wenn er genau das damit erreichen wollte.

»Du wirst schnell herausfinden, dass wir ein sehr geordneter Haushalt sind, in dem jeder jeden respektiert und seinen eigenen Aufgaben nachgeht«, sagte er, während er ins

Feuer blickte. Seine Stimme blieb dunkel und rauchig. »Wir verlangen nicht viel von dir. Kit wird dir deinen Aufgabenbereich sicher bereits erläutert haben. Wenn du dich daran hältst, wirst du ein friedvolles Leben haben. Wir müssen uns nicht mal begegnen. Ehrlicherweise ist mir dies sogar lieber. Ich halte nicht viel von Hexen, und je weniger ich von dir sehe, desto besser. Sicherlich ist dies in deinem Interesse.«

Ich starrte ihn mit offenem Mund an. »Du kannst ... Hexen nicht ausstehen?«

Bloß weil ich ihn so genau beobachtete, bemerkte ich das amüsierte Zucken seiner Mundwinkel, als er sich mir zuwandte. Nur ganz kurz. Einer Illusion gleich.

»*So* habe ich das nicht formuliert«, entgegnete er. »Nichtsdestotrotz wäre es mir lieb, wenn wir Abstand hielten. Behalte das im Hinterkopf. Solltest du jedoch einem von uns Schwierigkeiten bereiten, wirst du dafür die Konsequenzen tragen müssen, Billie.«

»Woher ...?«

»Du redest im Schlaf.« Damit stolzierte er aus dem Zimmer. Er gab mir nicht mal die Gelegenheit, meine Gedanken zu ordnen und ihm zu antworten.

»Komm mit. Das muss behandelt werden.«

Ich war so von der Begegnung in Anspruch genommen, dass ich Kits Eintreten nicht bemerkt hatte. Fast willenlos ließ ich mich von ihr aus dem Salon zurück in die Küche führen. Einer der wenigen Wege, die ich mir gemerkt hatte.

Wie in Trance ließ ich mich auf den gleichen Stuhl wie vor ein paar Stunden sinken und sah auf meine Hände hinab.

Ich konnte nicht sagen, was mich mehr erschütterte.

Die Tatsache, dass ich eine zivilisierte Unterhaltung mit einem Vampir geführt hatte oder dass ich für einen klitzekleinen Moment gezögert hatte, sein impliziertes Angebot anzunehmen. *Bleib hier, verhalte dich ruhig und nichts wird dir geschehen.* Das hatte er mit anderen Worten gemeint und es … es hatte so verdammt verführerisch geklungen.

Wie es wohl wäre, nicht mehr zu kämpfen?

Ich schüttelte den Kopf. Es war besser, nicht darüber nachzudenken. Diese Zukunft gäbe es nicht für mich. Nicht so lange Hugh nicht gefunden war und der Kontrakt mit Moth noch lief.

»Er ist dein Meister, Billie«, sagte Kit streng und tupfte mir sanft das Blut vom Gesicht. Ich drückte noch immer ihr mittlerweile feuchtes Taschentuch auf die Platzwunde. »Du findest dich besser damit ab.«

»Autsch.« Sie lächelte entschuldigend, bevor sie mit einem Finger mein Kinn anhob. »Das ist einfacher gesagt als getan. Er ist ein Vampir.«

»Das wusstest du nicht?« Überrascht rückte sie ab.

Obambo stöhnte. Er war uns bis in die Küche gefolgt und schwebte nun über den Küchentisch. Der Kerzenleuchter inmitten seines mit Blättern bedeckten Buckels.

»Natürlich wusste ich das«, gab ich harsch zurück, nur um es sofort zu bereuen. Kit hatte nichts anderes getan, als nett zu mir zu sein. »Aber bis gestern …«

»Ja?« Sie tunkte das Tuch erneut in Wasser.

Bis gestern war ich frei.

Bis gestern war mein Leben nicht einfach gewesen, aber in geordnete Bahnen verlaufen.

Bis gestern …

»Nichts.«

Mitleidig sah sie mich an, ehe sie um mich herum lief, damit sie die Verletzung begutachten konnte.

»Du bist eine Sklavin, Billie. So sieht deine Realität aus. In diesem Haushalt wirst du davon kaum etwas spüren. Ruglio und ich behandeln dich so, wie wir uns gegenseitig behandeln. Wir werden dich respektieren und für dich sorgen, solange du deine Arbeit erledigst.« Sie machte eine Pause und löste meine Hand von der Platzwunde. »Ist das eine so schlimme Vorstellung?«

9

Ist das eine so schlimme Vorstellung? Kits Worte hallten noch Stunden danach in meinem Verstand wider.

Nachdem ich mich an diesem Tag in die zweite Uniform geworfen hatte, weil die andere voller Blut gewesen war, hatte mir Kit aufgetragen, die Küche zu säubern. Ich war zwar erschöpft gewesen, doch ich hatte nicht eine Sekunde mit meiner Aufmerksamkeit nachgelassen. Da ich meine erste Konfrontation mit dem Vampir fast nicht überlebt hatte, war meine beste Möglichkeit, die Flucht anzutreten.

Leider ließen mich weder Obambo noch Ruglio aus den Augen, und um Mitternacht musste ich mir meine vorübergehende Niederlage eingestehen. Beide führten mich nach einem schweigsamen Abendessen zurück zu meinem fensterlosen Zimmer.

»Zelle ist ein passenderer Begriff«, murmelte ich, als Ruglio die Tür von außen verriegelte.

Obambo war mit mir eingetreten. Auf seine Gesellschaft hätte ich liebend gern verzichtet. Insbesondere weil er in unregelmäßigen Abständen zu stöhnen begann und ich mich jedes Mal aufs Neue damit erschreckte.

»Kannst du deine Kommentare nicht für dich behalten? Du stimmst ihnen ja eh zu«, grummelte ich auf der Seite liegend. »Großartig, jetzt spreche ich schon mit einem ekligen grünen Geist. So weit ist es gekommen.«

Dieses Mal stöhnte Obambo nicht, sondern schwebte vor

der Tür auf und ab. Seine weißen Äuglein ins Nichts gerichtet.

Ich fühlte mich verurteilt.

»Ich sollte mir einen Plan zurechtlegen.« Unwillkürlich strich ich mit den Fingern über das Tattoo auf meinem linken Schlüsselbein.

Noch hatte es sich nicht bemerkbar gemacht. Entweder war Moth geduldig mit mir und glaubte an meinen Erfolg oder er führte bereits etwas anderes im Schild. Hatte er meine Tanten davon überzeugt, an meiner statt auf die Jagd zu gehen?

Das wäre nicht katastrophal, weil ich das Jagen schließlich von ihnen gelernt hatte. Ich hatte sie nur nicht zu den Auftragsmorden mitgenommen, weil es Moths Bedingung gewesen war.

Die Kerze auf der Kommode flackerte. Obambo hatte sich nicht bewegt. Wahrscheinlich bloß ein Luftzug.

Meine Lider wurden schwer.

Eigentlich wäre es besser, wachzubleiben und zu versuchen, das Schloss zu knacken. Vielleicht könnte ich die Wände abklopfen und nach einem Geheimgang suchen? Oder Obambo um Hilfe bitten und ...

Als ich erwachte, fühlte ich mich sofort erholt. Mein Kopf pochte nicht mehr, und die Haut an meinem Rücken spannte weniger.

Obambo hatte mich nicht allein gelassen. Seine durchscheinende Gestalt schwebte wie fest verankert vor der geschlossenen Tür.

Gähnend streckte ich mich, stand auf und wusch mein Gesicht, bevor ich mich der Entscheidung stellen musste, was zu tun war.

Ich wollte nicht durch Obambo hindurchlaufen, und eigentlich wollte ich auch nicht an der Tür klopfen, um Kit oder Ruglio auf mich aufmerksam zu machen.

»Und jetzt?«, fragte ich den stummen Geist.

Dieses Mal stöhnte er, bevor er sich um die eigene Achse drehte und dann durch die Tür verschwand.

Neugierig drehte ich den polierten Messingknauf und drückte die Tür auf, als das Schloss ein Klicken von sich gab.

»Das darf doch nicht wahr sein«, murmelte ich. Obambo wartete im Korridor auf mich. Ich sah von ihm zurück ins Zimmer. »War die Tür die ganze Zeit unverschlossen?«

Aber hatte ich Ruglio nicht gehört, wie er einen Schlüssel benutzt hatte? Gut möglich, dass ich mir jetzt schon Geräusche einbildete. Ich war so erschöpft gewesen, dass es mich nicht mal wundern würde, wenn er die Tür einfach nur geschlossen hatte.

Ich ließ Obambo im Flur zurück und benutzte den Waschraum für meine morgendliche Reinigung. Als mich danach immer noch nicht Kit oder Ruglio erwarteten, setzte ich mich in Bewegung.

Das erste Fenster fand ich in einem kleinen, quadratischen Raum, in dem nichts außer ein Klavier stand, dem ein Dutzend Tasten fehlten. Sonne schien strahlend hell in den Raum.

Ich rannte an die Fensterscheibe und blickte hinaus. Weiß. Alles war voller Schnee.

Als ich versuchte, das Fenster zu öffnen, stöhnte Obambo hinter mir lauter als zuvor.

»Schlägst du so Alarm?«, fragte ich ihn verärgert. Das Fenster bewegte sich keinen Millimeter und wies auch keinen Griff auf, den ich irgendwie betätigen könnte. Das Stöhnen wurde lauter und trieb mich an den Rand des Wahnsinns. Seufzend wandte ich mich zu Obambo um. »Fein. Ich höre auf. Zufrieden?« Stille. Sein Mund blieb jedoch geöffnet, als würde er mir noch nicht ganz trauen. »Darf ich mich etwas umsehen? Bitte?«

Ich konnte nicht glauben, dass ich mit einem Geist verhandelte.

Noch weniger wollte ich aber von Kit oder Ruglio beobachtet werden. Eine Flucht war für den Moment ausgeschlossen, da Obambo die beiden sicherlich sofort auf meine Spur führen würde. Das bedeutete jedoch nicht, dass ich mir nicht einen Ausweg zurechtlegen könnte, für den Moment, wenn die Zeit gekommen war.

Obambo folgte mir, wobei er hin und wieder eine Abkürzung durch eine Wand oder Tür nahm. Schon bald hatte ich mich, wie Kit vorausgesagt hatte, an seine Anwesenheit gewöhnt. Tatsächlich fand ich sie ganz tröstlich, weil ich dadurch nicht allein war – und das, obwohl er Teil des Haushalts war.

Überraschend schnell fand ich den Weg zum Foyer zurück, ohne mich für längere Zeit zu verlaufen. Mein Blick huschte zur großen verriegelten Eingangstür. Obambo schwebte kommentarlos in mein Sichtfeld.

»Ja, ja, ich habe schon verstanden«, murmelte ich und wandte mich zur Treppe.

Die oberen Stockwerke würde ich später während meiner Arbeit auskundschaften. Jetzt war ich neugieriger auf den Keller oder was auch immer sich unten befand.

Ich erinnerte mich schemenhaft daran, dass wir auf einem Boot hergekommen waren. Das bedeutete, es musste hier irgendwo eine Anlegestelle und somit einen Zugang zum Fluss Sanil geben. Möglicherweise könnte mir dieser bei der Flucht helfen.

»Weißt du, wie es nach unten geht?«, fragte ich Obambo, als ich keine Treppe fand. Ich hatte mich überall im Foyer umgesehen und diverse Türen geöffnet, doch keinen Weg entdeckt, der mich ins Untergeschoss führte.

Der Geist stöhnte leise, was ich dieses Mal als Ja auffasste, da er an mir vorbeischwebte. Unter dem Treppenpodest hingen drei lange Wandteppiche, und durch einen von ihnen verschwand er.

»Ein Geheimgang?«, überlegte ich laut. Ich hätte nicht erstaunt sein sollen. Dieses Haus war so verwinkelt und konfus erbaut worden, da gab es bestimmt mehr als eine geheime Passage.

Ich zog den gold-roten Teppich zur Seite und offenbarte eine Tür. Zumindest glaubte ich, dass es eine war. Es gab weder einen Türgriff noch Scharniere. Allerdings konnte ich deutlich die Lücke zwischen Tür und Wand ausmachen.

Zum Glück musste ich nur einmal fest dagegen drücken, damit sie mit einem leisen Klicken nach innen aufschwang. Obambo leuchtete grün im ansonsten dunklen Gang.

Hätte ich meine Magie gehabt, hätte mir ein Funken ausgereicht, um ein leuchtendes Feuer zu kreieren. So musste ich mir eine Kerze von einem Leuchter im Foyer stibitzen. Ich vertraute nicht darauf, dass Obambo mir den ganzen Weg Licht spendete, und im Dunkeln gefangen zu werden wollte ich nicht riskieren. Nicht während ein Vampir hier sein Unwesen trieb, der jederzeit auf die Idee kommen könnte, sich an mir zu laben.

Ich erschauerte.

»Dann lass uns mal nachsehen, was es hier gibt«, wisperte ich und drückte die Tür hinter mir wieder zu.

Der Gang endete abrupt in einer engen, sich nach unten windenden Holzstiege. Es knarzte, als ich eine Stufe nach der anderen nahm. Mit der flachen Hand fuhr ich über die raue Steinwand auf meiner linken Seite. In der Rechten hielt ich weiterhin die Kerze vor meinem Gesicht. Obambo schwebte immer mal wieder durch die Treppe nach unten, um dann plötzlich aufzutauchen. Jedes Mal erschreckte ich mich zu Tode.

Ich hegte die Befürchtung, dass er Spaß daran fand. Konnten Geister Vergnügen empfinden?

Meine Gedanken streiften zur Wilden Jagd zurück. Die

Reiter hatten sich nichts anmerken lassen, trotzdem hatte ich ihre Euphorie gespürt, als sie den Betrunkenen geköpft hatten.

»Denk nicht daran«, murmelte ich.

Nach einer gefühlten Ewigkeit wurde die Treppe von einem steinernen Gang abgelöst, der sogar von Öllampen beleuchtet wurde. Ich löschte meine Kerze und steckte sie in die hintere Tasche der schwarze Uniformhose. Vor meiner Erkundung hätte ich vielleicht meinen roten Umhang über das weiße Leinenhemd ziehen sollen. Irgendwo war ich mit dem Ärmel entlanggeschabt, da sich dort nun ein großer schwarzer Fleck befand.

Zur Umkehr ließ ich mich dadurch nicht bewegen. Ich war schon zu weit gekommen, und an dem Fleck ließ sich nichts mehr ändern. Außerdem konnte ich bereits das Klatschen von Wasser gegen Stein hören. Auch wenn ich mich nicht erinnern konnte, dass Ruglio diesen Weg mit mir auf dem Arm gegangen war, wusste ich, dass ich die Anlegestelle fast erreicht hatte.

Obambo schoss unangekündigt an mir vorbei, drehte sich um die eigene Achse und schwebte dann mit langsamerer Geschwindigkeit voran. Dieser Geist brachte mich noch um den Verstand.

Nach ein paar Minuten musste ich eine Kurve nehmen, wodurch ich anschließend die Öffnung und das dahinter liegende Wasser sehen konnte. Auch wenn Obambos Körper alles schemenhaft und unecht wirken ließ, bis ich die Höhle tatsächlich betreten hatte.

Sie war nicht so groß, wie ich erwartet hatte. Kein Vergleich zum kleinen Hafen in der Markthalle, aber ausreichend, um Platz für drei Boote mit Segel zu bieten, die auf dem Wasser schaukelten. Ein schmaler Steg führte zu ihnen. Abgesehen von den Booten und den Öllampen waren das die einzigen Dinge hier. Sonst gab es ausschließlich Stein und Wasser. Stalaktiten und Stalagmiten, weitere Gänge und Öffnungen, die vermutlich ins Haus zurückführten.

Ein stetiges Tropfen mischte sich zu dem Schwappen des blauschwarzen Wassers ans flache Steinufer. Das natürliche Becken war in etwa so groß wie der halbrunde Platz vor der Lunar Uhr in Westwend. Ich würde es gerade so schaffen, von der einen Seite zur anderen zu tauchen.

Während ich mich dem Steg näherte, besah ich mir den Ausgang genauer. Schmal und dunkel. Man würde ein paar Minuten mit dem Boot durch einen Gang gleiten müssen. Doch dahinter wartete die Freiheit.

Meine Nackenhaare stellten sich auf. Obambo schwebte direkt hinter mir. Berührte mich fast mit seiner durchscheinenden Hand.

»Lass das«, grummelte ich. »Ich mache schon nichts.«

Das war der Augenblick, in dem ich das wandernde Licht wahrnahm, dass von den feuchten Wänden des Tunnels reflektiert wurde.

Jemand kam gerade hierher!

Da ich nicht wusste, um wen es sich handelte und ob ich überhaupt entdeckt werden wollte, zog ich mich eilig zurück. Wie ich vorhin schon festgestellt hatte, gab es einige Nischen und Felsen, und hinter einem von ihnen, direkt neben einer Treppe, die steil nach oben führte, hielt ich mich versteckt.

»Obambo, komm her!« Der Geist bewegte sich nicht. »Bam! Hierher!«

Träge setzte er sich in Bewegung und schwebte durch den Felsen hindurch, damit er neben mir ebenfalls versteckt war.

Gerade rechtzeitig, da sich das Boot ins Becken bewegte. Es besaß kein Segel und war kleiner als die am Steg festgemachten. Der Vampir saß in der Mitte und bewegte die Ruder gleichmäßig auf und ab. All dies verwunderte mich nur mäßig. Das, was mich schockierte, war das Blut, mit dem er besudelt war. Sein schwarzes Haar war durcheinander, auf den Wangen befanden sich rote Striemen und überall ... dunkles Blut. Selbst sein Umhang und seine Hände waren nicht verschont worden.

Da er sich ohne Mühe bewegte, glaubte ich nicht, dass es sich dabei um sein eigenes Blut handelte. Dann wiederum hätte er als Vampir längst heilen können.

Sein Auftauchen, so ungünstig es mir im ersten Moment erschienen war, hatte auch etwas Positives an sich. Ich wusste nun, dass der Weg nach draußen viel länger war, als ich geglaubt hatte. Schon vor einer Weile hatte der Morgen gegraut und er als Vampir hätte schon verrückt oder verzweifelt sein müssen, bei Sonnenaufgang noch draußen zu sein. Deshalb musste er sich bereits eine Weile in der Höhle befunden haben.

Ich selbst war zwar körperlich stark, aber wie sollte es mir gelingen, so lange allein zu rudern? Vor allem müsste ich schnell sein, um nicht eingeholt zu werden.

Die Erkenntnis stieß mir sauer auf, und ich schob sie beiseite. Darüber würde ich mir später noch Gedanken machen. Meine Neugier, warum der Vampir voller Blut war, siegte über den Drang, jetzt zu flüchten. Ich dachte nicht zu lange darüber nach, sondern beobachtete ihn dabei, wie er das Boot an einem Eisenring festband und dann leichtfüßig auf den Steg sprang.

Er fühlte sich so sicher, dass er sich nicht mal umsah. Offensichtlich war er davon überzeugt, dass ihm niemand in seinem eigenen Heim mit schlechten Absichten auflauern würde.

Ich ballte die Fäuste. Wenn ich könnte, hätte ich ihn längst attackiert und vernichtet.

Anders als meine bisherigen Gegner verstand er sich im Nahkampf. Die körperliche Überlegenheit von Vampirinnen und Vampiren, die mit ihrer Wandlung einherging, konnte ich normalerweise leicht überwinden, weil sie nie gelernt hatten, sie zielgerichtet einzusetzen. Sie verließen sich darauf, dass die Stärke ausreichte, um jeden Gegner wie eine Fliege zu zerquetschen. Grundsätzlich hatten sie auch recht. Nur nicht bei ausgebildeten Jägerinnen wie mir.

Tian … Dieser Vampir hatte jedoch trainiert. Trainierte vermutlich immer noch jeden Tag und wusste, wie er die Fäuste einzusetzen hatte.

Er ging an mir vorbei, schwerfälliger als es vorhin den Anschein gehabt hatte. Eine Blutspur zog sich hinter ihm her. Seine Sohlen trafen hart auf den Stufen der Steintreppe hinter mir auf und wurden begleitet vom Tropfen des Bluts, das vielleicht doch seines war …

Obambo verpuffte neben mir, als wäre er nie da gewesen und erschreckte mich erneut.

Da ich nicht allein zurückbleiben wollte und die Flucht mit einem der Boote für den Augenblick nur als Notlösung ansah, folgte ich dem Vampir mit Abstand.

Ich machte mir nicht die Mühe, leise zu sein, da ich nicht mehr vorhatte, hier und jetzt davonzulaufen. Stattdessen war ich neugierig, was er tun würde.

Ein großes Nichts.

Wir verließen nacheinander die Steintreppe, schritten durch eine holzverkleidete Öffnung und betraten durch einen unscheinbaren Alkoven einen breiten Korridor. Erst jetzt wurde mir bewusst, wie sehr ich gefroren hatte. Wärme kehrte in meine Gliedmaßen zurück. Ich schniefte leicht, während der Vampir sich stur voran bewegte, als hätte er mich immer noch nicht gehört.

Interessiert blickte ich mich um. Einerseits sah der Korridor genauso aus wie der im ersten Stock, von dem die Salons abgingen, andererseits wirkte er breiter und sauberer. Es gab mehr Bilder und mehr Teppiche, Statuen und Dekorationen an den Wänden zwischen den Fenstern, die nicht von Vorhängen verhüllt waren.

Ich erstarrte, als der Vampir direkt in einen Lichtstrahl trat. Anstatt jedoch sofort Feuer zu fangen, geschah ... nichts. Für einen kurzen Moment zweifelte ich an meinem eigenen Verstand, dann an der Tatsache, dass er ein Vampir war und schließlich ... setzten sich meine Gedanken wieder in Gang.

Natürlich. Genau wie die Fenster in der Markthalle waren auch die Fenster im ganzen Haus mit Magie versehen. Man konnte zwar hinausschauen, und Licht drang herein, doch die Strahlen würden den Vampiren nicht schaden. Solange das Fenster geschlossen war, blieb auch die Schutzmagie intakt.

Bevor der Vampir an der nächsten Kreuzung abbog, öffnete er die letzte Tür und betrat den Raum. Ich eilte ihm nach. War überrascht, als er mir die Tür nicht direkt vor der Nase zuschlug.

»Warum bist du hier und nicht in deinem Zimmer?«, fragte er heiser und öffnete seinen Umhang, der zu einem Haufen auf den Boden fiel. Darunter kam ein weißes, ebenfalls schmutziges Hemd zum Vorschein.

Wir standen in einem dämmrigen Schlafzimmer, das ganz sicher seines war. Es war so imposant, wie es das restliche Haus bereits hatte vermuten lassen.

Trotzdem traf mich der Anblick so unvorbereitet, dass ich zunächst nur starren und nicht antworten konnte.

Zu meiner Linken öffnete sich der Raum zu einem Wintergarten nur ohne ... Garten. Eine gläserne, mit schwarzem Eisen beschlagene Kuppel, in der zwei große Laternen warmes Licht spendeten. In der Mitte stand ein weißer Flügel auf einem hellen Teppich, und rundherum waren fast achtlos Bücher gestapelt. Ein paar wenig beeindruckende Grünpflanzen wuchsen aus massiven Keramiktöpfen und verliehen der Atmosphäre einen lebendigen Hauch.

Mir gegenüber gab es eine weitere Kuppel, die jedoch nicht aus Glas, sondern aus Stein bestand. Sie war mit blauer und grüner Farbe bemalt. Hin und wieder hatte sich ein heller Glanz reingestohlen, der das Licht in der Dunkelheit darstellen sollte. Es wirkte mystisch schön. Darunter dominierte ein breites Doppelbett mit schwarzer Bettwäsche und dunkelrot bestickten Kissen, goldene Applikationen fanden sich an den Bettpfosten und den Kerzen, die rundherum platziert waren.

Rechts von mir gab es die dritte und letzte Kuppel, die die Struktur des Gebäudes eigentlich nicht hätte möglich machen dürfen. Allerdings hatte ich das Haus nicht von außen gesehen.

In diesen Teil des Zimmers konnte ich nicht gänzlich hineinblicken, da ein Raumtrenner aufgestellt worden war. Davor ließen sich eine elegant geschwungene Kommode samt Kleiderschrank und mannshohem, frei stehendem Spiegel ausmachen.

Der Vampir stand auf dem kreisrunden, gewebten Teppich und blickte mich durch den alt wirkenden Spiegel an. Ich erwiderte furchtlos seinen Blick.

»Hast du nichts zu sagen?«

Blinzelnd kam ich zu mir. Ich war so tief in meine eigenen Gedanken versunken gewesen, dass ich seine Frage vergessen hatte.

»Was ist passiert? Wo bist du gewesen?«, fragte ich und blieb ihm eine Antwort schuldig. »Ist das dein Blut?«

»Das sollte nicht deine Sorge sein«, entgegnete er schroff. Anders als bei unserer letzten Begegnung schien er nicht dazu aufgelegt, sich mit mir auf irgendeine Weise anzulegen. »Bam, bring sie weg.«

Obambo schwebte hinter mir herein und stöhnte leise. Die Arme wie immer von sich gestreckt, die Hände nach unten abgeknickt. Ich wedelte ihn davon, als würde das irgendeine Wirkung auf ihn haben.

»Ich will nicht gehen.«

Der Vampir machte ein abfälliges Geräusch und wandte sich zu mir um. Da ich mich nicht wieder in diesem unheimlichen Kobaltblau seiner Augen verlieren wollte, sah ich an die Decke. Auch sie war bemalt und zeigte einen dicht bewachsenen, dunklen Wald. In ihm fanden sich schattenhafte Gestalten, die ihren nächsten Opfern auflauerten.

»Was? Willst du mich wieder attackieren?« Mein Blick huschte nach unten, weil ich seine Bewegung wahrgenommen hatte. Er hatte die Ärmel seines Hemds bis zu den Ellbogen hochgeschoben und blickte mich herausfordernd an. Eine steile Falte hatte sich zwischen seinen perfekten Brauen gebildet, die ihn menschlicher wirken ließ als alles zuvor. »Na, worauf wartest du? Gib dein Bestes!«

»Generell will ich dich besiegen«, sagte ich langsam und bewegte mich weiter in den Raum, weil ich nicht hier stehen und ihn anstarren konnte. Ich wusste, dass Vampirinnen und Vampire die Gedanken und den Willen von Menschen manipulieren konnten, jedoch sollten Hexen und Hexer eigentlich immun dagegen sein. Bei ihm war ich mir zum ersten Mal unsicher. »Aber nicht heute.«

Aus dem Augenwinkel sah ich, wie er sich mit einer Hand durchs glänzende Haar fuhr. »Ich bin müde, Billie. Mach es kurz.«

Ich zuckte zusammen, als er meinen Namen sagte.

»Vampire werden nicht müde.«

»*Du* machst mich müde«, korrigierte er sich eindeutig verärgert.

»Oh.« Vor dem Bett drehte ich mich wieder zu ihm um. Obambo hatte sich wieder in Luft aufgelöst.

»Was muss ich tun, damit du mich in Ruhe lässt?«

»Lass mich frei.«

»Kann ich nicht«, sagte er prompt. »Wenn ich eine Sklavin freilasse, wird mein ganzer Haushalt bestraft. Das werde ich nicht riskieren.«

Davon hatte ich tatsächlich schon gehört. »Dann gib mir die Möglichkeit, mich selbst zu befreien.«

»Das kommt auf das Gleiche raus.« Seine Geduld war am Ende angelangt, als er begann, sein Hemd aufzuknöpfen. Verflucht. Nichts, das ich bezeugen wollte. »Also, wenn du so freundlich wärst ... oder zumindest so rücksichtsvoll ...«

»Ich ... warte, ich suche ...« Eilig presste ich meine Lippen zusammen. Fast hätte ich ihm genug vertraut, um ihm von Hugh zu erzählen. Dabei handelte es sich hier um einen hinterlistigen, brutalen Vampir.

»Ja?« Er hatte das Hemd bereits aufgeknöpft und hielt dabei inne, es sich von den muskulösen Schultern zu schieben.

»Vergiss es«, murmelte ich, ehe ich es mir anders überlegte. Anscheinend würde er gerade viel tun, um mich loszuwerden. Das müsste ich doch irgendwie für mich ausnutzen können. »Lass mich hier oben wohnen. Ohne Schlösser.«

Misstrauisch sah er mich an. »Warum? Bist du so verwöhnt?«

»Bist du es?« Ich hob eine Braue. »Schließlich schläfst du auch hier.«

»Es ist mein Haus.«

»Nicht der Punkt.«

Er atmete laut aus und drehte sich um. Das Hemd fiel auf seinen Umhang. Die ausgeprägten Rückenmuskeln bewegten sich, als er ein Tuch in eine Schüssel neben dem Spiegel tauchte und es auf seinen Bauch drückte. Befand sich dort die noch blutende Verletzung?

»Ich werde nicht davonlaufen. Versprochen.«

»Warum glaube ich dir nicht?«

»Bitte ...« Ich hätte nie gedacht, dass ich mich mal derart erniedrigen und einen Vampir anflehen würde. Doch die Vorstellung, noch einmal in diese beengte Kammer zurückzukehren, löste Beklemmungen in mir aus.

Hoffnungsvoll beobachtete ich ihn.

Nachdem er das nunmehr blutbesudelte Tuch neben die Schüssel gelegt hatte, holte er ein neues Leinenhemd aus seiner Kommode. Ich blickte bloß so lange fort, wie er brauchte, um sich anzuziehen. Die Stiefel wechselte er noch gegen unpraktisch wirkende blaue Hausschuhe, die mit goldenem Garn bestickt waren.

»Folg mir«, brummte er und ging in den Korridor hinaus.

Ich musste ein Grinsen unterdrücken. War es so einfach, einen Vampir zu manipulieren? Ich hatte ihm zwar mein Versprechen gegeben, nicht zu fliehen, aber ehrlich gesagt wunderte es mich schon, dass er mir sofort glaubte. Oder er hatte noch etwas in der Hinterhand, das mir nicht bewusst war.

Was auch immer es war, ich würde gut daran tun, weiterhin auf der Hut zu bleiben.

Wir nahmen den gleichen Weg, den wir vorhin gekommen waren. Nur führte er mich an der Treppe vorbei in die entgegengesetzte Richtung seines eigenen Zimmers.

»Hier.« Er blieb abrupt neben einer Tür stehen.

Zögerlich blickte ich von ihm zur Tür, bevor ich sie auf sein Nicken hin öffnete. Dahinter kam ein voll eingerichtetes Schlafzimmer zum Vorschein. Doch wo Tians Zimmer dunkel und geheimnisvoll war, war dieses hell und geschmückt.

Es war bei Weitem nicht so groß wie seines, doch das hatte ich auch nicht erwartet. Es gab ein Bett mit Himmel, Kommoden, Schränke und einen abgeteilten Waschraum. Ovale Fenster mit bunten Verzierungen. Ob er sie auch angefertigt hatte?

»Oh ...«, entschlüpfte es mir. Überall flossen die Farben Rosa, Schwarz und Gold ineinander über.

»Was? Genügt es nicht deinen Ansprüchen?«

»Natürlich nicht«, beeilte ich mich, zu sagen, und setzte eine Miene auf, die er erwartete und die mich schützen würde. Ich wollte auf keinen Fall von ihm durchschaut werden. Sobald das geschähe, würde er wissen, dass man mir nicht über den Weg trauen konnte. Dann gäbe es kein Entkommen. »Aber es wird reichen.«

Er nickte knapp und stapfte dann davon. Ich blickte ihm nachdenklich hinterher. War so fokussiert, dass mich nicht mal Obambos Auftauchen erschreckte.

»Es wäre wirklich gar nicht schlecht hier, wenn ich ihn nicht ertragen müsste«, sagte ich laut, weil Obambo ohnehin nicht reden konnte. »Wie findest du das Zimmer?«

Hugh und meinen Tanten würde es gefallen.

Ich wanderte von Ecke zu Ecke, bis ich den Waschraum erreichte. Darin befand sich jedoch nicht nur eine Messingwanne, sondern auch ein begehbarer Kleiderschrank, der mit einer mit Stoff bezogenen Konstruktion abgetrennt war.

An den angebrachten Holzstangen links und rechts hingen dutzende Kleider, Röcke, Hemden und Blusen, die definitiv eine weibliche Note besaßen. Beim Durchschauen erkannte ich jedoch recht schnell, dass sie aus verschiedenen Epochen stammten.

Ob der Vampir eine Freundin oder Schwester hatte, die nicht mehr hier lebte? Oder seine Mutter, die zufällig auch eine Vampirin war? Wurden üblicherweise ganze Familien gewandelt?

Ich hatte nicht den blassesten Schimmer, was mir etwas sauer aufstieß. Als Jägerin hätte ich mich auch mit derartigem Wissen auseinandersetzen müssen.

Andererseits war gerade das letzte Jahr nicht einfach gewesen, und ich hatte mich irgendwie durch die Aufträge von Moth hindurchmanövrieren müssen. Viel Zeit, um mir Gedanken über das Verhalten und die Gefühle von Vampirinnen und Vampiren zu machen, war mir nicht geblieben.

»Hier bist du!«

Als ich Kit hörte, kehrte ich in den Schlafraum zurück. Sie stand mit den Händen in den Hüften breitbeinig da und sah mich streng an.

»Ich habe mich etwas umgesehen«, erklärte ich sofort, obwohl ich ihr nichts schuldig war. Bisher war sie mir allerdings trotz meines niedrigen Status mit Respekt begegnet. Da konnte ich zumindest höflich sein.

»Hier?« Stirnrunzelnd sah sie sich um.

»Euer Vampir hat mir erlaubt, hier einzuziehen.« Sie öffnete den Mund und schloss ihn wieder. »Ehrlich, wer kann denn in einer so kleinen Kammer schlafen, die ihr mir zugewiesen habt, und keine Angst kriegen?«

»Ich weiß, was du vorhast«, sagte sie, anstatt mir zu antworten.

»Und das wäre?« Unschuldig verschränkte ich die Finger vor meinem Oberkörper.

»Ich bringe uns beide nicht in Verlegenheit, das auszusprechen. Doch der Vollständigkeit halber: Das ganze Haus ist mit einem Bannzauber belegt, der verhindert, dass du auch nur ein einziges Fenster, geschweige denn eine Tür öffnen kannst.« Ein Lächeln zeichnete sich auf ihren Lippen ab, weil sie glaubte, damit meine Fluchtpläne zunichte gemacht zu haben.

Allerdings hatte ich bereits mit etwas in der Art gerechnet. Es war nicht ganz so niederschmetternd, nun die Wahrheit zu erfahren, als wenn es mich unvorbereitet getroffen hätte.

Dann müsste ich eben doch über kurz oder lang eines der Boote stehlen und durch die Höhle fliehen.

»Gut zu wissen«, sagte ich bloß.

Einen Moment länger sah sie mich forschend an, ehe sie sich zur Tür wandte. »Komm, wir gehen zum Markt.«

»Was?« Sie hätte mich einzig mehr überraschen können, wenn sie erklärt hätte, dass sie mich auf der Stelle freiließ.

»Es ist ein Zeichen meines guten Willens. Versuch aber keine Mätzchen. Du wirst Obambos Amulett tragen. Dadurch kann er dich jederzeit aufhalten.«

Was genau Obambos Amulett war, erfuhr ich keine fünf Minuten später im Foyer, als mir von ihr eine Kette angelegt wurde. Zierliche goldene Glieder, die das Gewicht eines grauen ovalen Steins trugen. Sobald Kit den Verschluss an meinem Nacken einrasten ließ, während ich meine dunkelroten Locken hochhielt, fuhr Obambo in den Stein hinein.

Ich konnte mir einen kleinen Aufschrei nicht verkneifen. Dabei spürte ich keine Veränderung.

»Sein Geist befindet sich jetzt in dem Stein. Du wirst die Kette nicht ausziehen können, und solltest du dich zu weit von mir entfernen, wird Bams Geist dir den Verstand rauben«, erklärte Kit nicht ohne eine gewisse Genugtuung.

Tatsächlich mochte ich sie etwas mehr als gestern, weil sie ihr wahres Gesicht zu zeigen begann. Sie war nicht so aalglatt, wie es mir im ersten Moment vorgekommen war.

»Ich werde mich zu benehmen wissen«, grummelte ich scheinbar mies gelaunt, dabei war ich aufgeregt, das Haus verlassen zu können.

10

Mit neuem Elan warf ich mir den gefütterten bordeauxroten Umhang um und folgte Kit mit einem geflochtenen Einkaufskorb aus dem Haus. Sie öffnete problemlos eine Seite der schweren Eingangstür und blendendes Licht strömte herein.

Ruglio hatte sich wieder in die Küche verzogen. Er würde uns heute nicht begleiten, was mir recht war. Es war schwieriger, sich umzusehen, wenn mich beide beobachteten. So hatte ich immerhin die Chance, etwas Wichtiges zu erledigen, ohne erwischt zu werden.

Es gab keinen Vorgarten, wie ich erstaunt feststellte. Stattdessen landeten wir nach einer fünfstufigen Steintreppe direkt auf der Straße, die mit Matsch und Schnee bedeckt war. Neugierig drehte ich mich um.

Das Anwesen war schlichtweg beeindruckend. Es wuchs und wuchs in die Höhe und in die Breite. Hier und dort drehten sich Türme mit grotesken Wasserspeiern und blauen Dächern in den wolkenlosen Himmel. Schnee schmolz und tropfte von den Regenrinnen. Die Sonne brachte die Buntglasfenster zum Leuchten.

»Das ist wirklich seins? Alles?« Widerwillig wandte ich mich Kit zu, die weitergegangen war.

»Alles«, bestätigte sie.

»Wie lange lebt ihr schon dort?« Ich schritt neben ihr her und saugte die Luft förmlich ein. Im Haus war es zwar nicht stickig gewesen, doch die frische Winterluft hatte mir gefehlt.

Sie hauchte mir neues Leben ein, und zum ersten Mal seit meiner Gefangenschaft konnte ich wieder richtig nachdenken.

Sofort wusste ich, was zu tun war, um mir Zeit zu verschaffen. Es war naheliegend gewesen, den Vampir anzugreifen und zu flüchten, doch mein kopfloses Handeln hatte mich nicht weitergebracht. Tian, Kit, Ruglio und selbst Obambo waren Gegner, die anders waren als all meine bisherigen feindlichen Bekanntschaften. Es verlangte Fingerspitzengefühl.

Nur so würde ich meinen Tanten und Hugh helfen können.

»Ein paar Jahre«, antwortete sie ausweichend, während wir eine gepflasterte Straße überquerten. Pferde wieherten, und das Klappern ihrer Hufe mischte sich mit dem Rumpeln der Kutschen.

Ich hatte richtig vermutet, dass wir uns in der Nähe der Zwillingsbrücken aufhielten. Schon nach wenigen Minuten hatten wir sie erreicht. Die Sanil floss unter den steinernen Bauten dahin, die mit hohen schwarzen Laternen gesäumt waren. Wir gingen über eine von ihnen ans andere Ufer direkt ins Hafenviertel und somit in die Nähe von Moths Haus. Es wäre noch eine gute Strecke, aber ich bildete mir ein, seine Anwesenheit zu spüren.

Unwillkürlich rieb ich mir über die Stelle, auf der sich mein Motten-Tattoo befand.

»Warum sind wir nicht wieder mit einem Boot unterwegs?«

Kit warf mir einen langen Blick zu. Offensichtlich kam es ihr seltsam vor, dass ich plötzlich so viele Fragen stellte. »Ich bin nicht gut darin, zu rudern.«

»Ruglio hätte doch mitkommen können ...«

»Er hat zu tun«, entgegnete sie einen Moment zu spät, als würde sie mir etwas verheimlichen. »Es ist außerdem nicht so weit.«

Sie hatte recht. Bald schon kamen wir an dem großen Platz mit der Lunar Uhr vorbei, die in einer Zeit erbaut worden war, an die sich kaum jemand noch erinnern konnte. Ein Überbleibsel, das auch noch Jahre nach meinem Tod hier stehen würde.

Wir gingen durch den Torbogen neben dem Turm und schlossen uns der Masse an, die ebenfalls zum Markt wollte. Von hier aus gab es bloß eine einzige Hauptstraße, die zur großen Halle führte, und um die frühe Uhrzeit waren hauptsächlich Bedienstete der einzelnen Haushalte auf den Beinen. Das machte die ganze Sache entspannter. Ich wusste nicht, wie ich reagieren würde, wenn ich einen arroganten Vampir sah, der mich mit einem angewiderten oder – schlimmer noch – begehrlichen Blick musterte. Allein der rote Umhang mit Tians Symbol auf der Brust – eine Efeuranke samt Speer – war ein Hinweis darauf, dass ich nicht frei war. Menschen arbeiteten kaum jemals für Vampirinnen und Vampire. Ruglio musste eine Ausnahme sein. Selbst Kit war eine Kirke.

Sobald eine Vampirin oder ein Vampir also den Schluss zog, dass ich eine versklavte Hexe war, die auch ihre oder seine Blutbraut sein könnte, könnten die Schwierigkeiten erst richtig losgehen. Was, wenn Tian ein unschlagbares Angebot bekam und mich verkaufte? Irgendwohin, wo man mich nicht in Ruhe lassen würde ...

Die Wahrscheinlichkeit war hoch, dass es irgendwo in der Stadt einen Vampir oder eine Vampirin gab, dem oder der ich als Blutbraut dienen konnte. Ich wollte das allerdings nicht herausfinden, da mein Leben von dem Zeitpunkt der Konvergenz für immer mit dem Vampir oder der Vampirin verbunden sein würde.

Vielen Dank, aber nein.

Als wir durch das gleiche Tor die Markthalle betraten, wie ich zwei Nächte zuvor, wurde ich von unangenehmen Erinnerungen heimgesucht. Ich hätte nicht gedacht, dass mich dieser

Ort auf einmal so mitnehmen würde. Doch die Schmerzen in meinem Rücken und Hughs fehlgeschlagene Flucht ließen mich erzittern.

Wo er sich jetzt wohl aufhielt? Ging es ihm gut? Ich hoffte, dass er gut behandelt und lediglich handwerkliche Arbeit von ihm verlangt wurde. Gleichzeitig war mir klar, wie gering die Wahrscheinlichkeit war.

Tian ... Ich würde es niemals zugeben, doch dass er sich so gar nicht um mich kümmerte, war ein Segen, den es normalerweise nicht gab. Es war zu schön, um wahr zu sein. Dass er nicht einmal mein Blut gekostet hatte, damit er prüfen konnte, ob ich seine Blutbraut war, ließ sich einzig damit erklären, dass er bereits ein Kronvampir war.

»Keine Sorge, tagsüber finden keine Auktionen statt«, sagte Kit, als hätte sie meine Gedanken gelesen.

Ich zuckte die Schultern. Alles, um ihr nicht zu zeigen, wie sehr mich dieser Ort quälte.

»Ist Tian ein Kronvampir?« Das erschien mir ein weitaus sichereres Gesprächsthema und würde mir gleichzeitig Erkenntnis bringen.

»Wie kommst du darauf?«

Es war so viel los, dass wir eng nebeneinander schritten. Unsere Schultern berührten sich. Ich musste den Korb vor meinen Oberkörper halten, damit ich niemanden versehentlich anrempelte.

»Er hat nicht mal überprüft, ob ich seine Blutbraut bin.«

»Du warst ziemlich lange bewusstlos ...«

Ich erstarrte. Die Masse drückte mich jedoch von hinten weiter voran, und da ich nicht fallen wollte, sammelte ich mich eilig.

»Er hat nicht ...«

»Keine Sorge, daran hat er kein Interesse. Ich wollte dich bloß aufziehen. Und nein, er ist kein Kronvampir.« Sie nickte nach rechts zu einem Gemüsestand. »Da muss ich hin. Wir treffen uns in einer halben Stunde am Kugelbrunnen.«

»Du lässt mich allein?«

Über ihre Schulter hinweg grinste sie mich an. Sie war schon fast in der Menge verschwunden. »Bam passt auf dich auf, schon vergessen?«

Verwirrt ließ ich mich weiter von den Besucherinnen und Besuchern tragen. Mein Herz pochte unermüdlich, weil ich nicht mit dieser Art von Freiheit gerechnet hatte.

Natürlich war das Erste, was ich versuchte, den Markt zu verlassen.

Ich steuerte einen der schmalen Nebenausgänge an. Dieser lag zwischen einem Stand für Keramikgeschirr und Blumen versteckt. Sobald ich jedoch die Türklinke berührte, hörte ich ein lautes Brüllen. Es füllte all meine Sinne aus und verklang erst, als ich die Hände auf meine Ohren presste.

Als ich mich umsah, bemerkte ich keine Veränderung. Alle um mich herum gingen weiter ihren Beschäftigungen nach, während die Morgensonne durch die verzauberten Fenster und die Glaskuppel schien. Es war so laut. Das Stimmengewirr zusammen mit den normalen Geräuschen eines Markts ein durchgehendes Hintergrundsummen. Doch das Gebrüll ... Es hatte all dies ausgeblendet.

Dann erst bemerkte ich das Leuchten des Amuletts an meinem Hals. Es strahlte zwischen dem Schlitz meines Umhangs hindurch.

»Du warst das?«

Ich berührte den Stein mit zwei Fingern. Das Leuchten pulsierte zwei Mal, dann ebbte es ab.

Sehnsüchtig sah ich die Tür vor mir an. Obambo war nicht auf meiner Seite. Er hatte mich mit dem Gebrüll gewarnt. Beim nächsten Versuch würde er bestimmt nicht aufhören und mich so lange hier festhalten, wie Kit brauchte, um mich zu finden. Oder bis ich – wie die Kirke mich gewarnt hatte – meinen Verstand verloren hatte. Je nachdem, was eher geschah.

Ich fuhr an der Kette entlang bis zum Verschluss und zögerte.

Es wäre so einfach, es zu versuchen. Ich könnte es aushalten, oder? Gleichzeitig könnte ich damit meine Chance verwirken, meine Privilegien zu behalten. Und bevor ich alles verlor, sollte ich meinen ursprünglichen Plan in die Tat umsetzen.

Seufzend ließ ich meine Hand sinken und drückte den Henkel des Korbs in meine Armbeuge.

»Dann wollen wir mal.«

Obwohl ich den Markt noch nicht oft besucht hatte, fand ich schnell den Stand für den Postversand. Briefe und Päckchen wurden in Westwend per Kurier verschickt. Papier und Stift konnten am Stand kostenlos benutzt werden, aber als ich meinen Brief abschicken wollte, stand ich vor dem Problem, dass ich kein Geld hatte. Nicht ein einziges Bronzestück.

Ich biss die Zähne zusammen und machte mich auf die Suche nach Kit. Sie hatte sich nicht weit von dem Gemüsestand entfernt. Ihr eigener Korb war zur Hälfte mit Karotten, Roter Beete und anderen Gemüsesorten gefüllt, die ich nicht alle benennen konnte.

»Ich brauche ein Bronzestück«, sagte ich, als ich neben ihr zum Stehen kam. Den gefalteten Brief in einer Hand und meinen leeren Korb in der anderen.

»So läuft das nicht.« Sie begutachtete eine Süßkartoffel in der Auslage. »Du bist eine Sklavin und wirst nicht bezahlt.«

»Sklavenhaltung sollte nicht mal erlaubt sein«, brummte ich. Nicht überrascht, dass sie mir derart kühl antwortete. Sie betraf es schließlich nicht, dass ich keinen eigenen Willen mehr haben durfte.

»Ich nehme die hier«, verkündete sie dem Gemüsehändler

und steckte die Süßkartoffel in den Korb, bevor sie bezahlte. Dann wandte sie sich mir gänzlich zu. Ihr Blick bohrte sich in meinen. »Meine Worte tun mir leid, Billie. Es ist bloß so, dass sich an deiner Position nichts ändern wird und kann. Tian wird dir bestimmt gesagt haben, was uns erwartet, sollten wir dich gehen lassen.«

»Er hat es angedeutet. Aber darum geht es nicht. Ich muss ... Ich muss meiner Familie einen Brief schreiben. Damit sie sich keine Sorgen machen.« Das war nicht ganz gelogen, aber ich würde ihr wohl kaum von Moth und Hugh erzählen.

Sie stockte. »Du wurdest erst vor Kurzem gefangen?«

»Das wusstest du nicht?«

»Ich dachte ... Oder eher gesagt, *wir* dachten, du kommst von einem anderen Haushalt. Dein Verhalten macht jetzt mehr Sinn.« Sie lachte trocken. »Ich bezahle für den Versand, wenn es dir hilft.«

Meine Dankbarkeit war unverhältnismäßig groß, und mir wurden die Knie weich vor Erleichterung. Ich konnte nur hoffen, dass Moth meinem Versprechen Glauben schenkte und meinen Tanten nicht schadete.

Nachdem Kit für meinen Brief bezahlt hatte, hielt ich mich in ihrem Windschatten. Sie füllte meinen Korb mit Stoffen, Garnen und allerlei Krimskrams, den sie auf ihrer Einkaufsliste hatte.

Als mir der Arm beinahe abfiel, weil der Korb so schwer geworden war, hatten wir das Ende der Haupthalle erreicht. Vor uns sprudelte Wasser aus dem großen Brunnen. Ein halbes Dutzend weißer Steinkugeln war in der Mitte des Beckens aufeinander platziert. Unterschiedlich groß und zu einer Form zusammengefügt, die sich mehr in die Höhe streckte als in die Breite. Drum herum hatten sich Menschen geschart, die ihre Beine für einen Moment auf den angrenzenden Bänken ausruhten.

Mein Magen knurrte, was Kit unmöglich über die Geräuschkulisse hören konnte, trotzdem fragte sie mich, ob ich hungrig war.

»Etwas«, gab ich zu.

»Bleib hier. Ich hole uns was.« Damit stellte sie den Gemüsekorb neben meine Füße und eilte davon.

»Interesse an diesen wunderschönen Edelsteinen?« Natürlich hatte ich den bunt bemalten Stand neben mir bemerkt, an dem Talismane, Steine und Kristalle verkauft wurden. Erst jetzt, nachdem ich von dem Verkäufer direkt angesprochen worden war, fiel mir auf, dass es sich bei ihm um einen versklavten Hexer handelte.

Das Stäbchen in seinem Unterarm war deutlich sichtbar, als er sich eine Strähne seines langen ergrauten Haars hinters Ohr strich.

»Du bist …«

Er hob herausfordernd die buschigen Brauen. »Ein Sklave? Genau. Hast du ein Problem damit?«

»Nein, ich …« Weil ich das aus irgendeinem Grund nicht laut aussprechen konnte, schob ich meinen Arm unter dem Umhang hervor und zeigte ihm mein Stäbchen.

Sofort entspannten sich seine Gesichtszüge, und er sah mich bemitleidend an, was ich nicht verstand. Warum sollte er Sympathie für mich empfinden, wenn es ihm ganz genauso ging wie mir? Es machte mich seltsamerweise wütend.

»Ah, nun, auch ich muss für meinen Meister Arbeit erledigen«, erklärte er.

»Warum läufst du nicht davon?«

»Warum sollte ich?« Er betrachtete mich eingehend. »Warum fliehst *du* nicht?«

Unwillkürlich umfasste ich Obambos Stein. »Es ist nicht ganz so einfach.«

»Uns alle hält etwas zurück.« Für einen Moment presste er

die Lippen zusammen. »Letztlich müssen wir uns überlegen, mit welchen Nachteilen wir am besten zurechtkommen. In jedem Fall gibt es sie, doch ihre Art ändert sich. Was für den einen als unerträglich erscheint, fühlt sich für den anderen nicht so schlimm an.«

»Du meinst, du willst dich gar nicht befreien?«

»Das habe ich nicht gesagt. Allerdings ... wie gut war mein Leben vorher? Jetzt muss ich mich immerhin nicht mehr verstecken, habe ein Dach über den Kopf und Arbeit, die mir Spaß macht.« Er schmunzelte wegen meines Gesichtsausdrucks, der meinen Unglauben sicherlich widerspiegelte. »Ich sehe, dass du ein anderes Leben als ich geführt hast.«

»Selbst wenn ... Es gibt noch die Insel im Norden. Warum bist du nicht dorthin geflohen?«

»Warum *du* nicht?«

Ich atmete aus. Er war unverbesserlich und schien jede meiner Fragen zu kontern. Darauf hatte ich keine Lust, weil es mir vor Augen führte, wie naiv ich gewesen war.

Ich hıätte nicht aufgeben sollen, zu versuchen, Hugh von Moth zu befreien. Meine Tanten und ich hätten alles aufs Spiel setzen sollen, um ihn zu besiegen.

Jetzt war es zu spät, und die Katastrophe, in der ich mich wiederfand, schien mit jedem Moment schlimmer zu werden.

Jäh registrierte ich die hastige Bewegung aus dem Augenwinkel, doch ich hatte nicht geglaubt, dass sie mir gelten würde. Dass ich hier und jetzt in irgendeiner Gefahr schwebte.

Eine Gruppe Halbstarker hatte sich um mich gestellt, und einer von ihnen packte meinen Arm mit dem Stäbchen unter der Haut. Er riss grob an dem Leinenärmel, der wieder zurückgerutscht war und offenbarte die Erhöhung.

»Seht nur, wenn wir da haben«, sagte der blonde Mann mit dunklen Augen, ungefähr in meinem Alter. »Eine Hexe.«

Seine vier Freunde johlten, als hätte er einen Schatz gefunden.

Oder ...

Ich versuchte erfolglos, ihm meinen Arm zu entreißen, und ließ dabei den Korb mit den Einkäufen fallen.

»Lass sie los, mein Freund«, bat der Hexer.

Der Kerl schnaubte bloß verachtend. »Hexen wie ihr habt nichts zu sagen. Das Einzige, wofür ihr nützlich seid, ist euer Blut.«

Mir drehte sich der Magen um, als ich die Bedeutung hinter seinen Worten verstand. Grinsend erwiderte er meinen Blick und öffnete seinen Mund, sodass seine Fangzähne zum Vorschein kamen.

»Ich fühle mich so ausgehungert«, sagte er spielerisch und zog mich näher an seinen Körper. Seine Kumpel schlossen sich enger um uns.

Niemand würde eingreifen. Auch der Hexer würde keine Strafe riskieren, obwohl er sich für mich ausgesprochen hatte. Wer sich mit Vampirinnen und Vampiren anlegte und erwischt wurde, dem drohte im schlimmsten Fall der Tod durch Erhängen.

»Nimm deine schmutzigen Pranken von mir, oder du wirst es bereuen«, knurrte ich so, dass nur er mich verstand. Endlich hatte ich den Schrecken zurückdrängen können.

Vielleicht kam ich in meinem momentanen Zustand nicht gegen Tian an, doch Vampire wie dieser Kerl hier hatten mir selbst ohne Magie nichts entgegenzusetzen.

»Oh, eine Wildkatze!« Er machte ein fauchendes Geräusch und verstärkte den Griff um meinen Unterarm, der zu schmerzen begann. Ich ballte die Fäuste, bereit sie im geeigneten Moment einzusetzen. »Glaub mir, du wirst darum betteln, dass ich weitermache, wenn meine Zähne erst einmal ... in dir sind.«

Als er seinen Kopf senkte, witterte ich meine Chance und verpasste ihm einen ordentlichen Kinnhaken mit meinem freien Arm. Überrascht ließ er mich los und stolperte rückwärts.

Ein roter Fleck breitete sich auf seinem Kinn aus, wie ich mit Genugtuung feststellte. Leider war mir keine Pause vergönnt. Sofort sprangen zwei Vampire vor und packten mich jeweils an einem Arm. Ich versuchte, sie abzuschütteln, und trat dem Vampir, der sich mir von vorne näherte, gegen den Oberschenkel.

Am Rande nahm ich wahr, dass sich eine Menschentraube um uns bildete. Ein Schauspiel, das die Gemüter aufwallen ließ und eine gute Anekdote für den kommenden Abend darstellen würde.

Dann müsste ich nur dafür sorgen, dass ich die Heldin war, die am Ende überlebte.

Ich sackte nach unten und konnte so meine Arme befreien. Mit einer Hand auf dem Boden drehte ich mich und trat aus. Fast so schnell, wie ich es von mir gewohnt war, setzte ich mit einem Ellbogen nach. Dabei interessierte es mich nicht, wen von ihnen ich traf.

Jemand riss mich am Haar zurück. Ich sackte auf die Knie. Meine Kehle entblößt für den Anführer, der die anderen im Kampf gegen mich vorgeschickt hatte.

Er wirkte nicht mehr ganz so amüsiert wie noch vor wenigen Minuten. Ich atmete schwer. Meine Unterlippe blutete, und meine Rippen auf der linken Seite schmerzten. Ich hoffte, sie waren nicht durch den Faustschlag des Braunhaarigen mit dem weißen Hemd gebrochen worden. Aber der hatte gesessen.

Das Gesicht verziehend legte ich eine Hand darauf.

Nur kurz Atem holen. Ich werde nicht gegen sie gewinnen können.

Aber ich würde nicht kampflos untergehen. »Kannst du es

nicht allein mit mir aufnehmen? Traust du dich nicht?« Ich lachte höhnisch.

Den Schlag sah ich kommen, doch die beiden Kumpane ließen mir keinen Raum. Sie krallten sich derart in meine Schultern und Arme, dass ich mich nicht bewegen konnte. Zudem riss noch immer jemand mein Haar zurück.

Meine Wange brannte.

»Wertloses Miststück.«

»Hier ist mein Blut. Viel Spaß beim Auflecken.« Ich spuckte ihm vor die Füße. Blut mit Speichel vermischt.

Die Wut, die sich daraufhin auf seinem Gesicht abzeichnete, hätte mir Angst gemacht, wenn ich dazu noch fähig gewesen wäre. Es ärgerte mich bloß, dass ich vermutlich keine Chance haben würde, ihm den Arsch zu versohlen.

»Du ...«

Er unterbrach sich selbst, als mit einem Mal sämtliche Lichter erloschen. Der Tag schien zur Nacht zu werden. Das Sonnenlicht, das eigentlich durch die hohen Fenster und die Kuppel gedrungen war, wurde jäh von Finsternis ersetzt. Ich konnte nichts mehr erkennen, und dem Geschrei nach zu urteilen, ging es allen anderen ganz genauso. Das war auch der einzige Grund, warum ich nicht glaubte, plötzlich erblindet zu sein.

Ich spürte einen Lufthauch, ehe endlich mein Haar losgelassen wurde. Jemand stöhnte. Ein anderer schrie auf. Zehn Sekunden später hielt mich niemand mehr auf den Boden gedrückt, und ich rappelte mich eilig auf. Ich vernahm das unverwechselbare Geräusch von Schlägen, die ausgeteilt und eingesteckt wurden.

Mein Herz klopfte mir bis zum Hals, während ich mich hektisch umsah, ohne etwas erkennen zu können.

Schließlich löste sich der Bannzauber auf, und die Dunkelheit verschwand. Erstauntes Raunen ging durch die Menge, die sich vorhin um mich versammelt hatte. Alle fünf Vampire lagen bewusstlos und blutend im Kreis.

Ich hob den Blick, als mir klar wurde, dass ich nicht die Einzige war, die in der Mitte von ihnen stand. Ein hochgewachsener Mann mit silberblondem, zurückgekämmtem Haar und vollen Lippen wischte seine blutigen Hände mit einem Stofftaschentuch sauber.

Als er meine Aufmerksamkeit spürte, sah er auf. Seine grauen Augen waren so blass, dass sie ein seltsames Gefühl in mir auslösten. Als wären sie nicht ... wirklich. Es war schwer zu beschreiben. Genauso wie meine körperliche Reaktion auf ihn, die vollkommen unangemessen und vor allem unangebracht war.

Sein rechter Mundwinkel hob sich amüsiert. »Ich entschuldige mich für ihr ungehobeltes Verhalten. Sie sind Bestien.« Sein Lächeln wurde breiter und offenbarte zwei Reihen perfekter Zähne. »Mein Name ist übrigens Jamie.«

11

Ich stand auf und wischte mit dem Handrücken über meine blutige Lippe. Jamies Lächeln ignorierend, um dessen Wirkung auf mich nicht näher analysieren zu müssen. Mein verräterisches Herz, das mir stakkatoartig in der Brust pochte, war jedoch nicht so einfach zu übergehen.

Ich fluchte leise.

Dieses Dasein passte mir wirklich nicht. So oft wie in den letzten drei Tagen war ich das ganze Jahr nicht verletzt worden.

»Ich wäre allein zurechtgekommen«, sagte ich in Richtung des Fremden. *Jamie.*

»Daran zweifle ich nicht.«

Dass er mir zustimmte, überraschte mich sehr. Für einen Moment verhakten sich unsere Blicke ineinander, und ich fragte mich, warum er mir geholfen hatte.

Nicht für eine Sekunde glaubte ich an gute Absichten. Niemand sonst der Anwesenden hatte sich dazu berufen gefühlt, sich für eine Hexe einzusetzen.

Ich nutzte die Gelegenheit, ihn genauer zu betrachten, während auch er mich musterte. Seine Brauen waren ein paar Nuancen dunkler als sein Haupthaar, das er aus der Stirn gekämmt hatte. Es war kinnlang, leicht gewellt und voluminös. Unter einer leicht krummen Nase befanden sich volle Lippen und eine markante Kinn- und Kieferpartie. Ich bemerkte das Zucken seiner Muskeln, während mein Blick sich zunehmend verdüsterte.

»Götter, bist du verletzt?« Ich zuckte zusammen. Kit hatte sich einen Weg durch die Leute gebahnt und musterte mich von oben bis unten. Sie stellte sich direkt zwischen mich und Jamie, um mich abzutasten. Nachdem sie beschlossen hatte, dass ich offenbar noch lebensfähig war, blickte sie hinter sich. Sie blinzelte einmal. »Oh, Jamie.«

»Hallo Kit.« Seiner Stimme haftete weiterhin ein amüsierter Unterton an. Es nahm der gesamten Situation an Schwere. Als hätte mein Leben niemals auf dem Spiel gestanden.

Ich konnte nicht sagen, ob mir das missfiel oder mich beruhigte.

»Was machst du hier?«

»Ich war bloß in der Nähe.« Er zuckte mit den Schultern, was meine Aufmerksamkeit auf seinen athletischen Körperbau lenkte. Dieser kam in dem schwarzen Anzug mit den grünen Applikationen am Saum der Jacke gut zur Geltung. Nicht ein einziger Blutstropfen war darauf zu erkennen. Das Taschentuch hatte er längst wieder eingesteckt.

»Ihr kennt euch?«, fragte ich unnötigerweise, doch ich fühlte mich von der Unterhaltung ausgeschlossen. Ein Gefühl, das mir nicht behagte.

»Er ist Tians bester Freund«, antwortete mir Kit, bevor sie unsere Einkäufe einsammelte. Ich half ihr, obwohl mir die Rippen schmerzten und meine Unterlippe noch blutete. »Wir sollten hier besser verschwinden.«

Die Vampire um uns herum stöhnten.

»Ich bringe euch nach Hause.« Jamie reichte mir eine verloren gegangene Kartoffel, die ich ihm förmlich entriss. Dadurch berührten sich jedoch für den Bruchteil einer Sekunde unsere Finger, und es war, als würde ein Blitz durch mich hindurchfahren.

Ich wusste ganz genau, was er war. Ein weiterer Vampir, der ungebeten in mein Leben getreten war. Um das zu erkennen, musste ich nicht mal Magie einsetzen. Nicht dass ich das gekonnt hätte.

»Nicht nötig«, sagte ich im selben Moment, in dem sich Kit dafür bedankte.

Da ich als Hexe kein Mitspracherecht besaß, musste ich mich ihrer Entscheidung beugen. Ehrlichweise war ich ganz froh, die Mistkerle schnellstmöglich hinter mir zu lassen. Obwohl ich nie gerne klein beigab, wollte ich nicht umsonst mein Leben riskieren.

Da es helllichter Tag war, führte uns Jamie zu einem abzweigenden Gang von dem Kugelbrunnen weg. Pferdeställe waren hier nebeneinander aufgereiht und ausschließlich für die Tiere gut betuchter Besucherinnen und Besucher reserviert. Oder Vampirinnen und Vampire. Dadurch konnten diese auch tagsüber den Markt besuchen, ohne dem Sonnenlicht ausgesetzt zu werden.

Jamie besaß, wenig überraschend, eine geräumige und von allen Seiten geschlossene Kutsche, die von seiner Bediensteten bewacht wurde. Eine robuste Frau in der zweiten Hälfte ihres Lebens mit stahlgrauem langem Haar und kleinen Augen.

Von der ersten Sekunde an hatte er auf mich den Eindruck eines schnöden, reichen Vampirs gemacht. Zumindest war ich gut darin, mir das einzureden.

»Wir legen einen kleinen Abstecher ein, Hertha«, sagte er zu ihr. »Zu Tian bitte.«

Es wunderte mich, dass er ein Bitte anfügte, auch wenn ich mir nichts anmerken ließ. Ich wollte ihn eigentlich nur loswerden, da er in mir ein ganz mieses Gefühl auslöste. Und wenn meine Alarmglocken sich schon die Mühe machten, zu schrillen, dann sollte ich besser auf sie hören.

Er öffnete den Verschlag, den ein kunstvolles Familienemblem bestehend aus mehreren gelben Punkten und einem Schmetterling in seiner Mitte zierte, und überließ Kit und mir den Vortritt. Sie nahm sogar seine Hand, um sich hinein helfen zu lassen.

Ich verdrehte die Augen, ignorierte ihn bei meinem Einsteigen geflissentlich und ließ mich dann neben Kit in den Sitz sinken. Den Korb setzte ich auf meinem Schoß ab, denn er fühlte sich wie eine sichere Barriere an zu dem Vampir, der mir gegenüber Platz nahm. Ein paar Sekunden verstrichen, in denen er mich eingehend in dem Licht der Öllampe musterte, dann wandte er den Blick zu Kit. Hatte das ausgereicht, um mich einzuschätzen? Sich ein Urteil über mich zu bilden?

Die Kutsche setzte sich letztlich in Bewegung, um die magisch geschützte Halle zu verlassen.

Es gab keine Fenster, was entweder daran lag, dass Jamie kein Risiko eingehen wollte, oder er sich keinen Bannzauber hatte leisten können. Die Kutsche, die edel und gemütlich war, sprach gegen Letzteres, was meine Neugier weckte.

Fürchtete er sich so sehr davor, zu sterben? Ich wusste zu wenig über Vampirinnen und Vampire, um einschätzen zu können, welches Ausmaß die Angst vor der Sonne annehmen konnte.

Außerdem ... es war besser, mir keine Gedanken über ihn zu machen.

Langsam beruhigte sich mein Herzschlag, und ich konnte wieder klar denken.

»Was genau ist vorhin passiert?«, fragte Kit erneut, weil wir ihr eine Antwort schuldig geblieben waren. Sie reichte mir gleichzeitig ein Tuch, das ich mir auf die aufgeplatzte Lippe pressen sollte. »Da lässt man dich zwei Minuten allein.«

»Es war nicht meine Schuld«, entgegnete ich prompt, weil es die Wahrheit war. »Sie haben mich als He...« Ich stockte.

»Jamie wird dich schon nicht beißen«, witzelte Kit, die gut lachen hatte. Und an ihn gewandt sagte sie: »Billie ist eine Hexe.«

»Schön, nun einen Namen zu haben«, merkte er lediglich an. Immer noch dieses versteckte Grinsen, als gäbe es etwas, das ihn köstlich amüsierte.

»Jedenfalls haben sie mich als das erkannt und wollten wohl ihren Durst stillen. Wie du dir denken kannst, habe ich da Einwände erhoben.«

»Und welche! Ich war beeindruckt. Bin es noch.« Jamie faltete seine Hände im Schoß, von denen er das Blut nicht ganz entfernt hatte. Eine Erinnerung an die Brutalität, die er den fünf anderen hatte angedeihen lassen.

Erst jetzt wurde mir bewusst, welche Stärke in ihm lauern musste, dass er es mit so vielen gleichzeitig hatte aufnehmen können. Andererseits hatte er einen von einer Hexe oder einem Hexer vorbereiteten Nachtzauber verwendet, um sich einen Vorteil zu verschaffen.

»Woher hattest du den Zauber? Hast du auch Hexen zu Hause?«

Er hob eine Braue. Das Grau seiner Augen wirkte wie eine stürmische Wolkenmasse.

»Nein«, sagte er daraufhin und wundersamerweise ... glaubte ich ihm. Ich faltete das blutbefleckte Tuch zusammen und steckte es in meine Hosentasche. Der Korb fiel mir beinahe vom Schoß, weil ich mich halb verrenken musste, um das im Sitzen zu bewerkstelligen. Zudem pochte meine Seite unermüdlich, und ich war mir fast sicher, dass mindestens eine Rippe gebrochen war. »Ich bin auch sehr überrascht, zu sehen, dass Tian seine Meinung dahingehend geändert hat.«

Ich bemerkte Kits Nervosität, die in Wellen von ihr ausging. Sie knabberte an ihrem Daumennagel, während die Kutsche weiter über den unebenen Boden ruckelte.

»Es hat sich so ergeben«, sagte sie bloß, bevor sie das Thema wechselte. »Wirst du Konsequenzen fürchten müssen? Vom Vampirrat?«

»Warum?« Jamie wirkte ehrlich verwirrt. Er legte die Stirn in Falten.

»Weil du dich eingemischt und andere Vampire angegriffen hast.«

Darüber hatte ich überhaupt nicht nachgedacht und Jamies Miene nach zu urteilen, auch er nicht. War es unangebracht, zu denken, dass ihn mir genau das sympathisch machte?

»Kaum«, antwortete er schließlich. »Tian würde sich für mich einsetzen. Letztlich habe ich sein Eigentum beschützt.«

»Ich bin nicht sein Eigentum«, zischte ich. Ungehalten krallte ich meine Finger in den Weidenkorb. Jegliche Sympathien wurden im Keim erstickt.

»Ach nein? Sind wir gerade nicht auf dem Weg zu deinem Herrn und Meister?« Lässig legte er einen Arm auf die Lehne neben sich und sah mich herausfordernd an. Ebenbürtig gar. Ihn interessierte meine Meinung. Das, was ich zu sagen hatte. Er wollte mehr wissen.

Ich hingegen wusste nicht, was ich davon halten sollte. Auch nicht davon, dass er sich entspannt genug in meiner Gegenwart fühlte, um mich aufzuziehen. Hatte ich mich innerhalb weniger Tage von einer Raubkatze zu einer schnurrenden Hauskatze gewandelt? Nur weil ich meine Magie nicht nutzen konnte?

Das sollte mir zu denken geben und Ansporn genug sein, dem unsichtbaren Käfig alsbald zu entfliehen.

»Ich bin bloß ... temporär von ihm abhängig«, murmelte ich, weil ich mich weigerte, auf seine Provokation einzugehen. Wenn mir der Sinn danach stand, könnte ich einfach den Verschlag öffnen und ihn in der Sonne brutzeln lassen.

Eine Vorstellung, die mich mehr aufmunterte, als sie sollte.

Er lachte leise. Es behagte mir überhaupt nicht, wie lässig er sich gab.

Wenige Minuten später erreichten wir Tians Anwesen. Die Kutsche wurde durch ein Tor ins Innere gelenkt. Erst nachdem die Kutscherin von draußen gegen die Tür geklopft hatte, öffnete Jamie diese, und ich konnte mich umsehen.

So bewegten sich Vampirinnen und Vampire tagsüber von Haus zu Haus, wenn sie den unbändigen Drang verspürten, sich unter Leute zu mischen. Sie mussten nicht ein einziges Mal riskieren, von der Sonne berührt zu werden; auch wenn Jamie nicht wissen konnte, wie nahe er dem Tod mit mir in der Karosse gekommen war.

Ein falsches Wort von ihm, und ich hätte nicht mehr widerstehen können, die Tür aufzudrücken.

Das ließ jedoch die Frage aufkommen, warum ich es nicht getan hatte.

Klar, er war angeblich Tians bester Freund und ich würde es mir mit dem Vampir verscherzen, sollte ich Jamie töten, aber ... war das der einzige Grund?

Mein Kopf drohte, zu platzen. Es verschlimmerte alles, dass ich nicht genau wusste, wo sich Hugh aufhielt, ob meine Tanten noch lebten und wie ich ihnen allen helfen sollte.

Kurz gesagt, ich fühlte mich nach wie vor überfordert.

Beim Aussteigen reichte Jamie dieses Mal nur noch Kit die Hand. Ich verzog die Lippen, als ich den Bluterguss auf meinem Rippenbogen bei jedem Schritt spürte.

Ob Kit noch etwas von ihrer wundersamen Salbe für mich erübrigen konnte?

Sobald wir allein waren, würde ich sie danach fragen. Vor Jamie wollte ich mir nicht die Blöße geben, als schwache Hexe abgestempelt zu werden. Es war schon schlimm genug, dass er mir zu Hilfe geeilt war. Dass er es als nötig erachtet hatte ...

Wenn er nicht eingegriffen hätte, dann wärst du jetzt ausgesaugt, erinnerte mich meine innere Stimme, die oftmals recht hatte.

Das bedeutete aber nicht, dass es mir einfach fiel, diese Tatsache zu akzeptieren. Für mich war es ein fast unvorstellbares Konzept, derart schwach zu sein.

»Was machst du da?«

Er hatte mir zwar nicht seine Hand gereicht, dafür hatte er meine Unachtsamkeit ausgenutzt und mir den Korb in einer fließenden Bewegung entwendet. Schon hatte er wieder Abstand zwischen uns geschaffen, als würde er mir durchaus zutrauen, ihm die Augen auszukratzen.

»Du bist eindeutig verletzt, und ich kann mich schmerzfrei bewegen. Da kann ich meinem Freund auch seine Einkäufe bringen«, erklärte er und wandte sich von der Kutsche ab und der offenstehenden Tür zu.

Hinter mir wurde das große Tor mit der kunstvoll gestalteten Holzoberfläche von Jamies Kutscherin geschlossen, damit ihren Herrn kein Sonnenlicht behindern würde. Abgesehen von Jamies Kutsche gab es noch einen weiteren offenen Wagen und Tians eigene Kutsche, die hier ihren Platz gefunden hatten.

Die Pferde wieherten leise, während sich die Kutscherin um sie kümmerte. Vermutlich gab es hier irgendwo noch einen Stall. Bei Tians Anwesen würde mich nichts mehr wundern.

»Ich bin durchaus fähig, einen ...«, begann ich, doch Jamie entfernte sich bereits von mir. Hörte mir nicht mal zu.

Ich kochte vor Wut. Dieser Bastard!

Wie gelang es ihm, mich derart zu provozieren?

Mehrere Beleidigungen vor mich hin murmelnd folgte ich den beiden, weil sie sich besser auskannten als ich. Offenbar war Jamie öfter bei Tian zu Besuch, oder er wirkte einfach souverän bei dem, was er tat, weil er die Selbstsicherheit in Person war.

Als wir uns in der Küche wiederfanden, arbeitete Ruglio bereits an einer neuen Mahlzeit, die mir in Erinnerung rief, wie hungrig ich eigentlich war. Er begrüßte uns mit einem Nicken, selbst Jamie bekam kein Lächeln, bis sein Blick auf mich fiel. War seine Miene vorher neutral gewesen, so verdüsterte sie sich, als er das Blut und meine Wunden wahrnahm.

Mit den Händen gestikulierte er in Kits Richtung, die die Einkäufe auf Schäden untersuchte und nacheinander ausräumte. Sie sah ihn genau an, gestikulierte selbst mit den Händen und seufzte dann.

»Was?«, fragte ich, weil Ruglio erneut auf mich zeigte.

»Ruglio ist fassungslos darüber, wie du dich ständig vermöbeln lassen kannst«, übersetzte Kit.

Jamie schnaubte, was verdächtig nach einem unterdrückten Lachen klang. Er stand direkt neben mir, um sich die Hände zu waschen, nachdem er den Korb auf dem Tisch abgestellt hatte. Ich tat es ihm nach, sobald er zur Seite getreten war.

»Das ist keine Absicht«, sagte ich beleidigt. Gleichzeitig konnte ich Ruglios Kommentar nachvollziehen. »Ich wurde aus dem Nichts und ohne Provokation meinerseits angegriffen.«

Kraftlos ließ ich mich auf einen Stuhl plumpsen.

»Wer hat dich angegriffen?«

Sofort sprang ich auf. Tian hatte hinter mir die Küche betreten, ohne dass ich seine Schritte vernommen hatte. Er hätte genauso gut ein Geist sein können.

Apropos ... »Geht dich nichts an«, antwortete ich und dann zu Kit: »Kannst du mir endlich diese Kette abnehmen?«

»Sie steht dir so gut«, entgegnete sie lächelnd. Als sie jedoch bemerkte, dass ich nicht zu Späßen aufgelegt war, eilte sie zu mir und öffnete den Verschluss.

Zwei Sekunden später floss Obambo als leuchtend grüner Lichtstrahl aus dem Amulett und manifestierte sich zu seiner üblichen Silhouette. Das Stöhnen ließ nicht lange auf sich warten.

»Hey, Kumpel«, begrüßte ihn Jamie und lächelte breit, sodass kleine Fältchen um seine Augen entstanden.

Ich hasste es, dass mir diese Einzelheiten auffielen, und ich hasste es, dass er so oft lächelte. Wirklich. Wie konnte ihn scheinbar alles derart glücklich machen?

Finster dreinblickend setzte ich mich wieder hin. Dieses Mal achtete ich darauf, meine Rippen nicht unnötig zu strapazieren. Vorsichtig löste ich die Schnalle an meinem Hals und ließ den Umhang auf die Stuhllehne gleiten. Ich fühlte mich sofort weniger eingeengt.

Kit steckte die Kette in ihre Tasche, bevor sie ein Einmachglas mit einer trägen roten Flüssigkeit hervorholte. Ich hatte nicht mitbekommen, dass sie ... Blut geholt hatte. War das für Tian? Ernährte er sich nur davon?

Ich hatte davon gehört, dass manche Vampirinnen und Vampire es bevorzugten, abgefülltes Blut zu trinken. Wie Baron Temerin es auch getan hatte. Dadurch ersparten sie sich den Aufwand einer Jagd und ...

Sie reichte nicht ihm das Glas, sondern Ruglio, der in seiner weißen Leinenschürze und mit den mehlbefleckten Wangen bis dahin fehl am Platz gewirkt hatte.

»Kommt das ins Gebäck?«, rief ich entsetzt. Bis dahin hatte ich mich regelrecht darauf gefreut, die gut duftenden Teigtaschen zu probieren. Jetzt drehte sich mir der Magen um.

Alle Blicke richteten sich auf mich. Ruglios Augen wurden groß, dann zischte er mit dem Glas in der Hand ab.

Tian musste ausweichen, wodurch er meinem Stuhl gefährlich nahe kam. Ich warf ihm einen warnenden Blick zu, ohne dass dieser eine Wirkung bei ihm hervorrief.

»Toll, jetzt hast du ihn verjagt«, beschwerte sich Kit. Obambo schwebte vor der Küchenzeile auf und ab. Immerhin gab er Kit nicht mit einem Stöhnen recht.

»Warum ...«, begann ich, ehe die Erkenntnis endlich zündete. »Götter, er ist auch ein Vampir? Was ist das hier für ein Haushalt?«

»Ein vampirischer?«, schlug Jamie als Antwort vor.

»Wirklich? Nicht sehr originell«, brummte ich. Ärger ob meiner eigenen Blindheit flammte in mir auf.

Jamie schritt an mir vorbei, bis er neben Obambo zum Stehen kam und den Topf auf dem Herd näher betrachtete. Das Feuer war nur noch ganz klein. Als er den Deckel anhob, verteilte sich der Geruch des Bohneneintopfs.

Mein Magen knurrte laut.

»Tian hat ein besonderes Talent dafür, Streuner zu finden und zu behalten«, fügte er hinzu. »Riecht gut.«

»Du auch?«

»Ob ich gut rieche?«

»Ernsthaft, wie soll man mit dir ein Gespräch führen?«

Während ich Jamie fokussierte, setzte sich Tian ebenfalls an den Tisch, wenn auch auf die andere Seite. Am weitesten von mir entfernt. Seinen düsteren Blick spürte ich allerdings durchgehend auf mir.

»Reden wir nicht über mich.« Er ließ den Deckel sinken und zwinkerte mir zu. »Ich bin weitaus langweiliger als unser ehrenwerter Tian.«

»Witzbold«, brummte Tian nicht ohne Wärme. »Mag mir jetzt jemand erzählen, was passiert ist? Nur für den Fall, dass ich einen von euch vor dem Rat beschützen muss. Oder den Bannzauber um mein Haus verstärken.«

»Wie kommst du darauf?« Jamie holte Schüsseln und Löffel aus den Schränken und verteilte den Eintopf und das herzhafte Gebäck unter uns, als wäre das hier seine Küche.

Niemand hielt ihn auf.

»Weil du hier bist.« Tian nickte ihm dankend zu. »Außerdem hat Billie was von einem Angriff gesagt?«

Kit hatte endlich alle Einkäufe eingeräumt und setzte sich

neben mich. Jamie zögerte nicht mal, als er sich mir gegenüber niederließ. Einzig Ruglio fehlte, was mir ein klitzekleines schlechtes Gewissen gemacht hätte, wenn er kein Vampir gewesen wäre.

Obambo schwebte, wie um uns zu ärgern, durch den Tisch und damit durch unser Essen hindurch, ehe er verpuffte.

»Bam! Das macht man nicht«, beschwerte sich Kit noch.

»Es ändert nichts am Essen«, entgegnete Tian. »Also?«

»Dass ich hier bin, macht dich misstrauischer, als dass deine Hexe so aussieht?« Jamie deutete mit dem Löffel auf mich.

Ich wusste es zu schätzen, dass er nicht *Sklavin* sagte, doch ich war ganz sicher nicht *Tians Hexe*. Nicht, wenn ich ein Wörtchen mitzureden hatte.

Tian sah Jamie fest in die Augen. Er hatte mein Aussehen wahrscheinlich nicht mal bemerkt, was für mich vollkommen in Ordnung war. Ich wollte ja gar nicht von ihm beachtet werden.

Und doch hatte er mich so lange angesehen, als würde er mich enträtseln wollen.

»Ich kenne dich.« Tian biss in sein Gebäck rein, ohne sich anmerken zu lassen, wie es für ihn schmeckte.

Vampirinnen und Vampire konnten und mussten essen, wenn sie ihren Körper instand halten wollten. Den Gerüchten zufolge schmeckte für sie jedoch alles gleich. Tians Reaktion würde dafür sprechen, schließlich hatte Ruglio eine Meisterleistung mit den Teigtaschen vollbracht. Jamie hingegen kommentierte jeden Bissen mit einem lauten Brummen.

Sie verwirrten mich.

»Deine Hexe ist in Schwierigkeiten geraten, und ich habe sie für dich verteidigt.«

»Erstens bin ich nicht *seine Hexe* und zweitens ...«

»... hast du meine Hilfe nicht benötigt. Ja ja.« Jamie grinste mich an. Ich hielt wütend seinem Blick stand, ohne etwas gegen seine Arroganz ausrichten zu können. Die war ihm so in Fleisch und Blut übergegangen. Niemand war wahrscheinlich dazu imstande, sie ihm zu entziehen. »Mann, und sie hat dich bisher nicht kaltgemacht, Tian?«

»Sie hat es versucht.«

»Und zum Glück versagt.« Jamie schmunzelte. »Ihr solltet mich besuchen kommen. Alle zusammen.«

»Um dich kaltzumachen?«, zwitscherte ich bei dieser Vorstellung gut gelaunt und lächelte selig.

»Wird nicht passieren«, antwortete Tian gleichzeitig mit einem Blick auf mich. »Sie wird einen Weg finden, uns beiden den Kopf von den Schultern zu trennen.«

»Das wäre doch mal eine angemessene Abendunterhaltung!«, erwiderte Jamie.

»Ich sitze hier, wisst ihr? Ihr braucht nicht über mich zu reden, als wäre ich nicht anwesend.«

Tian sah mich verächtlich an. »*Willst* du denn mit uns fürchterlichen Vampiren reden? Kannst du das ertragen?«

Er hatte recht. Allein dass ich mit ihnen an einem Tisch saß und eine Mahlzeit einnahm, wäre vor zwei Tagen noch unvorstellbar gewesen. Zu meiner Entschuldigung konnte ich nur vorbringen, dass ich hungrig war und dass ... dass diese Vampire anders waren als all jene, denen ich bisher begegnet war.

Stimmte das jedoch auch?

Ich war in einer Hexenkommune geboren und aufgewachsen. Meine Eltern hatten nie einen Hehl daraus gemacht, dass sie sich lieber dem Vampirvolk unterordneten, anstatt sich dagegen aufzulehnen. Die Hexenkommune war perfekt für sie gewesen, weil sie in Frieden gelassen wurden, solange sie der Vampirfamilie ihr Blut gaben.

Meine Tanten hatten mich irgendwann gerettet, bevor mich eine Vampirin oder ein Vampir finden konnte, dessen Blutbraut ich geworden wäre. Bis es so weit gekommen war, hatte ich jedoch ausschließlich Vampirinnen und Vampire kennengelernt, die an unser Blut wollten. Sie waren weder sadistisch noch auf irgendeine Weise beleidigend gewesen. Gleichzeitig hatten sie mich bloß ansehen müssen, und ich hatte mich wie Vieh gefühlt.

Später, als ich damit begonnen hatte, Jagd auf ihresgleichen zu machen, war ich nie lange genug geblieben, um ein Gespräch zu führen. Baron Temerin war eine Ausnahme gewesen, und sonderlich sympathisch war er mir nicht erschienen.

Tian, Jamie und Ruglio hingegen ließen mich viel zu schnell vergessen, dass sie meine Erzfeinde waren.

»Jetzt hast du sie sprachlos gemacht«, rügte Jamie seinen Freund, bevor er sich erhob. »Jedenfalls, die Einladung steht. Lass es mich wissen.«

»Du musst schon weg?« Tian stand ebenfalls auf, während Kit weiter stumm ihren Eintopf löffelte.

»Die Pflicht ruft.«

»Welche Pflicht? Du verprasst den lieben langen Tag nur dein Vermögen.« Obwohl es wie ein Vorwurf klang, entschärfte Tians warmes Lächeln die Worte. Er wollte Jamie tatsächlich hier behalten. Seinen Besuch verlängern.

»Das an sich ist schon harte Arbeit, aber ich habe noch ein paar Termine im Rathaus. Um sicherzustellen, dass mein Einfluss nicht abnimmt. Selbst wenn ich nicht im Rat bin.« Jamie winkte Kit grinsend zu, die sich daranmachte, das Geschirr zu spülen.

»Ich bringe dich zur Kutsche«, verkündete Tian dann nach einem Moment und verließ als Erstes die Küche.

Sein bester Freund blieb einen Moment länger neben mir stehen. So nah, dass ich seinen warmen Atem auf meiner Wange spüren konnte, als er sich zu mir herabbeugte.

»Wir sind nicht alle Bestien«, sagte er. Mein Herz schlug mir aus unerfindlichen Gründen bis zum Hals. »Bis bald, Billie.«

12

Nachdem ich mich gewaschen und meine Wunden eigenhändig mit der Wundersalbe versorgt hatte, wies mich Kit an, meine Aufgaben zu erledigen. Sie hatte keinerlei Mitleid mit mir, was mir gefiel. Trotz meines Status sollte sie mich als ebenbürtig betrachten. Ich fühlte mich ohnehin schon die meiste Zeit von allein schwach und elend.

Lediglich die Begegnung mit Jamie hatte mich kurzzeitig etwas anderes fühlen lassen als Verzweiflung und Angst.

Obambo folgte mir zur Waschkammer, und ich fand seine Anwesenheit sogar tröstlich. Zumindest solange er still blieb. Sein Stöhnen brachte mich jedes Mal zum Zusammenzucken. Ich musste an den Schrei denken. Das Brüllen, dem er mich ausgesetzt hatte, nur weil ich mich Kits Befehl widersetzt und die Markthalle hatte verlassen wollen.

So unschuldig, wie Obambo immer tat, war er nicht.

Ich befüllte den Holzbottich mit den Leinenhemden und fügte kochend heißes Wasser hinzu, bevor ich alles mit einer von Kits Kräutermischungen vermengte. Sie hatte mir zuvor ganz genaue Instruktionen gegeben, wie ich die Wäsche zu waschen hatte. Ich konnte mich nicht mal an die Hälfte davon erinnern. Trotzdem gab ich mir Mühe und hasste mich gleichzeitig dafür.

Das anschließende Abklopfen der Hemden war so eintönig, dass ich nicht anders konnte, als an meine Nachricht an Moth, meine Tanten und Hugh zu denken. Ich würde nicht herausfinden, ob Moth meiner Bitte zustimmte. Solange er mich nicht selbst aufsuchte, würde ich auf unseren Vertrag und die Fähigkeiten meiner Tante vertrauen müssen.

»Ach verdammt«, fluchte ich, weil meine Gedanken lediglich um meine eigene Unfähigkeit kreisten.

»Bist du fertig?« Kit steckte den Kopf in den dampferfüllten Waschraum. »Dann kannst du dich um die Salons kümmern. Die Scherben liegen immer noch rum.«

»Sicher.« Was half es zu diskutieren? Mir waren die Hände gebunden. Im übertragenen Sinn. Wenn ich nicht wollte, dass dies auch im wörtlichen Sinn geschah, musste ich auf angenehm und unschuldig machen.

Nachdem ich die Hemden zum Trocknen aufgehangen hatte, – was mir in Erinnerung rief, dass ich meine Magie nicht verwenden konnte –, schritt ich lustlos mit Obambo im Schlepptau die Treppe nach oben.

Die Salbe wirkte bereits Wunder, und meine Unterlippe schmerzte kaum noch. Die Blessuren an meinen Rippen trieben mir allerdings immer noch Tränen in die Augen.

Nicht dass ich in diesem Haus hier weinen würde.

Es war besser, wenn sie dachten, ich wäre eine Hexe mit nichts als Hass im Herzen.

Im ersten Salon angekommen, fand ich das Durcheinander vor, das Tian und ich in der Nacht zuvor veranstaltet hatten. Ich hatte es nicht ganz so schlimm in Erinnerung gehabt.

»Kannst du dich nicht nützlich machen und mir einen Besen mit Kehrblech holen?«, fragte ich Obambo, der mit weißen Augen und offenem Mund über dem umgekippten Teetisch schwebte. »Das werte ich als ein Nein.«

Nachdem ich die Utensilien aus der Kammer geholt hatte, ging das Aufräumen und Putzen doch ganz schnell.

Ich wischte mir gerade mit dem Handrücken den Schweiß von der Stirn und stützte mich mit der anderen Seite auf dem

Besen ab, als Kit mich zum zweiten Mal aufsuchte. Die Sonne stand mittlerweile tief, und ich spürte die Müdigkeit in meinen Knochen.

Sie erschreckte mich mit einem Räuspern, sodass ich mich viel zu schnell mit dem Oberkörper zu ihr wandte. Ein stechender Schmerz breitete sich an meiner Seite aus und riss mich beinahe in den Abgrund.

Ich hatte für ein paar kostbare Sekunden die geschundenen Rippen und den Bluterguss vergessen, doch jetzt meldeten sie sich mit aller Macht zurück. Und nicht nur das – der Schmerz war schlimmer als zuvor.

Um Ruhe kämpfend atmete ich tief ein und aus. Oder so tief es mir möglich war. Irgendwas stimmte nicht.

»Tian will dich sehen«, sagte sie zögerlich.

»Klingt ominös«, murmelte ich, ohne mir was anmerken zu lassen.

»Musst du ihn provozieren?«

»Seine Existenz provoziert mich.« Ich lehnte den Besen an die Wand.

»Billie …« Kit knabberte wieder an ihrem Daumennagel. »Er gibt sich Mühe.«

»Womit? Mein Meister zu sein?«

»Er … Gibt es dir nicht zu denken, dass du seine einzige Sklavin bist?«

»Nicht im Geringsten«, log ich. »Wo ist er? Besser, ich bringe das wunderbare Gespräch mit einem verdammten Vampir sofort hinter mich.«

Kit seufzte tief, ehe sie mich aus dem Salon führte. Ich war froh, dass wir nicht weit gehen mussten. Meine Rippen brachten mich noch um, und die Salbe half nicht dabei, dass ich weniger Schmerzen hatte oder besser Luft bekam.

»Viel Glück«, murmelte Kit noch, dann ließ sie mich vor einer halb geöffneten Tür stehen.

Obambo hatte uns nicht begleitet, und ich fühlte mich ohne ihn seltsamerweise ganz auf mich allein gestellt. Obwohl er keinen Hehl daraus machte, dass er für Tian arbeitete und nicht mit mir befreundet war.

Mit einem Geist befreundet? Als würde das gehen …

Tian erwartete mich in einem Raum ganz ohne Möbel und mit einer breiten Fensterfront, die den Blick auf die verschneiten Dächer von Westwend zuließ. Wenn man genau hinsah, konnte man sogar die Zwillingsbrücken über der Sanil sehen. Der Himmel hatte sich zugezogen. Es wurde rasch dunkel.

Viel schneller, als ich es eigentlich gewohnt war.

Ich drückte die schwere Eichentür hinter mir ins Schloss. Warum, konnte ich nicht genau sagen. Wollte ich verhindern, dass Tian flüchtete, oder verbat ich mir selbst, Reißaus zu nehmen? Um mir etwas zu beweisen? Zum Beispiel, dass ich mich nicht vor ihm fürchtete.

Tian stand breitbeinig mit dem Rücken zu mir, sodass ich ihn eingehend betrachten konnte. Die Hände hielt er hinter seinem Rücken verschränkt, wodurch sein Siegelring im Licht des mittig platzierten Kerzenleuchters glänzte. Er trug immer noch seine schwarze Hose, Stiefel und ein dunkelgrünes Seidenhemd, das er in den Bund gestopft hatte. Im Gegensatz zu mir war ihm vermutlich nicht kalt.

»Du bist keine gewöhnliche Hexe, oder?«, fragte er, nachdem ich mitten im Raum auf dem weichen Teppich stehen geblieben war. Er neigte leicht den Kopf, um mich aus dem Augenwinkel anzusehen. Dadurch bot er mir eine hervorragende Sicht auf sein perfektes Profil. Die hohe Stirn mit den schwarzen Brauen, die gerade, strenge Nase und schließlich die ganz leicht hervorstehenden Wangenknochen.

Er presste seine Lippen missmutig zusammen, als ich nicht sofort antwortete. Sein Gebaren war wieder ein anderes. Vorhin, während Jamies Anwesenheit, hatte er eine spielerische, vergnügte und vor allem warme Seite an den Tag gelegt. Jetzt wirkte er distanziert und verärgert.

»Wie kommst du bloß darauf?«, zog ich ihn auf.

»Eine Vermutung.«

»Worauf begründet?« Ich drückte eine Hand auf meine Rippen, als mir das Atmen schwerer fiel. Ein und wieder aus. Das konnte doch nicht so schwer sein. »Es ist ja nicht so, als würdest du hundert Hexen hier halten und mich vergleichen können.«

»Nur weil ich gegen die Sklavenhaltung von Hexen bin, heißt das nicht, dass ich unwissend bin.« Ich hörte die Frustration in seiner Stimme. »Du bist anders. Du hast keine Angst, dich gegen mich zur Wehr zu setzen, obwohl du dir im Klaren darüber bist, dass ich dich ohne strafrechtliche Konsequenz töten könnte.«

Ich stutzte, und er drehte sich zu mir um.

So klar war mir das nicht gewesen. Eigentlich hatte ich überhaupt keinen Gedanken daran verschwendet, dass er das hätte tun können.

Mir wurde schlecht.

Wie naiv war ich gewesen? Ich hatte geglaubt, ihn dazu bringen zu können, mich gehen zu lassen, wenn ich ihn zu sehr verärgerte, doch nicht … Nicht einmal war mir in den Sinn gekommen, dass er mich genauso gut und möglicherweise auch viel einfacher hätte töten können. Es hielt ihn wahrscheinlich mitunter nur das Vermögen zurück, das er für mich ausgegeben hatte.

Als ich seinen Blick erwiderte, fiel eine Locke in seine Stirn. Das war das Einzige, das mir half, mich zu beruhigen, weil es so normal wirkte. Es erinnerte mich daran, wie Tian sich mir gegenüber bisher verhalten hatte und dass er nicht vorhatte, mich zu töten.

»Ich habe Jagd auf deinesgleichen gemacht«, gestand ich

aus einem Impuls heraus. Es war meine Art, ihn zu testen. Sah er Vampirinnen und Vampire als eine große einheitliche Gruppe an, die er beschützen musste, oder gab es in seiner Wahrnehmung tatsächlich Unterschiede zwischen ihnen? Wenn nicht, dann hätte ich die Grenze spätestens jetzt überschritten. Er bräuchte keinen weiteren Grund mehr, um mich hinzurichten.

»Du meinst, du hast Vampire getötet?«

»Ja.«

»Einfach so?«

»Es war nicht immer einfach, aber auch nicht sonderlich schwer«, antwortete ich, ihn bewusst missverstehend. »Die meisten kämpfen nicht so gut wie du.«

Nicht für eine Sekunde ließ er mich aus den Augen. Hatte er jetzt erkannt, wer von uns beiden das wahre Monster war? Zumindest aus seiner Perspektive.

»Hast du besondere Ziele im Auge gehabt?«

Es wunderte mich schon, dass er ohne offensichtliche Gefühle über meine Jagd redete. Dann wiederum wirkte das Verhalten typisch für ihn, obwohl ich ihn kaum kannte.

»Mal so, mal so«, antwortete ich ausweichend. Ich unterdrückte den Drang, über mein Motten-Tattoo zu streichen. Es käme nichts Gute dabei raus, wenn ich Tian von dem Fremden erzählte, der im Dunkeln meine Fäden zog. *Moth.* »Ist es das, was du wissen wolltest?«

»Was ist auf dem Markt geschehen?«

Ich seufzte tief. Seine Fragen hörten scheinbar nie auf.

»Das hat dir Jamie doch erzählt und Kit bestimmt auch schon.«

»Jamie ... Er ist dir ganz einfach so zu Hilfe geeilt?« Forschend sah er mich an.

»Was denkst du denn? Dass ich ihn gerufen habe, ohne ihn zu kennen?«

»Ihr seid euch vorher noch nie begegnet?«

Ich verengte argwöhnisch die Augen, während sich mehr und mehr Schweißperlen auf meiner Stirn bildeten. »Was soll diese Befragung? Ist er nicht dein Freund?«

Er öffnete den Mund, ehe er es sich anders überlegte. »Was ist mir dir?«

»Ich weiß nicht, was ... Götter.« Meine Atmung hatte sich immer weiter verschlechtert. Mich überkam jäh der Drang, zu husten, weil ich das Gefühl hatte, ein Fremdkörper würde in meiner Lunge stecken.

Mein ganzer Körper bebte unter der Kraft. Als ich die Hand von meinen Lippen nahm, fand ich Blut daran. Bevor ich den Anblick verarbeiten konnte, hustete ich noch mehr.

»Was ist los?« Tian stand neben mir, ohne dass ich seine Bewegung registriert hätte. Ein Arm schwebte über meine Schultern, als würde er sich nicht trauen, mich zu berühren.

»Ah, verflucht ...«, krächzte ich, als ich für einen Moment oberflächlich Atem holen konnte. »Er muss meine Rippe ... gebrochen haben. Sie schneidet in meine Lunge.«

Tatsächlich hatte sie erst wieder richtig zu schmerzen begonnen, nachdem Kit mich erschreckt hatte. Da musste es passiert sein.

Mist.

»Das fällt dir jetzt erst auf?« Er presste die Lippen aufeinander. »Komm mit.«

»Das ist ...« Ich kam nicht dazu, ihm zu erklären, dass dies erst gerade passiert war. Da spuckte ich schon einen Schwall Blut.

Tian zögerte nicht mehr und nahm mich auf den Arm. Es war nicht die beste Position, doch ich musste ihm zugutehalten, dass er sich beeilte.

Noch während ich damit beschäftigt war, nicht an meinem eigenen Blut zu ertrinken, hatte er bereits den Weg bis in die

Küche genommen. Das war scheinbar der einzige Raum, der als vorübergehendes Lazarett genutzt werden durfte.

Tian legte mich vorsichtig auf den Tisch. Bevor er mit den anderen Sachen, die darauf lagen, kurzen Prozess machte und sie auf den Boden schmetterte.

»Ich kann ... so nicht atmen«, keuchte ich und versuchte, mich aufzurichten, bevor ich weiter Blut hustete.

»Wo ist Kit?«, fragte Tian und wirkte so ungehalten, wie ich ihn noch nicht gesehen hatte. Es machte ihn mir beinahe sympathisch. Damit kam ich viel besser zurecht als mit der kalten Fassade, die er sonst zeigte. »Bam! Hol Kit. Sofort!«

Ich wollte nicht sterben, doch mir war schleierhaft, wie sie mich retten wollten. Es war nicht so, als wäre einer von ihnen ein Arzt oder Heiler.

Tian ragte über mir auf, ohne mich zu berühren. Ruglio reichte mir ein Tuch nach dem anderen, die sich alle mit Blut aus meinem Mund vollsogen. Schwarze Punkte tanzten vor meinen Augen.

Was würden Hugh und meine Tanten ohne mich tun? Könnten sie sich aus dem Netz, das ich unweigerlich und unwillentlich um sie gewoben hatte, befreien?

»Hier bin ich«, hörte ich Kit über das Rauschen in meinen Ohren hinweg sagen. Sie klang außer Atem. »Was ist passiert?«

Ich verlor den Faden des Gesprächs, weil ich mich einzig auf meine Panik konzentrieren konnte. Es ärgerte mich am meisten, dass ich durch eine derartige Verletzung sterben würde. Die mir von Mistkerlen wie denen auf dem Markt zugefügt worden war.

Lieber noch wäre ich von den Reitern der Wilden Jagd aufgespießt worden. Das war immerhin eine interessante Geschichte, die ich im Jenseits hätte erzählen können.

»Legt sie hin.«

Ich wehrte mich, als Ruglio und Tian mich an den Schultern nach unten drückten. Ich wollte mich nicht hinlegen. Dann hatte ich erst recht das Gefühl, zu sterben.

Kit schnitt mit einer Schere mein Leinenhemd auf. Mein Unterhemd schob sie bis unter meine Brüste, sodass meine Seiten offenbart waren. Allesamt holten zischend Luft. Was auch immer sie sahen, konnte nichts Gutes bedeuten.

»Ich weiß nicht, ob meine Magie ausreicht«, sagte Kit. »Mein Zauberstab ist noch nicht vollständig …«

»Versuch es, Kit«, raunte Tian. Seine Finger krallten sich in meine Schulter.

Ich hustete und spuckte, und dann war es vorbei. Ich bekam keine Luft mehr und blickte der Finsternis fast sehnsüchtig entgegen, nur weil ich dadurch endlich diesen Schmerzen entkommen konnte.

Kraftlos schloss ich die Augen.

Ich sank tiefer und tiefer, ehe mich ein blendendes Licht umhüllte.

Nicht nur umhüllte, es packte mich an den Gelenken und zog mich an die Oberfläche. Ich öffnete den Mund und holte tief Luft, hustete, und atmete weiter. Tief und lange.

»Sie ist zurück«, hörte ich jemanden sagen. War es Kit? Erleichterung ließ ihre Stimme erzittern. Oder war dies ein Zeichen von Erschöpfung?

Verwirrt schlug ich die Augen auf, während ich mich gleichzeitig wieder aufrichtete.

Ich sah von Kit, die neben mir auf einem Stuhl saß, – einen geflickten Stock in ihrer linken Hand –, zu meinem Bauch hinab. Alles war voller Blut, doch der Druck in meiner Brust hatte nachgelassen. Meine Lunge arbeitete nicht perfekt, doch sie gab sich Mühe, und das allein war viel wert.

»Das Schlimmste ist verheilt«, sagte Kit.

Tian ging um mich herum, bis er direkt hinter der Kirke stand. Eine Hand auf ihren Oberarm gelegt, den er kurz drückte.

»Wie?«, krächzte ich.

»Magie«, antwortete Kit.

»Sie ist eine Kirke«, erläuterte Tian, als hätte sie mir nicht bereits davon erzählt. »Aber ihr Zauberstab ist ... unvollständig. Sie kann nur das Nötigste damit tun.«

Kit blickte beschämt zu Boden. »Tut mir leid.«

»Was? Du hast mein Leben gerettet.«

»Vorher ... Bevor man meinen Stab zerstört hat, hätte ich mehr ausrichten können.«

Trotz des unangenehmen Ziehens beugte ich mich vor und tippte ihr leicht ans Kinn, bis sie meinen Blick erwiderte.

»Danke, Kit«, sagte ich betont.

Es war Tian, der mich mit Obambo im Schlepptau zu meinem neuen Schlafzimmer brachte. Er akzeptierte keine Widerworte und wollte auch sonst nichts hören. Mir fehlte die Kraft, mit ihm zu diskutieren, auch wenn ich seltsamerweise nichts lieber getan hätte.

»Sie werden ihre Strafe erhalten«, verkündete er beinahe feierlich, nachdem er mich zu meinem Bett manövriert hatte.

Es war verführerisch, mich einfach rückwärts fallen zu lassen. Der Gedanke, die schöne bestickte Decke mit meinem Blut zu ruinieren, hielt mich allerdings davon ab.

»Wer?«

»Ruh dich aus«, sagte er bloß und ließ mich mit Obambo allein. Die weiße, mit Schnörkeln verzierte Tür zog er leise hinter sich zu.

»Wer wird schon aus ihm schlau?« Obambo stöhnte als Antwort. »Hab ich mir gedacht.«

Obambo blieb im Schlafzimmer zurück, während ich mir das Blut vom Köper wusch und meinen Mund ausspülte. An dem Kosmetikspiegel sitzend kämmte ich mir durch das feuchte Haar. Konnte fast beobachten, wie sich meine roten Locken kräuselten, während sie an der Luft trockneten.

Mein Herzschlag hatte sich noch nicht verlangsamt. Die Panik fühlte sich viel zu nah an.

Ohne meine Magie war ich aufgeschmissen. Das erste Mal in meinem Leben konnte ich mich nicht auf mich selbst verlassen.

Wenn ich nicht dieses Stäbchen in meinem Arm gehabt hätte, hätte ich das tun können, was Kit getan hatte.

Ich hasste es, dass ich von ihnen abhängig war. Bisher hatte ich mich gegen den Gedanken gewehrt, der mich jetzt nicht mehr losließ.

Ich war wahrhaftig eine Hexe ohne Rechte. Mir etwas anderes einzureden, nur weil Tian und die Mitglieder seines Haushalts nett und zuvorkommend waren, war albern.

Mit brennenden Augen legte ich mich unter die schwere Decke und schlief wenig später ein. Obambo immer an meiner Seite und über mich wachend.

Keuchend und schwitzend warf ich strampelnd die Decke von mir. Es war dunkel in meinem Zimmer. Nur Obambos grünes Licht schimmerte am anderen Ende des Raumes vor der Tür schwebend.

»Bloß ein Albtraum«, murmelte ich und wischte mir mit den Händen übers klamme Gesicht.

Ich war wieder in der Gasse gewesen, in der mich die Reiter eingekesselt hatten. Wieder hatte ich nicht vor ihnen fliehen können. Wieder hatte ich dem Tod ins Auge gesehen, und wieder … hatte mein Tattoo gebrannt. So wie auch jetzt.

Stirnrunzelnd zog ich das Leinenhemd über meine linke Schulter, bis die drei schwarzen Motten entblößt waren. Sie bewegten sich nicht. Natürlich nicht. Gerötet waren sie auch nicht. Im gedämpften Licht schienen sie so normal, wie sie nur sein konnten.

Rief mich Moth zu sich? Hatte er meine Nachricht nicht erhalten, oder glaubte er mir einfach nicht?

Voller Verzweiflung sprang ich auf und rannte zu den mannshohen Fenstern in meinem Schlafzimmer. Es schneite so heftig, dass ich kaum die Dächer der fernen Gebäude erkennen konnte. Der nächtliche Himmel war wie in weiße Farbe getunkt.

Frustriert versuchte ich, die vier Fenster der Reihe nach zu öffnen. Zog und zerrte, klopfte dagegen, schlug mit dem Stuhl darauf ein. Nichts geschah.

Obambo stöhnte mehrmals laut, aber ich wollte ihn nicht hören. Tränen rannen meine Wangen hinab. Ich schniefte wütend.

»Ich will hier nicht sein! Kannst du das nicht verstehen?«, fragte ich den Geist. »Es geht nicht nur um mein Leben.«

Als hätte er mich verstanden, schwieg er und starrte mich aus seinen weißen Äuglein an. Er öffnete seinen Mund und schloss ihn wieder.

»Ich weiß nicht, was du mir sagen willst.«

Seufzend betrachtete ich meine roten Hände. Sie pochten von den Schlägen gegen die Fensterscheiben. Von außen musste ich wie eine Frau wirken, die den Verstand verloren hatte.

Obambo schwebte ganz nah an mich heran, bis mich sein grüner Atem einhüllte. Zum Glück roch er bloß nach Weihrauch und Feuer.

»War das ein Zeichen deiner Zuneigung?« Noch ein paar Sekunden länger blieb er so, bis er sich mit einem Puff in Luft auflöste. »Danke für das Gespräch.«

Ich wollte nicht weiter vor mich hin grübeln, und genauso wenig wollte ich zurück ins Bett. Deshalb gab es nur eine Möglichkeit – ich machte mich erneut zu einer Erkundung des Anwesens auf.

Nachdem ich mir einen Morgenmantel aus dem prall gefüllten Kleiderschrank stibitzt hatte, den ich über meinem einfachen Leinenhemd tragen konnte, bewegte ich mich in den stillen Korridor.

Kein Obambo, der auf mich wartete. Oder er folgte mir außer Sichtweite. Was genau er mit seiner Gestalt tun konnte, wusste ich nicht. Vielleicht sollte ich mich demnächst bei Kit erkundigen. Für den Fall, dass es mir helfen konnte, zu fliehen.

Ich hatte es nicht weit geschafft, als ich schwere Schritte auf der Treppe vernahm.

Verwirrt hielt ich gegen die Wand gedrückt inne. Die Schritte klangen weder nach Ruglio noch nach Kit. Und Tian hatte eigentlich überhaupt keine Geräusche beim Gehen gemacht.

Was war hier los?

Eine gebückte Gestalt betrat den Korridor von der Treppe aus und hinterließ blutige Spuren auf dem Teppich. Er, denn dass es Tian war, erkannte ich an seinen schwarzen Haaren, stützte sich mit einer ebenfalls blutigen Hand an der Wand ab, während er weiter voran schritt.

Ich löste mich von meiner Position und schloss zu ihm auf.

»Was ist passiert?«, fragte ich, sobald ich neben ihm ging. Er blieb nicht stehen und sah mich nicht an. »Tian!«

Das brachte ihn zumindest dazu, innezuhalten.

Ich musterte ihn von oben bis unten, doch der Umhang verhüllte seinen Körper, sodass ich nicht sagen konnte, wo oder wie schwer er verletzt war.

»Soll ich Kit holen?«

»Nein«, sagte er heiser und setzte seinen Weg zu seinem Schlafzimmer fort.

Zumindest hatte er das vor, ehe seine Beine ihm den Dienst versagten. Ich reagierte geistesgegenwärtig genug, um ihn vor einem Sturz zu bewahren.

Sein Widerwille war deutlich, als er einen Arm um meine Schultern legte. Er grunzte unzufrieden. Aber auch mir behagte es nicht, meinen eigenen Arm um seine Mitte zu schlingen.

Es wäre einfacher gewesen, mich von ihm abzuwenden. Und gestern Morgen noch hätte ich das getan. Wahrscheinlich. Doch er hatte zusammen mit Kit mein Leben gerettet. Das hier war ich ihm schuldig.

Ein einziges Mal.

Es gelang mir mehr oder weniger gut, ihn in sein düsteres Schlafzimmer zu manövrieren. Da er nicht ins Bett wollte, half ich ihm zu einem Zweiersofa unter der gläsernen Kuppel neben dem weißen Flügel.

Atemlos ließ er sich darauf sinken. Die schlanken, muskulösen Beine von sich gestreckt öffnete er seinen Umhang, sodass ich die Risse im schwarzen Hemd erkennen konnte. Jemand hatte ihn gründlich aufgeschlitzt.

Oder etwas.

Da ich keine Lust hatte, mit ihm zu diskutieren, handelte ich, ohne zu fragen. Ich holte aus dem Waschraum eine Schüssel Wasser und frische Leinentücher, die ich neben ihm auf dem Sofa platzierte. Anschließend beugte ich mich über ihn, um die Schnalle des Umhangs zu öffnen.

Er packte flink mein Handgelenk. Trotz seiner Qual, die sich deutlich in seinem fiebrigen Blick widerspiegelte, besaß er noch eine außergewöhnliche Schnelligkeit.

»Was tust du?«

Unsere Blicke hielten einander fest. Unsicher geworden zögerte ich für einen Moment. Ich sah nicht nur die Schmerzen in seinen Augen, sondern auch die Gefährlichkeit eines Raubtiers. Was auch immer ihm widerfahren war, er hatte die Aufregung des Kampfes noch nicht gänzlich abgeschüttelt. Den Geschmack nach Blut.

»Dir helfen. Lass mich los.«

Er gehorchte sofort. Entweder weil er selbst keine Kraft mehr hatte oder weil er mir glaubte.

Nachdem ich den Umhang über seine Schultern nach hinten geschoben hatte, knöpfte ich sein Seidenhemd auf. Meine Hände zitterten. Nicht genug aber, um mich aufzuhalten.

Vorsichtig zog ich ihm auch das Hemd aus. Dann konnte ich mich nicht mehr davon abhalten, seinen bloßen Oberkörper anzustarren. Trotz der vier Klauenspuren, die kurz über seinem Bauchnabel begannen und bis zu seinem linken Hüftknochen führten, konnte ich die Perfektion der trainierten Muskeln unter überraschend bronzefarbener Haut erkennen. Im Schein der Öllampen wirkte er nicht so blass wie sonst, obwohl er schon viel Blut verloren haben musste,

Ich schluckte, als mir klar wurde, dass er wahrscheinlich Blut brauchte, um wieder zu Kräften zu kommen. Besser ich konzentrierte mich auf das Reinigen der Wunden, sonst würde ich dem Impuls nachgeben, zu fliehen.

»Keine Sorge«, sagte er bitter lächelnd. »Dein Blut ist nicht nach meinem Geschmack.«

»Und das weißt du woher?«, witzelte ich, auch wenn meine Stimme hart klang.

»Einfach eine Vermutung.«

Ich kniete mich neben seine Beine und begann, mit dem Tuch die Wundränder abzutupfen. Es sah schon gar nicht mehr so schlimm aus wie vor ein paar Minuten. Konnte er so schnell heilen?

Seine Haut fühlte sich kühl an, wie es für einen Vampir üblich war. Nur sein Blut wies den Hauch von Wärme auf.

»Worauf begründet?«

»Müssen Vermutungen auf etwas begründet sein?« Er holte zischend Luft, und seine Bauchmuskeln spannten sich an, als ich eine besonders schmerzhafte Stelle bearbeitete. »Du musst das nicht tun.«

»Ich bin dir was schuldig«, entgegnete ich streng. »Und ja, du kannst mir nicht sagen, dass du über jeden Dahergelaufenen auf der Straße eine Vermutung hast, wie sein Blut schmeckt. Oder ihres.«

»Du bist niemand Dahergelaufenes.« Ich wagte einen Blick nach oben und sah bloß seinen mahlenden Kiefer und seinen hüpfenden Kehlkopf, da er den Kopf zurückgelegt hatte. »Das würde einiges einfacher machen.«

»Kannst du aufhören, in Rätseln zu sprechen?«

»Kannst *du* aufhören, dich gegen mich zu wehren?«

»Wann habe ich …?« Ich pustete die Wangen auf.

»Reden wir nicht darüber. Das ist für uns alle besser.«

»Fein für mich«, sagte ich, obwohl es das seltsamerweise nicht war.

Ich *wollte* mit diesem Vampir reden, was nicht sein konnte. Welche Hexe wollte freiwillig mit einem Vampir, der sie gekauft hatte, sprechen?

»Was ist passiert?«, fragte ich, um meine Gedanken umzulenken.

»Wendigo.«

Ich riss die Augen auf. »Du hast gegen ein Wendigo gekämpft?«

Wendigos waren rachsüchtige Wesen mit muskulösen Körpern und mächtigen Geweihen. Sie konnten auf zwei Beinen gehen und besaßen riesige, scharfe Krallen. Vier davon hatten sich ganz offensichtlich in Tians Seite gegraben.

»Ich habe nicht aufgepasst. Ah, Götter.«

»Hast du es mal mit Silberglöckchen versucht?« Ich wrang das blutige Tuch über der Schüssel aus.

»Silberglöckchen?« Irritiert legte er die Stirn in Falten. Anscheinend war er es nicht gewohnt, etwas nicht zu wissen.

»Jeder weiß, dass nur sie den Willen eines Wendigos brechen können. Bist du auf den Kopf gefallen?«

»Tut mir leid, aber vielleicht hatte ich gerade keine Glöckchen zur Hand«, entgegnete er sarkastisch.

Ich spürte tatsächlich, wie mir Hitze in die Wangen schoss. Das hatte ich nicht bedacht. Allerdings ...

»Was hast du außerhalb der Stadt gemacht? Es gibt keine Wendigos in Westwend ...«

Er schob meine Hand von seinem Bauch und stand auf. Eilig folgte ich seinem Beispiel, da ich nicht von unten zu ihm aufsehen wollte. Leider überragte er mich im Stehen auch um anderthalb Köpfe, sodass ich einen Schritt zurückging, um meinen Nacken zu schonen.

»Auch das geht dich nichts an«, sagte er schroff. »Danke für deine Hilfe. Ich komme jetzt allein zurecht.«

»Das bezweifle ich nicht, aber ...«

»Aber?«

Es gab keine Stelle, die ich sicher betrachten konnte. Seine kobaltblauen Augen sahen zu viel, seine Lippen – die obere voller als die untere – schienen genauso wie seine nackte Brust meine Innereien zu verknoten. Einzig die Wunden konnte ich betrachten, ohne dass mir der Schweiß aus unerfindlichen Gründen ausbrach.

»Ich könnte dich unterstützen.«

»Wobei?« Seine Stimme war dunkel und sanft. Ich erschauerte.

»Ach, nichts, vergiss das. War mir ein Vergnügen. Damit sind wir dann jetzt quitt.« Ich wandte mich um, nur um mit dem Kopf gegen ihn zu laufen. So schnell hatte er sich vor mich gestellt. »Aua. Was soll das?«

Ich rieb mir die Stirn, obwohl es kaum wehgetan hatte.

»Ich wollte dich noch etwas fragen.« Zögerlich hob ich meinen Blick und war erleichtert und beunruhigt zugleich, als ich erkannte, dass er nicht in mein Gesicht sah, sondern auf meine Schulter. »Darf ich?«

Neugierig geworden ließ ich ihn gewähren, als er mit den Fingerspitzen erst den Morgenmantel von meiner linken Schulter zog und dann den Träger des Leinennachthemds beiseite. Mit einer Hand drückte ich den Stoff an meine Brust, um zu verhindern, dass er tiefer runterrutschte.

Das Motten-Tattoo war zum Vorschein gekommen. Tians Fingerkuppen zeichneten die Linien nach, ohne mich zu berühren.

»Deine Frage?«, erinnerte ich ihn, aus dem Gleichgewicht gebracht. Seine Nähe war wie Gift, das sich in meinem Körper ausbreitete und mir das Denken erschwerte. Nutzte er seine Manipulationsfähigkeiten, die seinesgleichen zu eigen waren?

»Was bedeutet das?«

»Es sind drei Motten. Nichts weiter.« Wenn er wüsste ...

»Hast du sie dir selbst gestochen?«

»Warum interessiert dich das?« Ich sollte mich wieder anziehen und davonlaufen.

Was auch immer hier zwischen uns knisterte, musste zum Schweigen gebracht werden.

Tian ist ein Vampir, bei den Göttern! Ich muss mich zusammenreißen.

Doch ich rührte mich nicht. War wie in einen magischen Bann gezogen.

»Es kommt mir bekannt vor«, sagte er, bevor er endlich Abstand zwischen uns brachte.

Sofort schob ich Ärmel und Morgenmantel wieder an Ort und Stelle.

»Wenn das alles ist ...« Mit erhobenem Haupt schritt ich an ihm vorbei und steuerte die Tür an. Als ich sie öffnete, erschien Obambo direkt vor mir, und ich schrie auf. »Bei den Göttern noch mal! Bam!«

Tians Glucksen verfolgte mich in den Flur hinaus.

13

In den folgenden Tagen zeigte ich mich von meiner besten Seite. Tian begegnete ich nur beim Essen und während seinen gelegentlichen Gesprächen mit Kit und Ruglio. Es wurde mir bewusst, was für eine eingespielte Einheit sie waren und wie sehr sie einander vertrauten. Zwei Vampire, die nicht unterschiedlicher sein konnten, und eine Kirke mit zerstörtem Zauberstab. Obambo war mein ständiger Begleiter, nur wenn es ihm zu langweilig wurde, weil ich mich nicht bewegte, schwebte er davon oder löste sich auf.

Er hatte mich mit seinem Verhalten auf eine Idee gebracht, und der erste richtige Fluchtplan nahm nach und nach Gestalt an.

Jamie war zwar nicht noch mal vorbeigekommen, aber ich hatte die Einladung zu einem Besuch bei ihm nicht vergessen. Kit hatte mir zudem versichert, dass er und Tian sehr gute Freunde waren und es nicht unüblich war, Jamie mehr als einmal die Woche zu begegnen.

Ich hoffte, dass er die Einladung wiederholte und ich mit eingeschlossen war. Das war meine einzige Chance.

Bis dahin würde ich mich benehmen und meine Aufgaben erledigen, so banal und scheußlich sie mir auch vorkamen. Insbesondere das Wäschewaschen, das normalerweise Elma übernommen hatte, brachte mich noch um den Verstand.

All das akzeptierte ich jedoch, und in meiner knapp bemessenen Freizeit suchte ich die Bibliothek auf, die ich während einer meiner Erkundungsrunden gefunden hatte. Zum Glück war es mir erlaubt, mich dort aufzuhalten.

Nach den Büchern über Geistwesen suchte ich allerdings nur dann, wenn niemand anderes in der Nähe war. Schon gar nicht Obambo. Ich wollte nicht riskieren, dass jemand herausfand, was ich vorhatte.

Ein paarmal noch waren Kit und ich nach draußen gegangen, allerdings nur noch bei Nacht und in Begleitung von Ruglio, was sowohl ihre als auch meine Sicherheit gewährleisten sollte. Das Steinamulett wog schwer an meinem Hals und erinnerte mich daran, dass ich meine Recherche intensiver betreiben sollte. Ich musste herausfinden, wie ich den Verschluss lösen konnte, damit ich Obambo loswurde und bei der erstbesten Gelegenheit fliehen konnte.

Es war während unseres dritten Ausflugs zu einem Fischmarkt zwischen den Zwillingsbrücken gewesen, als ich ein starkes Gefühl der Genugtuung empfand. Etwas, das eine Weile schon nicht mehr vorgekommen war.

Ich hatte kaum geschlafen und ein Buch nach dem anderen nach Hinweisen durchblättert. Meine Laune war eigentlich an ihrem Tiefpunkt angekommen, bis Kit von einem Hausmädchen mit Ringellocken angesprochen wurde. Sie kannten sich offenbar, da sie sofort in einen angenehmen Gesprächsfluss verfielen, nachdem sie mich vorgestellt hatte.

»Fünf Vampire sind geköpft aufgefunden worden«, sagte das Hausmädchen, nachdem genügend Höflichkeitsfloskeln ausgetauscht worden waren.

»Was?« Kit hob entsetzt eine Hand vor den Mund.

Ich hörte angestrengt zu, während ich, wie von Kit aufgetragen, den Händler dabei beobachtete, wie er die Fische für uns ausnahm. Er sollte dabei nicht schludrig vorgehen.

Mir hätte das nicht gleichgültiger sein können, aber als

erfahrene Jägerin tat man, was man tun musste. Auch wenn dies Nichtstun einschloss.

»Ja, vor ein paar Nächten hat man sie in der Nähe der Markthalle gefunden. Grausig, aber nicht …« Das Hausmädchen beugte sich vor. »… schlimm, meiner Meinung nach. Fünf Vampire weniger ist kein Verlust.«

Kit wand sich voller Unbehagen. »Das solltest du nicht zu laut sagen.«

Das Hausmädchen zuckte mit den Schultern, ehe es sich über die gestiegenen Preise von Feigen beschwerte. Ich hörte nicht mehr hin und nahm die ausgeweidete Bestellung entgegen.

Fünf Vampire?

Das konnte kein Zufall sein. Ich würde einen Besen fressen, wenn es nicht diejenigen waren, die mich grundlos angegriffen hatten.

Hatte Tian das damit gemeint?

Sie werden ihre Strafe erhalten. Das hatte er gesagt.

Mir wurde schwindelig, als ich daran dachte, dass er sich dazu verpflichtet gefühlt hatte, in meinem Namen Rache zu nehmen.

Es sollte mir nichts bedeuten. Es war keine große Sache, dass sich jemand für mich einsetzte. Und schon gar nicht er.

Wahrscheinlich war er bloß verärgert, dass sie es gewagt hatten, sich an seinem Eigentum zu vergreifen. Nichts weiter.

Viel eher sollte ich mich damit beschäftigen, dass sowohl er als auch Jamie fähig dazu waren, sich mit fünf Vampiren anzulegen und zu gewinnen. Obwohl keiner von ihnen aufgestiegen war.

Ich erzitterte.

Zurück im Haus wollte ich die Stunden bis zum Schlafengehen in der Bibliothek verbringen. Ich hatte mir einen großen

Tisch unter einem Bogenfenster mit der Sicht auf die Lunar Uhr in der Ferne freigeräumt und einen Stapel Bücher darauf gelegt, der nichts mit meiner eigentlichen Recherche zu tun hatte. Für den Fall, dass jemand hinter mir her schnüffelte.

»Hast du nichts zu tun?«, fragte ich Obambo, der sich einen Spaß daraus machte, die engen Gänge auf und ab zu schweben.

Er stöhnte und kam auf mich zu, bis er mit seinen abgeknickten Händen meine Schultern berührte. Ich erschauerte ob der plötzlichen Kälte, die auf mich überging, und verscheuchte ihn mit wedelnden Händen.

»Bam!«

Zum Glück hatte er verstanden und löste sich in Luft auf.

Seufzend lehnte ich mich auf dem Stuhl zurück. Mit einer Hand rieb ich mir über das Motten-Tattoo, das Tian beinahe berührt hatte. Ob er wusste, worum es sich handelte? Konnte er Magie erfühlen?

Seit ich das letzte Mal von einem Albtraum geweckt worden war und die Motten gespürt hatte, war nichts mehr passiert. Ich wünschte, ich würde mich dadurch sicher fühlen, aber die Tatsache blieb bestehen, dass Moth unberechenbar war.

Solange wie jetzt hatte ich ihn ein Jahr lang nicht gesehen. Was sagte es über mich aus, dass es mehr Momente gab, in denen ich an ihn dachte als nicht? Sicher war das bloß, weil ich mir Sorgen um meine Tanten machte.

Ich zog einen schmalen Lederband aus der Mitte des Stapels. Das Papier knisterte, als ich das Buch aufschlug, weil es so alt war.

Unheimliche Heimsuchung war der wenig aufschlussreiche Titel. Trotzdem wollte ich dem Buch eine Chance geben. In den Schriften mit reißerischen Titeln wie *Ein Geist und nun?* oder *Geister und ihre gruseligen Eigenarten* hatte es keine Informationen dazu gegeben, wie man sie letztlich loswurde. Beim Lesen derer war ich mir nicht mal sicher gewesen, ob die Autorinnen an die Existenz von Geistern geglaubt hatten oder ob alles reine Spekulation gewesen war.

Es gab kein Inhaltsverzeichnis, was mich nur kurz abschreckte. Anstatt es sofort zur Seite zu legen, blätterte ich durch die Seiten und las mal hier und mal dort einen Absatz, bis ich das Gefühl bekam, dass es sich genau um die Art von Lektüre handelte, nach der ich gesucht hatte.

Bevor ich wusste, wie mir geschah, hatte ich das ganze Buch in einem Rutsch gelesen. Mir brannten die Augen. Die Öllampe auf meinem Tisch flackerte. Ein Zeichen dafür, dass sie bald ihren Geist aufgeben würde. Unbeabsichtigtes Wortspiel.

Ich hatte eine Lösung gefunden. Sie war nicht so lupenrein, wie ich es mir erhofft hatte, doch ich war sicher, dass sie funktionierte. Es gab nur ein einziges Problem, das mich zögern ließ …

Jäh wurde die Tür zur Bibliothek aufgestoßen. Eilig sprang ich auf und steckte das Buch wieder in den Stapel, als Ruglio vor mir erschien.

Seitdem ich ihn mit meiner Reaktion unbeabsichtigt beleidigt hatte, hatte er mich kaum eines Blickes gewürdigt. Er war ein Vampir, und trotzdem regte sich in mir mein Gewissen. Bis zu dem Zeitpunkt war er mir ausschließlich mit Höflichkeit begegnet und hatte mir – wie jetzt noch immer – leckere Mahlzeiten zubereitet.

»Ist etwas?«, fragte ich zögerlich, weil er mich bloß ansah.

Dann bedeutete er mir, ihm zu folgen.

Seufzend löschte ich die Öllampe und streckte mich im Gehen. Ich warf einen Blick auf die Standuhr. Es war bereits kurz vor Mitternacht, und ich spürte den langen Tag in meinen Knochen.

Zu meinem Unglück war ich eine Untergebene und konnte mich Ruglios Anweisungen nicht widersetzen. Zumindest nicht, wenn ich allen hier weiter vorspielen wollte, dass ich mich mit meiner Situation arrangiert hatte.

Der Vampir führte mich von Treppe zu Treppe, jede anders geformt, mit Balustraden aus schwarzem Eisen und dann wieder aus teurem Mahagoni, bis wir auf einer klapprigen Stiege ganz oben angelangt waren. Während ich keuchte, holte er nicht mal tief Atem.

Dann wiederum – er war ein Vampir.

Mithilfe eines Stabs, an dem ein Metallhaken befestigt war, öffnete er die Dachluke, aus der eine hölzerne Leiter hinabglitt.

»Noch weiter hoch?«, fragte ich, obwohl sich die Antwort von selbst ergab.

Ruglio stieg zuerst hinauf. Die Leiter knarzte bei jedem Schritt, was sie wenig vertrauenswürdig machte. Immerhin wäre der Fall nicht so tief, falls eine Sprosse unter mir nachgäbe.

Oben angekommen erkannte ich, dass dies nicht der vollständige Dachstuhl war. Er war zwar riesig, aber nicht so riesig, wie er hätte sein müssen, wenn er sich über das gesamte Haus erstreckt hätte. Wahrscheinlich gab es wegen der verschiedenen Türmchen und Anbauten abgetrennte Bereiche.

Die Holzsparren liefen in der Mitte zusammen und wurden von Querbalken in der Mitte stabilisiert. Ganz hinten gab es ein Rundfenster, und Licht spendete einzig eine Laterne, die von einem Querbalken baumelte. Alles war voller Spinnweben. Altes Mobiliar und Holzkisten, in denen sich Götter weiß was befand, waren unordentlich verteilt. Im Lichtkreis waberten Staubteilchen wie in Zeitlupe.

Ich musste niesen und erntete einen bedeutungsschweren Blick von Ruglio.

»Was? Müssen wir besonders leise sein?«

Er holte ein paar Gegenstände aus der Kiste links von sich

hervor. Einen Metallkäfig, zwei Stäbe, die er zusammensetzen musste, sodass sie halb so groß waren wie ich, sowie eine weitere Laterne.

»O nein«, grummelte ich, weil ich jetzt genau wusste, was mich erwartete. »Flemminge?«

Ruglio nickte und deutete mit einer Bewegung seines Kopfes auf die dunklen Ecken, die sich vor dem Licht zu scheuen schienen.

Flemminge waren fledermausartige Wesen, die im Gegensatz zu normalen Fledermäusen angriffslustig waren und es liebten, sich durch Holz zu beißen. Dadurch war schon das eine oder andere Haus in sich zusammengefallen.

»Weißt du, ich bin furchtbar müde und …«

Ruglio wollte nichts davon hören. Er überreichte mir Stab und Laterne, nachdem er sie entzündet hatte.

Seufzend ergab ich mich meinem Schicksal und folgte ihm zur ersten finstersten Ecke, die ich mit dem Licht ausleuchten sollte.

Sofort richteten sich ein halbes Dutzend leuchtend rote Augenpaare auf uns. Schwarze Körper, die so groß waren wie meine beiden Hände zusammen und an den Seiten eingeklappte Flügel hatten.

Das änderte sich allerdings, sobald sie von dem Licht und Ruglios herumstocherndem Stab gestört wurden. Sie klappten ihre Schwingen auf und offenbarten weiße glatte Bäuche, während sie kräftige Schreie ausstießen, die mir durch Mark und Bein gingen.

Mit ihren krallenbehafteten Füßen versuchten sie, uns zu attackieren, wobei sie als Erstes meine Haare zu fassen bekamen. Instinktiv wedelte ich mit dem Stock und nutzte die Lampe ebenfalls als Mittel der Verteidigung. Quietschend – wie ich es nicht von mir gewohnt war und was mir extrem peinlich war – lief ich im Kreis. Aber sie folgten mir.

Ruglio stieß ein Schnauben aus.

»Was?«, schrie ich ungehalten.

Warum wurde nur ich von diesen Viechern angegriffen, obwohl *er* ihren Schlaf gestört hatte?

Er drängte sich an mir vorbei. Meine Unterarme bluteten von den vielen Kratzern, die die Geschöpfe hinterließen.

Wenige Sekunden später stand Ruglio neben mir. Den Käfig mit geöffneter Tür auf seinem Kopf balancierend. Er hatte jedoch eine Decke drumherum gewickelt, sodass tiefe Dunkelheit die kleinen Biester darin erwartete.

»Und wie willst du sie da reinkriegen?«, rief ich skeptisch und duckte mich weiter. Der Stab war keine große Hilfe.

Mit der einen Hand hielt Ruglio den Käfig fest, mit der anderen holte er einen Apfel aus der Tasche, den er mir zuwarf.

Natürlich!

Ich verlor keine Zeit, den Stab zugunsten des Apfels wegzuwerfen. Schnell hatte ich einmal reingebissen und den Rest dann im Käfig platziert. Weitere Haare wurden mir ausgerissen, und ein Flemming zerkratzte meine Wange, wobei er mein rechtes Auge nur knapp verfehlte.

Augenblicklich stoppte der Angriff, wenn auch das Flattern anhielt. Die Flemminge hatten den Zucker gerochen und wollten mehr davon.

Es dauerte nicht lange, bis einer nach dem anderen in den Käfig geflogen war, um sich auf den Apfel zu stürzen.

Als nur noch zwei von den Biestern übrig waren, schloss Ruglio den überfüllten und rappelnden Käfig, bevor die bereits Eingefangenen wieder entfliehen konnten.

Ich fühlte mich nicht danach, ihm dabei zu helfen, die restlichen beiden Geschöpfe einzufangen. Meine Unterarme schmerzten höllisch, und auch mein Gesicht sowie meine Kopfhaut brannten.

Ruglio hätte mich wirklich vorwarnen können und …

Gänsehaut breitete sich auf meinem gesamten Körper aus. Es wurde mit einem Mal so kalt, dass weiße Wölkchen vor meinem Mund und meiner Nase entstanden. Ich bildete mir ein, ein sanftes Klingeln und das entfernte Geklapper von Hufen zu hören, das im nächsten Moment von etwas anderem übertönt wurde.

Etwas, das ich vor nicht ganz so langer Zeit gehört hatte.

Das Stöhnen und Knacken und Rascheln und Krächzen des Wilden Waldes. Es vermischte sich mit dem Knirschen von sich ausbreitendem Frost und Eis.

Aber das konnte nicht sein, oder? Es war nicht möglich, dass sich die Reiter und der Wald hier im Dachstuhl von Tians Haus ausbreiteten. Wie hätten sie den Bannzauber überwinden sollen? Und wie …

Ich blickte zu Boden, wo sich eine dünne Eisschicht weiter ausbreitete, die nun von schwarzen Wurzeln durchbrochen wurde. Auch über mir wuchsen Äste und Blätter, die von weißem Frost überzogen wurden. Sie schwollen in rasanter Geschwindigkeit an, als wäre die Zeit von Magie gerafft worden.

»Ruglio«, presste ich hervor, die Laterne immer noch in meiner Hand haltend. »Ruglio, wir sollten hier besser verschwinden.«

Ich wandte mich um und fand Ruglio mit einem Dolch bewaffnet vor bodenloser Finsternis stehend. Der Wald hatte sich auch in dieser Ecke ausgebreitet, doch er war so dicht gewachsen, dass an einer Stelle einzig Dunkelheit zu sehen war. Und aus ihr entstieg eine grausige Gestalt, die mir das Blut in den Adern gefrieren ließ. Mehr noch als die vorherrschende Kälte.

»Bei den Göttern«, wisperte ich, vollkommen erstarrt.

Noch nie in meinem ganzen Leben war ich einem derartigen Geschöpf begegnet. Es ließ die kleinen Biester alt aussehen.

Ein Raubtier, geschaffen, um Menschen und all ihre Verwandten zu zerfleischen.

Mit jedem Schritt, den es aus der Finsternis heraus und in den Dachstuhl hinein tat, erzitterte das gesamte Gebäude. Seine Schnauze war zusammen mit den unglaublich langen und muskulösen Vorderbeinen das Erste, das mein Verstand zu verarbeiten versuchte. Weißes kurzes Fell, zu Schlitzen geformte rote Augen und zwei ähnlich große Nasenlöcher über einem Maul, das meinen Kopf mit einem Bissen vertilgen könnte. Eine rote Zunge, die hervorlugte, als es ein kräftiges Brüllen und anschließendes Geknatter ausstieß.

Ein weiterer Schritt und seine löchrigen Flügel kamen zum Vorschein, die aussahen als hätten sich Motten daran gelabt. Ebenfalls weiß und ledrig. Die Ohren erinnerten an die eines Fuchses, nur größer, und der ganze Körper, als er endlich offenbart wurde, hätte dem einer Ratte gehören können. Bloß um ein Vielfaches vergrößert.

Zum Schluss folgte der Schwanz mit verhornter Spitze, mit dem es über den eisigen Boden fegte.

Ruglio warf mir einen entsetzten Blick zu.

Drecksmist.

Die Panik in mir wuchs an. Ich hätte mich mehr zusammenreißen können, wenn Ruglio, der ein Vampir und im Vollbesitz seiner Kräfte war, nicht genauso erschrocken gewirkt hätte wie ich. Was sollte ich schon ausrichten, wenn selbst er sich dem Schattengeschöpf nicht gewachsen fühlte?

Dann wiederum ... Es gab keine Wahl. Das Wesen versperrte uns den Weg zur Luke, und weil ich nicht durch das Dach nach draußen springen konnte, musste ich mich dem Kampf stellen.

Ich war eine verdammte Jägerin. Von so einem Vieh würde ich mich nicht kleinkriegen lassen!

Das Schattenwesen stieß ein weiteres Brüllen aus und präsentierte uns zwei Reihen gelber Fangzähne und schwarze dünne Lippen, von denen sich Speichelfäden zogen.

Es stürzte sich blitzschnell auf Ruglio, vermutlich weil er ihm am nächsten stand. Ruglio, den ich bis dahin nur als vampirischen Koch wahrgenommen hatte, wartete allerdings nicht darauf, zwischen dessen Kiefern zermalmt zu werden, und rollte sich zur Seite ab. Den Dolch noch in seinen Händen.

»Dann mal los«, zischte ich entschlossen, tauschte Laterne gegen Stab und mischte mich direkt in den Kampf.

Schnell merkte ich, dass ich mit dem Stock nicht viel ausrichten konnte. Die Enden waren nicht spitz genug, um durch die Haut der Kreatur zu dringen, und meine Schläge ärgerten sie, mehr nicht.

»Ruglio, du musst mir entweder den Dolch geben ... oder dem Ding hier die Kehle aufschlitzen«, schrie ich und verpasste dem Schattenwesen mit dem Stock einen kräftigen Schlag auf die Schnauze. Es zögerte nicht mal. Schnappte sofort nach meinem Unterarm und bekam ein Stück Stoff zu fassen.

Dennoch konnte ich mich befreien. Auch wenn mein Hemd in Mitleidenschaft gezogen wurde.

Ich fing Ruglios Blick auf, der mir mit Gesten zeigte, was er vorhatte. Und für mich viel wichtiger, was ich tun sollte.

»In Ordnung«, sagte ich, als ich einem der Flügel ausgewichen war und mit den Kniekehlen unglücklich gegen ein paar Kisten stieß. »Autsch. Halt dich bereit.«

Es war gewagt und leichtsinnig, aber was sollten wir sonst tun? Ich wartete den Moment ab, da Ruglio die Aufmerksamkeit des Wesens auf sich gelenkt hatte, rannte dann los und drückte mich mit einem gezielten Sprung vom Boden ab.

Punktgenau landete ich auf dem Rücken der übergroßen Ratte zwischen ihren Flügeln. Im nächsten Moment wurde ich allerdings sofort wieder abgeworfen und mein Plan damit zunichtegemacht. Ich rollte über den Boden, einen Arm schützend über meinen Kopf. Dadurch verlor ich den Halt um den Stock und kam letztlich ohne Waffe zum Halten.

Ruglio stieß einen Laut aus, der irgendwo zwischen einem Knurren und einem Schrei lag. Das Wesen hatte ihn mit der Schwanzspitze am Oberschenkel getroffen. Ich hoffte, dass die blutende Wunde nicht zu tief war. Noch brauchte ich Ruglio, um hier lebend rauszukommen.

Ich werde heute nicht sterben, versprach ich mir selbst. Das würde ich meiner Familie nicht antun.

Schließlich nutzte ich die kurzzeitige Ablenkung des Monsters, klaubte den Stock erneut auf und rannte los. Als ich dieses Mal auf seinem Rücken landete, hatte ich aus meinem vorigen Fehler gelernt. Ich reagierte sofort.

Mir gelang es, den Stab unter dem Hals hindurchzuführen und auf der anderen Seite wieder zu packen. So konnte ich mich nicht nur festhalten, sondern auch seinen Kopf hochdrücken.

Es schrie auf und stieg auf die Hinterbeine, wodurch es mich beinahe erneut abgeschüttelt hätte. Dadurch prallte es mit dem Kopf gegen einen der Dachbalken, der unter der Gewalteinwirkung zersplitterte. Es rieselte Holz samt Schnee – was nicht hätte möglich sein dürfen – auf mich hinunter. Noch war das Dach intakt.

»Jetzt!«, brüllte ich zwischen zusammengebissenen Zähnen. Ich wusste nicht, wie lange ich den Stock noch halten konnte.

Da ich die Augen vor Anstrengung geschlossen hielt, konnte ich nicht sagen, ob Ruglio sich in Bewegung setzte. Erst als die Kreatur unter mir jäh schwächer wurde und ihre Gegenwehr schließlich ganz aufgab, schlug ich meine Lider auf. Das war auch der Moment, in dem ich das heiße Blut auf meinen Händen spürte. Dampf stieg auf, als die Beine des Wesens einknickten und es einen Moment länger versuchte, sein Gewicht zu halten.

Bevor es fallen und mich unter sich begraben konnte, ließ ich den Stock los und sprang vom Rücken der Kreatur runter. Meine Beine hatten Probleme damit, mein Gewicht zu halten, so sehr kribbelten sie. Meine Entschlossenheit machte diese Schwäche allerdings wett.

Eilig brachte ich Abstand zwischen das Vieh und mich. Ruglio, der von Kopf bis Fuß mit Blut befleckt war, stellte sich neben mich. Eine Hand drückte er auf die Wunde an seinem Bein. Gemeinsam beobachteten wir, wie das Leben die roten Augen verließ und sich der Körper ein letztes Mal hob und senkte.

»Was zur Hölle war das?« Tian war aus der Luke gestiegen und sah uns fassungslos an.

Hätte er nicht ein paar Minuten früher auftauchen können?

Ruglio setzte sich in Bewegung, griff nach der Laterne und warf sie auf den Boden zwischen Kreatur und Wald. Sie zersplitterte sofort. Das Öl verteilte sich eine Sekunde bevor es sich entzündete und beides in Brand setzte. Flammen züngelten in die Luft und breiteten sich zu einem gewaltigen Feuer aus.

Atemlos sah ich dabei zu, wie das Schattenwesen zu Staub zerfiel, als wäre es nie da gewesen.

14

Nachdem das Feuer mit Kits Magie gelöscht und der Wald vertrieben worden war, stellte Tian den Bannzauber durch gekaufte Magie wieder her. Nicht allen Hexen und Hexern wurde verboten, Magie zu verwenden. Manche von ihnen wurden dazu gebracht, Magie in Beutel und Kisten zu verpacken, die dann von Vampirinnen und Vampiren erworben und genutzt werden konnten. Schutzzauber machten einen großen Teil davon aus. Wie in der Hexenkommune, in der ich aufgewachsen war.

Eine Stunde nach diesem aufreibenden Ereignis saßen wir zusammen im weißen Salon, der sich in der Nähe der Küche befand. Ich nannte ihn einzig deshalb weißen Salon, weil der Boden und die Kissen der zwei sich gegenüberstehenden schwarzen Sofas weiß waren. Die Wände waren cremefarben und der Teil der Wand, an dem sich der Kamin befand, war genauso schwarz verziert wie die gewölbte Decke und das restliche Mobiliar. Entzündete weiße Kerzen standen auf jeder freien Oberfläche und kreierten kleine Wachshügel.

Bis auf Obambo waren wir vollzählig.

Seit wann ich uns als einen Haushalt betrachtete, konnte ich nicht sagen, und das machte mir ehrlicherweise etwas Sorgen.

Das war jedoch gerade nicht der Punkt.

Nein. Der Punkt war der, dass der Wilde Wald ins Haus gelangt war. Mehr noch als das. Aus ihm war eine bösartige

Kreatur entstiegen, deren Existenz mich an unserer Weltordnung zweifeln ließ.

Die geisterhaften Reiter waren eine Sache, doch das? Dieses Monstrum? Ich konnte das kaum verarbeiten.

Ruglio saß mit steifem Rücken mir gegenüber. Im Gegensatz zu mir hatte er sich gewaschen und umgezogen, als könnte er das fremde Blut nicht auf seiner Haut ertragen. Er hatte nur leicht gehumpelt, aber als Vampir heilte er sicher schnell.

Ich selbst war die ganze Zeit zu aufgedreht gewesen, um mich solch einer banalen Aufgabe zu widmen, wie mich umzuziehen. Die Hände hatte ich mir nach einem tadelnden Blick von Kit gewaschen. Sie fürchtete vermutlich um die weißen Kissen.

Die Kirke saß neben Ruglio und warf ihm immer wieder besorgte Blicke zu, als könnte sie nicht ganz darauf vertrauen, dass er nicht jeden Moment unter einem unsichtbaren Druck nachgab.

Ich gab mir Mühe, entspannt auszusehen. Tian schritt derweil unruhig vor dem Kamin auf und ab. Er trug von Kopf bis Fuß schwarz, was ihm hervorragend stand und vor allem seine breiten, muskulösen Schultern und die schmale Hüfte betonte. Das dunkle Haar war durcheinandergeraten, als er immer wieder mit den Händen hindurchfuhr. Ein seltenes Anzeichen seiner Gefühle, die er sonst niemals zeigte.

Während Ruglio ihm mit den Händen beschrieben hatte, was geschehen war – so viel verstand ich mittlerweile –, hatte er hin und wieder knappe Fragen gestellt, sich aber nicht anmerken lassen, ob er mit den Antworten zufrieden war.

Da ich nicht einsah, was das Ganze mit mir zu tun hatte, war ich schweigsam geblieben. Einzig nach Tians letztem Kommentar hatte ich mich nicht zügeln können, und mein Temperament hatte die Oberhand gewonnen.

»Jemand muss den Wilden Wald aktiv mitgeschleppt haben«, hatte er in meine Richtung gesagt.

»Du meinst mich.« Ich schnaubte missbilligend.

»Du bist die einzige Person hier, der ich nicht vertraue.« Er sah mich an wie einen Fleck auf dem Boden, den er einfach nicht loswurde.

»Weil dein Vertrauen ja auch nie deplatziert sein könnte«, gab ich scharf zurück.

Er hielt inne und fixierte mich direkt mit seinen stürmischen blauen Augen.

»Hast du oder hast du nicht den Wald mitgenommen?«

Kurz überlegte ich, ihm einfach den Kopf abzureißen, anstatt seine Frage mit einer Antwort zu würdigen. Dann wiederum würde es all meine Bemühungen der letzten Tage zunichte machen.

Ich seufzte tief und entspannte bemüht meine Finger. »Wenn ich wüsste, wie das geht, hätte ich es vermutlich versucht. Allerdings habe ich nicht den blassesten Schimmer. Es hat mich genauso unvorbereitet getroffen wie Ruglio.«

Einen Moment länger noch sah Tian mich an, bevor er sich abwandte. Ich konnte nicht sagen, ob er mir glaubte, aber immerhin löcherte er mich nicht weiter mit unnützen Fragen.

»Von so einem Angriff *in* einem Haus habe ich noch nie gehört«, sagte Kit unruhig. Sie strich die Falten ihrer Hose glatt, als würde sie sich irgendwie beschäftigen müssen.

»Habt ihr euch generell mit dem Thema beschäftigt, oder sagt ihr das einfach so?«, konnte ich mir dann doch nicht verkneifen, zu fragen.

»Was meinst du?« Tian erwiderte meinen Blick stirnrunzelnd.

»Nun ja, habt ihr einfach nie von so einem Fall gehört, weil euch der Wilde Wald im Allgemeinen nichts angeht, oder habt ihr Leute befragt?«

Tians Stirn glättete sich. »Da ist was dran. Tatsächlich glauben die meisten Vampire nicht, dass wir uns über die Ausbreitung des Waldes Gedanken machen müssten.«

»Du siehst das anders?« Skeptisch hob ich eine Augenbraue.

Er zuckte mit den Schultern. Die Reaktion wirkte zu lässig für die lebensgefährliche Situation, in der Ruglio und ich uns eben noch befunden hatten.

»Vielleicht«, sagte er dann doch. »Deshalb gehe ich zum Rathaus, um Bericht zu erstatten. So etwas muss gemeldet werden. Ruglio?«

Der blonde Vampir gestikulierte energisch, ehe er sich abrupt erhob und dann den Salon verließ.

Ratlos sah ich von Kit zu Tian und wieder zu Kit, die laut aufseufzte. »Du weißt, dass er nicht gerne kämpft. Er muss das erst mal verarbeiten.«

»Begleitest du mich?«, fragte Tian in ihre Richtung.

»Ich will ihn lieber nicht allein lassen«, entgegnete sie. »Warum nimmst du nicht Billie mit?«

»Weshalb?« Indigniert zog er eine Grimasse. »Sie ist nutzlos.«

Empört blies ich die Wangen auf. »Ich bin vieles, aber sicher nicht nutzlos.«

»Sie hat alles mitangesehen und sollte Bericht erstatten. Außerdem kann sie dir den Rücken stärken.« Kit machte deutlich, dass sie nichts von unserer gegenseitigen Abneigung hören wollte.

»Du meinst, sie wird mir eher einen Dolch in den Rücken rammen.«

»Ich habe nicht mal einen«, gab ich zurück, nicht sicher, was ich mit meinen Anmerkungen bewirken wollte. Es störte mich ganz einfach, dass er derart auf mich herabsah. »Aber wenn du dich so sehr vor mir fürchtest, kannst du mich ja auch freilassen.«

»Geh nicht allein, Tian«, sagte Kit, meinen Kommentar vollkommen ignorierend. »Du traust dem Rat genauso wenig wie ich.«

»Ich bin ein Ratsmitglied, falls du das vergessen hast.« Sie warf ihm einen so abwertenden Blick zu, dass er sich abwandte. »In Ordnung. Gib ihr Bams Kette. Ich warte am Steg auf sie.«

»Ich habe nicht mal zugestimmt!« Auch wenn ich es kaum erwarten konnte, das Haus zu verlassen, störte es mich, dass sie so über meinen Kopf hinweg entschieden hatten.

»Zieh dir was Anständiges an«, sagte Tian bloß, ehe er hinter meinem Sofa vorbeiging.

»Warum? Macht dich mein Aufzug heiß?« Ich blinzelte unschuldig.

»Du bist unausstehlich, weißt du das?« Er hatte nicht angehalten und die Tür fast erreicht.

»Das Blut wird meine Geschichte glaubwürdig machen«, rief ich ihm hinterher.

Warum Tian jedes Mal auf diese Weise meine kindische Seite hervorkitzelte, wusste ich nicht. Dagegen wehren konnte ich mich ebenfalls nicht.

In Begleitung von Kit ging ich in mein Schlafzimmer und tauschte das zerrissene, blutige Leinenhemd gegen eine der Blusen aus dem Kleiderschrank aus. Darüber zog ich eine gefütterte Weste mit Silberschnallen, die mich unter dem roten Umhang wärmen würde. Auf dem Boot würde es sicherlich eiskalt werden, und ich hatte keine Lust zu erfrieren, noch bevor ich einen Schritt ins Rathaus hinein getan hatte.

Entgegen meinem Protest war ich neugierig genug, um Tian zu gehorchen. Meinesgleichen kam unter normalen Umständen nicht mal in die Nähe des Rathauses.

Das war meine Chance, mich umzusehen, ohne Misstrauen zu erwecken oder eingekerkert zu werden. Schließlich war ich bereits mit meinem Dasein als gefangene Hexe ganz unten angekommen. Viel schlimmer konnte es nicht mehr kommen.

»Reiz ihn nicht zu sehr«, ermahnte mich Kit, nachdem sie mir Obambos Kette angelegt hatte. Nun, da ich wusste, wie ich mich notfalls davon befreien konnte, wog das Steinamulett gar nicht mehr so schwer.

»Er soll *mich* nicht reizen«, grummelte ich. »Ich bin nur knapp einem widerlichen Schattengeschöpf entkommen, das Ruglio und mich liebend gern als Mitternachtsschmaus verspeist hätte. Er hätte sich zumindest für meinen Einsatz bedanken können.«

Kit ging um mich herum. Ihre braunen Augen strahlten eine Wärme aus, die mich unvorbereitet traf. »Du hast recht. Ich glaube, wir sind schon so lange zu viert allein, dass wir vergessen haben, wie man sich anderen gegenüber höflich verhält. Entschuldige.«

Zu viert allein. Eine merkwürdige Beschreibung, die ich jedoch sofort nachvollziehen konnte. Auch meine Tanten, Hugh und ich waren seit einer gefühlten Ewigkeit zu viert allein. Es war schwer, jemand anderes in diesen Zirkel zu lassen.

Moth hatte uns mit seinem Auftauchen und Eingreifen in eine Position gebracht, die wir von allein nie zugelassen hätten. Einmal abgesehen davon, dass er uns ausnutzte, hätte niemand von uns jemand Neues in unseren Kreis gebracht. Nicht freiwillig jedenfalls. Und das Gleiche war mehr oder weniger mit Kit, Tian, Ruglio und Obambo passiert.

»Warum habt ihr mich gekauft?«, fragte ich endlich, nachdem ich so lange gezögert hatte. Einmal nur hatte Kit das Thema angeschnitten und sich daraufhin selbst auf die Zunge gebissen.

»Er konnte nicht dabei zusehen, wie du weiter gequält wirst. Tian«, erläuterte sie. »So ist er. Wenn er sieht, dass jemand leidet, kann er sich nicht zurückhalten.«

Das brachte mich zum Schweigen.

Da Kit nicht wusste, dass ich den Weg zum unterirdischen Steg bereits kannte, führte sie mich direkt bis zur Höhle, wo sie sich nach einem kurzen Blickwechsel mit Tian verabschiedete.

Ich stieg auf eines der beiden Boote, die Tian letztes Mal nicht genutzt hatte. Was genau der Unterschied war, konnte ich nicht sagen, aber mir war es recht, dass er das Rudern übernahm.

Auch wenn er der Meister und ich die Sklavin war, besaß ich nicht die körperliche Stärke, lange zu rudern. Ihm hingegen stand nicht mal der Schweiß auf der Stirn, nachdem wir das runde Becken in Richtung des gedrungenen Tunnels verlassen hatten.

Zwei von Haken baumelnde Laternen boten uns Licht zur Orientierung, vor allem, damit er nicht versehentlich gegen eine Steinwand donnerte. Ich saß mit dem Rücken zum Bug, sodass ich Tian beobachten konnte. Das Segel hatte er noch eingerollt. Der Mast war das einzige, das uns trennte.

»Ich wusste nicht, dass du ein Ratsmitglied bist«, sagte ich, weil mir das Schweigen auf die Ohren drückte. Ich mochte zwar das Geräusch des Wassers, das gegen das Holz schwappte, aber ich wurde aus unerfindlichen Gründen zunehmend nervös.

Eigentlich war mir klar, dass ich nicht würde fliehen können, solange Tian und ich allein waren, weil seine Aufmerksamkeit mir galt. Trotzdem konnte ich nicht umhin, es mir vorzustellen. Und da ich nicht wollte, dass er mich auf irgendeine Weise durchschaute, musste ich mit ihm reden. Am besten über ihn selbst.

»Woher auch?« Wieder war ihm eine Locke in die Stirn gefallen. Im gleichmäßigen Rhythmus bewegte er sich vor und zurück.

»Ich habe mich nie damit beschäftigt, aber ist nicht allgemein bekannt, wer Teil des Rates ist?« Meine Unwissenheit über diesen Aspekt seines Lebens zu gestehen war möglicherweise nicht der klügste Schachzug, doch ich musste ihn irgendwie zum Reden bringen.

»Das nehme ich an, ja. Es ist jedenfalls kein Geheimnis. Nur ich …« Seine Mundwinkel zuckten. Ich konnte die Gefühlsregung allerdings nicht deuten. »Ich bin nicht gern vor Ort. Es mag dich amüsieren, doch ich bin kein großer Freund von anderen Vampiren.«

»Das amüsiert mich tatsächlich.«

Das Lächeln auf seinen Lippen löste ein seltsames Kribbeln in meiner Bauchgegend aus. »Dachte ich mir.«

Wir verließen den Tunnel nach ungefähr zehn Minuten und überquerten die Sanil, ehe wir auch schon die künstlich angelegte Anlegestelle des Rathauses erreichten. Dieses befand sich an dem höchsten Punkt des Hügels, auf dem und um den die Stadt errichtet worden war. Der Hügel war von Tunneln durchzogen, in die das Wasser geleitet worden war, um den Transport von Wesen und Waren zu vereinfachen.

Das Rathaus war aus der Nähe noch beeindruckender: unzählige Türmchen mit graublauen Kacheln, rötliche Fassaden des Haupthauses und der kleineren Nebengebäude samt Rundbögen und Kolonnaden, und vor dem Haupteingang eine verschneite Gartenanlage, die im Sommer sicherlich viele menschliche Besucherinnen und Besucher anlockte. Jetzt begaben sie sich bestimmt nicht freiwillig in die Nähe von so vielen Vampirinnen und Vampiren.

Während der Nacht und im Winter wirkte der Garten jedoch wenig einladend, und Tian schenkte dem leeren Springbrunnen nicht mal einen Seitenblick.

Er stolzierte sogar so schnell an sämtlichen Anwesenden vorbei, dass niemand die Möglichkeit bekam, ihn in ein Gespräch zu verwickeln. Obwohl gleich mehrere so wirkten, als würden sie etwas mit ihm besprechen wollen.

Überraschenderweise machte diese Eigenart ihn mir sympathisch, was eine gefährliche Entwicklung war. Ich sollte absolut nichts an einem Vampir sympathisch finden und doch ... so sah es aus.

Die steinerne Treppe, die direkt zum großen schwarzen Tor führte, wurde von zwei etwa drei Meter hohen Statuen eingefasst. Sie zeigten die Abbilder von zwei der alten Gottheiten, deren Namen ich einmal gewusst und längst vergessen hatte.

Ich musste mich beeilen, um Tian nicht zu verlieren. Es hätte ihm ähnlich gesehen, mich einfach zurückzulassen.

Andererseits, war es nicht das, was ich wollte? Ich bräuchte nur ein paar Minuten allein, um mich von Obambos Griff zu befreien und ... Dann fiel mir siedend heiß ein, dass ich den Draht, den ich dafür benötigte, überhaupt nicht mitgebracht hatte.

Ruglio hatte mich so überraschend aus der Bibliothek gezerrt, dass ich mit den Gedanken längst weiter gewesen war als mit meinem Handeln.

Die Flucht konnte ich heute Nacht vergessen.

Irrsinnigerweise fühlte ich Erleichterung in mir aufsteigen, was mir ein schlechtes Gewissen machte. Solange ich Hugh nicht gefunden hatte, verdiente ich keine Erleichterung.

Um nicht darüber nachzudenken, lief ich zu Tian und betrat das kreisrunde Foyer. Der Boden bestand aus hellem Marmor mit lachsfarbenen Adern, und an der Decke hing ein riesiger Kronleuchter mit Hunderten von Kristallen, die das Kerzenlicht reflektierten. Steinerne Rundbogengänge führten in andere Bereiche des Rathauses genauso wie eine sich nach oben windende Treppe mit cremefarbener Balustrade und marmornen Blumennachbildungen an den Enden.

Ich war froh, als sich Tian von der Treppe abwandte und stattdessen einen der drei Gänge ansteuerte. Die Müdigkeit drohte mich zu übermannen und selbst die Aufregung, hier zu sein, konnte sich ihr kaum entgegenstellen.

Eine Frau, vermutlich eine Vampirin, lächelte Tian breit an. Ja, eindeutig eine Vampirin, denn ihre Fangzähne waren nicht zu übersehen. Soweit ich wusste, verlängerten sie sich nur zum Bluttrinken oder wenn sich Untote gegenseitig identifizieren wollten.

Tian ignorierte die Vampirin gekonnt. Ich musste ein Grinsen unterdrücken.

»Was amüsiert dich so?«, hakte er sofort nach, als hätte er mich genau beobachtet.

»Warum interessiert dich das?« Ich war erstaunt, dass er meinen Gesichtsausdruck überhaupt bemerkt hatte.

Wir kamen an mehreren offenen und geschlossenen Türen vorbei. Da wir uns aber mit rasanter Geschwindigkeit fortbewegten, konnte ich nicht in die Räume hineinsehen. Bis auf Personen und Umrisse von Möbeln erkannte ich nichts aus dem Augenwinkel.

»Weiß ich auch nicht«, sagte Tian leise.

»Dein Verhalten erstaunt mich«, antwortete ich nach einem Moment. Ich hatte nicht erwartet, dass er ehrlich zu mir sein würde. Es war beängstigend und aufregend zugleich, dass ich offenbar nicht die Einzige war, die vom anderen auf ungeahnte Weise beeinflusst wurde.

»Und das ist amüsant?«

»Es ist nicht so, als gäbe es viel anderes in meinem Leben, über das ich lachen könnte …«

Er schnaubte.

Nachdem wir mehrmals abgebogen waren, kamen wir in einem Gang an, bei dem es nicht mehr weiterging, ohne dass man durch eine der Türen ging. Tian klopfte an einer dieser an.

»Herein.«

Nacheinander schritten wir in ein länglich angelegtes Zimmer, in dem ein grauhaariger Mann an einem Schreibtisch saß und Zahlen aufs Papier brachte. Er legte die Schreibfeder in die Halterung, ohne die übrig gebliebene Tinte versehentlich zu verteilen, und blickte uns dann über seine halbrunden Brillengläser hinweg an. Ein skeptischer Ausdruck lag auf seinem verhärmten Gesicht. Hinter ihm war ein Fenster geöffnet und ließ eine kalte Brise in den vom Feuer erhitzten Raum. Die Teppiche an den Steinwänden, auf die Landkarten gezeichnet waren, verhinderten, dass sich das Zimmer runterkühlte, trotzdem erzitterte ich.

Die Situation und das Verhalten des Mitarbeiters wirkten so normal und fehl am Platz in diesem Rathaus, in dem das Vampirvolk regierte, dass ich ihn bloß anstarren konnte.

»Mr Montgem«, sagte der Angestellte, ohne ein Gefühl in der Stimme. Auch sein ausdrucksloses, faltiges Gesicht gab nichts preis. Die Skepsis hatte sich verflüchtigt. »Was kann ich für Euch tun?«

»Ich benötige eine Audienz beim Vorsitzenden Crosspin«, sagte Tian, dessen Nachnamen ich nun auch erfahren hatte.

Tian Montgem.

»Lasst mich nach seinen Terminen schauen. Ich bin sicher, er kann Euch vor der nächsten Ratsversammlung am …«

»Nein«, unterbrach ihn Tian mit Nachdruck. »Ich muss ihn jetzt, heute sehen. Es ist wichtig.«

Der Angestellte schien zunächst wie vor den Kopf gestoßen. Es war die einzige Empfindung, die ich von seinem alten Gesicht ablesen konnte, dann fing er sich wieder.

»Nun denn, wenn das so ist.« Er rückte den Stuhl lautstark zurück. »Ich bitte Euch, hier zu warten und gerne Platz zu nehmen, während Ihr wartet. Ich werde den Vorsitzenden Crosspin eigens von Eurer *Forderung* unterrichten.«

»Tu dies, Bail. Wir warten.« Ich hatte gedacht, Tians kalte Schulter bereits selbst zu spüren bekommen zu haben, doch ich hatte bis zu diesem Zeitpunkt keine Ahnung davon gehabt, wie kalt er wirklich sein konnte.

Es hätte mich nicht gewundert, wenn sich Eis zwischen ihm und dem Angestellten gebildet hätte.

Bail zwang sich zu einem Lächeln, das nicht viel mit Aufrichtigkeit zu tun hatte, bevor er das Zimmer durch eine Tür auf der gegenüberliegenden Seite verließ. Dadurch waren Tian und ich nunmehr allein in diesem tristen Arbeitszimmer, in dem es abgesehen von Bails Schreibtisch und drei Stühlen nichts gab. Keine Teppiche, keine Dekoration, keine persönlichen Gegenstände.

»Setzen wir uns«, sagte Tian in meine Richtung und deutete auf die an der Wand aufgereihten Stühle. »Das kann eine Weile dauern, so wie ich Bail kenne.«

»Wer genau ist er?«, fragte ich, nachdem wir nebeneinander Platz genommen hatten. Das Holz der Stühle protestierte lautstark.

»Crosspins Assistent. Er kann mich nicht leiden.« Tian lachte in sich hinein. Es war ein so unerwarteter, warmer Laut, dass ich meinen Mund nicht schließen konnte. »Eigentlich kann er niemanden leiden. Vielleicht passt er deshalb so gut hierher.«

Ich zuckte zusammen, als die Tür neben mir aufgemacht wurde. Nicht die, durch die sich Bail verzogen hatte, sondern die, durch die wir gekommen waren.

»Ihr seid es wirklich!«

»Jamie!« Tian stand auf. »Was machst du hier?«

»Die Frage sollte eher lauten, was ihr hier macht. Hey Billie.« Er zwinkerte mir zu, bevor er die Tür hinter sich schloss. Wenn er bloß kein Vampir wäre, dann ...

Nein, auch dann würde nichts passieren. Er war bloß ein gut aussehender Kerl, der gerne flirtete.

Und ich war bloß eine Frau, die registrierte, wie er die dunkelblaue Brokatjacke ausfüllte und wie voll seine Lippen waren. Wahrscheinlich waren sie ohnehin zu nachgiebig bei einem Kuss und …

Hitze stieg in meine Wangen, und ich blickte rasch auf die Hände in meinem Schoß.

Götter, das musste die Erschöpfung sein.

»Wir haben über eine Angelegenheit zu berichten«, antwortete Tian und verschränkte die Arme.

Ich saß noch immer zwischen ihm und Jamie. Aber da sie sich so nah gegenüberstanden, blieb mir kein Platz, um selbst aufzustehen. Das war vermutlich besser so, wenn ich meine unverständliche körperliche Reaktion verschleiern wollte.

»Ah, klingt spannend. Ich wollte nur mal kurz Hallo sagen. Jemand hat erwähnt, dass ihr hier seid.« Er sah auf mich herab. Als würde sich ein unsichtbares Band zwischen uns winden, hob ich den Blick. »Die Einladung steht immer noch. Es würde mich freuen, euch bei mir willkommen zu heißen. Wirklich, Tian, allmählich fühle ich mich als Freund verstoßen.«

»Wir denken darüber nach«, versprach Tian schließlich. Die Hand an seiner Stirn.

Wir?

Jamie lächelte triumphierend, und ein Flattern breitete sich von meinem Herzen ausgehend in meinem gesamten Körper aus.

»Ich würde mich sehr freuen.« Unwillkürlich erwiderte ich Jamies Lächeln. Dann war er eben ein Vampir, das bedeutete aber genauso, dass ich ihn für meine Zwecke ausnutzen könnte.

Mehr war das nicht.

»Crosspin erwartet Euch«, sagte Bail, der leise wie eine Maus durch die andere Tür in den Raum geschlichen war. »Würdet Ihr mir folgen?«

15

»Du solltest ihn nicht mögen«, flüsterte Tian, während wir Bail eine weitere gewundene Treppe hinauf folgten, von denen es hier unzählige gab – ich keuchend und Tian vollkommen entspannt.

Das Innere des Rathauses erinnerte mich zu meiner Überraschung an Tians Anwesen. Es war so verwinkelt und unübersichtlich. Kein Wunder, dass sich Vampirinnen und Vampire hier beim Regieren sicher fühlten.

Ob es schon vor ihrer Machtübernahme so prunkvoll ausgesehen hatte, oder ob sie durch die Anbauten ihren Sieg über die Menschen hatten verdeutlichen wollen?

Meine Gedanken wurden mit jeder erklommenen Stufe langsamer und schwerer.

»Er ist dein Freund«, presste ich zwischen zwei Atemzügen hervor. Es wäre albern gewesen, mich unwissend zu stellen. Auch wenn es lustig gewesen wäre, Tian zappeln zu lassen.

Lustig? Ganz offensichtlich war es aus mit mir.

»Und?« Er warf mir einen skeptischen Blick zu.

»Deutest du damit an, dass er ein schlechter Freund ist?«

Er schüttelte den Kopf, ehe er mit einer Hand durch sein Haar fuhr und dadurch unerhört attraktiv aussah. Gut, dass ich mir im Klaren darüber war, dass er das Raubtier und ich die potenzielle Beute war.

»Aber er ist ein Vampir. Du bist eine Hexe ... und eine Jägerin«, fügte er noch leiser hinzu. Er hatte sich im Gehen zu mir vorgebeugt. War mir so nahe, dass sich unsere Schultern streiften und ich seinen Atem auf meiner Wange spürte. Nur kurz sah ich auf seine Lippen, ehe sich Hitze in mir ausbreitete.

Bilder seines gestählten Oberkörpers schlichen sich in meine Gedanken, die sich keinesfalls darum drehen sollten. Eigentlich sollten sie sogar davor zurückschrecken.

Was war das mit diesen Vampiren und meinen Reaktionen? Hatte ich es so nötig?

Vielleicht.

»Wenn es ihn nicht stört …«, erwiderte ich in dem Versuch, mich möglichst lässig und unbeteiligt zu geben, was mit dem Keuchen kaum funktionierte.

»Stört es dich nicht?«

Ich öffnete den Mund, ohne zu wissen, was genau ich sagen wollte.

Es *sollte* mich mehr stören, als es tat. Das war mir bewusst, und das war etwas, das ich weder Tian noch Jamie sagen könnte. Niemand würde es verstehen. Zumindest keiner von beiden.

Umso besser, dass wir in den Raum gelassen wurden, in dem Tian mit Crosspin würde reden dürfen. Zu Tians deutlichem Verdruss war dieser jedoch nicht allein, sondern befand sich in Gesellschaft von einem Dutzend weiterer Vampirinnen und Vampire. Ich ging zumindest davon aus, dass sie alle Untote waren, nachdem ich ein paar Fangzähne erspäht hatte.

»Du musst dort warten«, sagte Tian und deutete mit einer Hand an die Wand, wo bereits zwei andere Hexen standen. Sie blickten stur geradeaus, als würde es sie nicht im Mindesten kümmern, was hier vor sich ging. Sie sahen sich so ähnlich, dass ich im ersten Augenblick dachte, es handelte sich bei ihnen um Schwestern. Die dunkelbraunen Haare streng zusammengebunden, die Mundwinkel nach unten verzogen und die Hände im Rücken verschränkt. Sie trugen zudem beide braun-graue Kleider und Schürzen, als würden sie gleich schon den Kochlöffel schwingen. Auf den zweiten Blick sah ich jedoch die Unterschiede in ihrem Aussehen. Der längere Nasenrücken bei der einen und die weit auseinanderstehenden Augen bei der anderen. »Verzeih, es …«

»Mach nur, wofür wir hergekommen sind«, unterbrach ich ihn, nachdem ich den Blick von ihnen hatte lösen können, und begab mich an meinen zugewiesenen Platz. Nach und nach kam ich wieder zu Atem. »Hallo«, begrüßte ich die Hexen, die etwa in meinem Alter waren.

Keine von ihnen grüßte zurück. Aus der Nähe bemerkte ich ein paar fast verheilte Blutergüsse, Narben und Kratzer auf ihren Gesichtern, Hälsen und den entblößten Unterarmen. Dadurch hatte ich sie auch als meine Leidensgenossinnen erkannt. Zudem zeichneten sich bei ihnen an den Unterarmen ebenfalls die magischen Stäbchen unter der Haut ab.

Hätte ich keine roten Haare gehabt und nicht die kostbare Kleidung getragen, hätte ich für die Anwesenden wahrscheinlich ganz genauso wie sie gewirkt. Verletzt und gebrochen.

Ich wandte mich innerlich seufzend dem chaotischen Raum zu, in dem sich alle miteinander unterhielten. Manche redeten im Stehen, andere saßen an dem länglichen Tisch und diskutierten über ausgebreiteten Unterlagen.

Niemand von ihnen stach wirklich aus der Masse hervor. Nun, niemand außer Tian und dem Vorsitzenden Crosspin.

Crosspin hatte langes weißes Haar, das er sich bis auf die Schultern gekämmt hatte. Im Kontrast dazu stand seine dunkelbraune Haut, die glatt und makellos wirkte. Keine Falten. Ich konnte nicht mal ansatzweise erraten, wie alt er war, doch dass es sich bei ihm um einen Kronvampir handelte, wurde selbst mir schnell klar. Seine Aura war zu mächtig. Zu allumfassend. Selbst wenn er wie jetzt schweigend am Kopfende saß und das Geschehen aus klugen dunklen Augen beobachtete, strahlte er eine irritierende Einzigartigkeit aus.

Jeder im Raum war sich seiner Anwesenheit gewahr. Ich war mir sicher, dass alle ihn ununterbrochen aus den Augenwinkeln beobachteten und auch die kleinste Regung wahrnahmen, um sofort zu reagieren. Ihn versehentlich zu kränken galt wohl als einer der schlimmsten Fehler.

Tian positionierte sich neben Bail, der sich tief verbeugte, und wartete, dass Crosspin ihm seine Aufmerksamkeit schenkte. Dieser hob eine Hand und wedelte einmal.

Als Bail sich aufrichtete und umdrehte, konnte ich sein gemeines Grinsen wahrnehmen. Tian hatte recht. Er konnte wohl wirklich niemanden leiden.

Kleiner Giftzwerg. Er sollte froh sein, dass ich ihm beim Hinausgehen kein Bein stellte. Das hätte Crosspin sicher mehr amüsiert als die eintönig wirkenden Diskussionen über den Etat der Stadt und die wenigen Hexen und Hexer, die sich mittlerweile finden ließen.

Glühender Hass auf diese Ratsmitglieder flammte in mir auf. Sie betrachteten uns Hexen und Hexer wie Menschen ihre Haustiere. Nur weniger liebevoll.

Nutztiere wäre wohl der passendere Begriff.

Waren Tian und Jamie wirklich anders?

Ich wünschte, ich könnte mit jemandem über meine widersprüchlichen Gefühle sprechen. Doch solange ich eine Gefangene war, müsste ich alle Entscheidungen mit mir selbst ausmachen. Und mich zur Vernunft zwingen.

»... eindeutig Blutfae!«, ereiferte sich eine gedrungene Vampirin mit Turmfrisur und rot gepuderten Wangen. Sie schlug mit der geballten Faust auf den Tisch, der daraufhin erzitterte. Missbilligend runzelte Crosspin die Stirn, und obwohl sie nicht direkt in seine Richtung sah, versteckte sie die Hände eilig in ihrem Schoß. »Am Rande von Woodpine. Meine Quellen sind vertrauenswürdig. Wir sollten uns alle hier versammeln und eine Lösung finden.«

»Ist ja gut, Ms Ellewy.« Crosspin sprach, und alle übrigen Gespräche verstummten. Innerhalb eines Augenblicks wurde es so still in dem mit kostbarem, dunklem Holz ausgestatteten Konferenzraum, dass man eine Stecknadel auf den Boden hätte fallen hören können. »Sprechen wir später in allen Einzelheiten über die Wiederauferstehung der Blutfae.« Seine Wortwahl und der Unterton in seiner Stimme ließen keine Zweifel darüber aufkommen, dass er ihre Panik für weibliche Hysterie hielt. Mistkerl. Ich wusste zwar so gut wie nichts über Blutfae, aber ich hätte mir zumindest angehört, was genau Ms Ellewys Quellen beobachtet hatten. »Wollen wir für den Moment lieber hören, was unseren geschätzten Mr Montgem zu uns treibt. Ist der Tag zur Nacht geworden? Hat sich der Mond rot gefärbt? Fast habe ich vergessen, wie du aussiehst, alter Freund.«

»Mein Aussehen ist kaum von Belang in Anbetracht der Tatsache, dass der Wilde Wald in mein Haus eingedrungen ist«, entgegnete Tian spitz und souverän. Sämtliche Aufmerksamkeit galt ihm, wie Crosspin es beabsichtigt hatte. Das kurze Auflodern von Ärger in seinen Augen verriet mir jedoch, dass er vorgehabt hatte, Tian bloßzustellen.

Warum, war mir schleierhaft.

»Der Wilde Wald? Wie ist das möglich?«, fragte jemand.

»Was ist passiert?«

Tian verlor keine Zeit, die Geschehnisse so präzise wie möglich wiederzugeben. Ich war überrascht, wie nah er an die Wahrheit kam. Ruglio hatte ihm in Gebärdensprache alles mitteilen können.

»So ein Geschöpf gibt es nicht!«

»Ich glaube ihm!«

Das ging eine Weile so hin und her. Weder Crosspin noch Tian mischten sich ein. Ich spürte immer noch die Wut in mir, die auch jetzt nicht verpuffte. Wie konnten sie Tians Worte in Zweifel ziehen? Was würde es ihm bringen, diese Lügengeschichte vor aller Augen zu spinnen?

Manche von ihnen hörten sich zu gerne reden.

»Das würde die Sichtung von Blutfae erklären«, sagte Ms Ellewy.

Der Vampir, der sie auch vorher angesehen hatte, als hätte sie einen im Tee, verdrehte die Augen. Jeden Anschein von Respekt verlierend.

Sie fletschte ihre Zähne in seine Richtung.

»Was? Du glaubst doch nicht etwa wirklich das Märchen von der wechselseitigen Beziehung zwischen Blutfae und Wildem Wald? Mach dich nicht lächerlich, Fiona.«

»Sie sind verschwunden, als der Wilde Wald verschwunden ist. Das ist kein Zufall. Und wenn du das doch glauben willst, *Pederus*, dann solltest du das schleunigst überdenken.« Ms Ellewy wandte sich stur von ihm ab.

Mein Verstand ratterte. Was hatten mich meine Tanten gelehrt? Blutfae waren, anders als das Vampirvolk, lebendige Wesen. Ihre Herzen schlugen noch, und statt kreiert zu werden, wurden sie geboren. Von Blut ernährten sie sich jedoch auch, was die Unterscheidung manchmal schwer gemacht hatte.

Seit einem Jahrhundert oder länger galten die Blutfae allerdings als ausgestorben.

»Blutfae gibt es nicht mehr, weil unsere Vorfahren – und ich eingeschlossen – sie ausgerottet haben. Was den Wald und seine Magie angeht …« Crosspin warf Tian einen Seitenblick zu. »Darüber werden wir uns in der nächsten *offiziellen* Sitzung beraten.«

»Was ist mit der Wilden Jagd?«

Alle Blicke richteten sich jäh auf mich. Die Hexe neben mir rückte von mir weg. Das Zeichen hätte nicht deutlicher sein können: Zu dir gehöre ich nicht.

Ehrlicherweise hatte ich nicht vorgehabt, die Frage laut zu stellen. Offenbar hing ich aber nicht sehr an meinem Leben. Nicht mal Tian könnte mich vor einem Dutzend Kronvampire beschützen, selbst wenn er es gewollt hätte. Was an und für sich schon unwahrscheinlich war.

Aber ein Mädchen durfte träumen ...

»Und wer bist du?« Crosspin sah mich mit verengten Augen an, doch jemand anderes hatte gesprochen. Pederus. Die Abneigung in seiner Stimme machte meiner eigenen, die ich für ihn empfand, Konkurrenz.

»Das ist Billie. Sie arbeitet für mich«, antwortete Tian, bevor ich Pederus diverse Schimpfwörter entgegenschleudern konnte. »Sie hat gegen das Geschöpf gekämpft.«

Crosspin beugte sich vor und legte die Unterarme auf der Tischplatte ab. »Das hat jedoch nichts mit der Wilden Jagd zu tun.«

»Die Wilde Jagd«, echote jemand Neues angewidert. »Das sind bloß Gerüchte der unteren Klassen, die einen Grund brauchen, um sich zu fürchten.«

»Kein einziger Vampir hat im Entferntesten etwas in der Art gesehen«, stimmte ein anderes Ratsmitglied zu.

»Ich habe sie gesehen«, sagte ich ruhig, Crosspin ansehend, obwohl es das Argument nicht abschmetterte, da ich keine Vampirin war. »Ich bin den Reitern begegnet und habe gesehen, wie ihnen der magische Wald gefolgt ist. Sie haben einen Mann getötet und sich seine ... seine Aura einverleibt.«

Für eine Sekunde herrschte erneut durchdringende Stille, die harsch von dem Gelächter der Anwesenden durchbrochen wurde.

»So ein Stuss!«

»Du musst dein Sklavenweib unter Kontrolle bringen, Montgem!«

»Diesem Luder muss man erst mal Zucht und Ordnung

beibringen, bevor es zu etwas zu gebrauchen ist.« Pederus gackerte über seinen eigenen Kommentar wie ein Hahn am Morgen.

Wut flammte wie ein Inferno in mir auf, und ich stürzte mich auf ihn.

Ich konnte nicht mehr an mich halten. Fühlte einzig den Drang, ihn meinen unbändigen Hass spüren zu lassen. Für seine Unverschämtheit. Seinen Mangel an Einsicht und Empathie.

Für seine Existenz.

Mir gelangen zwei Treffer. Eine Faust gegen sein Kinn und die andere gegen seine Gurgel, ehe mich jemand an den Schultern zurückriss. Ich wollte nicht nachgeben. Wehrte mich mit Händen und Füßen, weil mir plötzlich bewusst wurde, dass ich mich als Hexe in einem Raum voller Vampirinnen und Vampire aufhielt. Völlig wehrlos. Ohne Waffe und ohne Magie.

»Lass mich …«, keuchte ich und stieß meine Ellbogen nach hinten.

Nein, ich war nicht wehrlos. Ich hatte noch meinen Körper, und auch wenn ich müde war, würde er mich nicht im Stich lassen.

Ich verteilte Tritte und Schläge. Bekam das Haar eines Vampirs zu fassen und riss ihn daran zurück, bevor ich jemand anderes in die Schulter biss. Als wäre ich der Vampir und er der Hexer, den ich als meinen Blutbräutigam auserkoren hatte.

Für eine Sekunde kostete ich bereits meine Freiheit, weil ich mir Raum erkämpft hatte. Blind vor Zorn hatte ich kaum noch jemanden unterscheiden können. Aber ich fand die Lücke, und dann … wurde ich mit voller Wucht rücklings auf den Tisch geschleudert. Die Luft wurde aus meiner Lunge gepresst, und schwarze Punkte tanzten vor meinen Augen. Eine Hand zog an meinem Haar, bis meine Kopfhaut brannte. Zähne, die an meinem Hals kratzten.

Ich konnte nicht reagieren. War wie gelähmt, weil ich nicht meine Magie als Notlösung hatte. Weil ich ... allein war.

Nein.

Götter, bitte nicht.

Noch während ich gegen die breiten Schultern meines Angreifers drückte, wurde er grob von mir gerissen. Ich konnte sehen, wie er einer Strohpuppe gleich, gegen die Wand geworfen wurde. Ein fürchterliches Knacken ertönte, und er fiel mit gebrochenem Genick zu Boden. Über mir ragte nunmehr Tian auf.

Zähnefletschend drehte er sich im Kreis und schien jeden einmal zu fixieren. Deutlich zu machen, dass ich in seinem Besitz war.

»Sie gehört mir«, knurrte er.

Stille.

»Bring sie raus, Montgem«, hörte ich Crosspin über das laute Pochen meines Herzens sagen.

Tian fasste mich viel zu sanft am Handgelenk und half mir, mich aufrecht hinzustellen. Sobald ich sicher war, dass mich meine weichen Knie tragen konnten, nickte ich einmal.

Er wirkte so wütend. Angsteinflößend gar, und ich verstand nicht ... Ich verstand nicht, wie das möglich war, dass er diesen Respekt in einem Raum voller Kronvampire einfordern konnte. Waren sie nicht allesamt stärker als er?

Er blieb nicht stehen. Auch nicht, nachdem wir den Raum verlassen hatten.

Ich ließ mich von ihm mitziehen, da ich nicht erpicht darauf war, eine weitere Konfrontation heraufzubeschwören. Obwohl der Zorn weiterhin glühend heiß durch meine Blutbahnen schoss.

Nachdem wir das Rathaus verlassen und den ausgetrockneten Springbrunnen erreicht hatten, entzog ich ihm meine Hand.

Mir schmerzte alles. Nicht nur die Kratzer, die die Flemminge hinterlassen hatten oder die Blutergüsse von dem Monster, sondern vor allem die Beule an meinem Hinterkopf und die Flecken an meinen Armen, wo ich festgehalten worden war.

»Was?«, bellte er, sich zu mir umdrehend. So ungehalten hatte ich ihn noch nie gesehen. Abgesehen von vorhin natürlich.

»Du hättest dich nicht einmischen müssen«, murrte ich, weil ich ihn aus unerfindlichen Gründen reizen wollte. »Sie hätten dich verletzen können.«

»Sie sind mir nicht gewachsen.«

»Warum nicht? Du bist kein Kronvampir.«

»Das bedeutet nicht, dass ich schwach bin, Billie. Ich bin mir fast sicher, dass du weißt, was mit Vampirinnen und Vampiren passiert, die sich allein auf ihre körperliche Überlegenheit verlassen, ohne sie zu trainieren.« Er spielte auf meine Zeit als Jägerin an, und tatsächlich hatte er recht. Solche Vampirinnen und Vampire starben meistens durch meine Hand.

»Trotzdem war es nicht dein Kampf«, beharrte ich.

»Du solltest mir dafür danken. Hast du eigentlich eine Ahnung, was geschehen wäre, hätte ich nicht eingegriffen?« Er rückte zu mir auf und umfasste meine Schultern, als würde er sich wirklich sorgen. Ich wollte nicht in seine Augen sehen und erkennen, dass er ehrlich zu mir war.

»Ich hätte mich ... Ich hätte mich selbst wehren können, wenn ich nicht an dich gekettet wäre«, erwiderte ich nicht nur aus Trotz. Gewissermaßen war es die Wahrheit. Mit meiner Magie hätte ich mir irgendwie einen Vorteil verschaffen können.

»Das bist du aber! Du solltest dich endlich damit arrangieren, anstatt dich kopflos in Situationen wie diese zu stürzen.« Er ließ mich los und wandte sein Gesicht zur Seite. Mit einer

Hand fuhr er sich darüber, während sein Kehlkopf auf und ab hüpfte. Er war so aufgebracht, und ich verstand nicht, wie ich dieses Gefühl in ihm hervorzurufen vermocht hatte.

»Das ist doch Unsinn.« Ich wedelte mit einem Finger vor seiner Nase, damit er mir wieder einen Blick aus seinen blauen Augen schenkte. Götter, seit wann sehnte ich mich danach? Selbst jetzt, da ich vor Wut hätte explodieren können. »Du könntest mich befreien, aber du willst es einfach nicht.«

»Ganz genau. Ich will dich nicht gehen lassen. Und jetzt?« Ich öffnete den Mund, doch kein Wort wollte aus mir hervorkommen. »Schön. Nachdem das geklärt ist, lass uns von hier verschwinden, bevor Crosspin uns noch seine Handlanger auf den Hals hetzt.«

Nur kurz fragte ich mich, warum er das tun sollte. Dann folgte ich ihm schweigend zum Anlegeplatz.

Ihn zum Rathaus zu begleiten war ein großer Fehler gewesen. Ich fühlte mich nicht mehr wie ich selbst. Ihm die Schuld zu geben war am einfachsten.

16

Tian nahm Jamies Einladung schließlich an.

Seitdem wir im Rathaus gewesen und ich seiner Meinung nach mit meinem Auftritt alles vermasselt hatte, hatten wir kaum ein Wort miteinander gewechselt. Es gab nichts zu sagen.

Zumindest nichts, das ich äußern oder hören wollte.

Ich verstand nicht, warum er ein derartiges Fass aufmachte. Der Rat hatte ihm ohnehin nicht geglaubt. Er würde nichts unternehmen, was den Menschen oder den Hexen und Hexern zugutekäme. Solange sie nicht direkt von dem Wald oder den Reitern bedroht wurden, würden sie sich weiter im Nichtstun üben.

Bis dahin war mir nicht klar gewesen, dass ich mit meiner Jagd lediglich ein Tropfen auf dem heißen Stein gewesen war. Erst durch Moth hatte ich mich an höher gestellte Ziele getraut und sie erledigt. Wenn Hugh nicht davon gelaufen wäre, hätte ich irgendwann den Rat ausgelöscht? Wäre dies das Finale gewesen? Ich hatte an dieses Vorhaben kaum einen Gedanken verschwendet ...

Jetzt würde ich es freiwillig tun. Alles, um Crosspins und Pederus´ ungläubige Blicke zu sehen, wenn ich sie köpfte.

Dieser Entschluss schwelte in meinem Inneren. Er wartete auf den Tag, an dem ich Hugh gefunden hatte. Das wäre auch der Tag, an dem ich den Rat endgültig ausschalten würde.

Das war es, was meine Art brauchte. Freiheit.

Ich erfuhr von Kit, dass wir Jamie besuchen würden. Sie teilte mir außerdem mit, dass ich als Gast und nicht als Bedienstete eingeladen war.

»Bedeutet was genau?«, fragte ich, um ihr nicht meine aufsteigende Aufregung zu zeigen.

Auf diesen Moment hatte ich hingefiebert. Ein Ausflug mit allen zusammen, bei dem der Fokus nicht auf mir lag. Ich müsste bei Jamie nur eine Gelegenheit kreieren, in der ich mich davonstehlen könnte.

Das, was ich dafür tun musste, verdrängte ich für den Moment. Im Licht dessen, dass ich immer noch keine Ahnung hatte, wo sich Hugh aufhielt, erblasste alles andere.

»Du musst deine Uniform nicht tragen«, sagte Kit. Sie hatte sich bereits umgezogen und trug ein meerblaues Samtkleid, das sich an ihre Taille schmiegte.

»Aber du zwingst mich jetzt nicht, auch in ein Kleid zu steigen, oder?« Das würde meine Pläne nicht zunichtemachen, allerdings deutlich erschweren. In einem Kleid ließ es sich schwer durch das nächtliche Westwend rennen, ohne davon beeinträchtigt zu werden.

Nachsichtig lächelnd sah sie mich an.

»Dir wird freie Hand gewährt. Aber wäre ein Kleid nicht mal schön zur Abwechslung?« Sie betrachtete sich einen Moment länger im mannshohen Spiegel, der sich in meinem Schlafzimmer befand. Ich konnte mich nicht daran erinnern, wann ich das letzte Mal in ein Kleid gestiegen war, und wollte heute nicht damit anfangen. »Wie geht es deinem Rücken eigentlich?«

»Besser. Deine Salbe hat ausgezeichnet geholfen. Ein paar Narben werden wohl zurückbleiben.« Seltsamerweise schien es mir eine halbe Ewigkeit her zu sein, dass ich auf dem Markt ausgepeitscht worden war. Es war so viel geschehen. Nicht nur äußerlich. Meine Prinzipien und die Grenzen, die ich einst aus Selbstschutz gezogen hatte, wirkten nicht mehr ganz so klar wie vor meiner Mission, Hugh zu finden und zu retten. Trotzdem blieb das Ereignis als eine traumatische Erinnerung zurück, vor der ich innerlich zurückschreckte.

»Das tut mir leid.« Ich fing ihren zerknirschten Blick im Spiegel auf.

»Warum? Du hast mehr getan, als ich von dir erwartet hätte.«

»Dann muss dein Anspruch sehr niedrig gewesen sein«, murmelte sie und drehte sich zu mir um.

»War er. Schließlich bist du frei und ich nicht. Ich stehe zwar nicht im Kontakt mit anderen, aber selbst mir war klar, dass die meisten Haushalte uns als Ungeziefer betrachten.«

Kit zuckte bei meinen harschen Worten zusammen.

»Es ist kurios, oder? Wie das Schicksal spielt?« Ihr Kleid raschelte leise, als sie sich zu dem mit Samt bezogenen Hocker begab und darauf sinken ließ. »Wir können beide Magie wirken, aber während deine Art von Vampirinnen und Vampiren verfolgt und versklavt wurde, darf ich frei leben.«

»Zumindest so lange, bis ihnen ein Einfall kommt, wie sie dich ausbeuten können«, gab ich zurück. Ich versuchte, mich nicht von ihren Worten aufreiben zu lassen, doch sie traf die Ungerechtigkeit damit direkt auf den Punkt.

»Da hast du vermutlich recht.« Sie lachte verunsichert. »Wobei ich nicht mehr von großem Nutzen bin, seit sie meinen Zauberstab zerstört haben.«

Der Schmerz in ihrer Stimme und ihrer Körperhaltung ließen mich aufmerksam werden. Auf diese Weise hatte sie sich mir noch nicht geöffnet, und auch wenn ich vorhatte, heute Abend für immer aus ihrem Leben zu verschwinden, konnte ich nicht umhin, als ihr zuzuhören. Schon jetzt machte sich mein Gewissen bemerkbar, weil ich sie zwangsläufig enttäuschen würde. Ich hoffte jedoch, dass sie irgendwo tief in sich erkennen würde, dass Ehrlichkeit zwischen uns existiert hatte. Vertrauen, in einem gewissen Maß.

»Was ist passiert?«

»Meine Geschichte langweilt dich sicher. Außerdem solltest du dich besser fertig machen.«

Ihr Lächeln wackelte, und unwillkürlich ließ ich sie in mein Herz. Bis hierhin war sie mir stets mit Offenheit und Zuneigung begegnet. Ich wollte sie nicht vor den Kopf stoßen.

»Komm schon, ich ziehe mich um, und du kannst alles bei mir abladen. Nur eine Sache zu tun ist ja langweilig.« Als sie mein Lächeln erwiderte und nickte, drückte ich im Vorbeigehen kurz ihre Schulter.

Da sich der Waschraum mit dem begehbaren Kleiderschrank direkt an mein Schlafzimmer anschloss, konnte ich Kit von dort immer noch hören. Während ich ihren Erinnerungen lauschte, besah ich mir ein Kleidungsstück nach dem anderen. Dabei musste ich eine Entscheidung unter zwei Gesichtspunkten treffen: War es für eine Flucht praktikabel genug, und würde es Tian zufriedenstellen, weil ich mich als Teil seines Haushalts bestimmt nicht blamieren sollte.

Andererseits interessierte es ihn wohl herzlich wenig, wie ich mich kleidete. Bisher hatte er nicht gezeigt, dass es ihn kümmerte, was für eine Außenwirkung er und seine Angestellten hatten. Nur als wir das Rathaus aufgesucht hatten, war es ihm wichtig gewesen. Obwohl sie ihm nicht mit dem nötigen Respekt begegnet waren, hatte er sich anständig verhalten.

»Ich bin älter, als du vielleicht denkst. Älter noch als Tian«, begann Kit zunächst zögerlich. »Kirken altern nicht auf die gleiche Weise wie Menschen oder Hexen, aber wir sind auch nicht für immer jung. Ungleich Vampiren. Früher ... Ich habe mein Leben als Rächerin anderer Frauen gelebt. Wann immer sie ungerecht von Männern behandelt wurden und sich beschwerten, bin ich aufgetaucht und habe diese in Schweine verwandelt. Wenn sie sich schon so benahmen, dann konnten sie ja auch so aussehen, nicht?«

»Gefällt mir«, antwortete ich. Es überraschte mich nicht, dass sich Kit für andere eingesetzt hatte. Diesen Eindruck hatte sie sowieso bisher bei mir erweckt. Allein wie beschützend sie sich immer gegenüber Ruglio oder Obambo verhielt sprach Bände.

»Ja, oder?« Ich hörte das Grinsen aus ihrer Stimme, als ich endlich eine schwarze Lederhose gefunden hatte, die ich mit einem grünen Seidenhemd kombinieren konnte. »Leider habe ich irgendwann allen Sinn verloren. Ich ließ mich von dem Machtgefühl tragen und sah bald nur noch Schwarz und Weiß. Wahrscheinlich verurteilte ich mehr als einen Mann zu einem ungerechten Schicksal, einfach weil ich es konnte. Deshalb hätte es mich nicht überraschen sollen ... Nun ja, die Stadt, in der ich lebte, lehnte sich mehr und mehr gegen mich auf. Nicht nur die Männer, sondern auch die Frauen, die ihre harschen Worte eigentlich gar nicht so gemeint hatten. Sie hätten mir ja nie explizit gesagt, dass ich ihre Gatten verfluchen sollte ...«

Meine Hand krallte sich in den glatten Stoff der Hose. Ich ahnte bereits, worauf Kits Erzählung hinauslief und fühlte Verärgerung in mir hochkriechen. Zäh, aber nichtsdestotrotz gefährlich.

»Sie haben sich gegen dich verschworen?«

Stille. Und dann ein leises Ja.

»Es kam plötzlich. Zumindest hatte ich nicht damit gerechnet«, wisperte sie, und ich konnte sie kaum über das Rascheln der Kleidung hinweg verstehen. »Eines Nachts überfielen sie mich, nahmen meinen Stab und brachen ihn in sechs Teile. Sie versuchten, ihn zu verbrennen, doch das funktioniert nicht. Ein Zauberstab stirbt ausschließlich dann, wenn die an ihn gebundene Kirke ebenfalls stirbt. Vor einem Mord schreckten sie aber zurück. Das hielt sie jedoch nicht davon ab, die Splitter überall im Land zu verteilen und mich aus der Stadt zu verjagen. Nur mit den Kleidern am Leib und vollkommen … allein.«

Tränen brannten mir in den Augen ob dieser Ungerechtigkeit.

Natürlich. Kit hatte vielleicht den Bogen überspannt und die Grenze zwischen richtig und falsch nicht mehr erkennen können, aber anstatt das Gespräch mit ihr zu suchen, hatten sie sie auf die grausamste Art und Weise bestraft, nachdem sie Kit für ihre Zwecke benutzt hatten. Sie hatten ihr einen Teil ihrer Existenz genommen. Ihrer Identität. Und dafür hasste ich jeden einzelnen dieser Städter. Wer auch immer sie waren.

»Und seitdem versuchst du, deinen Zauberstab wieder zusammenzusetzen?« Ich erinnerte mich daran, dass sie mich mit den Überresten geheilt hatte.

Sie schniefte kurz. Ich hatte Hemd und Hose angezogen und kämmte noch meine dunkelroten Locken, während ich vor dem Kosmetiktisch saß. Etwas Puder auf den Wangen konnte nicht schaden, oder?

Warum ich mir die Mühe machte, wo ich doch eigentlich nicht weiter auffallen wollte … Eilig wischte ich die Schminke wieder von meinem Gesicht.

»Es ist viel Zeit vergangen, in der ich mich in meinem Selbstmitleid gesuhlt habe«, gestand sie, den Waschraum betretend. Nachdenklich fing sie meinen Blick auf, als ich über meine Schulter nach oben sah. »Ich war erbärmlich. Und eines Tages fand mich ein junger Vampir. Tag für Tag versorgte er mich mit Nahrung und Kleidung, während ich auf den Straßen von Westwend meinem Dasein fristete. Obwohl er ein Mann war, ein Vampir, fasste ich das erste Mal seit vielen Jahren Vertrauen zu einer anderen Person, und ich folgte ihm nach Hause.« Kit wickelte eine Locke um ihren Zeigefinger.

»Tian hat mir das Leben gerettet. Ich würde alles für ihn tun, obwohl er nie etwas als Gegenleistung verlangt hat.«

Das Gewissen regte sich ein weiteres Mal in mir wie eine giftige Schlange, trotz dessen, dass ich mich dagegen wehrte. Ich wollte mich nicht schlecht fühlen, weil ein Vampir auch gut sein konnte. Es war bloß wichtig, dass ich unbeirrt an *meine* Ziele und *meinen* Willen dachte.

Wer würde es sonst tun?

»Das freut mich für dich, ehrlich«, sagte ich, nachdem das Schweigen etwas zu lange andauerte. »Ich hoffe, du findest die restlichen Zauberstabsplitter und bekommst deine Rache.«

Ich erhob mich von dem Stuhl und trat aus ihrer Reichweite. Überraschung zeichnete sich auf ihrem blass gewordenen Gesicht ab.

»Woher weißt du, dass ich Rache möchte?«

»Ach, Kit. Wir sind uns gar nicht so unähnlich, weißt du?« Grimmig lächelnd verließ ich den Waschraum. »Wollen wir?«

Wir saßen eingepfercht zu dritt in der Kutsche. Ruglio kümmerte sich um die Pferde und thronte auf dem Kutschbock. Ich hatte ihm angesehen, wie froh er war, sich *nicht* zu uns quetschen zu müssen.

Fast hätte ich angeboten, mit ihm zu tauschen, doch die schneidende Kälte hatte mich schnell davon abgehalten. Da ertrug ich lieber die unangenehme Spannung zwischen Tian und mir.

Nicht ein Mal hatte er in meine Richtung gesehen, seit wir uns in dem geschlossenen Bereich getroffen hatten, wo die Kutschen geparkt wurden. Kit hatte mir wenige Minuten zuvor Obambos Amulett angelegt, und ich berührte seitdem ständig das spitze Drahtstück in der Tasche meines Umhangs.

»Können wir uns einen entspannten Abend machen? Ohne dass ihr aneinander geratet?« Kit saß neben mir und gegenüber von Tian, was mir nur recht war.

»An mir wird es nicht liegen«, merkte Tian an, der wieder in Schwarz gekleidet war. Einzig das Innenfutter seines Umhangs war dunkelrot.

Ich verschränkte die Arme und blickte nach draußen. Es hatte den ganzen Tag geschneit, sodass wir nur langsam vorankamen. Hier und dort waren Schnee und Dreck zur Seite gekehrt worden. An anderen Stellen mussten sich Pferde und Holzräder einen Weg durch das kalte Weiß kämpfen.

»Billie?« Kit stieß mir leicht mit dem Ellbogen in die Seite.

»Ich weiß nicht, was du meinst«, antwortete ich, weil ich nicht dazu aufgelegt war, nachzugeben. Ein dicker Kloß saß mir im Hals, wenn ich nur daran dachte, was ich in wenigen Stunden tun würde.

Es gab keinen anderen Weg, und trotzdem wünschte ich, es nicht tun zu müssen. Vor allem Kit würde mir nicht verzeihen und ich mir wahrscheinlich auch nicht. Eine andere Möglichkeit offenbarte sich mir jedoch nicht, weshalb es müßig war, mir weiter Gedanken über ihre Reaktion und etwaige Konsequenzen zu machen.

Ich würde tun, was getan werden musste.

»Du machst es mir echt schwer.« Sie seufzte.

»Nicht meine Absicht. Aber als eure Bedienstete hat man ohnehin keine Wahl.«

»Es ist nicht so, als würden wir dich in Ketten mitschleppen«, gab Tian zurück. Sein verärgerter Blick war auf mich gerichtet.

»Wie nennst du das hier?« Ich hob Obambos Anhänger kurz an.

Seine Augen verengten sich. »Du hast es wirklich darauf angelegt, mich zu reizen, oder?«

»Ihr hättet mich zu Hause lassen können.« *Zu Hause.* Was für ein alberner Ausdruck.

»Auf gar keinen Fall. Du hast darauf bestanden, die Einladung anzunehmen. Jetzt kannst du dich auch mit Jamie beschäftigen, damit er endlich Ruhe gibt.« Er lehnte sich zurück und schloss die Augen.

Das Gespräch war beendet.

Ich biss mir auf die Unterlippe, damit ich mich nicht weiter in diese Diskussion reinsteigerte. Tian würde mich nicht weiter provozieren können. Was auch immer in ihn gefahren war, er sollte das mit sich selbst ausmachen, ohne mich in seine Gefühlswelt zu ziehen.

»Ihr seid unverbesserlich«, beschwerte sich Kit, drängte mich aber nicht weiter, zu versprechen, mich zu benehmen.

Jamies Haus war sehr viel kleiner als Tians. Es war schlanker und ragte bloß drei Stockwerke in die Höhe. Ein Spitzdach mit glänzenden blauen Ornamenten rundete das Bild eines edlen Heims ab. Die Fensterläden waren schwarz gestrichen und standen im starken Kontrast zur gräulichen Steinfassade.

Wir mussten ein paar Meter vor dem Haus aussteigen, da wir nicht die einzigen Gäste waren, die gerade in ihren Gefährten ankamen. Ruglio würde sich zunächst darum kümmern, die Pferde unterzustellen, und dann später zur Gesellschaft dazustoßen.

Zu meinem Erstaunen spürte ich nun nicht nur Aufregung über meinen Fluchtplan, sondern auch ein Kribbeln im Bauch, das damit zu tun hatte, dass ich diese Feierlichkeit besuchte, auf der wieder hauptsächlich Vampirinnen und Vampire anwesend sein würden. Nach meiner letzten Konfrontation hatte ich wenig Lust, erneut angegriffen zu werden, und die Angst von damals, so kurz sie auch aufgekommen war, war prägnant gewesen.

Es war das Beste, schnellstmöglich abzuhauen.

Für den Moment blieb ich an Tians und Kits Seite haften, um beide in Sicherheit zu wiegen. Letztere hatte sich bei dem schwarzhaarigen Vampir eingehakt und wirkte erfreut. Ich hatte nicht vergessen, was sie mir vorhin erzählt hatte, und wusste, wie viel mehr in ihr steckte. Schmerz hauptsächlich, mit dem ich mich allzu gut identifizieren konnte.

In einem anderen Leben, zu einer anderen Zeit hätte ich mich vorbehaltlos mit ihr anfreunden können. Doch so wie es stand, würde Tian immer die Oberhand behalten. Er hatte, wie sie selbst gesagt hatte, ihr Leben gerettet, und wenn es hart auf hart käme, würde sie sich für ihn entscheiden. Damit sollte ich mich abfinden.

Wir betraten zuerst einen geräumigen Flur, wo uns eine weibliche Angestellte fragte, ob sie uns unsere Umhänge abnehmen dürfte. Eigentlich wollte ich an meinem festhalten, aber das wäre zu auffällig gewesen, weil niemand anderes darauf bestand.

Im Anschluss begaben wir uns in einen der bereits gut gefüllten Räume. Ich konnte nicht bestimmen, ob die Gäste ausschließlich Vampirinnen und Vampire waren. Vermutlich hätte ich Tian fragen können …

Lieber nicht.

»Da seid ihr ja!« Jamie löste sich aus einer fünfköpfigen Gruppe, die neben dem Kamin gestanden und sich unterhalten hatte. Als hätte er die ganze Zeit Ausschau nach uns gehalten. Er klopfte Tian auf die Schulter, beugte sich vor und hauchte einen Kuss auf Kits Wange. Zum Schluss wandte er sich mir zu. Er näherte sich mir nicht weiter, sonst hätte ich ihm meine Handkante gegen die Kehle rammen müssen. »Billie.«

Mein Herz machte einen Satz, als er lediglich meinen Namen sagte und mich dabei anstarrte. Seltsamerweise musste ich ausgerechnet Tian einen Blick zuwerfen, der seinen Freund stirnrunzelnd musterte. Wir waren beide verwirrt. Er über Jamies Verhalten und ich über meine Reaktion.

»Danke für die Einladung«, nuschelte ich plötzlich verlegen.

»Danke, dass du Tian dazu gebracht hast, sie anzunehmen.« Er zwinkerte mir schelmisch zu.

»Ich kann meine eigenen Entscheidungen treffen«, merkte Tian indigniert an. Konträr zu dem, was er in der Kutsche gesagt hatte.

»Und was hat dich dann bisher davon abgehalten, mich zu besuchen?« Jamie war so gut gelaunt, dass er Tians unterschwelligen Zorn nicht zu bemerken schien. Oder er beschloss, ihn zu ignorieren, weil er sich genauso wenig wie ich einen Reim darauf machen konnte. Er legte einen Arm um die Schultern seines Freundes. Ich rechnete schon damit, dass Tian ihn abschütteln würde, doch zu meinem Erstaunen rührte er sich nicht. Wenn ich es nicht besser gewusst hätte, hätte ich gesagt, dass er die ungeteilte Aufmerksamkeit seines Freundes genoss.

»Deine ganze Art«, antwortete Tian flach.

»Autsch, jetzt hast du mich aber getroffen.«

Ich konnte ein Lächeln nicht unterdrücken. Er lenkte mich von meiner eigentlichen Mission ab, was ich nicht als schlimm erachtete. Sicherlich konnte es nicht schaden, mir ein paar Minuten Pause zu gönnen, ehe ich durch die halbe Stadt gejagt werden würde.

»Ein Lächeln von der zauberhaften Billie? Die Nacht ist wahrlich magisch.«

»Hast du schon zu tief ins Glas geschaut?« Kit schüttelte amüsiert den Kopf.

»Noch nicht tief genug.« Jamie löste sich von Tian und machte einen halben Schritt zurück. Mit einer ausholenden Geste deutete er auf den zum Bersten gefüllten Salon. Es waren so viele Gäste anwesend, dass ich nicht mal die Einrichtung sehen konnte. Die vorherrschenden Farben der Wände und der Decke waren jedoch ein schönes Grün mit Creme, das mir sehr gut gefiel. Jamie besaß einen guten Geschmack. »Macht es euch gemütlich, und mischt euch unters Volk. Oh, da kommt noch jemand.« Damit war er auch schon an uns vorbei gehuscht.

»Ist er immer so?«, fragte ich, bevor ich es mir anders überlegen konnte.

»So?«, hakte Tian nach.

Unwillkürlich hatten wir uns zu einem eigenen Kreis zusammengeschlossen. Keiner von uns schien darauf erpicht, sich *unters Volk zu mischen*.

»So aufgeweckt, so gut gelaunt, so ...« Sorglos? Es imponierte mir, weil ich gerne auch so hätte sein wollen. Das Gewicht meiner verfluchten Existenz drückte mich an den besten Tagen nieder, und an den meisten raubte es mir jegliche Energie. Dennoch war es schön, sich vorzustellen, dass es auch anders sein könnte.

In einer anderen Welt und zu einer anderen Zeit.

»Seit ich ihn kenne, ja.« Er wog den Kopf nachdenklich. »Das bedeutet nicht, dass er keine Schattenseiten hat. Er weiß sie bloß besser zu verhüllen als die meisten.«

Mehr gab er nicht preis, und ich war zu stolz, um nachzuhaken, wie die Freundschaft zwischen ihnen zustande gekommen war. Sie wirkten wie zwei völlig unterschiedliche Personen auf mich. Gegensätze, die sich irgendwie angezogen hatten und nicht mehr voneinander loskamen.

Ich ließ meinen Blick erneut über die Anwesenden schweifen. Die meisten Gäste hielten mit Alkohol gefüllte Gläser in den Händen, die ihnen von den Angestellten des Hauses gereicht wurden. Auch wir wurden gefragt. Während Tian dankend ablehnte, entschied ich mich für einen Brandy, nur um meine Finger zu beruhigen. Ich hatte nicht vor, meine Gedanken mit Alkohol zu trüben, während ich all meine Konzentration benötigte, um heil aus der Sache herauszukommen.

Tian wurde recht schnell in Gespräche mit anderen Vampirinnen und Vampiren verwickelt. Bei ihnen fiel es mir leicht, sie als solche zu erkennen, weil sie mich nach der Vorstellung mit der üblichen Mischung aus Abneigung und Habgier betrachteten. Sie sahen mich als Untergebene an, gleichzeitig wollten sie wissen, ob mein Blut es ihnen ermöglichen würde, aufzusteigen.

Sie brachten Tian jedoch genügend Respekt entgegen, um mir nicht zu nahe zu kommen. Ihre begierigen Blicke konnten sie sich jedoch nicht verkneifen.

Nachdem er und Kit ausreichend beschäftigt und tatsächlich in andere Unterhaltungen miteinbezogen worden waren, löste ich mich möglichst unauffällig von ihnen und testete Obambos Reichweite. Ich nahm an, dass er so lange still blieb, wie ich mich in der Nähe von Kit und Tian befand. Tatsächlich regte er sich erst, als ich durch eine Hintertür auf die Veranda gelangt war.

Wie ich erwartet hatte, bereute ich es, meinen Umhang abgenommen zu haben. Für eine Rückkehr ins Haus war es aber zu spät. Eine bessere Chance würde sich mir nicht bieten.

Es schneite wieder so heftig, dass man kaum die Augen aufhalten konnte. Sollte meine Abwesenheit bemerkt werden, hätten sie große Probleme damit, mich zu verfolgen.

Ich schob die Hand in den Ärmel meiner Bluse, wo ich zuvor im Flur das Stück Draht versteckt hatte.

»Hast du schon genug von der Feier?«

Ich erstarrte. Jamie war leise, fast lautlos zu mir nach draußen getreten. Nur das Zuziehen der Tür hörte ich.

»Es gibt wenig für mich zu feiern«, entgegnete ich, mit der Hand noch am Ärmel.

»Da hast du wahrscheinlich recht.« Nebeneinander stehend blickten wir beide auf den verschneiten, ummauerten Garten hinaus, der an ein weiteres Haus grenzte. Warum fürchtete ich, ihn anzusehen? Er hatte etwas an sich, das vertraut wirkte und Ehrlichkeit von mir verlangte. »Trotzdem bin ich froh, dass du gekommen bist.«

»Warum?« Stirnrunzelnd sah ich zu ihm auf, doch da er immer noch in die Ferne blickte, konnte ich lediglich sein Profil erkennen. Nicht dass es weniger perfekt wäre als sein Gesicht. Das sanfte gelbe Licht der Öllampe, die über uns von dem hölzernen Verandadach baumelte, zeichnete seine Linien weicher, als sie eigentlich waren. Die hohen Wangenknochen, die sich kräuselnden Lippen und die Nase mit dem kleinen Höcker in der Mitte.

Ich konnte ihn nicht einschätzen, trotzdem ...

»Ich mag dich«, sagte er, als wäre das keine große Sache. Mein Herz setzte für einen Schlag aus. »Du bist interessant.«

»Bloß weil ich eine Hexe bin«, zwang ich mich möglichst unbeteiligt zu erwidern. Wahrscheinlich erhoffte er sich genau das Gleiche wie die Vampirinnen und Vampire, die mich drinnen angestarrt hatten.

Er wandte sich mir zu. Seine Lider waren halb gesenkt, als würde er mir die Intensität seines direkten Blicks aus den hellen Augen nicht vollkommen zutrauen.

Ich traute sie mir ja selbst kaum zu.

»Du bist bei Weitem nicht die erste Hexe, der ich je begegnet bin, Billie. Kann ich dich nicht einfach mögen?« Mit einer Hand fuhr er sich durchs dichte silberblonde Haar.

Ich zuckte mit den Schultern, obwohl sich die Nervosität in mir erhöhte. Ihm hier allein so nahe zu sein rief mir seine Gefährlichkeit wieder in den Sinn. Ich konnte die unterschwellige Körperkraft in ihm spüren. Die Muskeln sehen, die sich an den Unterarmen abzeichneten, weil er das Hemd bis zu den Ellbogen hochgerollt hatte. Auch die obersten zwei Knöpfe hatte er geöffnet, sodass ich den Ansatz seines Schlüsselbeins erkennen konnte.

Eilig sah ich ihm wieder ins Gesicht. Mein gesamter Körper spielte verrückt.

»Du kannst machen, was du willst, solange du nichts von mir verlangst.«

Sein schiefes Lächeln löste Dinge in mir aus, die ich nicht bei einem Vampir fühlen durfte. Unabhängig davon, ob es einmal ein Zeitalter gegeben hatte, in dem Hexen- und Vampirvolk in Frieden zusammen gelebt hatten. In dem sie manches Mal gar für ein gemeinsames Leben bestimmt gewesen waren. Wer weiß, ob es das jemals gegeben hatte?

Heute waren wir Feinde.

»Das würde ich niemals wagen.«

»Gut.« Ich biss mir auf die Innenseite der Wange. »Ich möchte dich allerdings um etwas bitten.«

Er wirkte nicht überrascht. »Das erscheint mir ungerecht.«

»Fein, im Gegenzug bin ich dir eine kleine Sache schuldig. Irgendwann.«

Das ließ er sich kurz durch den Kopf gehen. »Worum geht's?«

»Ja oder nein?«

»Ich kann diesem dubiosen Handel nicht einfach zustimmen ...« Trotz seiner Worte zuckten seine Mundwinkel. Ich hatte ihn am Haken.

»Aber meinen freien Gefallen annehmen, kannst du schon?«

Er grinste. »Ah, ich wusste es, du bist eine würdige Gegnerin. In Ordnung. Machen wir das so.«

Als er mir seine Hand anbot, fühlte ich, wie die Nervosität von Furcht ersetzt wurde. Es würde wirklich geschehen.

Zögerlich löste ich die Hand aus meinem Ärmel, um ihm die andere zu reichen. Seine fühlte sich überraschend warm an. Nicht so vampirisch kalt, wie ich erwartet hatte. Wir schüttelten sie einmal, ehe ich mich wieder zurückzog.

»Ich brauche deine Deckung«, sagte ich in der Hoffnung, keinen Fehler damit zu begehen, ihn einzuweihen. »Nur für ein paar Minuten.«

»Und dann?« Er musterte mich so intensiv, dass ich erzitterte. Oder lag das an der Kälte, die sich allmählich in meine Haut biss?

»Und dann ...« Ich hob das kleine Stück Draht an die Kette und sah daran, wie sich seine Augen minimal weiteten, dass er verstand. Irgendwie wusste er sofort, was ich erst nach tagelanger Recherche herausgefunden hatte.

Er stieß ein leises, warmes Lachen aus, ehe er eine Hand hob. Ganz langsam legte er sie mir an die Wange und gab mir somit die Chance, jederzeit zurückzuweichen. Ich wollte ihn jedoch nicht verärgern und blieb, wo ich war.

»Ich verschaffe dir Zeit. Es gibt eine Hintertür im Garten.« Sein Daumen bewegte sich hauchzart über meinen Wangenknochen, bevor er sich vorbeugte. So schrecklich langsam, bis seine Wange direkt neben meiner war. Tiefer noch wanderte sein Atem auf meiner Haut, als ich ihn schließlich an der Stelle unter meinem Ohr fühlte, wo mein Puls am deutlichsten pochte. Dort, wo jede Vampirin, jeder Vampir am liebsten die Zähne versenken würde. Jamie wartete ab. Ich bewegte mich nicht, weil ich die Hitze spürte, die sich in meiner Mitte sammelte. Es war nicht mehr zu leugnen, dass ich mich körperlich zu Jamie hingezogen fühlte. Wenn er mich hier und jetzt geküsst hätte, hätte ich nicht gewusst, was ich getan hätte. Schließlich ließ er die Hand sinken und zog sich zurück. »Viel Glück, Billie.«

Damit drehte er sich um und schlenderte zurück ins Haus,

als wäre nichts geschehen. Die Hände lässig in den Hosentaschen und leise pfeifend.

Ich atmete mehrmals tief durch, weil mir so schwindelig war. Immerhin war mir nicht mehr kalt.

Als ich mir wieder selbst vertraute, drehte ich eilig den Verschluss der Kette nach vorn, sodass ich mühelos mit dem Draht an ihn herankam.

Der Trick bestand darin, dass ich die Magie des Verschlusses mit dem Draht umleitete.

Wenn ich meinen Kopf angestrengt hätte, wäre ich vermutlich allein auf die Lösung gekommen, doch ich war so von dem Geistamulett abgelenkt gewesen, dass ich nicht über die einfache Magie des Verschlusses selbst nachgedacht hatte.

Und abgesehen davon hatte das Öffnen der Kette außerhalb des Anwesens eine schlimme Konsequenz, die ich mir nicht hätte vorstellen können. Jetzt wusste ich von ihr und nahm sie aktiv in Kauf. Musste die Schuld auf meine Schultern laden, weil es *meine* Schuld war.

Der Verschluss ließ sich problemlos öffnen. Die Magie war gestört. Obambo wurde freigelassen, aber so weit entfernt von seinem Häuschen, von seiner Energiequelle, würde er bald schon vergehen.

Tränen bildeten sich in meinen Augen, als ich seinen entsetzten Blick erwiderte. Sekunde um Sekunde verblasste er. Nicht mehr lange, und er würde gänzlich verschwinden.

»Es tut mir so leid, Bam«, flüsterte ich.

Verzweifelt legte ich die Kette auf das Geländer der Veranda und rannte dann die drei Stufen in den Garten hinab. Ich stapfte durch den Schnee, weil ich nichts anderes mehr tun konnte.

Ich würde Kit, Tian oder Ruglio nicht mehr begegnen können, nach dem, was ich ihrem Freund angetan hatte.

Ich rannte weiter, bis ich die Hintertür erreicht hatte. War von Kopf bis Fuß bereits voller Schnee. Das kälteste Eis aber saß tief in meinem Herzen fest. Kein Feuer der Welt würde es schmelzen können.

17

Nachdem ich durch die Tür gelaufen war, hielt ich nicht mehr an. Ich hatte während der zwei Wochen in Tians Haus viel von meiner Ausdauer eingebüßt, aber ich war immer noch fit genug, um weiterzurennen. Das, was mir an Muskeln und Luft fehlte, machte ich mit Entschlossenheit wett.

Erst, als ich die Grenze zum Zentrum erreicht hatte, hielt ich inne. Nahm mir Zeit, einen kurzen Moment darüber nachzudenken, was ich hier tat.

Zum Glück war aufgrund des Schneesturms kaum jemand auf den Straßen, sodass sich niemand über meinen Aufzug und den Mangel an Kleidung wunderte. Andererseits hätte ich auch gut und gerne eine Vampirin sein können, die die Kälte nicht spürte.

Wind und Schnee peitschten mir ins Gesicht, und einzelne Flocken verfingen sich in meinen Wimpern, schmolzen auf meinen Lippen und kitzelten in meiner Nase. Was auch immer ich vorhatte, ich sollte mich beeilen.

Mein Plan hatte vorgesehen, zuerst Moth aufzusuchen und sicherzustellen, dass es meinen Tanten gut ging. Bis gerade war mir dieses Vorhaben einleuchtend erschienen, wäre meine Angst nicht mit mir durchgegangen.

Angst, dass Moth mich festhalten könnte, ohne dass er mir die Möglichkeit gab, Hugh zu finden. Außerdem wollte ich meinen Tanten nicht mit leeren Händen begegnen.

Allein bei der Vorstellung, wie verzweifelt mich Hughs Mutter ansehen würde, wurde mir ganz flau im Magen. Natürlich würde mir Elma auch weiterhin an nichts die Schuld geben, doch ... Nein. Es gab noch einen anderen Weg.

Ich machte auf dem Absatz kehrt und kaperte an einem der unzähligen Stege an der Sanil ein unbeaufsichtigtes Fischerboot. Es war nur eine Überfahrt von weniger als zehn Minuten, bis ich das andere Ufer erreicht hatte und das Boot an einem anderen Steg befestigte. Ich holte die Ruder wieder ein und rannte von dort aus zur Markthalle. Direkt in die metaphorische Höhle des Wendigos. Wenn ich von jemandem entdeckt werden würde, dann dort.

Deshalb war das Erste, was ich auf dem Mitternachtsmarkt tat, einen Umhang mit dem wenigen Geld zu erstehen, das mir Kit für Besorgungen gelassen hatte. Ich warf die Kapuze des einfachen schwarzen Umhangs über meinen Kopf und hielt mich möglichst am Rand des Geschehens.

Es war bei Weitem nicht so voll hier, wie ich gern gehabt hätte. Das Wetter hielt wohl viele davon ab, das Haus zu verlassen.

Obwohl sich alles in mir dagegen sträubte, näherte ich mich im Eilschritt dem Sklavenstand. Drumherum gab es nur geschlossene Stände, die mit dicken Planen umwickelt waren. Entweder machten die Inhaberinnen und Inhaber Pause, oder sie hatten es in dem Sturm nicht zu ihrem Arbeitsplatz geschafft.

Besser für mich.

Ich hielt mich dicht an den Holzwänden der Stände und sah mich aufmerksam um. Das Büro der Hexenhändlerin befand sich in der hintersten Ecke. Lediglich ein paar grüne Zypressen sowie eine Bank und das Podest standen drum herum.

Abgesehen von einem länglichen Fenster rechts neben der Tür gab es keine Möglichkeiten, hineinzusehen. Immerhin drang kein Licht von innen nach draußen. Für heute war auch dieser Stand geschlossen.

Ich wollte keine Zeit damit verschwenden, erst eine Weile herumzulungern, um die Lage weiter zu überprüfen. Stattdessen bewegte ich mich zur Tür und klopfte drei Mal schnell hintereinander an.

Niemand reagierte. Ich klopfte nochmals. Stille.

Ein letztes Mal drehte ich meinen Kopf, und als niemand in Sichtweite war, machte ich mich an dem Schloss zu schaffen. Ohne Magie bewerkstelligte ich das nicht ganz so geschmeidig, doch mit dem Drahtstück, das ich behalten hatte, gelangte ich schnell genug zu einem Ergebnis.

Das darauffolgende Klicken war äußerst befriedigend. Eilig schlüpfte ich in den dunklen Raum, in den bloß Licht durch das Fenster hereindrang. Es roch nach morschem Holz, verfaultem Obst und altem Tabak.

Links von mir gab es ein Regal, wahllos vollgestopft mit Schriftrollen. Rechts von mir stand ein massiver Schreibtisch, jeweils ein Stuhl davor und dahinter sowie ein weiteres Regal und ein verschließbarer Schrank.

Nur kurz musterte ich die Schriftstücke auf dem ungeordneten Schreibtisch. Ich bezweifelte, dass die Händlerin wichtige Informationen offen liegen lassen würde.

Obwohl ich Schwierigkeiten damit hatte, im Dämmerlicht richtig zu sehen, war auch das Vorhängeschloss des mannshohen Holzschranks kein Hindernis für mich.

Ich zog beide Türen auf und fand mich absoluter Leere gegenüber. Es gab weder Regalbretter noch eine Kiste oder irgendwas, das es wert gewesen wäre, zu verschließen. Konnte das sein?

Stirnrunzelnd tastete ich die Seitenwände und die Rückwand ab. Nichts.

Irritiert schloss ich die Türen und öffnete sie wieder.

Warum sollte sie den Schrank sonst abschließen? Als Köder?

Ich war noch nicht bereit, aufzugeben, ging in die Hocke und tastete auch den staubigen Schrankboden ab. Nur, dass dieser nicht staubig war.

»Interessant«, murmelte ich und klopfte gegen das Holz. Das klang definitiv nach einem Hohlraum.

Ein paar Sekunden später hatte ich den Mechanismus gefunden. Ich drückte mit dem Zeigefinger gegen die Erhebung an der Seite des Schranks, und die Luke wurde nach oben aufgedrückt. Zum Vorschein kam ein dicker lederner Einband.

»Hab dich.« Das Buch war noch schwerer, als es aussah, und ich wäre fast nach hinten übergekippt, bei dem Versuch, es auf meinen Schoß zu hieven.

Im Dunkeln kam ich jedoch nicht weit. Ich konnte kaum die Seitenzahlen lesen. Eilig positionierte ich mich in der Nähe des Fensters und somit im Schein der Laterne draußen, ehe ich Seite für Seite umblätterte.

Zum Glück war ihre Schrift halbwegs lesbar, auch wenn ich von den Namen und Zahlen verwirrt war. Die Seiten waren unterteilt in Spalten mit den Namen der Hexen und Hexer, Namen der Käuferinnen und Käufer sowie den Verkaufssummen. Das Problem war bloß, ich kannte nicht einen einzigen Namen der Aufgelisteten, was mir seltsam vorkam. Es musste doch mindestens eine hochkarätige Familie dabei sein, die sich durch eine Hexe oder einen Hexer eine Konvergenz erhoffte.

Ich blätterte eilig nach hinten zu dem Datum, an dem ich und somit auch Hugh verkauft worden waren. Mir hatte man den wenig kreativen Namen *Rotlocke* gegeben. Statt Tian Montgem stand dort ein Deckname – und dann ging mir ein Licht auf. Natürlich. Die Hexenhändlerin würde sicherlich nicht ihre Kundinnen und Kunden auf diese Art entblößen. Auch wenn der Verkauf vom vampirischen Staat abgesegnet war, gab es unter ihresgleichen oft Machtkämpfe, wer wie viele Hexen und Hexer halten durfte. Die Schwächeren und manchmal auch die Ärmeren befürchteten, nie eine Chance auf den Aufstieg oder auf bessere Verhältnisse im Allgemeinen zu haben.

Verdammt...

Ich riss die Seite mit meinem Namen und hoffentlich auch Hughs heraus, und legte das Buch wieder zurück an seinen Platz.

Auch wenn ich noch nicht wusste, wer Hugh gekauft hatte, hatte ich jetzt immerhin einen Anhaltspunkt. Das war mehr als noch vor einer Stunde. Ich schlich zur Tür und hatte bereits die Hand nach der Klinke ausgestreckt, als ich die energische Stimme der Hexenhändlerin vernahm.

Mein Magen zog sich zusammen.

Ihre Stimme würde ich nie mehr vergessen. Sie hatte sich mit den Peitschenhieben in mein Blut gegraben.

Die Tür wurde ohne Vorwarnung aufgedrückt. Ich stolperte zurück. Das ging so schnell, dass ich nicht verarbeiten konnte, was geschah.

In dem einen Moment versuchte ich noch, mein Gleichgewicht wiederzuerlangen, im anderen wurde ich gegen die Wand gedrückt. Nicht brutal, aber so, dass ich die Dringlichkeit verstand. Es folgte eine Hand auf meinem Mund und Tians wütender Blick aus glühendroten Augen.

Der Vampir hatte mich gefunden.

Das Herz klopfte mir bis zum Hals. Die Stimmen der Hexenhändlerin und einer anderen Person blieben gleich laut, als würden sie nun direkt vor dem Stand stehen.

»Was hast du dir nur dabei gedacht?«, zischte Tian dicht an meinem Ohr. Die Kapuze war mir vom Kopf gerutscht. Er war mir so nahe, dass ich seinen Körper überall an meinem spüren konnte. Mir wurde unglaublich heiß, als hätte er mit seiner Berührung etwas in mir entzündet. Dabei strahlte er nichts als Kälte aus.

Ich versuchte, seine Hand von meinem Mund wegzuschieben, und nur weil er es zuließ, gelang es mir.

Da ich jedoch Angst hatte, entdeckt zu werden, hielt ich meinen Mund, anstatt ihm eine patzige Antwort zu geben. Stattdessen konzentrierte ich mich darauf, wie sich seine Hand an meiner Taille anfühlte. Sie war so groß, dass sie fast um die Hälfte meiner Mitte herumreichte, und den Druck seiner einzelnen Finger spürte ich sogar durch den Umhang und das Seidenhemd.

Der Gedanke, dass er mich aufgespürt und damit meine Flucht vereitelt hatte, kam erst viel zu spät. Er musste gar die Freude verdrängen, die bei Tians Anblick in mir aufgekeimt war. Als wäre er ein guter Freund, mehr als ein Freund sogar, auf den ich gewartet hatte.

Wie konnte ich mich gleich zu zwei Vampiren hingezogen fühlen, nachdem es bisher niemand anderes gegeben hatte, der diese Sehnsucht in mir ausgelöst hatte? Dies sprach gegen alles, was mir meine Tanten beigebracht hatten. Woran ich glaubte.

Doch sobald ich das akzeptiert hatte, könnte ich mich davor schützen, nicht wahr? Sobald man dem Monster, das in einem selbst lauerte, einen Namen geben konnte, war es nicht mehr unbesiegbar.

Oder?

Schließlich wurden die Stimmen leiser, und mir wurde eine weitere unangenehme Konfrontation erspart. Was auch immer die Hexenhändlerin mit ihrem Arbeiter zu besprechen hatte, sie brauchte dafür nicht ihre Unterlagen.

Tian rückte von mir ab und überprüfte durch das Fenster,

ob die Luft rein war. Als er zufrieden war, mit dem, was er sah, nickte er mir zu.

Ohne auf ihn zu warten, stapfte ich nach draußen und machte mich auf den Weg zum Haupteingang der Markthalle.

Ich hatte die Rechnung jedoch ohne ihn gemacht. In Sekundenschnelle hatte er mich eingeholt und sich vor mich gestellt.

»Da lang«, knurrte er und deutete mit einem Kopfnicken auf einen Durchgang zwischen den Ständen.

»Warum?« Ich konnte mir einen schnippischen Unterton nicht verkneifen.

»Der nähere und verstecktere Ausgang«, erklärte er, auch wenn er mit seiner Geduld am Abgrund zu balancieren schien.

Ich gehorchte bloß, weil er mich körperlich nicht dazu zwang, auch wenn er es hätte tun können. Was dachte ich da? Er dürfte alles mit mir in der Öffentlichkeit anstellen, aber ...

Er würde es nicht tun. Das war mir klar.

»Ich hasse dich, Bastard«, zischte ich. »Warum konntest du mich nicht einfach gehen lassen, hm?«

Tatsächlich gab es eine von riesigen Topfpflanzen verhüllte gläserne Eingangstür, die sich leicht aufstoßen ließ. Sofort wurde die angenehme Wärme von grausamer Kälte ersetzt.

»Das ist das Einzige, das dich beschäftigt?«, höhnte er, während wir nebeneinander auf dem gewundenen Pfad schritten. Ich kannte mich nicht aus, hoffte aber, dass wir auf ihm zu einer der großen Straßen zurückfanden.

Um uns herum versperrten Bäume, Hecken und Statuen die Sicht. Zudem schneite es immer noch so heftig, dass auf Tians Schultern nach wenigen Minuten mehrere Flocken liegen blieben. Auch in seinen Wimpern verfingen sie sich und ließen ihn wie einen Schneeprinzen erscheinen.

Einen mörderischen Schneeprinzen.

»Ich weiß nicht, was du meinst.«

»Du kannst mich hassen, wie du willst, Billie, aber was du getan hast ...« Ich blieb abrupt stehen, als er mich mit seinen Gefühlen und Worten mitten ins Herz traf. Auch wenn ich nichts lieber wollte, als wegzulaufen, wandte ich mich zu ihm um, da auch er nicht weitergegangen war. Sein gequälter Gesichtsausdruck war einem Messerstich gleich. Wieder glühten seine Augen rot. Ein Zeichen für den Hass, den er mir entgegenschleuderte. Die Enttäuschung. »Du hast fast meinen Freund auf dem Gewissen, und dir ist es egal. Du kannst von Glück reden, dass Kit immer einen magischen Wohnstein dabei hat, um Bam zu bewahren.« Er lehnte sich zu mir vor, bis sich unsere Nasenspitzen fast berührten. »Glaub mir, ich hätte dich sonst nicht gerettet, sondern auseinander gerissen.«

Er meinte, was er sagte. Ruglio, Kit, Bam ... Sie waren seine Familie, und ich hatte egoistisch gehandelt. Bam beinahe vernichtet.

»Also geht es ihm gut?« Ich wünschte, es hätte einen Weg für mich gegeben, anders zu handeln. Weniger kläglich zu agieren.

»Als ob dich das interessiert.« Er wich mir aus. Dieses Mal war ich es, die ihn zurückhielt mit einer Hand an seinen Fingern, weil ich nach dem erstbesten gegriffen hatte. Sofort ließ ich ihn wieder los.

»Ich wünschte, ich hätte es nicht tun müssen«, rechtfertigte ich mein Handeln. »Ich war ... *bin* verzweifelt, Tian.«

»Nur weil du verzweifelt bist, ist das in Ordnung?«

»Nein. Nein, natürlich nicht.« Ich holte tief Luft. »Es tut mir leid. Wirklich.«

»Nicht nur mir schuldest du eine Entschuldigung.«

»Ich weiß.« Es graute mir jetzt schon davor, in Kits Augen zu blicken. Und Bam ... »Wie hast du mich eigentlich gefunden?«

»Du bist meine … Du gehörst mir, Billie.« Er meinte es auf eine rein platonische Meister-Bediensteten-Art, und trotzdem machte mein Herz einen Sprung. »Dir mag das nicht klar sein, aber uns verbindet etwas. Ich werde dich immer finden.«

Unsere Blicke blieben noch eine Weile ineinander verhakt, als würden wir beide vergessen, wer wir waren und was unsere Bestimmung war. Ich traute mich nicht mal, zu atmen. Suchte er nach Falschheit? Überlegte er, mich in den Fluss Sanil zu werfen und mich meinem Schicksal zu überlassen?

Schließlich setzten wir uns schweigend in Bewegung. Er winkte eine Droschke heran, weil die Zeit knapp wurde, wenn er nicht von der aufgehenden Sonne vernichtet werden wollte.

Im Foyer des Anwesens angekommen warteten Ruglio und Kit bereits auf uns. Kits Augen waren rot und verheult. Ich sah die Ohrfeige kommen und wich nicht aus, weil ich mich fühlte, als hätte ich sie verdient.

»Dir mag er vielleicht nichts bedeuten, aber wir lieben Bam«, sagte sie mit brüchiger Stimme und stürzte die Treppe nach oben.

»Morgen Nacht wirst du mich begleiten«, sagte Tian in meine Richtung. Ein Tonfall, der keine Widerworte zuließ. Selbst wenn ich sie gehabt hätte. Einen Moment länger sah er mich an, ehe er ihr zusammen mit Ruglio folgte. »Sei bereit.«

Wenige Minuten danach stand ich allein auf dem kalten Marmor und unterdrückte die Tränen. Das Papier aus dem Buch in meiner Faust knisternd.

18

Ich konnte in der restlichen Nacht und den frühen Morgenstunden kaum schlafen. Immer wieder wurde ich von Kits vorwurfsvollen Worten heimgesucht. Und Tian, der mich ansah, als hätte er mehr von mir erwartet. Mehr Anstand. Mehr Rücksicht. Wieso fühlte sich die Welt so verkehrt an? Warum sollte ich als Bedienstete ein schlechtes Gewissen haben?

Irgendwann musste ich dann doch eingeschlafen sein, da ich mich fast zu Tode erschreckte, als ich meine Augen das nächste Mal aufschlug und Obambo über mir schwebte.

»Bam!«, rief ich furchtsam, aber er griff nicht an. Es gab tausende rachsüchtige Geister. Warum sollte ausgerechnet er anders sein?

Doch er stöhnte bloß, ohne sich von der Stelle zu bewegen.

Ich rutschte auf dem Rücken unter ihm hindurch und kletterte vom Bett. Mein Blick glitt vom Geist durch die Sprossenfenster nach draußen. Die Sonne hatte sich einen Weg durch die Wolken gekämpft, und der Schnee glitzerte in all seiner majestätischen Schönheit. Es musste bereits Mittag sein.

Kit hatte mich ausschlafen lassen, was nicht aus Freundlichkeit geschehen war. Ganz sicher nicht.

Sie sorgte sich nicht um mich, sondern sie ertrug meinen Anblick nicht.

»Es tut mir leid, Bam«, entschuldigte ich mich, nachdem er sich zu mir gedreht hatte. Der blätterbehaftete grüne Buckel, die abgeknickten Hände der halb ausgestreckten Arme, der offene Mund mit den kleinen weißen Zähnen und die Knopfaugen. Ich hatte mich in den letzten Wochen nicht nur an ihn gewöhnt, ich hatte seine Anwesenheit zu schätzen gelernt. Er war mir zu einem Freund geworden, und ich hatte ihn betrogen, anstatt mir einen anderen Weg zu überlegen. Die Tränen, die ich die ganze Nacht über zurückgehalten hatte, brachen nun aus mir hervor.

Ich ließ mich auf den Boden sinken und schniefte in den Ärmel meines Nachthemds. Immer wieder sagte ich ihm, dass es mir leid tat. Dass ich es nicht wieder tun würde.

Er hätte mir nicht verzeihen müssen. Er hätte sich umdrehen und verschwinden können. Sich auflösen, um mich weiter leiden zu lassen.

Stattdessen schwebte er nah an mich heran, sodass seine Fingerspitzen mein Haar berührt hätten, wenn er dazu fähig gewesen wäre. Genau so harrten wir eine Weile aus, bis ich mich wieder beruhigt hatte.

Als ich mich aufrichtete, stöhnte Bam ein letztes Mal in meine Richtung, dann raste er durch die Wand davon. Ich lächelte sachte.

Einen Freund wie ihn hatte ich nicht verdient. Trotzdem war ich froh, dass er mir eine zweite Chance gab.

Kit ging mir während des gesamten Tages aus dem Weg. Wenn es mir mal gelang, sie in dem riesigen Haus aufzuspüren, warf sie mir einen mörderischen Blick zu und stolzierte davon.

Ruglio ertrug meine Gesellschaft und versorgte mich sogar mit Essen in der Küche. Alles, was darüber hinausging, weigerte er sich zu tun. Er ignorierte alles, was ich sagte, und verzog sich, sobald ich aufgegessen hatte.

Ich konnte es ihnen nicht übel nehmen. Wenn ich ihnen doch nur die Wahrheit sagen könnte ... Würden sie mich dann zumindest verstehen?

Ich bezweifelte jedoch, dass mir Kit momentan überhaupt zuhören würde.

Zwar hatte ich es nicht überprüft, aber ich hegte den Verdacht, dass sie sich Wachs in die Ohren gedrückt hatte, nur um meine Stimme auszublenden. Sie musste sich sehr von mir verraten fühlen, nachdem sie sich mir erst am Abend vorher geöffnet hatte. Sich verwundbar gemacht hatte, weil sie mir vertraute.

»Ich hasse mich doch selbst dafür«, grummelte ich in der Bibliothek sitzend. Trotzdem würde ich es wieder tun, weil es nicht um mein Leben ging, sondern um Hughs.

Den Zettel, den ich aus dem Buch der Hexenhändlerin herausgerissen hatte, in den Händen haltend.

Ich hatte immerhin herausgefunden, welcher Deckname für Hugh stand. *Grauauge.* Ich konnte zwar nicht hundertprozentig ausschließen, dass es in dieser Nacht noch andere mit grauen Augen gegeben hatte, doch sein Name war direkt über meinem vermerkt. Und davor war genau eine andere Person verzeichnet, die an diesem Tag versteigert worden war. Es passte alles zusammen. Immer unter der Voraussetzung, dass sich die Händlerin an die chronologische Reihenfolge hielt. Der Rest ihrer peniblen Dokumentation ließ aber darauf schließen, dass sie eine Ordnungsfanatikerin war, was ihre Ware und ihren Geldbeutel anging.

Außerdem stimmte die Höhe des Gebots, mit dem Hugh ersteigert worden war.

Sollte das also richtig sein, dann war er an einen Haushalt verkauft worden, dem die Händlerin den Namen *Rose* gegeben hatte. Oder den sich der- oder diejenige selbst gegeben hatte. Noch war ich nicht dahinter gestiegen, wie das ganze ablief.

Ich könnte Tian fragen. Sein Deckname stand schließlich auch hier, und er würde wissen müssen, ob er ihn sich selbst ausgesucht hatte oder nicht.

Aus einem Impuls heraus setzte ich mich in Bewegung. Es dauerte eine Weile, bis ich den Vampir in seinem eigenen Haus ausfindig machte. Zunächst klapperte ich die üblichen Räume wie Küche, Salon und Schlafzimmer ab. Doch als ich ihn in keinem von ihnen finden konnte, begab ich mich ins unterirdische Stockwerk.

Dorthin, wo sich seine Werkstatt befand.

Schon im Flur hörte ich das Zischen von Glas, das geschmolzen und neu geformt wurde. Die Tür stand offen, und Hitze prallte mir entgegen, als ich mich in den Durchgang stellte.

Es gab eine lange und breite Werkbank mit zwei Hockern und einer Reihe von Instrumenten, die mir nicht bekannt vorkamen. Glasscheiben und allerlei Werkstoffe waren in scheinbarer Unordnung darauf verteilt. Vielleicht besaß Tian auch sein eigenes Ordnungssystem.

Auf diversen Oberflächen waren unzählige entzündete Kerzen verteilt, die zusammen mit dem Feuer aus dem Specksteinofen das Innere erhellten und lange Schatten an die kahlen Steinwände warfen.

Tian stand an einem kleineren Werktisch, wo er an einem rechteckigen Fenster arbeitete. Vor ihm lagen verschiedene Buntgläser auf der Arbeitsfläche, die er für die Vorlage mit einem erhitzten Werkzeug zurechtschnitt.

Ich lehnte mich gegen den Türrahmen und beobachtete ihn lediglich. Der Drang, mit ihm über meinen Cousin zu reden, verflüchtigte sich, obwohl ich wusste, dass ich es früher oder später tun müsste. Stattdessen genoss ich es, ihn in seinem Element zu sehen. Die Ruhe, die er dabei ausstrahlte, schwappte auf mich über und hüllte mich ein.

»Kann ich dir helfen?«, sagte er nach einigen Minuten, ohne den konzentrierten Blick von seiner Arbeit zu wenden.

»Gerade nicht«, antwortete ich ertappt.

Er grunzte und beachtete mich nicht weiter. Ich sollte ihn nicht länger stören. So wie ich hatte er vermutlich viel mit sich selbst auszumachen. Mittlerweile hatte ich durchaus bemerkt, dass mehr in ihm steckte, als mir anfangs bewusst gewesen war. Oder viel eher, als ich hatte sehen wollen. Er trug eigene, schwerwiegende Geheimnisse mit sich, die ihn von anderen Vampirinnen und Vampiren fernhielten. Gleichzeitig war er standhaft in dem, was er tat und sagte, sonst wäre er niemals in den Rat gewählt worden.

Seine widersprüchliche Art sollte mich verwirren. Stattdessen konnte ich mich mehr mit ihr identifizieren als mit allem anderen in dieser Welt, die die meine und doch vollkommen fremd für mich war.

Da Tian und ich uns am Abend sowieso wiedersehen würden, trat ich irgendwann lautlos den Rückzug an. Etwas weniger traurig. Etwas beruhigter.

Den restlichen Tag verbrachte ich mit Aufgaben im Haushalt und Grübelei darüber, wer sich unter dem Decknamen *Rose* verbergen könnte. Nachdem die Sonne untergegangen war, suchte ich mein Zimmer auf. Tian wartete bereits auf mich. Seine Miene gab nicht das Geringste preis. Keinerlei Anhaltspunkte, ob er mir immer noch meinen Egoismus nachtrug oder ob er mir verziehen hatte.

»Zieh das an, und komm nach unten. Du hast fünf Minuten.«

Schon war er rausgegangen.

Erst danach nahm ich den Stapel Kleidung wahr, den er mittig auf meinem Bett platziert hatte. Robuste und warme Sachen, die mir passten und die ich auch für mich selbst ausgesucht hätte, weil sie perfekt für die Jagd auf Vampirinnen und Vampire waren. Eine weiche waldgrüne Lederhose, ein Unterhemd und ein Leinenhemd, über dem ich eine gefütterte

Weste zuknöpfte, mit Taschen, die ich in Freiheit mit Waffen gefüllt hätte. Dazu legte ich mir den bordeauxroten Umhang um. Zuletzt schnürte ich die dicken Stiefel.

Was hatte Tian heute vor? Er würde mich bestimmt nicht erst einkleiden, um mich dann zu töten und zu verscharren, oder?

Vor dem Spiegel stehend nahm ich meine dicken Locken zu einem hohen Zopf zusammen. Einzelne Strähnen fielen mir sofort wieder ins Gesicht, weil sie zu kurz waren. Meine Wangen waren leicht gerötet. Ein Zeichen meiner Aufregung.

Als ich zufrieden mit meinem Äußeren war, ging ich nach unten. Tian stand breitbeinig und wieder in Schwarz gekleidet im Foyer. Seinen Umhang hatte er mit der Schnalle über seiner linken Brust befestigt, sodass er im Kampf problemlos an sein Kurzschwert käme, das er an seiner Hüfte trug.

In seiner rechten Hand hielt er einen Stock. Vom Durchmesser so breit wie meine Faust und so lang wie mein Arm. Er reichte ihn mir.

»Zu deinem Schutz. Komm mit.«

Er war so forsch und distanziert. So, wie ich ihn mir von Anfang an vorgestellt und es mir auch gewünscht hatte. Jetzt tat mir das Verhalten weh. Das zu realisieren ließ mir zudem klar werden, dass ich ganz schön tief in der Tinte steckte.

Wortlos wog ich den Stock in der rechten Hand und folgte Tian zu den Ställen, die natürlich durch einen eigenen, fensterlosen Zugang erreicht werden konnten. Alles, um der Sonne ausweichen zu können.

Tian hatte insgesamt ein halbes Dutzend Stuten und Hengste, um die sich Ruglio kümmerte, wie er mir mitteilte. Zwei weiße Stuten waren bereits gesattelt und für den Aufbruch bereit.

»Du kannst reiten, oder?«, fragte er in meinen Augen reichlich spät.

Anstatt einer Antwort zog ich mich an der mir am nächsten stehenden Stute hoch und setzte mich in den weichen Sattel. Von so einer guten Qualität konnten meine Tanten und ich für unsere Gäule nur träumen. Ich vermisste sie alle sehr. Seltsam, dass es nur den Gedanken an einen Sattel brauchte, um meine Gefühle durcheinanderzuwirbeln.

Nach kurzem Suchen fand ich eine Schlaufe am Sattel, in der ich den Stock befestigen konnte, ohne dass er mich beim Reiten störte.

Ruglio, den ich bis dahin nicht wahrgenommen hatte, öffnete das große Tor, das nach draußen führte. In meiner Vergangenheit hätte ich mich dafür gerügt, dass ich nicht genauer auf meine Umgebung geachtet hatte. Jetzt brachte ich nicht die Energie auf.

Das Tor befand sich zwischen den vier abgesperrten Ställen und war für die wartenden Pferde leicht zu erreichen. Er hatte sie bereits perfekt positioniert. Ich schnalzte mit der Zunge, und das Tier setzte sich unter mir in Bewegung. Mein Vampir folgte mir in die kalte Nacht hinaus.

Schweigend ritten Tian und ich durch die Straßen von Westwend. Trotz der niedrigen Temperaturen war viel los, und wir mussten darauf achten, im Trab niemanden versehentlich niederzutrampeln. Ich war froh, als wir die Stadt durch das westliche Tor verließen und uns Natur umgab. Da der Nachthimmel ausnahmsweise klar war, reichte das Mondlicht aus, um uns den Weg zu weisen. Eine Eule schrie, und kleine Tiere raschelten im Unterholz. Die Geräuschkulisse war bekannt und heimelig.

Nachdem wir den letzten Planwagen überholt hatten, der die Stadt bald erreichen würde, konnte ich meine Neugier nicht mehr zurückhalten. »Wohin reiten wir?« Die Luft außerhalb des Schutzes der Stadtmauern war klirrend kalt, und ich hatte längst meine Kapuze aufgesetzt. Ich war dankbar für die

Handschuhe, die in dem Kleiderstapel gewesen waren. Tian hatte an alles gedacht.

»Ash Grove.«

Meine Stute wieherte, als ich ihre Zügel unwillkürlich angezogen hatte. »Was zum ...? Hast du den Verstand verloren? Warum würdest du nach Ash Grove reiten wollen?«

»*Wir.* Und es gibt mehrere Gründe«, antwortete er ruhig.

Ash Grove war ein bestimmter Teil des riesigen Waldes, durch den sich der Pfad schlängelte, auf dem meine Tanten und ich normalerweise nach Westwend fuhren. Im Unterschied zum restlichen Wald, so munkelte man, waren in Ash Grove die dunkelsten Wesen zu Hause. Mich hätte freiwillig nichts auch nur in die Nähe gebracht und doch ... jetzt folgte ich Tian, obwohl ich hätte stehen bleiben sollen.

Was war mit mir nicht in Ordnung? Was für eine Macht besaß der Vampir über mich?

Er musste nicht mal mein Blut trinken, mich nicht mit seiner Magie manipulieren, und trotzdem folgte ich ihm.

»Die da wären?«

»Dort haust der Wendigo, der die Dorfbewohner am Rand des Waldes terrorisiert. Wir werden ihn finden und töten.«

Ich hatte fast wieder vergessen, dass er vor einer Weile blutig und verletzt heimgekommen war. Das war meine Chance gewesen, ihn zu vernichten. Stattdessen hatte ich mich um seine Wunde gekümmert.

»Du meinst, wir werden heute Nacht durch einen Wendigo getötet werden? Fabelhaft.« Jetzt da ich wusste, was wir vorhatten, fühlte ich mich beobachtet. Als wäre der Wendigo von unserem Gespräch heraufbeschworen worden, obwohl wir uns noch weit entfernt von Ash Grove befanden. »Warum hast du überhaupt neue Kleidung an mir verschwendet? Wirklich, es wäre kostengünstiger gewesen, mich einfach hinter dir herzuschleifen.«

»Hast du schon immer so negativ gedacht, oder bist du erst so geworden, nachdem man dich versklavt hat?«

»Wow, schwarzer Humor. Ich bin beeindruckt. Du willst mich provozieren, hm?«

»Ich will, dass du endlich mit dem Scheiß aufhörst und uns ernst nimmst.« Als er das sagte, warf er mir einen bedeutsamen Seitenblick zu.

Mein Herz krachte gegen meinen Brustkorb. Wie stürmische Wellen gegen die rauen Klippen. *Uns?*

»Uns? Wovon redest du bitte?« Götter, ein Blick von ihm und ich zerfloss. War fast bereit, alles von mir preiszugeben, nur um ihn gnädig zu stimmen.

»Ich rede davon, dass du Kit, Bam, Ruglio und mich als unwichtige Personen ohne eigene Wünsche und Träume abgestempelt hast. Du denkst nicht an die Konsequenzen, die dein Handeln für uns hat. Wir existieren nicht zu deiner Unterhaltung, Billie. Wir haben ein Leben fernab von dir und das nicht bloß als Randfiguren deiner Existenz.«

»Das ist nicht gerecht. So habe ich nicht von euch gedacht.«

Er machte ein abfälliges Geräusch. »Wahrscheinlich hast du überhaupt nicht an uns gedacht.«

War er ... verletzt? Hatte ich das getan? Wie? So eine Macht konnte ich nicht über ihn besitzen. Das hätte ich doch gewusst.

»Wer denkt jetzt nur an sich?«

»Was meinst du damit?« Seine Stimme hatte einen bedrohlichen Klang angenommen.

»Nicht ihr direkt, aber deinesgleichen hat mich aus meinem Leben gerissen, und du verlangst von mir, dass ich mich einfach damit abfinde? Dass ich komplett vergesse, was es vorher gab? Was ich vorher gewesen bin?«

»Wenn du dich öffnen würdest, würde es uns sicher einfach fallen, einen Kompromiss zu finden.«

»Ach ja? So wie du dich mir geöffnet hast bisher?«

»Einer muss wohl den Anfang machen.«

Ich erwiderte nichts darauf, weil er ganz offensichtlich mich damit meinte. Doch ich sah nicht ein, warum ich das Risiko eingehen sollte. Nur weil ich eine Hexe und er ein Vampir war?

Nein danke.

»Hast du wenigstens die Silberglöckchen mit? Um den Wendigo zu betäuben?«

»Wer braucht die schon?« In der Dunkelheit konnte ich nicht sicher sein, aber ich meinte, ein verschmitztes Lächeln zu sehen.

Immerhin hatte er seine gute Laune wiedergefunden.

»Und du sagst, *ich* sei unmöglich.« Ich verdrehte die Augen.

Dieses Mal schwieg er, was mir recht war. Für den restlichen Ritt konnte ich ausblenden, was uns erwartete. Ich genoss die Illusion der Freiheit, endlich die frische Landluft einatmen zu können und mir einzubilden, nie wieder nach Westwend zurückkehren zu müssen.

Schneller, als mir lieb gewesen wäre, erreichten wir jedoch die Ausläufer von Ash Grove. Erkennbar durch die weiß-grauen Birken, die es im restlichen Nadelwald nur vereinzelt gab.

»Wir lassen die Pferde hier«, verkündete Tian leise, nachdem er abgestiegen war. Nur ein paar Sekunden später hatte er eine Öllampe entzündet, wofür ich ihm mit einem Nicken dankte.

Anders als Vampirinnen und Vampire konnte ich nicht in absoluter Dunkelheit sehen, und da wir uns nun mitten im Wald befanden, reichte das Mondlicht auch nicht mehr aus.

Er beobachtete mich, wie ich ebenfalls von der Stute stieg und sicher auf dem weichen Waldboden aufkam. Ich konnte seinen Blick so spüren, als wären es seine Hände, die über meinen Körper glitten.

Erst als er sich von mir abwandte, gelang es mir, tief durchzuatmen.

Wir banden die Stuten an zwei verschiedenen Ästen an, ehe wir uns mit Stock und Schwert in Bewegung setzten. Hier gab es keinen Pfad, dem wir folgen konnten. Es war feucht und rutschig durch den Schnee, der durch die Äste bis auf den Boden gefallen war und sich mit dem gefrorenen Laub vermischt hatte.

»Woher weißt du, wo der Wendigo ist?«, fragte ich nach einer gefühlten Ewigkeit. Ich war schon vollkommen außer Atem, und Schweiß sammelte sich unangenehm zwischen meinen Brüsten und an meinem Nacken. Immerhin war mir dadurch weniger kalt.

»Weiß ich nicht, aber ich habe einen Köder dabei«, antwortete er und hielt einen Ast aus meinem Gesicht, was ich mit einem Nicken quittierte.

»Was? Wo?« Fragend sah ich mich um.

Als er nichts sagte, sah ich über meine Schulter zu ihm zurück. Die Lampe hielt er in seiner rechten Hand auf Augenhöhe und ließ sie langsam sinken. Dann erst konnte ich den Schalk in seinen Augen erkennen.

»Sag jetzt nicht, du meinst mich«, presste ich hervor. Er zuckte mit den Schultern und wollte weitergehen, doch ich hielt ihn am Arm fest. Grub meine Hand fest in seinen Umhang. »Ich meine das ernst, Tian.«

»Du kennst dich doch so gut mit Wendigos aus. Wusstest du wirklich nicht, dass sie dem Geruch von Hexenblut nicht widerstehen können?« Er legte den Kopf schief und wirkte so herzzerreißend schön, dass ich ihn loslassen musste, um meinen Verstand nicht zu verlieren. Die kobaltblauen Augen, die jetzt das Schwarz des Waldes spiegelten, die vollen, leicht geöffneten Lippen und das dunkle Haar mit den sanften Wellen, das ihm in die Stirn fiel. Er wirkte wie ein gefallener Krieger eines längst vergangenen Zeitalters, der zurückgekommen war, um die Nachfahren seiner Feinde als Geist zu verhöhnen. Ätherisch und gleichzeitig mächtig.

»Ich kann nicht glauben, dass ich mitgekommen bin.« Kopfschüttelnd versuchte ich, meine Gedanken zu ordnen.

»Glaubst du, ich habe dir eine Wahl gelassen?«

»Ja.«

Ich wusste nicht genau, was ihn erstaunte, nur dass er erstaunt war. Trotzdem ließ er das Thema auf sich beruhen.

»Würdest du dir damit in die Fingerkuppe piksen?«, bat er und holte aus einer Glasampulle eine feine Stecknadel hervor.

»Nur für dich«, antwortete ich sarkastisch. Auch wenn ich nicht erpicht darauf war, von einem Wendigo gejagt zu werden, vertraute ich auf Tians und meine Fähigkeiten, nicht als Futter zu enden.

Ich zog meinen linken Handschuh aus, steckte ihn in meinen Hosenbund und stieß dann mit der Nadel durch meine Haut. Rote Blutstropfen quollen hervor.

Tian nahm die Nadel wieder an sich und steckte sie ein, ehe er meine Hand in seine nahm. Ich traute mich kaum zu atmen, als ich seine Haut an meiner spürte. Kalt und doch vertraut. Er drehte meine Hand so, dass das Blut von meinem Daumen auf den Schnee fiel. Rot auf Weiß.

Ich sollte mir eigentlich Sorgen darüber machen, dass mich gleich eine rasende Bestie attackieren würde. Stattdessen kreisten meine Gedanken einzig um Tians Berührung.

Seine Nasenflügel bebten, und mir fiel aus dem Nichts wieder ein, dass er ein Vampir war.

Ein Vampir, der Blut trank.

»Das sollte genügen.« Er ließ mich los, ehe ich selbst zurückzuckte. Ich presste eilig den blutenden Daumen an meine Lippen. »Hier ungefähr habe ich ihn das letzte Mal verloren.«

»Du meinst, du hast dich hier von ihm vermöbeln lassen und dann Reißaus genommen?« Um nicht grundlos zu frieren, zog ich mir den Handschuh schnell wieder an.

Ich bedachte Tian immer wieder mit einem Blick, doch er ließ sich keine Reaktion auf mein Blut anmerken.

Wir verließen die Stelle mit dem Köder, damit wir uns in der Nähe in Deckung begeben konnten.

Ich wusste noch nicht, wie ich mich dabei fühlte, zusammen mit Tian unterwegs zu sein. Auf die Jagd nach einem fürchterlichen Geschöpf zu gehen. Es war gar nicht so viel Zeit vergangen, seit ich ihn hatte erledigen wollen und jetzt waren wir Verbündete?

»So schlimm war es auch nicht«, grummelte er missmutig. Hatte der Kampf seinen Stolz angekratzt? Es amüsierte mich seltsamerweise.

»Hast du die Krallenspuren auf deinem Bauch gesehen? Wärst du kein Vampir, hättest du es nicht mal nach Hause geschafft.«

Tian ging inmitten von Farnen und Gestrüpp in die Hocke und bedeutete mir, es ihm gleichzutun. Es raschelte nur kurz, als mein Umhang den Schnee von den Zweigen streifte. Tian löschte die Laterne und zog sein Kurzschwert hervor.

»Geht es ohne das Licht?«

»Ob ich irgendwas sehe? Nicht wirklich. Und ich merke durchaus, dass du mir ständig ausweichst.«

»Bei den Göttern, du stellst mich auf die Probe.« Ich bildete mir ein, wie er die Augen verdrehte. Erkennen konnte ich nichts. »Du bist normalerweise allein auf der Jagd, oder?«

»Und du nicht?«

»Ich gehe freiwillig allein. Du hast bestimmt niemanden, der dich erträgt.«

»Autsch. Das ist gemein.«

»Trotzdem wirkst du nicht getroffen.«

»Du denkst, du wärst witzig, hm?« Ich musste ein Lächeln unterdrücken, denn anders als ich konnte er sehr gut im Dunkeln sehen.

Wer hätte gedacht, dass ich es einmal lieben würde, mit ihm über Banalitäten zu diskutieren?

Lieben? Das wäre dann doch ein zu starkes Wort …

»Es ist besser für uns beide, wenn wir uns auf den kommenden Kampf konzentrieren.«

»Wie du willst. Du bist der Meister«, entgegnete ich spöttisch und umfasste den Stock fester. Ich war nach wie vor nicht davon überzeugt, dass ich viel damit würde ausrichten können, doch ganz offensichtlich traute mir Tian nicht mit einer Klinge über den Weg. Ich nahm es als Kompliment.

Das Warten machte mir zu schaffen. Abgesehen davon, dass meine Beine von der hockenden Position zu schmerzen begannen, wurde mir kälter und kälter. Schon bald konnte ich mein Zittern nicht mehr unterdrücken.

Meine Augen hatten sich an die Dunkelheit gewöhnt, weshalb ich Tians Blicke mittlerweile wahrnehmen konnte. Leider war er nicht fähig, mich zu wärmen. Weder mit Magie noch mit … Körperwärme. Letzteres hätte ich sowieso abgelehnt, aber da sein Körper ohnehin nichts abstrahlte, war die Option direkt vom Tisch.

Und dann, *endlich*, bewegte sich etwas in unserer unmittelbaren Nähe, das kein kleines Tier auf der Suche nach Nahrung war, sondern der ausgewachsene Wendigo.

Tatsächlich war ich noch nie einem Geschöpf wie diesem begegnet. Ich hatte aus Erzählungen und Büchern mehr über diese Wesen erfahren und auch, wie man ihnen Einhalt gebieten konnte. Doch jetzt setzte die Erkenntnis ein, dass Skizzen und Malereien nicht immer der Realität entsprachen.

Der Wendigo war gewaltig. Größer noch als Tian, obwohl er gebeugt durch den Schnee stapfte. Mit verlängerten Armen und Beinen, die fast noch unnatürlicher wirkten als das Geweih, das aus seiner Stirn emporwuchs. Die Rippenbogen stachen deutlich unter der dünnen Haut hervor und das Maul war riesig und animalisch. Die Reißzähne noch von frischem Blut benetzt, als hätte er gerade erst seine Beute gerissen.

Sobald er seine schwarze Schnauze in den Schnee grub, wo mein Blut hin getropft war, sprang Tian auf. Der Umhang fiel raschelnd von seinen Schultern, und der Vampir preschte mit wenigen Schritten auf den Wendigo zu. Das Kurzschwert erhoben. In tödlicher Präzision schnitt er die Seite des Geschöpfs auf, und Blut schoss in einem Schwall hervor.

Ein tiefes Knurren löste sich aus dessen Kehle und jagte mir einen Schauder über den Rücken.

Wenn ich jedoch gedacht hatte, dass es so einfach werden würde, wurde ich nun eines Besseren belehrt. Der Wendigo schien nicht im Geringsten von der Verletzung beeinträchtigt, als er Tian mit dem Geweih voran zurückstieß. Den ersten Schmerz hatte er schnell verarbeitet. Jetzt kannte er einzig Rache. Sofern ein Wesen wie der Wendigo eines war, das zu so einem Gefühl fähig war.

Vampir und Wendigo umkreisten einander und versuchten, eine Schwachstelle beim jeweiligen Gegenüber zu finden, während ich gerade erst aus den Büschen hervorkraxelte. Ich hatte mich noch nie so unelegant und schwerfällig gefühlt, doch die Kälte hatte meine Gliedmaßen steif werden lassen, und die Dunkelheit erledigte den Rest.

Obwohl sich alles in mir dagegen sträubte, legte ich meinen Umhang ab. Die Kälte biss noch mehr in meine Knochen. Ich würde mich mit dem wallenden Stoff jedoch nicht frei bewegen können.

Da ich Tian auch nicht im Weg stehen wollte, hielt ich mich hauptsächlich am Rand und folgte den Kämpfenden mit meiner eingeschränkten Sicht, als sie sich weiter wie bei einem Tanz bewegten. Den Stock immer erhoben und zu einem Schlag bereit, der vermutlich nicht viel ausrichten würde.

Das große Problem war, dass sie beide so verflucht schnell waren. Schneller, als ich für möglich gehalten hätte. Sie zu beobachten ... Nein, *Tian* zu beobachten, selbst wenn ich zeitweise nur Schemen ausmachen konnte, war beeindruckend. Er war das Raubtier, vor dem ich mich am allermeisten in Acht nehmen musste.

Erst als der Wendigo von Tian in einen abschüssigen Bachlauf gestoßen wurde, hielt der Vampir für einen Moment inne. Sein helles Gesicht wurde in silbernes Mondlicht getaucht, das seinen Weg durch die verzweigten Baumkronen gefunden hatte. Die Lippen mit einem Tropfen Blut benetzt, als hätte er einen Schlag abgekriegt, und die seelenlosen Augen auf seine Beute gerichtet.

Ich wollte losrennen, um dem verletzten Wendigo einen deftigen Schlag gegen den Schädel zu verpassen, als mich Tian mit einem ausgestreckten Arm zurückhielt.

»Lass ihn gehen«, raunte er. Von der Spitze seines Schwerts tropfte zähes dunkelrotes Blut.

»Was?« Hatte ich ihn falsch verstanden?

»Ich muss seine Höhle finden. Erst dort können wir ihn erledigen.« Er zog seinen Arm zurück und fuhr sich mit dem Handrücken über den Mund. Eine Blutspur blieb darauf zurück.

»Warum?« Ich richtete den Blick wieder auf den Wendigo, der sich im Wasser einmal gedreht hatte und nun am Bachufer entlang davonhumpelte. Blut quoll ihm aus unzähligen Wunden. Viele von ihnen hatte Tian ihm zugefügt, ohne dass ich dies mit bloßem Auge wahrgenommen hatte.

Kein Wunder, dass auch ich dem Vampir nicht gewachsen gewesen war. Selbst wenn ich Zugang zu meiner Magie gehabt hätte, würde ich aus einem Kampf als Verliererin hervorgehen.

Was für ein ernüchternder Gedanke.

»Keine Fragen. Komm.«

Obwohl ich mich normalerweise nicht derart abspeisen ließ, biss ich mir auf die Zunge. Wenn wir den Rückzugsort des Geschöpfs erreichten, würde ich bestimmt mehr erfahren.

Es dauerte nicht allzu lange. Wir hielten großen Abstand zum Wendigo, dessen Gang immer langsamer und schwerfälliger wurde. Fast tat er mir leid, wenn ich nicht gewusst hätte, dass er das nächstgelegene Dorf terrorisierte.

Schließlich stolperte der Wendigo den Hügel hinauf, und als wir ihm folgten, sah ich die dunkle Öffnung einer Höhle. Zwischen zwei riesigen Eichen, die diese mit ihren Wurzeln gebildet hatten.

»Und jetzt?«

»Jetzt setzen wir ihm ein Ende.« Tians Grinsen konnte ich selbst in dem Zwielicht erkennen, und es ließ mich erschauern.

Tian war immer noch ein nach Blut dürstender Vampir durch und durch, auch wenn er sich die meiste Zeit zivilisiert gab. Das durfte ich niemals vergessen.

Er rannte los, und ich folgte ihm dicht auf den Fersen. Wobei *dicht* bei seiner Geschwindigkeit relativ war. Als ich die Höhle betrat, hatte er den Wendigo bereits mit dem Kurzschwert zwischen den Rippen aufgespießt. Er drückte ihn allein damit gegen die aus Wurzeln bestehende Wand und wartete, bis er aufhörte, zu zappeln. Die Lippen zusammengepresst. Mehr konnte ich von seinem Gesicht nicht erkennen. Nur die Silhouetten und das dunkle Blut.

Der Wendigo blutete so stark, dass sich die Lache bis zu meinen Schuhspitzen ausbreitete.

Tian ächzte einmal, als er sein Schwert aus dem Körper hervorholte. Das Geräusch, dass er dabei verursachte, ging mir durch Mark und Bein. Eigentlich hätte ich mich nicht als zimperlich beschrieben, aber das ... Es traf mich seltsamerweise.

Mein Magen rumorte unglücklich. Ich war froh, dass ich die Szene vor mir nicht im Einzelnen erkennen konnte.

»Und jetzt? War das dein großer Plan?«

»In der Tat.« Ich zog die Brauen zusammen, in der Hoffnung, mehr erkennen zu können, als er sich umdrehte und scheinbar suchend umsah. Vampirisches Sehvermögen müsste man haben. »Hier ist es.«

Er hatte sich herabgebeugt und ein paar Blätter zur Seite geschoben. Dann griff er nach etwas Glänzendem.

»Was ist das?« Ich wollte mich ihm nähern, aber gleichzeitig nicht ins Blut treten und die schönen neuen Stiefel versauen. Also blieb ich stehen.

»Eine magische Schnalle.«

»Und ... wofür brauchst du eine magische Schnalle?« Einmal abgesehen davon, dass ich nicht verstand, warum der Wendigo im Besitz dieser gewesen war.

»Ich muss sie der Sumpfhexe bringen. Im Gegenzug erfüllt sie mir einen Wunsch.« Er klang nicht im Mindesten ängstlich oder zerknirscht. Er klang eigentlich nach gar nichts, was mich verwirrte.

Noch mehr verwirrte mich allerdings die Tatsache, dass er *Sumpfhexe* gesagt hatte.

»*Die* Sumpfhexe? Hast du den verdammten Verstand verloren?«

19

Wir verließen die Höhle schweigend. Ich vor Wut rasend und er ganz offensichtlich zufrieden mit sich. Nachdem er uns zurück zu unseren Umhängen geführt hatte, entzündete er endlich wieder die Laterne, sodass ich sein blutbesprenkeltes perfektes Gesicht sehen konnte.

Zorn brodelte in mir. Dagegen konnte selbst seine Schönheit nichts ausrichten.

Er hängte die Laterne an einen Ast, damit er die Hände frei hatte, um sich mit einem Tuch das Blut vom Gesicht zu wischen. Ich starrte ihn regelrecht an, in der Hoffnung, das würde ihn zur Besinnung kommen lassen.

Erst nachdem er mit dem Ergebnis zufrieden war, erwiderte er seufzend meinen Blick.

»Deinem Gesichtsausdruck nach wirst du mich nicht begleiten? Zur Sumpfhexe, meine ich.«

»Natürlich komme ich mit. Und dann reiße ich ihr das Herz raus«, zischte ich ungehalten. Um meine Worte zu untermalen, formte ich die Hand zu einer Faust.

Es gab neben den Vampirinnen und Vampiren nur ein anderes Wesen, das derartigen Hass in mir hervorrief, und das war die Sumpfhexe. Sie hatte mehr Schaden für mein Volk angerichtet als irgendjemand sonst in der Vergangenheit.

»Weil du denkst, du weißt, was sie getan hat?« Als er den Kopf schief legte, um mich genau zu mustern, hätte ich ihm am liebsten eine verpasst. Ich war kein Kleinkind, das er mit seiner Überheblichkeit und Arroganz einschüchtern konnte.

»Jede Hexe weiß, dass sie die Schuld an unserer Misere trägt. Das Exil ist als Strafe viel zu lasch. Meine Vorfahren hätten sie auf dem Scheiterhaufen verbrennen sollen.« Ich lockerte meine Fäuste, weil mein Daumen zu pochen begonnen hatte.

»Deine Familie hat dir von ihr erzählt?«

Ich nickte. »Sie ist das reine Böse.« Meine Tanten hatten kein gutes Haar an ihr gelassen. Meine Eltern hingegen hatten ihren Titel nicht ein einziges Mal in den Mund genommen. Stattdessen hatten sie ständig etwas von einer Erlöserin gefaselt, die nie gekommen war.

»Hm.« Er steckte nach kurzer Inspektion sein Schwert in die Halterung an seinem Gürtel und holte die Laterne vom Baum.

»Was? Soll das bedeuten, sie ist es nicht?«

Er zuckte mit den Schultern. »Doch, vermutlich schon.«

Es hätte nicht viel gefehlt und ich hätte die Hände aus Fassungslosigkeit in die Luft geworfen.

»Du bist der Unmögliche von uns beiden«, rief ich aus.

Nachsichtig blickte er mich an. »Ich unterstütze nicht das, was sie getan hat, aber ich brauche ihre Hilfe. Im Gegenzug muss ich ihr diverse magische Gegenstände bringen. Das hier ist der Vorletzte.«

»Du unterstützt sie, indem du sie für deine Zwecke ausnutzt. Du weißt es vielleicht nur noch nicht«, entgegnete ich harsch. »Also, wo geht's lang? Ich will so schnell wie möglich Ash Grove hinter mir lassen. Bevor wir noch weitere Wendigos anlocken.«

»Wendigos sind Einzelgänger, die keine anderen Artgenossen in ihrem Revier dulden.«

»Großartig, wie wäre es dann mit einem Werwolf?«

»Hast mich überzeugt.«

Kopfschüttelnd stapfte ich durch den Schnee drauf los. Wir gingen zurück zu den Stuten und ritten auf ihnen fast eine halbe Stunde in nördlicher Richtung, ehe wir die vereisten Sümpfe erreichten.

Nun, sie waren nicht ganz vereist. Die heißen Quellen reichten aus, um das Eis auf der Oberfläche immer wieder zum Schmelzen zu bringen. Im Allgemeinen fühlte es sich hier auch wärmer an und weniger gefährlich.

Der Schein trog allerdings, da sich in der Mitte des Moores die bösartigste Hexe auf dem gesamten Kontinent befand.

Irrlichter schwirrten um uns herum, als wir den restlichen Weg zu Fuß zurücklegten. Sie versuchten, uns mit schmeichelndem Gesang und angenehmem Leuchten wegzulocken. Wütend schlug ich mit dem Stab nach den kleinen Biestern, die kaum größer waren als mein Zeigefinger. Ihre Körper bestanden aus züngelnden Flammen, die zu groben menschlichen Silhouetten geformt waren.

»Wie hast du die Hexe gefunden?«, fragte ich in das Zirpen und Rascheln des Sumpfes hinein.

»Ich war verzweifelt genug«, antwortete Tian leise. »Und klüger als die meisten anderen.«

»Die meisten anderen?«

Sein Blick sprach Bände. Wieder fühlte er sich mir überlegen. »Glaubst du, ich bin der Einzige, der sich ihre Hilfe erhofft? Obwohl sie im Exil ist und ihr Haus nicht verlassen kann, besitzt sie immer noch Wissen und Macht. Beides darf nicht unterschätzt werden.«

»*Ich* glaube, du überschätzt sie maßlos.« Ich drückte kurz die Lider zusammen, als sich bei mir Kopfschmerzen bemerkbar machten. »Du wirst ausgenutzt und an der Nase herumgeführt und freust dich noch darüber.«

»Im Gegensatz zu dir bin ich ihr schon des Öfteren begegnet. Vielleicht solltest du dir erst mal ein Bild machen.«

Er stockte. »Abgesehen davon, nichts wäre so schlimm, wie nichts zu unternehmen. Ich sterbe lieber bei dem Versuch, Rache zu üben, als es zu bereuen.«

»Rache?«

Er fletschte die Zähne. Mehr, weil er sich selbst rügte, als dass er mir drohte. »Vergiss das.«

»Wie soll ich das vergessen? Tian!« Er ging einfach weiter.

»Können wir nicht darüber reden? Huch, hier sind wir schon.«

Ich war so auf unser Gespräch konzentriert gewesen, dass ich nicht bemerkt hatte, wie die Zypressen um uns herum weniger wurden. Wir hatten den dicht bewachsenen Teil des Sumpfes verlassen und standen nun am Rand eines Sees, in dessen Mitte ein riesiges Haus wie ein breiter Turm in die Höhe wuchs. Zugewuchert und heruntergekommen. Zusammengesetzt aus den verschiedensten Materialien, blau und braun und schwarz und rot. Das Gebäude, das aussah, als würde jedes Mal ein kleineres Haus auf dem Haus darunter wachsen, reichte weit über die höchsten Wipfel der umstehenden Bäume hinaus. Würde man sich ganz oben befinden und hinausschauen, würde man dort bis nach Westwend sehen können?

Alte Schindeln, Holzbalken, die im Wind ächzten, und verglaste Fenster, aus denen goldenes Licht von innen flackerte. Spinnweben, auf denen schwarze Spinnen wankten sowie allmögliches Krabbelvieh, das sich eilig in seine Löcher verkroch.

Ich konnte nicht bestimmen, ob ich fasziniert oder abgestoßen war. Die Magie, die ich trotz des Stäbchens in meinem Unterarm fühlen konnte, wirkte allumfassend bösartig. Abweisend. Als würde sie mich herausfordern, einen weiteren Schritt zu gehen, um mich dann auseinanderzureißen.

»Hast du es dir anders überlegt?« Er sah mich nicht an. Schämte er sich dafür, dass er seine Zunge nicht unter Kontrolle behalten hatte?

Rache. Das Wort hallte noch in mir nach.

Unwillkürlich war ich stehen geblieben. »Lass es uns hinter uns bringen.«

Wir konnten das Haus nur über einen schmalen, glitschigen und algenbehafteten Steg erreichen. Die Irrlichter hatten mittlerweile immerhin ihren Versuch aufgegeben, uns zu verwirren. Anders als erwartet, wurde ich auch nicht von der Magie der Sumpfhexe attackiert, nachdem ich die Insel betreten hatte, auf der das Haus errichtet worden war.

Ich überließ Tian den Vortritt und umfasste den Stab fester. Vermutlich gäbe es nur eine einzige Chance, meine Vorfahrinnen und Vorfahren zu rächen, die während des Hexenaufstands getötet worden waren. Der Aufstand, den die Sumpfhexe angezettelt hatte; sich der Verluste unseres Volkes vollkommen bewusst, aber sie herausfordernd, weil es das Ziel verlangte: die vollkommene Emanzipation von Hexen und Hexern.

Absoluter Mist. Das war nicht möglich, weil das Hexenvolk ohne Vampirinnen und Vampire nicht seine völlige Magie bekäme. Und andersherum würden uns Vampirinnen und Vampire nie in Ruhe lassen, weil sie ansonsten aussterben würden.

Es war ganz und gar nicht so, dass ich mir dies nicht in meinen Träumen ausmalte. Aber ich war Realistin. Das Beste, was wir tun konnten, war, stärker als das Vampirvolk zu werden und die Kontrolle über Wimborne zu erlangen. Damit wir nicht mehr seiner Willkür und Brutalität ausgesetzt wären.

Tian stellte die Laterne neben die hölzerne Tür und klopfte dann drei Mal mit dem versteinerten Hühnerbein an, das als

Türklopfer diente. Von einem ohrenbetäubenden Quietschen begleitet, schwang die Tür nach innen auf. Tian ging als Erster ins zwielichtige Innere, und nach einem letzten Blick über meine Schulter folgte ich.

Nur am Rand nahm ich den vollgestellten Raum wahr. Zusammengewürfelte Holzmöbel, Teppiche, Gemälde, Nähutensilien und ein prasselndes Feuer. Der Duft von getrockneten und verbrannten Kräutern, Vanille und Moschus. Und vor dem Feuer in einem Schaukelstuhl sitzend die alte, hässliche Sumpfhexe, die ein rotes Garn zwischen ihren schrumpeligen Händen hielt.

Ich drängte mich an Tian vorbei und drückte ihr die Längsseite des Stabs gegen die faltige Kehle. Träge sah sie mich aus violettfarbenen Augen an.

»Billie!«, knurrte Tian.

»Ist schon gut«, sagte die Sumpfhexe mit überraschend unverbrauchter Stimme. »Das Kätzchen kann mich nicht töten. Dafür müsste sie erst meinen Fluch brechen.«

»Das soll dein Fluch sein? Ewiges Leben?«, spottete ich.

»Ich soll die Ewigkeit wohl nutzen, um über meine Schandtaten nachzudenken.« Sie legte seelenruhig den Faden zusammen.

»Und? Wie klappt das so?« Verwirrt hielt ich inne. Sie war anders, als ich sie mir vorgestellt hatte.

»Bin noch nicht dazu gekommen.« Als sie grinste, verengten sich ihre Augen und verschwanden fast zwischen den Fältchen.

»Lass sie in Ruhe, Billie.« Tian drückte leicht meinen Oberarm nach unten.

Nach kurzem Zögern senkte ich den Stab und wich einen Schritt zurück. »Glaub nicht für eine Sekunde, dass ich es nicht doch versuchen werde.«

»Warum das Unvermeidliche hinauszögern?« Blitzschnell hatte sie die silberne Schere vom Beistelltischchen genommen und sie sich in ihren Bauch gerammt.

Ich konnte nicht mal reagieren, da hatte sie die Schere wieder rausgezogen. Kein Blut. Keine Wunde.

»Zufrieden? Können wir nun einen Tee trinken? Es verlangt mich nach einer rosigen Kräutermischung.« Sie erhob sich unter dem Rascheln ihres mehrlagigen Rocks und richtete den Schal, den sie sich um ihre Schultern gelegt hatte.

Mir blieb nichts anderes übrig, als mich zurückzuhalten. Der Beweis war da. Natürlich konnte ich ihr nicht vertrauen, und es mochte durchaus einen Weg geben, sie zu vernichten, aber für den Moment gab ich nach. Vor allem da es sich damit deckte, was mir meine Tanten erzählt hatten.

Dass der Fluch der Sumpfhexe darin bestand, zu leben und zu leiden.

Es gefiel mir nicht, trotzdem setzte ich mich an den kleinen, an die Wand gerückten Tisch. Das Holz wies einige Kerben auf, und Splitter ragten raus, sodass es mich davon abhielt, meine Arme abzulegen.

Während ich mich weiter umsah, zog ich die Handschuhe von meinen Fingern. Die Einrichtung wirkte einerseits normal und gemütlich, andererseits fanden sich zwischen den unauffälligen Wohngegenständen Schrumpfköpfe, magische Diagramme und Kristalle. Sachen, die man nicht in einem üblichen Haushalt fand.

Tian hielt die Arme unter seinem Umhang verschränkt, bis sich die Sumpfhexe mit einer bunt bemalten Teekanne und drei Bechern an den Tisch setzte.

»Als würde ich hier etwas zu mir nehmen«, murrte ich.

»Ich wollte nur höflich sein.« Sie grinste mich an, was ganz und gar nicht höflich wirkte. Eher so, als würde sie mich zum Tee verspeisen wollen. Ihr zweigeteiltes Haar – vorne weiß und hinten schwarz – passte zu ihrer oberflächlichen Freundlichkeit, die unterschwellig von Bösartigkeit begleitet wurde.

»Die Schnalle«, sagte Tian und riss damit ihre Aufmerksamkeit an sich, wofür ich dankbar war. Die goldene Schnalle platzierte er neben der Teekanne.

Anstatt sie sofort an sich zu reißen, betrachtete die Sumpfhexe den Gegenstand eindringlich. Nicht mal ihre Finger zuckten vor Verlangen. Entweder wollte sie das Artefakt doch nicht so dringend haben, wie angenommen, oder es gab nun keine Eile mehr, weil es sich bereits in ihrem Refugium befand.

»Es fehlt nur noch ein Objekt«, zwitscherte sie, bevor sie einen Schluck ihres Kräutertees trank. Ich hatte während meiner Lehre bei Tante Frinn nicht so genau aufgepasst und konnte keins der Kräuter am Geruch erkennen. Sie würde mich rügen, sollte ich ihr davon erzählen.

»Du klingst erstaunt«, merkte Tian an. Auch er musterte sie ganz genau.

»Vielleicht bin ich das auch.« Sie zeigte wieder ihr wölfisches Grinsen, was mir ganz und gar nicht behagte. Es war kein gutes Zeichen, sie zufrieden zu sehen. Immer noch konnte ich nicht glauben, dass Tian einen Handel mit ihr eingegangen war.

»So oder so, ich bringe dir das letzte Artefakt, und dann musst du deinen Teil der Abmachung einhalten.«

»Sie hat deine Meinung nicht ins Wanken gebracht?« Die Sumpfhexe zeigte unhöflich mit einem Finger auf mich. Der Nagel war schwarz und verfault.

»Warum sollte sie?« Stirnrunzelnd folgte Tian der Richtung des Fingers mit seinem Blick und landete dann auf mir.

»Interessant.« Sie gackerte leise.

»Wovon redest du?«, fragte ich, weil es Tian offenbar die Sprache verschlagen hatte.

»Ihr solltet gehen.« Abrupter Themenwechsel war wohl eine ihrer ärgerlichen Eigenarten. »Ich befürchte, die Wilde Jagd ist wieder im Anmarsch.«

»Hierher?« Ich sah mich um, was lächerlich war, da ich eigentlich wusste, dass die Wilde Jagd *nicht* hier war.

»Es scheint, als würde sie einzig nach Westwend gerufen werden.« Sie leerte ihre Tasse in einem Zug und schmatzte genüsslich. »Der Wilde Wald wird nach der heutigen Nacht schwer einzudämmen sein.«

Sie sagte *einzudämmen* und nicht *zu vernichten*. Ich wollte ihr nicht glauben, doch ich hatte selbst die Macht des Waldes gespürt, und sie war gewaltig gewesen.

»Was hat das zu bedeuten?« Tian stand abrupt auf und stützte sich auf der Tischplatte auf. Sein Blick bohrte sich in ihren. »Woher willst du das wissen?«

»Ich habe meine Mittel und Wege, um mir wichtige Informationen zu beschaffen. Selbst während ich weiter in diesem öden Gefängnis ausharre.«

»Für ein Gefängnis hast du es dir sehr gemütlich gemacht«, erwiderte ich spitz.

Tian und ich sahen uns an.

Was, wenn sie uns warnte und wir nichts taten? Wenn die geisterhaften Reiter stärker und grausamer wurden und die anderen in Gefahr schwebten?

»Wir gehen«, verkündete Tian.

»Bis zum nächsten und letzten Mal, mein Prinz«, scherzte die Sumpfhexe und blieb an ihrem Platz, ohne uns weiter zu verabschieden. »Aber pass besser auf, mit wem du dich anfreundest.«

Ich zögerte nur eine Sekunde. Fragte mich, ob ich es wagen konnte, mein Glück selbst zu versuchen, sie zu ermorden, und entschied mich dann dagegen. Wenn sie recht hatte, zählte jede Sekunde.

Tian und ich wechselten kein Wort, während wir über den Steg und durch den Sumpf zu den Pferden eilten. Meine Gedanken rasten. Zur einen Hälfte waren sie von Angst getränkt, dass meinen Tanten oder Kit und Ruglio etwas passiert sein könnte, zur anderen wurden sie von Tian und seinem Geheimnis gefüllt.

Warum hatte er heute Nacht auf meine Anwesenheit bestanden? Wieso hatte er mir so weit vertraut, dass er mich in seinen Pakt mit der Sumpfhexe eingeweiht hatte?

Doch er vertraute mir nicht komplett. Behielt die Einzelheiten des Handels für sich. Fürchtete er, ich könnte ihm in die Quere kommen?

Obwohl ich die Sumpfhexe liebend gern getötet hätte, hatte er gewusst, dass es unmöglich sein würde. Nur deshalb war er das Risiko eingegangen, mich mitzunehmen.

Ganz gleich, wie ich es drehte und wendete, sein Verhalten mir gegenüber ergab keinen Sinn.

Es fehlte nicht viel und wir hätten die Stuten zu Boden geritten. Je näher wir Westwend kamen, desto drängender wurde der Wunsch, durchs Tor zu reiten. Dann endlich war es so weit.

Wir erreichten die Stadtmauern ein paar Stunden nach Mitternacht, und sofort umgab uns lautes Geschrei. Es herrschte vollkommene Panik auf den Straßen.

Kein Mitglied der Stadtwache achtete darauf, wer ein- und ausging. Sie waren allesamt damit beschäftigt, die Menschen zu beruhigen, die panisch davonliefen. Aber vor was davonliefen?

Meine Stute wieherte laut, als wir ein paar Schritte in die Stadt hinein gewagt hatten. Sofort erkannte ich die Ursache der Angst.

Der Wilde Wald hatte sich gleich an mehreren Stellen ausgebreitet. War nicht nur an den Hausfassaden zu einer undurchdringlichen Masse herangewachsen, sondern hatte schwarze Bäume und Sträucher mitten auf den Straßen hervorschießen lassen. Wurzeln, die den Boden aufgebrochen hatten. Und überall Eis und Finsternis, aus der solche Geschöpfe entstiegen, die dem ähnlich waren, gegen das Ruglio und ich gekämpft hatten. Sie gewährten den Blick in eine Hölle, die niemand je betreten wollen würde.

»Was zur …?« Ich konnte das alles nicht begreifen. War wie erstarrt.

»Wir brauchen Hilfe!«, rief eine Frau und rannte auf Tian zu. Fasste seinen Stiefel und sah flehentlich in sein Gesicht, als wäre er der Retter, auf den sie gewartet hatte.

20

Wir kämpften Seite an Seite. Das Einzige, worauf ich achtete, war Tian. Ich wollte ihn nicht verlieren. Nicht, weil ich mich um ihn sorgte, sondern weil ich nicht glaubte, allein überleben zu können.

Als ich meinen Stock im Maul eines bärenartigen Wesens mit weißen Klauen verlor, überließ er mir ohne zu zögern sein Kurzschwert. Unsere Hände berührten sich einen wertvollen Moment. Unsere Blicke blieben ineinander verhakt. »Mach ihnen die Hölle heiß«, raunte er und wirbelte herum.

Ich grinste finster.

Mit dem Kurzschwert konnte ich mich viel besser verteidigen, und schon bald hatten wir zumindest die Geschöpfe in unserer unmittelbaren Nähe erledigt. In den wenigen Momenten, in denen ich Tian beim Kämpfen beobachten konnte, spürte ich tiefe Ehrfurcht in mir aufsteigen. So, wie ich ihn gegen den Wendigo hatte kämpfen sehen, bewegte er sich auch hier. Schnell, präzise, tödlich. Ein Tanz der grausamen Finsternis, und ich liebte jede Sekunde davon.

Eine Chimäre mit vier Reihen scharfer Zähne in einem krokodilähnlichen Maul schnappte nach meinem Arm, ehe ich zurückstolperte. Dabei verlor ich beinahe meinen Halt. Tian war an meiner Seite und hielt mich mit seinem Unterarm an meinem Rücken aufrecht. Mir blieb keine Möglichkeit, mich zu bedanken, schon musste ich mit der Klinge zustechen. Blind und unkoordiniert, wie ich mich bewegte, hatte ich dennoch Glück und traf eines der milchigen Augen.

Blut spritzte, und der schwere Körper der Bestie krachte zur Seite, wodurch ich den Griff um das Schwert kurzzeitig verlor. Eilig sprang ich vor und zog die Klinge aus dem leblosen Kopf. Dann wandte ich mich zum nächsten Biest.

Nach einer Weile hatten wir uns eine Verschnaufpause erkämpft. Kein kampfbereites Monster befand sich mehr in unserer unmittelbaren Nähe. Auch die Anwohnerinnen und Anwohner hatten genug Zeit bekommen, den Wald in Brand zu setzen, sodass sich der Qualm in den Gassen und Straßen verdichtete.

Die Hauptsache war, dass keine weiteren Schattenwesen mehr aus dem Wald kamen.

Nach dem entfernten Geschrei zu urteilen, gab es jedoch noch weitaus mehr Orte, an denen Kämpfe ausgefochten wurden.

Ich atmete heftig, die blutige Schwertspitze auf den Boden gerichtet. Mein Arm schmerzte, und meine Stirn pochte. Wir konnten nicht ewig so weiterkämpfen.

»Wir gehen zum Haus«, sagte Tian, als auch er realisiert hatte, dass wir zumindest in unmittelbarer Nähe alles vernichtet hatten. Irgendwann hatte er so wie ich seinen Umhang abgelegt. Sein Hemd, das zwischen dem Ledergeschirr, das er trug, hervorlugte, war an einigen Stellen zerrissen und blutig. Trotzdem bewegte er sich ohne die geringste Einschränkung. Er musterte mich. »Alles in Ordnung?«

Ich nickte. Die paar Kratzer würden mich nicht aufhalten. Zudem wollte ich mir vor ihm keine Schwäche eingestehen.

Da die Pferde längst geflüchtet waren, liefen wir durch die Stadt. Vereinzelnd kamen uns verschreckte und verwundete Leute entgegen, aber kein einziges Wesen, das uns an die Gurgel wollte.

Erst nachdem wir eine der beiden Zwillingsbrücken überquert hatten und uns nur noch eine Gasse von Tians Anwesen entfernt befanden, kamen wir schlitternd zum Stehen. Der Wald war hier so dicht gewachsen, dass er in Sekundenschnelle ein Dach über uns bildete. Auf uns zu trabten jäh die sechs geisterhaften Reiter. Begleitet von dem unheimlichen Klingeln unsichtbarer Glöckchen.

»Verfluchte Götter«, zischte Tian und stellte sich beschützend vor mich.

»Was hast du vor?«

»Ich bin schon tot, vergessen? Geh zurück und bring dich in Sicherheit.« Das, was er sagte, machte durchaus Sinn, dennoch ...

Ich zögerte lange, sodass der Weg hinter mir von einer riesigen Esche, die in die Höhe schoss, versperrt wurde. Da ich den Pflanzen nicht wieder zu nahe kommen wollte, rückte ich näher an Tian heran.

»Was tust du?« Er hatte den Blick auf die sich nähernden Reiter gerichtet und deshalb nicht hingesehen.

»Sagen wir mal so, mein Fluchtweg ist versperrt worden.« Ich drehte mich um. »Nicht dass ich freiwillig bleiben würde.«

Mein Leben für Tians zu riskieren war auf der Unvernunftsskala ziemlich weit oben.

Die Reiter wurden langsamer, bis die Pferde vom Trab in Schritt verfielen. Sie sahen noch ganz genauso aus wie bei unserer letzten Begegnung, die ich erfolgreich verdrängt hatte. Vielleicht hätte ich mir mehr Gedanken darüber machen sollen.

»Wir ...«, begann Tian, kam jedoch zu keinem Ende. Die Reiter waren heute nicht zum Spielen aufgelegt, und mit einem Mal standen sie direkt vor uns. Dabei hatte ich nur geblinzelt. Einer von ihnen hob seinen Speer und zielte damit auf Tian.

Ich konnte nicht sagen, warum ich in Panik geriet. Warum ich glaubte, dass Tian dadurch sterben würde, und warum mir das etwas ausmachen sollte. Ich wusste bloß, dass ich die Macht besaß, all das zu verhindern. Selbst wenn ich nicht verstand, wieso.

Instinktiv sprang ich vor Tian und breitete die Arme aus. Den Blick direkt auf den Reiter über mir gerichtet und den Speer, der Zentimeter vor meiner Brust zum Halten kam. Die Pferde wieherten schmerzhaft laut. Ihre bläulich durchscheinenden Körper waren die einzige Lichtquelle in dieser schwarzen Höhle des Wilden Walds.

Mein Tattoo prickelte erneut, als würden die Motten sich von meiner Haut ablösen wollen. Die Sekunden zogen sich in die Länge. Dann endlich drehten die sechs Reiter ab und galoppierten davon, als hätten sie es sich anders überlegt.

Meine schlotternden Knie gaben nach, und ich sackte unelegant zu Boden.

»Was war das?«, knurrte Tian, der noch versucht hatte, mich an einem Arm aufrecht zu halten. Aber er hatte nicht mit meiner absoluten Kraftlosigkeit gerechnet. »Was hast du getan?«

»Ich weiß es nicht.« Es war keine vollkommene Lüge. »Bitte lass uns von hier verschwinden.«

Ich ließ mir von ihm auf die Beine helfen und erlaubte ihm auch, unterstützend einen Arm um meine Taille zu legen. Nachdem wir die verwunschene Gasse verlassen hatten, erkannte ich, dass sich der Himmel bereits aufhellte. Der Morgen brach an.

Auch Tian musste das aufgefallen sein. Nicht mehr lange und die Sonne würde ihm den Gar ausmachen. Nachdem ich ihm gerade das Leben gerettet hatte, wollte ich das nun wirklich nicht zulassen.

Tian erhöhte die Geschwindigkeit, und ich humpelte neben ihm her, so gut ich konnte.

Erst als wir ins Foyer stolperten, gestattete ich mir, tief durchzuatmen. Kit, Ruglio und überraschenderweise auch Jamie eilten aus einem der Korridore zu uns. Ich war so erleichtert, sie wohlauf zu sehen.

»Was ist passiert? Geht es euch gut?«, fragte Kit erschrocken und kümmerte sich sofort um Tian, der unwillkürlich Abstand zwischen uns brachte.

»War es der Wilde Wald?«, erkundigte sich Jamie, noch bevor wir Kit hatten antworten können. Unentschlossen stand er zwischen Tian und mir.

»Glaub ja nicht, dass ich vergessen habe, dass du Billie bei ihrer Flucht geholfen hast«, sagte Tian, der sich auf die zweitunterste Treppenstufe setzte.

Ich hätte mich gern neben ihn sinken lassen, wollte Kit jedoch nicht auf die Pelle rücken. Deshalb blieb ich an die Wand gelehnt, in der Hoffnung, noch genug Kraft aufwenden zu können, um gleich in mein Zimmer zu torkeln.

»Ich habe gar nichts getan«, entgegnete Jamie nonchalant. Er besaß sogar die Dreistigkeit, zu schmunzeln. So war er vermutlich immer. Tian schien weder beeindruckt noch verärgert.

Nachdenklich sah ich ihn an und fing ungewollt seinen Blick auf. Doch nicht so lässig, wie ich geglaubt hatte. Sorge zeichnete sich auf seinen Zügen ab.

»Exakt.« Tian rieb sich die Augen. »Ich muss mit Billie allein sprechen.«

»Billie will aber nicht mit dir reden«, entgegnete ich.

Jamie verschluckte sich an seinem eigenen Speichel. Ich warf ihm einen mörderischen Blick zu und erhielt als einzige Entschuldigung ein Achselzucken.

»Ich bin sicher, du willst dir auch was von der Seele reden.« Tian erhob sich, sodass Kit zur Seite treten musste. Noch immer hatte sie nicht in meine Richtung gesehen. »Gehen wir in den Salon.«

»Nicht unbedingt«, nuschelte ich als Antwort, folgte ihm jedoch mit mehr Kraft in den Beinen als noch vor wenigen Minuten. Ich spürte die Blicke der anderen in meinem Nacken und wünschte, Tian wäre etwas subtiler gewesen.

Kopfschüttelnd versuchte ich, mich zu sammeln. Seit wann war es mir wichtig, was die anderen von mir dachten?

Es ist längst zu spät, sich darüber Gedanken zu machen. Das stimmte wohl. Ich hatte den Haushalt bereits ins Herz geschlossen, auch wenn es mir am Ende eben jenes zerreißen würde. Anders würde es gar nicht gehen.

Tian hielt mir die Tür auf, um sie nach meinem Eintreten zu schließen. Lauscher unerwünscht.

»Ich weiß wirklich nicht, was dein Problem ist«, begann ich, da ich nicht in die Ecke gedrängt werden wollte. Wahrscheinlich hätte ich das Kurzschwert mitnehmen sollen, doch irgendwann hatte ich es verloren.

Mist.

Tian wirkte bedrohlicher als noch während des Kampfes gegen die magischen Wesen, während er über mir aufragte und mich mit seinen kobaltblauen Augen musterte.

»Ich habe dir vorhin eine direkte Anweisung erteilt«, sagte er gefährlich leise. »Du solltest dich in Sicherheit bringen.«

Hmm, nicht das Thema, das ich erwartet hatte. Jetzt verstand ich noch weniger, warum er wütend war.

»Ja, und ich habe dir gesagt, dass mir der Weg versperrt war.« Ich hatte wirklich vorgehabt, zu fliehen.

Vielleicht.

»Und dann kam dir der Gedanke, dass du dich stattdessen zwischen einen tödlichen Speer und mich begibst?« Obwohl seine Stimme gepresst klang, hörte ich das Zittern aus ihr heraus, das mich mehr verwirrte als alles andere. »Was für eine abgedrehte Idee soll das sein? Du hättest sterben können, Billie.«

»Du auch, Tian!« Das reichte. Ich war zu müde und aufgedreht, um mir diese Tirade zu geben, weil ich so dreist gewesen war, ihn zu retten. *Böse Billie! Wie konnte sie nur?* »Du denkst zwar, nichts kann dir etwas anhaben, aber das stimmt nicht. Glaub mir, wenn ich dir sage, dass die Reiter durchaus dazu in der Lage sind, Vampire zu vernichten.«

»Woher willst du das wissen?« Als er den Kopf schüttelte, fielen ihm seine vom Schnee feuchten Locken in die Stirn.

»Es ist ein Gefühl. Wolltest du das wirklich austesten? Selbst wenn ich falschliege, es ist doch alles glattgegangen.« Ich verschränkte die Arme, bevor ich noch meine Fäuste nutzte, um ihm Verstand einzubläuen.

»Ich will lieber den Speer in meiner Brust sehen als in deiner, Billie.« Die Wut war verebbt. Die feurige Intensität seines Blickes blieb.

»Was?« Mein Herz machte seltsame Sprünge.

Er rückte zu mir auf, und mit jedem Schritt, den er sich mir näherte, ging ich einen weiteren zurück, bis ich die Wand in meinem Rücken spürte. Meine Atmung beschleunigte sich, als ich seine Nähe zu realisieren begann. Die Stärke seines Körpers ohne die Wärme eines lebendigen Wesens.

»Ist das so schwer, zu verstehen?«, fragte er leise. Ich spürte seine Hand an meinem Handgelenk und dann seine Finger, die sich wie Mottenflügel über meinen entblößten Unterarm bewegten. Das Hemd war an dieser Stelle aufgerissen. »Ich will nicht, dass du verletzt wirst, Billie.«

Die Qual in seinen Augen ... die Pein, sie ließ mich erzittern.

Langsam, als rechnete er damit, ich würde jede Sekunde davonlaufen, beugte er sich vor und lehnte seine Stirn an meine. Meine Brüste, die sich schwer und empfindsam anfühlten, streiften mit jedem Atemzug seinen Oberkörper. Lösten Millionen Empfindungen in mir aus.

»Ich ...« Mein Verstand war wie leer gefegt. Es wäre gelogen gewesen, zu behaupten, ich würde nicht ähnlich fühlen. Die Bedeutung dessen war mir jedoch nicht klar. Die Reichweite …

Er neigte seinen Kopf und strich hauchzart mit seinen Lippen über die meinen. Mit der anderen Hand, die nicht an meinem Arm lag, fuhr er von meinem Hals zu meinem Nacken. Er übte mit dem Daumen leichten Druck aus, bis ich ihm mein Gesicht zuwandte. Als er meinen Mund dieses Mal berührte, zerbrach etwas Essenzielles in mir und wurde gleich darauf neu zusammengesetzt. Von ihm zusammengefügt.

Ich presste mich ihm mit plötzlicher Dringlichkeit entgegen und krallte mich an den Ledergurten fest, die er über sein Hemd geschnallt hatte. Der Kuss wurde tiefer und verzehrender. Ein verheerender Kampf, den ich zu gewinnen gedachte und bei dem es doch keinen Gewinner geben würde. Mit der Zunge stieß er gegen meine, und ich ließ meine an seiner entlanggleiten.

Das hier hatte passieren müssen. Wir hatten es lange genug hinausgezögert, doch unsere Körper … mein Körper hatte ihn schon eine Weile gewollt.

Er stützte sich mit einer Hand an der Wand hinter mir ab und drückte mich mit seinem Körper härter dagegen. Ich stöhnte leise in seinen Mund, weil ich unfähig geworden war, Worte zu formen.

»Billie«, wisperte er wie ein Gebet an die alten Götter, ehe er den tiefen Kuss fortsetzte.

Irgendwie gelang es mir, eine Hand unter sein Hemd zu schieben und seine steinharten Muskeln zu berühren. Es war das erste Mal, dass er vollkommen aufgelöst wirkte.

Leider brachte ihn die Berührung auch dazu, unsere gegenseitige Erkundung zu unterbrechen.

Schwer atmend sah ich zu ihm auf. In dieses wie gemeißelte Gesicht, das innerhalb weniger Sekunden gegen so viele Gefühle zu kämpfen hatte.

»Götter«, stöhnte er. »Ich hätte …«

»Sag nicht, dass du das nicht hättest tun dürfen. Wir sind beide erwachsen.«

Sein Mundwinkel zuckte, und als Reaktion darauf setzte mein Herz aus. »Das wollte ich gar nicht sagen.«

»Ach nein?« Seine Nähe ließ mich weiterhin am Abgrund wanken, und jeder Gedanke, jedes Wort fiel mir schwer. Noch lag meine Hand an seinen Bauchmuskeln, und ich sah gar nicht ein, sie zu bewegen.

»Ich sollte dir vorher vielleicht sagen, wer ich wirklich bin und was ich von der Sumpfhexe will.« Gegen meinen Willen löste er sich von mir, von der Wand, und ging ein paar Schritte zurück. »Das ist nur gerecht.«

Mir war plötzlich kalt, obwohl ich nicht mal sagen konnte, dass ich seine Wärme vermisste. Er hatte nichts dergleichen ausgestrahlt. Alles war von mir ausgegangen.

»Irgendwie will ich das jetzt nicht mehr wissen.«

»Hörst du mir trotzdem zu?« Sein unsicherer Blick gab mir beinahe den Rest.

Wann hatte ich ihn hinter meine Barrieren gelassen? Und wie bekam ich ihn wieder dort weg?

Seufzend steuerte ich eins der beiden Brokatsofas an und ließ mich darauf sinken. »Wenn du darauf bestehst.«

Er wirkte nicht zufrieden, aber beruhigt, als er den Platz neben mir einnahm. Ich war froh, dass er nicht sofort auf Abstand ging, obwohl es besser für uns beide wäre. Was auch immer gerade geschehen war, es hatte unser beider Leben entschieden verändert.

Die Frage war bloß, ob zum Guten oder Schlechten.

21

»Hast du Geschwister?«, erkundigte er sich aus heiterem Himmel. Ich schüttelte den Kopf, auch wenn ich an Hugh denken musste. Für mich war er wie ein kleiner Bruder. »Ich war der Älteste. Hatte noch zwei Brüder und eine Schwester. Wir sind auf einem Gut in der Nähe von Woodpine aufgewachsen. Es hat lange Zeit nur uns und unsere Eltern gegeben. Wir waren glücklich. Wie man mit dem Wenigen, das man hatte, eben sein konnte.« Er ballte eine Faust in seinem Schoß. »Dann brach der Krieg aus.«

»Der Krieg?« Es hatte den Hexenaufstand vor siebzig Jahren gegeben, aber einen Krieg? Der letzte Krieg musste ein Jahrhundert her sein oder mehr.

»Mein menschliches Leben ist schon eine Weile vorbei. Schockiert dich das?« Er wirkte amüsiert, aber ich konnte ihn schlecht lesen. Meine Gefühle waren durcheinandergeraten von dem Kuss, den ich bis in meine Zehenspitzen gefühlt hatte.

»Nicht richtig. Ich habe damit gerechnet. Du bist zu stark, um erst vor Kurzem gewandelt worden zu sein. Es wundert mich bloß, dass …«

»Ja?«

»Dass du noch nicht aufgestiegen bist. Die meisten Vampire in deinem Alter sind schon Kronvampire, oder nicht?«

Sein Lächeln war traurig. »Das ist Teil meiner Geschichte. Es ist nicht so, als würde ich nicht aufsteigen wollen, doch es gestaltet sich kompliziert.«

»Bin ganz Ohr.« Damit lehnte ich mich in die Kissen zurück, auch wenn ich noch dreckig vom Kampf war. Kit würde einen Anfall bekommen.

»Während des Krieges wurde ich eingezogen und musste an vorderster Front kämpfen. Wenn man so behütet aufgewachsen ist wie ich, dann ...« Er seufzte. »Vielleicht macht es auch keinen Unterschied. Es war grausam und blutig und traumatisch. Als ich nach vier Jahren zu meiner Familie zurückkehrte, war ich verloren. Innerlich. Meine Eltern und meine Geschwister haben alles getan, um mich aufzurichten, aber ich habe sie in meinem Groll von mir gestoßen.«

»Du hast gelitten. Das haben sie sicher auch erkannt.«

Er neigte den Kopf als Zeichen dafür, dass er mich gehört hatte. »Ich verbrachte mehr Tage in der Schenke als zu Hause, und dort lernte ich auch irgendwann Lucille kennen. Sie war neu in der Stadt. Damals war sie in meinen Augen das schönste Geschöpf, das die Götter je kreiert hatten. Ich wollte ihr die Welt zu Füßen legen, und sie zeigte auch Interesse an mir. Wie wenig ich ahnte, dass der Blick in ihre blauen Augen mein ganzes Dasein verfluchte.«

Er schwieg eine Weile, während ich ihn zu enträtseln versuchte.

Ich verstand, warum er mich geküsst hatte. Wir hatten beide die körperliche Anziehung gespürt – trotz unserer Wut.

Ich verstand auch, warum er nicht wollte, dass mir etwas geschah und ich mein Leben für seines einsetzte.

Was ich jedoch nicht verstand und wo ich nicht hinter kam, war, warum er mir nun so viel von sich preisgab. Fühlte er sich mir gegenüber schuldig? Oder gab es etwas, das er wollte und das ich noch nicht sehen konnte?

Ging es darum, dass ich mich ihm auch öffnen sollte? Machte er entgegen meinen Erwartungen den ersten Schritt ... für mich?

»Sie hat dir ihr wahres Gesicht gezeigt?«, fragte ich ihn sanft.

»Sie ist eine besonders sadistische Vampirin, die ihre höchste Freude dadurch empfindet, zu sehen, wie sie jemandem emotionales Leid verursachen kann.« Mir war nicht entgangen, dass er in der Gegenwart von ihr gesprochen hatte. Sie lebte also noch. »Sie wandelte mich an dem Abend, an dem wir eigentlich zusammen davonlaufen wollten. Natürlich hatte sie mir bis dahin alles vorgespielt. Die junge Witwe, die eine schmerzhafte Vergangenheit hatte und auf der Suche nach der großen Liebe war. Später habe ich erfahren, dass sie zum Zeitvertreib verschiedene Rollen wie am Theater spielte, um so ihre Opfer einzufangen und zu manipulieren.«

»Was für ein Biest!«

Tian löste seine Fäuste und fuhr sich mit einer Hand durchs schwarze Haar. »Ich weiß nicht, wie viel du über die Wandlung weißt, doch es ist wichtig, dass der Kronvampir bei seiner Schöpfung bleibt, um sie davon abzuhalten, ein Blutbad anzurichten. Es gibt keine Kontrolle. Keine Grenzen in den ersten Stunden. Lucille ließ mich jedoch allein und ich ... ich war wie im Rausch, als ich meine Familie aufsuchte. Sie war das Einzige, das noch eine Verbindung zu meinem alten Ich darstellte.«

Ich machte ein ersticktes Geräusch, weil ich wusste, was geschehen würde. Nein, was längst geschehen war. Er hatte kein Erbarmen. Mit sich selbst nicht und auch nicht mit mir.

»Ich habe jeden einzelnen von ihnen ausgesaugt. Nein, ausgesaugt ist gar kein Ausdruck. Zerfleischt. Auseinandergerissen. Meine Eltern. Meine Brüder. Meine Schwester. Sie sind allesamt durch mich gestorben.«

Er sah auf seine Hand hinab, als würde er noch heute, Dekaden später, das Blut auf ihr erkennen.

Aus einem Impuls heraus legte ich meine hinein und drückte seine fest. Überrascht hob er den Blick.

»Du warst nicht du selbst«, sagte ich tröstend. Seit wann war es mir so wichtig, sein Leid zu mildern?

»Vielleicht nicht, doch alles, was mich in Lucilles Netz getrieben hat, war ich selbst. Ich kam Stunden später wieder zur Besinnung und sah, was ich angerichtet hatte. Ich konnte nicht ... Es war fürchterlich. Trotz allem wollte ich ihnen die letzte Ehre erweisen, aber auch das war nicht möglich. Die Dorfbewohner, die von Lucille angestachelt worden waren, kamen, um mich zu holen. Ich hatte keinen Willen mehr in mir und ließ mich von ihnen einsperren. Warum hätte ich mich auch wehren sollen? Es gab nichts für mich, für das es sich zu leben lohnte. Letztlich erhängten sie mich, was mir, wie du weißt, nur ein kurzes Ärgernis war. Ich erwachte in einem Sarg und rang mit mir, einfach unter der Erde zu bleiben.«

Sein darauffolgendes Lachen klang hohl und voller Selbsthass.

»Man unterschätzt jedoch den eigenen Überlebensinstinkt. Den Drang, weiterzumachen. Ehe ich es mich versah, kroch ich aus der Erde. An die Jahre unmittelbar danach kann ich mich kaum erinnern. Ich weiß, dass ich mich in den Schatten gehalten und irgendwie überlebt habe. Öfter, als ich zählen kann, war ich mit einem Fuß bereits draußen, während die Sonne schien. Im letzten Moment hielt mich aber etwas zurück, und erst als ich Kit begegnet bin, wusste ich, was das war. Das fehlende Stück.«

»Rache«, wisperte ich.

Er nickte und beugte sich vor, die Hände zwischen seinen Knien. Meine eigene hatte ich längst zurückgezogen, um ihm Abstand zu geben.

»Sie erzählte mir von ihrem Wunsch nach Vergeltung, und

ich fand mich darin wieder. Seitdem habe ich an Macht und Ansehen gewonnen, nur mit einem Ziel vor Augen.« Er neigte das Gesicht in meine Richtung. Durch die Haarsträhnen, die ihm in die Stirn fielen, konnte ich jedoch nur seine Nase und die Lippen erkennen. Der Ausdruck seiner Augen blieb mir verborgen. »Ja, ich habe es verdient zu sterben, und ich werde mich meinem Schicksal stellen, doch nicht bevor Lucille ihre gerechte Strafe bekommen hat.«

Ein kalter Schauer rann meinen Rücken hinab ob der Intensität seiner Stimme.

»Dazu musst du zum Kronvampir aufsteigen? Um sie besiegen zu können?«

»Es gab bereits eine Konfrontation zwischen uns, die sie für sich entscheiden konnte. Sie hätte mich vernichten können, war aber zu vergnügt, um das zu tun. Ah …« Sein Stöhnen zog sich in die Länge. War gefüllt von Selbsthass und Resignation.

»Ich dachte, Kronvampire können ihre eigenen Schöpfungen nicht töten? Oder ist das nur eines der Gerüchte, die in Umlauf gebracht worden sind, weil …«

»Nein, nein, das ist schon richtig. Aber es hätte keinen Unterschied gemacht. Sie war nicht allein und hätte meinen Tod befehlen können. Damals noch. Jetzt bin ich längst nicht mehr so naiv und schwach.«

»Aber immer noch kein Kronvampir«, gab ich zu bedenken.

»Dir kann man nichts vormachen«, erwiderte er trocken.

»Zieh mich nicht auf.« Wir lächelten beide, was mir das Herz ein wenig leichter werden ließ.

»Würde ich nicht wagen. Du hast recht. Ich bin kein Kronvampir, und ich will auch keiner auf dem üblichen Weg werden. Ich bürde mir keine weitere Schuld auf. Und eine unschuldige Hexe für meine eigenen Zwecke an mein Leben zu ketten? Nein.«

Ich öffnete den Mund und schloss ihn wieder.

So ist er wirklich, schoss es mir durch den Kopf. Er sieht ein, was richtig und was falsch ist und orientiert sich daran. Vor mir hatte er keine Hexen oder Hexer gefangen gehalten, weil er wusste, dass es falsch war. Es gab keinen anderen Hintergedanken. Nichts Ausgeklügeltes, das mich von ihm stoßen würde.

Einen Herzschlag später folgte die nächste erschütternde Erkenntnis. Es schien, als hätte Tian bloß darauf gewartet. Immer noch vorgebeugt sah er mich an.

»Die Sumpfhexe. Das ist der Handel. Du besorgst ihr die Artefakte und im Gegenzug verhilft sie dir dazu ... aufzusteigen?«

»So einfach und gleichzeitig so schwer. Es war der einzige Weg, wie ich bekommen kann, was ich will und was ich gleichzeitig mit meinem Gewissen vereinbaren kann.«

»Glaubst du wirklich, dass der Einfluss der Sumpfhexe, was auch immer sie mit den Artefakten tun wird, nicht schlimmer ist als das Leben einer einzelnen Hexe?« Er schwieg. »Wer weiß, du könntest ja auch charmant sein und sie verführen, anstatt sie mit einem Leben als Sklavin abzuschrecken. Sie als Gleichgestellte an deiner Seite haben und sie lieben lernen.«

Er lehnte sich zurück. Einen Arm hinter mir auf der Lehne platziert. Jetzt, da die Wahrheit gesprochen war, fühlte er sich offensichtlich leichter. »Bietest du dich an?«

»Erstens bin ich nicht deine Blutbraut, und zweitens habe ich andere Dinge zu tun.«

»Erstens wissen wir das nicht und zweitens ... was für Dinge?« Als ich nicht sofort antwortete, wurde seine Miene weicher. »Du musst es mir nicht erzählen, aber wenn ich dir helfen kann, solange du noch hier wohnst ...«

»Es ... Götter, ich kann nicht glauben, wie es zu all dem hier gekommen ist.« Ich biss mir auf die Unterlippe. Zögerte. Was hatte ich schon zu verlieren? Ich konnte nicht ausschließen, dass alles einer grausamen Taktik entsprach und er mich bloß manipulierte, damit ich ihm von meiner Vergangenheit erzählte. Trotzdem hielt es mich nicht davon ab. »Es hat damit begonnen, dass ich meinen Cousin gesucht habe. Hugh. Er wurde von Häschern erwischt und zur Auktion gebracht.«

Tians Augen weiteten sich. »Du hast nicht …?«

»Doch. Sag mir ruhig, dass ich unvorsichtig und leichtsinnig gehandelt habe. Bedeutet es dasselbe? Jedenfalls, *ja*, ich habe mich freiwillig fangen lassen. Obwohl gesagt werden muss, dass das nicht mein ursprünglicher Plan war.«

»Ach nein?« Skeptisch hob er eine Braue.

»Ich wollte eigentlich einen Häscher schnappen und ihn dazu zwingen, mir zu sagen, wo sich Hugh aufhält. Ich gebe zu, ich habe alles nicht so durchdacht. Aber ich war …«

»Du konntest nicht klar denken«, schloss er für mich.

»Genau. Und fast ist Hugh die Flucht gelungen, nur von *fast* kann man sich nichts kaufen, und er wurde an einen anderen Haushalt verkauft als ich.«

Stöhnend legte Tian den Kopf zurück, sodass seine Kehle entblößt war. War das wie bei Tieren ein Zeichen des Vertrauens? Dann wiederum hatte ich keine Klinge an meinem Körper, was er genau wusste.

»Und die ganze Zeit hast du rebelliert, weil du ihn finden willst?«

Beschämt rieb ich mir den Nacken. »Nicht ganz. Vampire … Ich habe nicht gelogen. Ich bin eine Jägerin. Ehrlich, ich weiß nicht, wie viele ich von deinesgleichen getötet habe. Nun mit nicht nur einem, sondern gleich zwei von euch unter einem Dach zu leben, hat mich wahnsinnig gemacht.«

»Ah, das erklärt einiges.« Nachdem er sich wieder aufgerichtet hatte, suchte er meinen Blick. Ich hatte ein schlechtes Gewissen, weil ich ihm nichts von Moth erzählte, nachdem er sich mir bereits so geöffnet hatte. Doch ich fürchtete mich mehr vor dem, was Moth unternehmen würde, sollte er davon erfahren, dass ich geplaudert hatte. »Ich will dir helfen, Billie. Lass mich das tun, ja?«

»Ich nehme an, dazu zählt nicht, mich freizulassen?«

»Wir finden einen Weg.«

»Was?« Ich hatte nur halb im Scherz gefragt, weil seine vorigen Antworten so vehement ausgefallen waren.

»Ich kann dir nichts versprechen. Wir befinden uns nach deinem Auftritt im Fokus von Crosspin, aber ich denke, es wird irgendwie gehen. Besonders nach dem Chaos heute Nacht. Sie werden nicht mehr die Augen verschließen können vor dem, was hier vor sich geht.«

»Ähm, danke.«

»Dafür musst du dich nicht bedanken. Ich hätte nicht so engstirnig sein sollen.«

»Ich war nicht gerade zuvorkommend.« Wieder ein Lächeln seinerseits, das mehr sagte als tausend Worte. Mein Gewissen blieb jedoch nicht still. »Ich will dir auch helfen. Wenn du das nächste Artefakt besorgst.«

»Obwohl es der Sumpfhexe zugutekommen wird?«

»Ich bin nicht erpicht darauf, ihr noch einmal zu begegnen, nein. Wenn du gegen Monster kämpfen musst, findest du mich aber an deiner Seite.«

»Danke, Billie.«

Ich wartete einen Herzschlag, zwei. »Du könntest noch nach einer anderen Möglichkeit suchen, Lucille zu vernichten.«

»Glaub mir, das habe ich schon lange Zeit getan. Das ist alles, was übrig geblieben ist. Ohne aufzusteigen, kann ich ihr nichts entgegensetzen.« Zerknirscht presste er die Lippen zusammen, ehe er sich wieder fing. »Morgen Nacht begeben wir uns auf die Suche nach dem Meermonster. Und ich schicke

Kit mit einer Nachricht wegen deines Cousins los. Vielleicht bringen meine Kontakte was.«

»Meermonster?«

Er grinste, als würde er sich freuen, eine Nacht mit mir und dem Meermonster zu verbringen.

»Ich habe etwas gefunden. Gestern.«

»Bei der Hexenhändlerin?«

Ich nickte und holte den Zettel aus meinem Ausschnitt heraus, wo ich ihn zwischen Unterhemd und Hemd geklemmt hatte. Die Information war zu wichtig gewesen, um sie zurückzulassen. »Vielleicht hilft es ja. Sie hat leider Decknamen benutzt, und ich kann sie niemanden zuordnen.«

Tian nahm den Zettel in eine Hand. Nach ein paar Minuten schüttelte er den Kopf. »Das sagt mir leider alles nichts. Abgesehen von *Rotlocke* und *Perle*. Damit sind wohl wir gemeint.«

»Sie hat dir den Namen also gegeben, und du benutzt ihn nicht für ... für solche Sachen?«

»Nein«, sagte er ernst. »Gib mir ein bisschen Zeit, dann finden wir heraus, wer Hugh ersteigert hat, und holen ihn zurück.«

Ich lächelte ihn dankend an, und er lächelte zurück. Mit einer Hand auf dem Sofa zwischen uns beugte ich mich unwillkürlich vor, als ich etwas Lauwarmes, Flüssiges fühlte. Stirnrunzelnd sah ich hinab.

»Blut! Du blutest!« Ich packte ihn am Arm und drehte ihn so, dass ich die gerissene Stelle im Hemd besser sehen konnte. Tatsächlich war die Wunde ziemlich tief. Mir wurde übel, als ich das Weiße vom Knochen erkannte. »Warum sagst du denn nichts?«

Er zog eine Schnute. »Hab ich nicht bemerkt. Tut kaum weh.«

»Kaum oder gar nicht?«

»Jetzt zählst du aber Erbsen.«

»Immerhin einer von uns. Bleib sitzen.« Wie vor einer kurzen Weile auch musste ich Tian, den Vampir, verarzten. Es schien, als würden wir uns, was das anging, abwechseln.

Ich holte aus dem nächstgelegenen Waschraum Baumwolltücher, eine Karaffe mit Wasser sowie Kits Salbe, die sie dort immer in einer Blechdose bereitstellte. Ich wusste nicht, ob sie auch ihm half, aber schaden würde sie nicht.

Tian hatte bei meiner Rückkehr den Ärmel hochgekrempelt. Die Wunde sah so entblößt sogar noch schlimmer aus als vorhin. Ich konnte kaum hinsehen.

»Sei tapfer«, murmelte ich und setzte mich vor Tian auf den kleinen Tisch.

»Bin ich.«

Die Augen verdrehend griff ich sein Handgelenk und zog ihn damit sanft zu mir, bis der Unterarm zwischen uns war.

»Ich habe mich selbst gemeint«, stellte ich klar und begann, die Verletzung zu reinigen. »Können Vampire eigentlich Infektionen bekommen?«

»Ich will es nicht riskieren«, sagte er schmunzelnd. »Aber vermutlich nicht. Uns haut so schnell nichts um.«

»Zum Leidwesen aller Hexen.« Seufzend beugte ich mich weiter vor, um mir einen besseren Blick auf die Wunde zu verschaffen.

Als ich hochsah, bemerkte ich, dass Tians Zähne ausgefahren waren. Er blickte eilig zur Seite und presste seine Lippen einen Moment zusammen.

»Entschuldige.«

Ich rückte ein Stück ab. »Würdest du mich denn beißen?«

»Willst du das?« Überrascht fiel sein Blick wieder auf mich.

»Natürlich nicht«, antwortete ich empört darüber, dass die Frage überhaupt im Raum stand. Andererseits hatte ich mich wohl missverständlich ausgedrückt.

»Dann werde ich es nicht.«

»So einfach?«

»Ich bin kein wildes Biest, Billie«, murmelte er getroffen und amüsiert zugleich.

»Huh. Hättest mich fast getäuscht.« Ich machte mich wieder an die Arbeit, weil es leichter war, mit ihm zu reden, ohne ihn anzusehen. Ohne an unseren Kuss zu denken, der viel zu gut gewesen war und der nicht hätte geschehen dürfen. »Ganz theoretisch, warum würde sich jemand beißen lassen wollen? Passiert das oft?«

»Du musst sicher schon Geschichten gehört haben.«

Ich wrang das blutige Tuch über der Karaffe aus. »Vielleicht kann ich sie ja nicht glauben.«

»Du willst sie nicht glauben. Da gibt es einen Unterschied. Und ja, sie sind wahr. Menschen, aber mehr noch Hexen mögen es, gebissen zu werden, weil es sie in eine Art Rausch versetzt.« Er zuckte mit den Achseln. »Scheinbar ist dies noch intensiver zwischen ...«

»Ja?«

»Verbundenen. Blutbräuten und Vampiren. Egal welchen Geschlechts. Haben sie sich verbunden, gibt es offenbar keine Grenzen mehr zwischen ihnen.«

Ich wurde aus unerfindlichen Gründen rot, dabei hatte das, was er gesagt hatte, rein gar nichts mit mir oder uns zu tun.

»Hast du nie davon geträumt? Eine Blutbraut zu finden, mit der du dein Leben teilen kannst?«

»Nein.« Er klang entschieden. Jeglicher Humor hatte sich in Luft aufgelöst. »Sobald ich Lucille endgültig in die Hölle geschickt habe, gibt es auch keinen Grund zum Weiterleben für mich.«

»Du würdest Ruglio, Kit und Bam einfach zurücklassen? Schutzlos?« Am liebsten hätte ich noch mich selbst hinzugefügt, doch das wäre zu weit gegangen.

»Nicht schutzlos«, murmelte er und wechselte sofort das Thema. »Und du? Hast du davon geträumt, an jemandes Seite dein Leben zu verbringen?«

»Dazu war bisher keine Zeit. So, das wär's.«

Ich hob meinen Kopf, und wir blickten einander für ein paar Herzschläge an, als Tumult von draußen über uns hereinbrach. Wir hörten nur Kits Beschimpfungen und Jamies Beharren darauf, dass er nicht geschummelt hätte.

»Der Bastard ist immer noch da«, sagte er fast liebevoll. »Ich kann's nicht glauben.«

»Er hat's nur gut gemeint«, fühlte ich mich verpflichtet, zu sagen.

»Ich weiß. Trotzdem kann er sich anstrengen, wenn er meine Vergebung haben will«, witzelte Tian. »Sollen wir? Klingt nach Spaß, und ich weiß nicht, wann ich zum Rat gerufen werde wegen der Zerstörung in der Stadt.«

»Wenn du nicht wieder meinen Kopf abreißen willst.« Ich erhob mich lachend und machte ihm Platz, sodass er sich vor mich stellen konnte. Mit dem Daumen strich er zärtlich über meine Wange.

Fast hatte ich den Wald und die Reiter vergessen.

»Mir fallen andere Dinge ein.«

Da ich unsicher war, was ich darauf erwidern sollte, lächelte ich bloß, als hätte ich mich verschluckt, und eilte nach draußen.

Ich war ihm nicht gewachsen.

22

Ich schlief tief und fest bis zum Mittag des nächsten Tages. Kit scheuchte mich auf und halste mir unzählige Aufgaben auf. Von Spinnweben beseitigen über Fensterputzen bis zum Wischen des Marmorbodens im Foyer und Ausklopfen der Teppiche. Es war eine regelrechte Trainingseinheit, nur ganz ohne Waffen. Meine Muskeln protestierten auf eine gute Art und Weise. Als hätten sie sich danach gesehnt, wieder regelmäßig derart beansprucht zu werden.

Mehrmals empfingen wir Besuch von unterschiedlichen Boten, die vom Stadtrat geschickt wurden, um Tian von Neuigkeiten bezüglich des Wilden Walds zu berichten. Er teilte sämtliche Informationen mit uns, die allerdings sehr rar waren. Es stand fest, dass ausschließlich Menschen, Hexen und Hexer unter den Opfern der geisterhaften Reiter waren. Keine Vampirinnen oder Vampire. *Überraschung.*

Das nahmen Crosspin und seine Leute natürlich als Vorwand, um nicht sofort zu reagieren. Schließlich hatte niemand von ihnen gelitten, und den Wald, der sich auf magische Weise ausgebreitet hatte, würden sie nach und nach niederbrennen. Kein Grund zur Sorge.

Wenig überraschend, dass sich die Bürgerinnen und Bürger von Westwend auflehnten. Viele von ihnen hatten bereits ihre Sachen gepackt und die Stadt verlassen.

Um einen Massen-Exodus zu verhindern, rief Crosspin dann am Nachmittag doch zu einer Ratssitzung zusammen, die Tian nicht sausen lassen konnte. Er versprach, am späten Abend wieder zurück zu sein, damit wir das Meermonster aufsuchen konnten.

Ein Versprechen, das er mir nicht hätte geben müssen. Es war unaufgefordert gekommen. Er hatte mich angesehen und die Worte gesagt, die mir viel zu viel bedeuteten. Warum konnte er sich so gut in mich hineinversetzen? Wie war es möglich, dass er sah, dass ich mich um ihn sorgte?

Kit verließ zwischendurch das Haus, weil sie von ihm den Auftrag bekommen hatte, seine Informanten zu befragen. Er hatte sich fest vorgenommen, herauszufinden, wer sich hinter dem Decknamen *Rose* verbarg.

Als ich Kit den Zettel der Hexenhändlerin übergeben hatte, war sie mir das erste Mal seit meiner Flucht mit Sympathie statt mit Verärgerung begegnet.

»Ich kümmere mich darum«, hatte sie mir versprochen und war dann in den kalten Nachmittag hinausspaziert.

Ich blieb mit Ruglio und Obambo allein zurück. Der Bannzauber, der mich im Anwesen festhielt, war immer noch intakt, wie ich nach einer Überprüfung feststellte. Nur kurz hatte ich einen Augenblick des Alleinseins stehlen können. Anschließend folgte mir Obambo überall hin, und weil ich das Gefühl hatte, dass ich immer noch Wiedergutmachung zu leisten hatte, schenkte ich zwischen meinen Aufgaben seinem kleinen Häuschen, das seine Energiequelle darstellte, besondere Aufmerksamkeit. Ich befreite es von Staub und Schmutz und positionierte es so, dass es in der Mitte des Simses stand.

Obambo stöhnte.

»War das ein *es gefällt mir*?« Ich schmunzelte, als er wieder meine Schulter mit seinen Fingerspitzen streifte. »Ich werde dir nicht mehr wehtun, Kumpel, versprochen.«

Tian kehrte später zurück, als er vorgehabt hatte, doch die Stunden der Dunkelheit reichten aus, um trotzdem aufzubrechen. Kit blieb mit Obambo zurück, und Ruglio lenkte unser Boot durch den Steintunnel auf die Sanil hinaus.

Wir brauchten ihn, damit wir gegen das Monster kämpfen konnten, ohne uns um das Boot Gedanken machen zu müssen. Zumindest sah das so in der Theorie aus. Ich befürchtete fast, dass in der Praxis etwas Unvorhergesehenes unsere Absichten auf die Probe stellen würde.

»Was genau ist das Meermonster für eine Spezies?«, fragte ich, als wir schon eine Weile auf dem Fluss unterwegs waren. Nicht mehr lange und wir würden ins Meer hinausgespült werden, wo sich Berichten zufolge nahe dem Hafen die Bestie aufhalten sollte.

»Das weiß keiner wirklich. Die Sumpfhexe sagte mir, dass es sich bei ihm einst um eine Sirene gehandelt hat. Etwas ist geschehen, dass es verändert hat, und aus seinem einst schönen Körper wurde eine Mutation, die alles frisst und tötet, was in seine Nähe kommt.« Tian saß neben mir auf der Bank und hatte die Arme unter seinem Umhang verschränkt. Vorhin hatte ich seine Wunden begutachtet, die wenig überraschend alle verheilt waren.

Ich hätte mir die Mühe sparen können, sie zu versorgen. Andererseits hatte ich es gern getan.

Wir konnten von Glück reden, dass es zu schneien aufgehört hatte und das Gewässer vergleichsweise ruhig war. Kalt war es dennoch, weshalb ich froh über die robuste Kleidung war, die mir Tian zur Verfügung gestellt hatte. Selbst die gefütterten Lederstiefel hielten meine Zehen warm und waren so wie auch der Umhang wasserabweisend.

»Warum hat sich bisher niemand anderes darum gekümmert, es zu beseitigen?«

»Es mag dir gestern vielleicht einfach erschienen sein, aber es war kein Klacks, den Wendigo zu finden und zu erledigen.« Wasser spritzte ins Boot und die an einem Haken befestigte Laterne wackelte, je näher wir der offenen See kamen. Dem Cantari Meer, das die Republik Wimborne von anderen Kontinenten trennte.

»Du meinst also, dass es niemandem gelungen ist, das Meermonster zu besiegen?« Das waren ja gute Aussichten. »Wie viele von den Monstern hast du bereits erledigt?«

»Acht. Der Wendigo und das Meermonster sind die einzigen, die in der Nähe von Westwend sind. Für die anderen musste ich durchs ganze Land reisen. Es hat mehr Zeit in Anspruch genommen.« Ruglio ruderte weiter, ohne das kleinste Anzeichen von Erschöpfung. Ich fragte mich, ob Tian ihn eingeweiht hatte und ob auch Kit davon wusste, was er vorhatte. »Und ja, meiner Recherche zufolge sind viele Menschen, insbesondere Fischer, bei dem Versuch umgekommen, dem Monster sein Ende zu bereiten.«

»Wir müssen ihm wieder in seine Höhle folgen oder so, nicht wahr?«

»Wahrscheinlich. Wenn wir Glück haben, befindet sie sich irgendwo am Ufer und nicht unter Wasser.«

»Glück«, echote ich ohne große Hoffnung, dass uns so etwas zuteil werden würde. »Was wurde eigentlich während der Versammlung besprochen?«

»Nichts Wichtiges. Oder sollte ich etwa sagen, wir haben über Wichtiges geredet, aber sind zu keinem nennenswerten Ergebnis gekommen? Letztlich haben sich Vampire an die Spitze der Gesellschaft aufgeschwungen, ohne den Drang zu haben, etwas zu verändern.« Tian rieb sich über das Gesicht. »Wir sind bloß die stärksten Raubtiere. Crosspin kostet seine Macht zu sehr aus, und alle anderen folgen ihm in seinem Schatten. Menschen hätten gut daran getan, uns auszurotten, als sie die Chance dazu gehabt hatten.«

»Sie hatten mal die Chance?« Das Boot wankte gefährlich von links nach rechts. Instinktiv krallte ich mich an die Reling, um nicht über Bord zu gehen. Ich blickte über meine Schulter und erkannte, dass wir die Mündung fast passiert hatten. Wir waren langsamer vorangekommen als gedacht. Ich hoffte, dass die Zeit bis zum Sonnenaufgang ausreichte.

»Rein theoretisch.« Er zwinkerte mir zu. »Ganz gleich, wie ich fühle, es wird ohnehin nichts an der Realität ändern. Vampire haben sich in Wimborne eingenistet, und so schnell werden sie nicht vertrieben werden.«

»Vor allem nicht, wenn die Jagd weiterhin Menschen und Hexen tötet.«

Er stimmte mir zu, und unser Gespräch verebbte daraufhin. Die Anspannung nahm zu, als Ruglio das Boot aufs Meer hinauslenkte, dabei jedoch versuchte, in der Nähe des Ufers zu bleiben. Der Hafen von Westwend befand sich südlich von unserer Position. Von hier bis dort wechselten sich Klippen mit einzelnen Buchten und Sandstränden ab. Ruglio holte das Segel ein, um nicht versehentlich an die Klippen oder hervorstehende Felsen geblasen zu werden.

Ich war beeindruckt davon, wie souverän er sich mit der Handhabung des Bootes gab. In ihm steckte so viel mehr, als ich zunächst geglaubt hatte. Ich wünschte, mir würde mehr Zeit auf dem Anwesen vergönnt werden, damit ich lernen konnte, mit ihm in Gebärdensprache zu kommunizieren.

Zwar hatte ich bereits ein wenig aufgeschnappt, doch das reichte bei Weitem nicht, um ein Gespräch mit ihm zu führen.

»Halte dich bereit«, wies mich Tian an, bevor er seinen Umhang ablegte und den geschärften Blick über unsere Umgebung schweifen ließ.

Wieder machte ich es ihm nach, obwohl ich nichts lieber getan hätte, als mich in meinen gefütterten Umhang zu kuscheln und den Kampf auszusetzen. Ich hatte ihm jedoch versprochen, dass ich ihm helfen würde.

Nicht unbedingt, weil ich ihn geküsst hatte und mich körperlich von ihm angezogen fühlte, – was ich immer noch nicht verstand –, sondern weil ich seinen Wunsch nach Rache nachvollziehen konnte. Wie oft hatte ich mir gewünscht, Rache an dem Baron zu nehmen, der die Hexenkommune betrieb? Wie oft hatte ich Rache an jeder Vampirin und jedem Vampir nehmen wollen, die Kinder aus dieser Kommune gekauft hatten? Außerdem respektierte ich seine Entscheidung, keine Hexe gegen ihren Willen an sich zu binden. Oder auch mit ihrem Willen.

Dass ich seinen Pakt mit der Sumpfhexe nicht guthieß, war das einzige Manko.

»Hier. Für dich.« Tian hielt mir einen Dolch hin, der eine schwarze Klinge besaß.

Mit hochgezogener Braue nahm ich die Waffe an mich und wog sie erst in der einen und dann in der anderen Hand.

»Auf einmal?«

»Ich vertraue dir«, sagte er bloß, ehe er sein Kurzschwert zog. Der Rubin am Knauf blitzte auf.

Ich erwiderte nichts, weil ich einerseits sein Geständnis anerkannte, andererseits glaubte ich nicht, dass er es ganz so meinte. Denn wenn es so wäre, würde er das Stäbchen in meinem Unterarm entfernen und dafür sorgen, dass ich mich mit meiner Magie beschützen könnte.

Da ich darüber aber nicht nachdenken wollte, während wir jederzeit von einem Meermonster angegriffen werden könnten, schob ich alle Ängste, Sorgen und nagenden Vorwürfe beiseite.

Ich war nicht so sicher auf den Beinen, dass ich mich hinstellen konnte, während das Boot von den Wellen hin- und herwankte, aber ich hielt mich am Rand fest und blickte auf das dunkle Meer hinaus. Der Sternenhimmel spannte sich endlos weit über uns, und der Halbmond spendete genug Licht, um gefühlt kilometerweit sehen zu können. Das traf auf Tian sicherlich zu, mein normales Sehvermögen konnte da nicht mithalten.

»Nutzt du mich wieder als Köder, oder gibt's dieses Mal eine andere Methode?«, erkundigte ich mich möglichst lässig. Ich hatte keine Angst. Ich wollte bloß wissen, ob das Monster direkt mich anvisierte oder nicht.

»Keine Sorge, dieses Mal reicht es, dass wir nachts mit einem Boot draußen sind«, beschwichtigte mich Tian, der seine gute Laune nicht verloren hatte. »Zumindest wenn ich den Aussagen der Überlebenden Glauben schenken kann. Das Meermonster greift ausschließlich nachts an und nur diejenigen, die sich auf dem offenen Meer befinden.«

»Weißt du, wie es aussieht? Gibt es Beschreibungen?« Ich sah von Ruglio zu ihm, doch sein steter Blick galt weiterhin den Wellen.

»Groß, bösartig, schleimig.«

Ich konnte nicht sagen, ob er witzelte oder es ernst meinte.

Danach geschah eine Weile lang nichts und jeder von uns hing seinen eigenen Gedanken nach, was mir keineswegs entgegenkam. Wieder und wieder musste ich an Moth denken und an das unsichtbare Band, das sich zwischen uns zu spannen schien, je mehr Zeit verging. Hatte es etwas mit dem Tattoo zu tun? Seit dem Kribbeln damals hatte es sich allerdings nicht mehr bemerkbar gemacht.

Ich konnte nicht deuten, ob es sich um ein gutes oder ein schlechtes Zeichen handelte.

Ruglio löste eine Hand vom Ruder und deutete mit dem Finger auf meine Seite. Ich folgte der gewiesenen Richtung mit meinem Blick. Mein Herz machte einen Satz, als ich bemerkte, das etwas direkt auf uns zu schwamm. Und bei dem Etwas handelte es sich nicht um einen Fisch. Aus dem Wasser ragten zwei dicke Hörner, die keinem Meerestier gehörten, das ich kannte.

»Tian ...« Die Panik in meiner Stimme ließ sich nicht ganz unterdrücken. »Wie genau wolltest du es erwischen?«

Vorsichtig, um das Boot nicht unnötig zum Wackeln zu bringen, trat er hinter mich. »Hm, es ist schneller, als ich dachte.«

»Dein Ernst?«

»Gut, dass ich vorgesorgt habe.« Er grinste mich an, ehe ich meinen Blick wieder auf das sich nähernde Unglück richtete. »Ruglio, der Speer?«

Sie wuselten im Boot herum, während ich den Dolch mit beiden Händen umklammerte, als würde ich damit etwas ausrichten können. Schließlich war es dem Monster nicht genug, uns mit seinen gebogenen, gelblichen Hörnern zu verhöhnen, es durchbrach mit der oberen Hälfte seines Körpers die Wasseroberfläche und fixierte uns mit glühend roten Augen. Nicht denen unähnlich, die Tian in seiner Wut gezeigt hatte, aber um vieles bösartiger.

Ich schnappte unwillkürlich nach Luft, als ich mir nach und nach des restlichen Körpers gewahr wurde. Der Kopf war riesiger als der einer jeden Sirene und das Gesicht verhüllt von Tentakeln, kleinen Härchen und Zähnen, die viel zu groß waren für das Maul. Es besaß zwei muskelbepackte Arme und Hände mit fünf Fingern, zwischen denen sich Membranen spannten. So nah war er bereits, dass ich sogar die verhornten Fingernägel erkennen konnte. Die Hörner sprossen aus seinen Schulterblättern und waren mehr als einen Meter lang, auch wenn sie in sich gebogen waren. Das Monster musste im Gesamten größer als zwei Meter sein und so breit wie zwei durchschnittliche Männer.

»Halt dich fest«, wies mich Tian an. »Es wird versuchen, uns zu ...«

Der Rest seiner Warnung ging im Knarzen von Holz unter, als sich das Monster wieder im Wasser versteckte und nur wenige Sekunden danach von unten gegen unser Boot stieß. Ich schrie unwillkürlich auf und hasste mich selbst für diese ängstliche Reaktion. Im nächsten Moment verlor ich den Dolch, weil ich mich mit beiden Händen an der Reling festzuklammern versuchte. Die Klinge schlitterte von der einen auf die andere Seite.

Tian stützte sich hinter mir an den Mast, und Ruglio holte gerade so noch die Ruder ein, ehe er sich ebenfalls haltsuchend auf den Boden warf. Wasser schwappte herein und durchnässte meine Stiefel, die sich sofort vollsogen.

Klirrende Kälte raubte mir den Atem. Meine Handschuhe rutschten immer wieder von dem nassen Holz ab, während das Monster keinerlei Anstalten machte, sich zurückzuziehen. Es wackelte und riss an unserem Boot, stieß dagegen, bis ich das Knirschen von Holz vernahm und noch mehr Wasser ins Innere rauschte.

»Es ist wohl wütend«, merkte Tian trocken an.

»Tian!«

»Schon gut. Kein Grund zur Panik.« Im nächsten Augenblick war er mit seinem Speer an mir vorbei ins Wasser gesprungen.

Mit offenem Mund sah ich ihm nach. »Ist er jetzt komplett übergeschnappt?«

Ruglio schüttelte den Kopf. Er lag zwischen den beiden Sitzbänken im Wasser und blickte in den Himmel hinauf. Beinahe friedvoll. Als wäre er schon tausend Mal in dieser Lage gewesen und nie wäre etwas schiefgelaufen.

Kein Grund zur Sorge.

23

Tian war untergetaucht, und ich konnte in der Dunkelheit nichts erkennen. Das Wackeln des Bootes hatte jedoch für den Moment aufgehört, was dafür sprach, dass er noch fähig war, das Meermonster bei seinem Vorhaben aufzuhalten, uns kentern zu lassen.

»Tian? Lebst du noch?« Hörte ich Ruglio lachen? »Was denn? Wenn er tot ist, sollten wir besser verschwinden.«

So meinte ich das natürlich nicht. Es war einfach meine Angst, die ich mit Sarkasmus zu kaschieren versuchte. Was sollte ich tun? Wie sollte ich helfen?

Ich war nutzlos ohne meine magische Gabe.

Dann endlich tauchte Tian wieder auf, und anders als ein lebendiges Wesen holte er nicht erst mal tief Luft, weil er sie nicht dringend zum Überleben brauchte. Er hatte seinen Speer verloren, und dunkle Flüssigkeit breitete sich um ihn herum aus. Blut.

»Nicht meins«, sagte er in meine Richtung, grinste, und wurde im nächsten Augenblick gewaltsam in die Tiefe gezogen.

»Ach verflucht«, zischte ich noch, bevor ich kopflos und leichtsinnig hinter ihm her sprang.

Das Eintauchen ins Wasser war schlichtweg brutal. Das lag nicht an der Distanz zwischen Boot und Wasseroberfläche, sondern an den Temperaturen. Ich hätte mir vorher ernsthaft Gedanken darüber machen sollen, ob ich überhaupt fähig war, der Kälte für längere Zeit zu trotzen.

Jetzt war es zu spät. Ich konnte genauso gut mein Bestes geben und Tian helfen, solange mein Herz noch in meiner Brust schlug.

Als ich mit dem Kopf eintauchte, fühlte es sich an, als würden Millionen von Nadeln in meine Kopfhaut stechen. Ich konnte kaum denken, geschweige denn sehen.

Trotzdem gab ich nicht auf und nach ein paar Sekunden schien mein Körper sich umzustellen. Ich konnte mich umsehen und meine Umgebung erkennen. Zumindest alles, was sich direkt unter der Oberfläche befand und von dem Mondlicht erhellt wurde.

Das Erste, was ich sah, war das gelbliche Monster, das mit ausgestreckter Hand auf mich zu schwamm. Statt Beinen besaß es einen massiven Fischschwanz, der sich heftig auf und ab bewegte. Bevor es mich erreichen konnte, wurde es jedoch von Tian aufgehalten, der einen seiner Dolche, die er in seiner Lederhalterung aufbewahrte, in dessen Rücken stieß. Das Meermonster konnte in seiner hohen Geschwindigkeit nicht sofort stoppen, sodass die Klinge es von seiner Schultermitte bis zu seiner Hüfte aufschlitzte. So viel Blut quoll ins Wasser.

Die Bestie öffnete im stummen Schrei den Mund, als sie unvorstellbare Schmerzen verspüren musste. Mitleid regte sich für einen kurzen Moment, ehe mir die Luft knapp wurde. Obwohl es mir nicht behagte, dem Monster und Tian den Rücken zuzukehren, musste ich an die Oberfläche zurück.

Ich paddelte heftig mit meinen Füßen, bis ich oben ankam und meinen ersten Luftzug nehmen konnte. Mir war so kalt, dass meine gesamte Haut brannte, während sich gleichzeitig von meinen Füßen und Händen ausgehend Taubheit ausbreitete.

Blut färbte meine Hände dunkel, als ich die vollgesogenen Handschuhe abstreifte. Neben mir kam Tian zum Vorschein. Sein feuchtes Haar klebte ihm im Gesicht. Wasser perlte von seinen Wangenknochen, als er in der Dunkelheit meinen Blick suchte.

»Ich frage nicht mal, was in dir vorgegangen ist.«

»I-ich w-weiß n-nicht, w-was du m-meinst«, stieß ich hervor.

Er seufzte auf. »Dreh dich um. Ich zieh dich zum Boot.«

Was war mit dem Monster? Er hatte es sicher nicht erledigt, sonst würden wir seine Höhle nicht finden. War es ihm gelungen, den magischen Stein an ihm anzubringen? Damit würden wir es verfolgen können.

All das wollte ich ihn fragen, aber ich konnte meinen Kiefer nicht mehr kontrolliert bewegen. Dafür klapperte ich zu hart mit den Zähnen.

Ich drehte mich auf den Rücken, sodass Tian seinen Arm um mich legen und mich so zurück zum Boot manövrieren konnte. Ruglio half mir dabei, mich hochzuziehen.

Im Boot angekommen stellte ich fest, dass er die Zeit genutzt hatte, einen Großteil des Wassers rauszuschöpfen.

Tian brachte das Boot noch einmal heftig zum Wanken, als er sich aus eigener Kraft hineinhievte. Wir tropften mehrere Liter Wasser zurück ins Innere und ernteten dafür rügende Blicke.

»Hier. Das muss für den Moment reichen.« Tian holte aus einer wasserfesten Kiste zwei fellbesetzte Decken hervor und übergab sie mir.

»D-Danke«, brachte ich raus, ehe ich mich fast schon gehetzt in die Decken wickelte.

»Weil Billie ihn abgelenkt hat, konnte ich ihm den magischen Stein unterjubeln. Wir müssen jetzt einfach dem Leuchten folgen.« Ruglio hatte den Zwillingsstein derweil aufbewahrt und aus seiner Tasche geholt. Das blaue Leuchten um den weißen Stein pulsierte und war gerade so zu sehen. Tian nahm ihm den Stein ab, sodass Ruglio ihm etwas mit den Händen mitteilen konnte. »Ich weiß, es wird knapp, aber wir müssen es versuchen. Jetzt sind wir noch in der Nähe, morgen könnten wir viel mehr Zeit verschwenden, ihn wieder zu suchen.«

Ruglio zuckte mit den Achseln und setzte sich dann ans Ruder. Tian ließ sich neben mir auf der Bank nieder, den Blick auf den leuchtenden Stein in seinen Händen gerichtet.

»Kommst du klar?«, fragte er in meine Richtung. »Ist dir nicht zu kalt?«

»Doch, aber ich halte es aus. Irgendwie. Es würde besser gehen, wenn ich meine Magie nutzen könnte.« Er erwiderte nichts, was Antwort genug war. »Glaubst du, wir schaffen das, ehe die Sonne aufgeht?«

»Das ist meine Hoffnung.«

»Hattest du keine Angst? Unter Wasser?«

»Wenn man keine Luft zum Atmen braucht und die Kälte nur als Ärgernis empfindet, dann ist Angst nicht das Erste, das mir in den Sinn kommt.« Sein Mundwinkel hob sich. »Du warst sehr mutig, Billie. Leichtsinnig, aber mutig. Danke.«

»Hätte ich nur eine Sekunde länger nachgedacht, wäre ich auf dem Boot geblieben.«

»Was die bessere Wahl gewesen wäre. Trotzdem bin ich froh, dass du mir geholfen hast.« Nun grinste er vollends. »Hier, halt mal. Ich muss meine Kleidung auswringen. Die wird mich gleich nur aufhalten.«

»Du willst dich jetzt nicht ausziehen, oder?«

Er hatte sich bereits hingestellt und das Ledergeschirr abgeschnallt. Verwirrt sah er mich an. »Warum nicht? Und du schau auf das Leuchten und gib Ruglio Bescheid, wenn es stärker wird.«

Als hätte er es mit seinen Worten heraufbeschworen, nahm das Leuchten an Intensität zu, bis es unsere gesamte Umgebung zu erhellen schien.

Tian hatte gerade sein Hemd ausgewrungen, während ich

peinlich genau darauf achtete, seinen entblößten Oberkörper nicht anzustarren, als er sich beeilte, es sich wieder anzuziehen. Ich schluckte schwer. Immerhin war mir jetzt nicht mehr durch und durch kalt.

Ruglio hatte uns unterdessen in eine Bucht manövriert, die in einem kleinen Strand mündete. An den Seiten wuchsen gewaltige Klippen in die Höhe, und in ihnen gab es an der Längsseite mehrere Löcher. Eines von ihnen wirkte groß genug, um einem monströsen Meerwesen Schutz zu bieten.

Tian sprang vom Boot, als hätte er sich nicht gerade erst über das Wasser beschwert. Hier konnte er allerdings stehen. Der Pegel reichte ihm bloß bis zu den Knien, was der einzige Grund war, warum ich ihm folgte.

Wer brauchte schon Empfindungen in den Gliedmaßen?

Dieses Mal dachte ich auch an meinen Dolch, sodass nicht nur Tian bewaffnet war. Ruglio blieb zurück.

Ich war froh um das Leuchten des Steins, da ich mir nicht mehr ganz so hilflos vorkam. Auf dem offenen Meer hatte ich zwar relativ gut im Mondlicht gesehen, doch die Klippen warfen zu lange Schatten. Ohne den magischen Stein wäre ich aufgeschmissen gewesen.

»Ich kümmere mich um das Monster, und du suchst nach dem Ring«, wies mich Tian an. Seine Klinge glänzte gefährlich, als er sie anhob, sodass die scharfe Spitze auf einer Linie mit seiner Schulter war.

»Dem Ring?«

»Das nächste Artefakt«, erklärte er, als wir um einen spitzen Felsen herumwaten mussten.

Natürlich. Hätte ich mir denken können. Aus irgendeinem Grund war ich davon ausgegangen, wieder nach einer Schnalle suchen zu müssen.

»Abgemacht. Solange du mir das Monster vom Leib hältst«, witzelte ich und meinte es gleichzeitig ernst. »Nur eine Frage ...«

»Hm?«

Wir hatten den Eingang erreicht. Ich hörte das Schwappen von Wasser gegen Stein und das Echo dessen.

»Wie ist es hereingeschwommen? Es ist bei Weitem nicht tief genug, dass es hätte schwimmen können ...«

Als mich Tian über seine Schulter hinweg schelmisch angrinste, machte mein Herz einen Satz. Ich hasste diese Mimik an ihm und liebte sie gleichermaßen, weil sie ihn so sorgenfrei erscheinen ließ.

»Offenbar kann es sich wandeln.«

»Du hörst dich nicht überrascht an«, murrte ich. »Ich hätte mehr Fragen stellen müssen.«

»Hätte das etwas geändert?«

»Ich wäre weniger gestresst.«

Das Licht des magischen Steins erhellte die Höhle genug, um zu sehen, dass sie sich weit in die Tiefe erstreckte. Durch Stalaktiten und Stalagmiten sowie abgeknickte Wände konnte man jedoch nicht das Ende erkennen.

»Blut!«, rief ich aus und deutete auf einen Handabdruck an der feuchten Wand direkt neben mir. Wieder wurde mir bewusst, wie riesig das Monster war.

»Mach dich bereit«, warnte mich Tian erneut, während wir unseren Weg fortsetzten.

Wir hatten gerade die erste Kurve erreicht, als sich das Meermonster auf mich stürzte. Ich hatte nicht gesehen, dass es sich in einer Felsspalte versteckt gehalten hatte, und nun musste ich den Preis dafür bezahlen.

Ich wurde rücklings zu Boden geworfen. Sein Gewicht presste mich unter Wasser. Sofort versuchte ich, mich zu befreien, aber ich hatte im Fallen den Dolch verloren. Die Hände des Monsters drückten mich wie unbewegliche Gewichte nach unten.

Die Luft ging mir rasend schnell aus. Ich hatte mich nicht

vorbereiten können. Hatte keinen tiefen Atem geholt. Die Nägel des Biests rissen meine Haut auf.

Ich wollte schreien und musste mich zwingen, den Mund geschlossen zu halten. Es war mitunter das Schwerste, was ich je hatte tun müssen. Meinen Instinkt komplett zu unterdrücken.

Dann endlich half mir Tian aus der Klemme. Er warf sich gegen das Monster, sodass es lange genug von mir abließ und schließlich zur Seite fiel, damit ich wieder an die Oberfläche kommen konnte.

Keuchend rappelte ich mich auf. Blutend und mit schmerzenden Blessuren, aber lebend. Ich spürte kaum noch meine Finger. Sie wirkten um ein Vielfaches vergrößert, dabei sahen sie ganz normal aus. Nur blau angelaufen.

Tian hielt das Monster mit seinem Kurzschwert auf Trab. Tatsächlich hatte es statt der massiven Flosse nun zwei menschlich wirkende Beine, die trotzdem andersartig geformt waren. Kurviger, länger. Auch die gelbliche Haut verhinderte, dass ich es als Mensch sehen konnte. Ich verschwendete nur einen Moment, um nach dem Dolch zu suchen, ehe ich mich an Tians Anweisung erinnerte.

Der Ring. Ich musste den Ring finden, und dann könnten wir von hier verschwinden. Hoffentlich, ohne zerstückelt zu werden.

Den magischen Stein klaubte ich aus dem Wasser, da ihn zu finden das Leichteste gewesen war. Er leuchtete noch immer, und ich brauchte sein Licht, um mich in der Höhle umsehen zu können.

Es fiel mir schwer, nicht ständig über meine Schulter zu blicken, um sicherzugehen, dass Tian noch lebte. Aber ich sollte mich besser beeilen.

Ich bewegte den Stein mal nach links und mal nach rechts. Es gab mehrere Nischen und Hohlräume im Felsen, die mit

Algen und Fischskeletten ausgefüllt waren. Wahrscheinlich die Art und Weise des Monsters, Ordnung zu schaffen.

»Wo ist es?«, flüsterte ich und tastete mit den tauben Händen weiter an den unebenen Wänden entlang. Mein Körper zitterte vor Kälte. Ich war vollständig durchnässt.

»Pass auf!«, rief Tian keinen Moment zu früh.

Ich wirbelte herum und sprang zur Seite, als das Meermonster neben mir gegen den Felsen krachte und dabei die Wände zum Beben brachte.

Eilig wich ich weiter zurück und damit tiefer in die Höhle. Es war das Ende. Auf einer Erhöhung gab es eine Art Bett aus Algen, das groß genug für das Monster war.

Tian stellte sich über das Wesen und drückte ihm die Klinge in den Bauch. Ich wandte mich ab.

So schnell ich konnte, rannte ich auf das Algenbett zu und nahm es auseinander. Lage für Lage, bis meine Finger auf etwas Hartes stießen. Ich holte den Ring nach anfänglichen Schwierigkeiten, während derer er mir ständig aus den Fingern geflutscht war, daraus hervor.

»Hab ihn!«

»Großartig«, keuchte Tian, der von dem Monster in den Schwitzkasten genommen wurde. Sein Schwert hatte er verloren. »Etwas Unterstützung ... wäre ... erwünscht.«

»Sofort!« Wenn die Situation nicht so heikel gewesen wäre, hätte ich sie amüsant gefunden. Ich steckte den Ring ein, platzierte den magischen Stein auf einem natürlichen Vorsprung in der Wand und klaubte dann direkt danach das Kurzschwert aus dem Wasser. Im Gegensatz zu meinem Dolch war es leicht auszumachen gewesen.

Ich attackierte den massigen gelblichen Arm des Monsters und hackte darauf ein. Zum Glück war es durch die vielen Wunden, die ihm von Tian zugefügt worden waren, weder sonderlich geschwind noch stark. Es versuchte, nach mir zu greifen, und ließ dabei Tian aus den Augen, der ihm den Ellbogen in die Kehle rammte.

Die roten Augen des Monsters verdrehten sich. Tian ließ nicht von ihm ab und bearbeitete es mit Schlägen und Tritten, während das Monster ihm kaum noch etwas entgegenzusetzen hatte.

Ich warf Tian das Schwert zu, als er mit einer Hand danach verlangte, und beobachtete, wie er die Bestie mit einem gezielten Schlag köpfte. Blut spritzte für einen Moment einer Fontäne gleich hervor, ehe der Strahl abebbte.

Ich sollte hinsehen. Schließlich war ich mit für den Untergang dieser Bestie verantwortlich; gleichzeitig drehte sich mir der Magen um. Sonst war ich auch nicht so zimperlich. Es musste an meiner Erschöpfung liegen.

Der Körper des Meermonsters klappte kläglich in sich zusammen, und der Kopf klatschte lautstark ins Wasser. Tian stand triefend nass, mit glänzendem Schwert und blutenden Wunden über der leblosen Bestie. Wäre er ein Mensch gewesen, hätte er schwer geatmet. Als Vampir bewegte sich seine Brust nur minimal. Einzig aus Gewohnheit. Es war fast unheimlich, wie still er dastand.

»Tian?« Nervös watete ich an seine Seite. »Alles in Ordnung?«

»Ja, es ist nur …« Er legte den Kopf schief. Blut und Wasser tropften von seinem Kinn. »Ist es seltsam, dass ich es eigentlich nicht töten wollte?«

Ich schüttelte den Kopf. Mit einer Hand wischte ich mir übers Gesicht. »Es geht mir genauso. Was wohl den Unterschied ausmacht?«

»Wahrscheinlich, weil es letztlich doch menschliche Züge hatte. Aber es ändert nichts daran, dass es dutzenden Menschen das Leben genommen hat.« Tian befreite sich von seiner Melancholie und steckte das Schwert ein, ehe er sich zu mir drehte. »Der Ring?«

Nachdem ich ihm das Artefakt gegeben hatte, betrachtete er das goldene Band eingehend im blauen Schein des Steins. Das Monster war zwar tot, aber die Magie, die die beiden Steine verband, lebte noch.

»Danke. Wir sollten los. Die Zeit wird knapp«, sagte Tian plötzlich.

Auf dem Weg zurück fand ich durch Zufall meinen Dolch und steckte ihn in meinen Gürtel. Tian beeilte sich so, dass ich kaum zu ihm aufschließen konnte. Als wir die nächste Biegung erreichten, war es viel zu hell, als dass noch tiefste Nacht hätte herrschen können.

Die Sonne ging auf.

»Ruglio!«, rief Tian und rannte los.

Ich dachte nicht nach und lief ihm direkt hinterher. Doch es war schon viel später, als angenommen. Wir hatten uns verschätzt. Tian lief aus der Höhle raus, bevor ich ihn aufhalten konnte, und das Licht der Sonne verbrannte ihn.

»Tian!«, schrie ich, als er im Wasser zusammenklappte. Vermutlich das Einzige, das sein Leben rettete.

Ich war wie in einem Albtraum gefangen. Konnte nicht nachdenken, sondern nur agieren.

Was, wenn ...

Götter, bitte nicht.

Ich vergaß alles. Meine eigenen Schmerzen, meine tauben Gliedmaßen. Einfach alles. Nur um ihm zu helfen.

Als ich ihn erreichte, zog ich ihn mit letzter Kraft unter Wasser zurück in die Höhle. Sein Körper fühlte sich ungewohnt heiß an, aber ich traute mich nicht, nachzusehen.

Weiter und weiter.

»Götter, bitte nicht«, flehte ich. Es existierte allein die Furcht, ihn zu verlieren. Nicht schnell genug gewesen zu sein. »Tian. Tu mir das nicht an.«

Erst als wir den Teil der Höhle erreicht hatten, der nur noch von dem Licht des Steins erhellt wurde, wagte ich es, Tian aus dem Wasser zu ziehen.

Vor Schreck hätte ich ihn beinahe fallen gelassen.

Ich war froh, dass ich mit meiner bisherigen Annahme falschgelegen hatte, dass ein Sonnenstrahl ausreichte, um einen Vampir in Asche zu verwandeln. Tian lebte noch. Seine Lider flackerten, doch abgesehen davon ... Die Auswirkungen von den wenigen Sekunden im Tageslicht waren katastrophal.

Jedes Stückchen Haut, das ich sah, war gerötet oder von Brandblasen übersät. Er glühte förmlich unter meinen Händen, als ich ihn auf einen flachen Felsen hievte, weg von der Leiche des Meermonsters.

»Tian, wach auf«, rief ich, wagte es aber nicht, ihn zu schütteln, aus Angst, es schlimmer zu machen. »Bitte.«

Wie konnte er derart kopflos handeln? Ruglio hatte sich bestimmt an einen geschützten Ort zurückgezogen. Aber Tian hatte nur an ihn denken können und daran ... dass es seine Schuld war? Vermutlich.

Er stöhnte.

Was sollte ich tun? Ich konzentrierte meinen Blick auf die Wunden in seinem Gesicht, um zu sehen, ob sie sich von allein regenerierten. Nichts geschah. Wenn überhaupt schienen die Blasen größer und röter zu werden. Ich riss Tians Hemd vorne auf, und tatsächlich weiteten sich die Wunden am ganzen Körper aus.

Hatte ich doch recht gehabt? Würde er so oder so sterben?

Hilflos sah ich von ihm zum Ausgang der Höhle und wieder zurück. Was sollte ich tun? Konnte ich überhaupt etwas unternehmen?

Mein Blick fiel auf meine Hände, die sich an Tians Hemd klammerten. Auf das Blut, das uns beide verband.

»Du hast den Verstand verloren«, zischte ich und meinte mich selbst damit.

Selbst wenn ... Ich musste es versuchen. Wenn ich es nicht tat, würde ich es bereuen. Ich war vielleicht bis vorhin noch nicht bereit gewesen, es mir einzugestehen, doch ich mochte Tian. Er war ein Vampir, und ich hatte angefangen, ihn zu mögen.

»Ein Versuch kann nicht schaden, hm?«

Ich löste meine Hände von ihm und nahm den Dolch von meiner Hüfte. Obwohl ich die Entscheidung bereits getroffen hatte, zögerte ich. Es könnte nach hinten losgehen. Ich könnte mich verschätzen. Tian unter- oder überschätzen.

Letztlich siegte meine Verzweiflung, und ich schnitt mir mit der Klinge in die Handinnenfläche. Als mein Blut hervorquoll, ließ ich es auf Tians Lippen tropfen.

Erst langsam. Ein Tropfen, zwei. Dann kam mehr und mehr.

Zuerst regte er sich nicht – abgesehen von dem Flattern seiner Lider –, doch dann bemerkte ich, dass er schluckte. Ein Stöhnen löste sich aus seiner Kehle.

Tat sich etwas an seinen Wunden? Ich beugte mich über seine Brust, um in dem fahlen Licht mehr zu erkennen, als mich Tian packte. Blitzschnell umfasste er meine Arme und drehte uns, sodass er mich unter sich vergrub. In der nächsten Sekunde stieß er seine Fangzähne in meinen Hals.

Ich schrie auf. Mehr vor Schreck als vor Schmerzen, denn fast sofort stellte sich ein Gefühl der Glückseligkeit ein. Es besaß die Macht, den Schmerz und den Schock in Sekundenschnelle in den Hintergrund zu drängen.

Unwillkürlich presste ich mich enger an seinen Körper und grub meine Hand in seine feuchten Locken, damit er sich noch mehr von mir nahm. Er konnte alles haben, solange er nur nicht aufhörte.

Noch nie in meinem Leben hatte ich etwas Derartiges gespürt. Wenn dies das Jenseits war, wollte ich nie wieder zu den Lebenden zurückkehren.

Ich stöhnte leise.

»Tian«, wisperte ich.

Es war, als hätte ich einen Zauber gesprochen. Oder ich hatte den Zauber mit diesem einen Wort gebrochen. Abrupt löste er sich und ließ mich prompt ins Wasser fallen. Als ich die Lider öffnete, stand er mit glühend roten Augen am anderen Ende des Ganges. Die Arme nach unten gestreckt und die Hände zu Fäusten geballt.

Ich presste eine Hand auf meinen blutenden Hals. Die Euphorie ließ nach. Stechender Schmerz breitete sich in mir aus, und mit ihm kämpfte die alles umfassende Kälte.

Es war ein kleiner Trost, dass die Brandblasen verschwunden waren. Tian war geheilt.

»Warum hast du das getan?«, knurrte er so tief und animalisch, wie ich ihn noch nie gehört hatte. Mit dem Handrücken wischte er sich das Blut, *mein* Blut, von den Lippen.

»Falls du das vergessen hast, du bist gerade fast gestorben«, spuckte ich zusammen mit Wasser aus. Ich verdrehte die Augen, um über meine Unsicherheit hinwegzutäuschen. »Ein Dankeschön wäre angebracht.«

»Ich habe nicht darum gebeten …«

»Tian!« Was war bloß in ihn gefahren?

»Ich hätte dich töten können, Billie! Und nicht nur das, ich …« Er sah zur Seite, die Lider geschlossen. Als er sie erneut öffnete, war das Rot aus seinen Augen verschwunden. »Götter, wir müssen hier weg.«

»Und wie soll das gehen? Hast du nicht aus dem gelernt, was gerade passiert ist?« Weil ich von ihm keinen Dank mehr erwartete, kümmerte ich mich um meine Wunden. Mir blieb bloß die Möglichkeit, Stücke meines Hemds zu zerschneiden, um sie mir um den Hals und den Unterarm zu binden.

»Ruglio …«

»Er ist in Sicherheit. Ganz bestimmt«, beschwichtigte ich ihn.

»In der Höhle geht es nicht weiter?«

Ich schüttelte den Kopf. »Nicht dass ich gesehen hätte.«

Er verbrachte die nächsten Minuten damit, sich selbst zu überzeugen, während ich unkontrolliert zitterte. Mir war kalt, ich war verletzt, und mir war Blut ausgesaugt worden, während die Person, der ich das Leben gerettet hatte, mich ignorierte. Ich konnte es nicht erwarten, diese Höhle zu verlassen.

24

Der Tag in der Höhle verging grauenvoll langsam. Immer wieder fiel ich in einen Dämmerzustand, und immer wieder sorgte Tian dafür, dass ich aufwachte und mich bewegte. Mir war so verdammt kalt, und nichts änderte etwas daran.

Tian blieb auf Abstand, auch wenn er sich ständig entschuldigte, dass er von mir ... getrunken hatte und mir keine Wärme spenden konnte.

Es half zu sehen, dass er wohlauf war.

Während der Minuten, in denen ich mich der Wärme wegen bewegte, überprüfte ich den Stand der Sonne. Gegen Mittag begann mein Magen, heftig zu knurren, und kurz vor Sonnenuntergang war ich fast so weit, mich an den Algen zu versuchen.

»Dich zwingt niemand, in der Höhle zu bleiben«, sagte Tian schon recht bald.

»Und wo soll ich hin? In meinem Zustand ans Ufer schwimmen?«

»Es könnte flach genug sein, um zu gehen«, gab er grummelnd zurück.

»Vielleicht.« Obwohl er recht hatte und es irrsinnig war, hier zu bleiben, ließ ich ihn nicht allein.

Aber kurz bevor ich mich an den Algen gütlich tat, tauchte Ruglio auf. Natürlich ohne das kleinste Anzeichen einer Verletzung.

Tian konnte die Höhle nicht schnell genug durchqueren.

Fragend sah mich Ruglio an. Als sein Blick auf meinen Hals fiel, verdüsterte sich seine Miene.

»Er war schwer verletzt«, sagte ich, als müsste ich seinen Freund in Schutz nehmen. Oder mich rechtfertigen. »Jetzt ist er sauer deswegen.«

Er gestikulierte mit den Händen. Wie hat er sich verletzt?, verstand ich.

»Er ist in die Sonne gegangen, weil er sich Sorgen um dich gemacht hat«, antwortete ich und ließ mir von ihm hinaushelfen. Ich war so erschöpft, dass es mir alles abverlangte, selbst durch das Wasser zu waten.

Im Boot wurde ich mit feuchten Decken überhäuft, was die Heimreise nur geringfügig erträglicher gestaltete. Mehr als eine Stunde später kamen wir endlich in der unterirdischen Anlegestelle von Tians Haus an.

Obambo erwartete uns bereits. Von diesem Zeitpunkt an nahm ich fast nichts mehr wahr. Ich befand mich wie in einem Delirium.

Irgendwie gelang es mir die Treppen hinauf, wo ich schließlich in Kits Arme torkelte. Sie wechselte ein paar Worte mit Tian, ehe sie mich mit einem Arm um meinen Körper wegführte.

Ich wollte eigentlich nur schlafen, aber das erlaubte sie mir nicht.

Schweigend ließ sie daraufhin Badewasser ein und half mir beim Ausziehen. Doch das Wasser war im ersten Moment viel zu heiß, und ich konnte einen Aufschrei nicht unterdrücken.

»Es kommt dir nur so heiß vor«, sagte sie sanft. Ihre Stimme hörte sich gedämpft an durch die Watte, die meinen Kopf zu umgeben schien. »Es ist bloß lauwarm. Versuch es noch mal.«

Aber auch dieses Mal war es zu heiß, und ich konnte ein Wimmern nicht unterdrücken.

Letztlich musste ich mich erst mit ihrer Hilfe mit einem Waschlappen abreiben. Sie machte sich sogar die Mühe, meine Gliedmaßen zu massieren, um die Blutzirkulation anzuregen. Dann endlich konnte ich mich in die Wanne gleiten lassen, ohne das Gefühl zu haben, zu verbrennen.

Nachdem sie auch meine Wunden geheilt, mein Haar gekämmt und mir beim Ankleiden geholfen hatte, führte sie mich ins Bett. Eine Kohlepfanne war am Matratzenende platziert worden. Obambo schwebte neben mir auf und ab.

So umsorgt hatte ich mich bisher nur bei meinen Tanten und Hugh gefühlt.

»Ruh dich aus«, wies mich Kit streng an. »Dass du mir nicht vor Morgengrauen aufstehst, hast du gehört?«

»Hast du mir … verziehen?«, fragte ich, schon halb eingeschlafen.

Sie presste die Lippen aufeinander. »Fürs Erste, ja. Benimm dich von jetzt an, in Ordnung?«

Ich seufzte und glitt in den Schlaf.

Die Motten auf meinem Schlüsselbein juckten seit Stunden.

Moth wollte mich sehen, und zwar sofort.

Tian hatte sich nur einmal bei Kit nach meinem Befinden erkundigt und war dann verschwunden. Er hatte wohl vielversprechende Informationen über Hughs Aufenthalt erhalten, weshalb ich nicht mal verärgert sein durfte, ihn nicht zu sehen. Kit und Ruglio umsorgten mich, und Obambos durchgehende Präsenz war äußerst tröstlich.

Nach Mitternacht entschuldigten sie sich, weil sie zum Markt gehen mussten, während ich noch im Bett lag und das Tattoo zu ignorieren versuchte. Tian war ebenfalls aufgebrochen, weil er ins Rathaus gerufen worden war. Noch hatte er keine Zeit gefunden, zur Sumpfhexe zu gehen.

Obambo und ich blieben allein zurück.

»Kannst du den Bannzauber aufheben? Ich verspreche, ich werde zurückkehren, aber ich muss etwas erledigen.« Mittlerweile hatte ich gelernt, den Hausgeist nicht zu unterschätzen. Nicht nur das, ich sah ihn als meinen Freund an. Vielleicht als meinen ersten Freund außerhalb meiner Familie, und dabei konnten wir uns nicht mal vernünftig unterhalten. Doch er hatte mir mit seinem Verhalten gezeigt, dass er mich mochte und mir vertraute.

Er stöhnte leise, während ich meinen gewaschenen und getrockneten Umhang anzog.

»War das ein Ja?«

Er stöhnte erneut, und ich grinste, als er sich langsam in Bewegung setzte. Er nutzte sogar normale Durchgänge, damit ich ihm bis zum Foyer folgen konnte. An der breiten, mit Eisen beschlagenen Eingangstür hielt er einen Moment inne. Ich wartete, bis er zur Seite schwebte, und versuchte dann, die Tür zu öffnen.

Kein Bannzauber.

Dankbar drehte ich mich zu ihm um und warf ihm eine Kusshand zu. »Bis gleich, Bam.«

Moths Bediensteter ließ mich ein. Das Runzeln seiner ohnehin schon faltigen Stirn verhieß nichts Gutes. Umso überraschter war ich, als ich meine Tanten putzmunter im Salon vorfand.

Sobald sie mich erblickten, fielen sie mir regelrecht um den Hals. Strichen über meine Arme, küssten meine Wangen und überprüften, ob es mir gut ging.

Nachdem ich sie beschwichtigt hatte, konnte ich mich aus ihrer liebevollen Umklammerung lösen.

»Ich habe Hugh leider noch nicht gefunden. Mir ist etwas dazwischen gekommen«, sagte ich ausweichend.

Elma nickte ernst. »Moth hat dahingehend etwas angedeutet. Geht es dir gut? Du siehst ausgemergelt aus.«

»Es waren ein paar anstrengende Nächte.« Dass ich einem Vampir erlaubt hatte, sich an mir zu nähren, musste ich nicht erwähnen. »Und euch? Ich befürchtete, er würde seinen Zorn an euch auslassen.«

»Er lässt uns in Ruhe.« Frinn rieb sich über die Oberarme, als würde sie erschauern. »Ich kann nicht den Gedanken abstreifen, dass wir es verdient haben, eingesperrt zu werden. Als Ausgleich dafür, dass wir Hugh so lange nicht helfen konnten. Kein Wunder, dass er geflohen ist.«

Mein Gewissen regte sich erneut. Aber ganz gleich, wie ich über meine vergangenen Entscheidungen dachte, ich kam zu dem Entschluss, dass ich so gehandelt hatte, wie es mir am besten möglich gewesen war.

Bevor wir weiter über Hugh und das vergangene, katastrophale Jahr sprechen konnten, wandelte sich die Atmosphäre von heiter zu finster. Moth hatte den Salon betreten. Als schwarzer Schatten schwebte er förmlich ans andere Ende des Zimmers, bis er es sich an der Wand neben dem Kamin bequem gemacht hatte. Es sah so aus, als würde er sich mit einer Schulter anlehnen, doch die um seinen Körper wabernde Schatten verhinderten, dass ich sicher sein konnte.

Ich stellte mich vor meine Tanten.

»Lasst uns allein«, sagte oder vielmehr befahl er ihnen.

Mein Herz wurde schwer, als sie darauf warteten, dass ich dem zustimmte. Die Illusion aufrechterhaltend, als hätte eine von uns eine Wahl.

Um das Unvermeidliche nicht hinauszuzögern, nickte ich schließlich.

»Danke, dass du ihnen nicht wehgetan hast«, sagte ich, weil ich das Gespräch mit einer guten Note beginnen wollte.

Gleichzeitig versuchte ich, meine körperliche Reaktion einzuordnen. Das Ziehen in meiner Brust, das endlich nachgelassen hatte, nachdem es von Tag zu Tag deutlicher geworden war.

»Du bist eine Sklavin«, entgegnete er abwertend. »Ich habe keinen Nutzen mehr für dich. Ihnen wehzutun war naheliegend, aber unnötig.«

Ich bemühte mich um Ruhe. »Du kannst sie gehen lassen. Unsere Abmachung ist ohnehin hinfällig. Weder du noch ich haben uns an den Vertrag gehalten.«

»Ich sehe durchaus ein, dass der Fehler bei mir liegt.« Überrascht sah ich von der Vase auf, die ich bis dahin anvisiert hatte, weil mich die Schatten verwirrten. »Deshalb werde ich deine Tanten gehen lassen.«

»Wirklich?« Ich hatte zwar darum gebeten, doch nicht damit gerechnet, dass er so einfach nachgeben würde.

»Unter einer Voraussetzung«, schränkte er ein. Das Gesicht ein Kunstwerk aus Finsternis.

»Natürlich«, murmelte ich. Nichts kam ohne Bedingungen im Leben.

»Du wirst mir eine letzte Sache zugestehen.«

»Sache? Was für eine Sache?« Argwöhnisch presste ich die Brauen zusammen, während ich im Inneren bereits in Jubel ausbrach, weil ich ihm wahrhaftig meine Familie würde entziehen können.

»Wenn ich dich rufe, wirst du kommen. Ganz gleich, was gerade vor sich geht. Wie du über mich denkst. Du wirst kommen.«

»Ich ...«

Noch während ich zögerte, ihm dieses Versprechen zu geben, huschte sein Schatten so schnell durch den Raum, dass ich ihm nicht mit den Augen folgen konnte. Dann stand er auch schon hinter mir. So nah wie während unserer ersten Begegnung. Ich spürte seinen Atem auf meinem verbundenen Hals, weil ich mein Haar zu einem Zopf geflochten hatte.

Er griff nach dem Verband und löste ihn. Ich war so überrascht, dass ich nicht wusste, was ich tun sollte. Ihn weiter antagonisieren und ihn schlagen? Guter Plan …

Dann hatte er den Verband in der Hand und somit die Bisswunde an meinem Hals entblößt.

»Wer hat dich gebissen?« Seine Stimme klang menschlicher als jemals zuvor.

»Warum ist das wichtig?«

»War es dein Vampirmeister?«, hakte er nach.

Ich wirbelte herum. »Wenn du nicht gleich Abstand zwischen uns bringst, dann …«

Seine Augen. Fast glaubte ich, seine Augen gesehen zu haben, ehe sich die Schatten neu sortieren konnten. So nah hatten wir gestanden.

Als ich blinzelte, war er wieder zwei Meter von mir entfernt.

»Haben wir eine Abmachung?«, fragte er, anstatt weiterzubohren. Ich wollte ihm wirklich nicht von Tian und mir erzählen.

»Einverstanden. Solange es meine Familie nicht in Gefahr bringt, wenn ich zu dir komme«, fügte ich noch hinzu und erntete ein leises Lachen, dem nichts Warmes anhaftete.

»So soll es sein.« Er wandte sich bereits zum Gehen. Zumindest das konnte ich im Schattengeflecht erkennen.

»Warte, was ist mit meinem Tattoo?«

»Möchtest du es entfernen?« Wie sollte er mich dann rufen?

Ich zögerte. »Es hat mich beschützt«, sagte ich und brachte damit etwas vollkommen anderes hervor, als ich eigentlich vorgehabt hatte. Natürlich wollte ich sein Zeichen nicht länger auf meinem Körper tragen. Dann wiederum … »Bei der Begegnung mit der Wilden Jagd. Zwei Mal.«

Die Schatten bewegten sich hektischer. »Erzähl mir ganz genau, was geschehen ist.«

In so kurzen Sätzen wie möglich, rekapitulierte ich die beiden Begegnungen, ohne dabei Tian zu erwähnen oder die Tatsache, dass ich mich vor ihn gestellt hatte, um ihn zu beschützen.

»Interessant.« *Interessant?* Mehr hatte er nicht dazu zu sagen? »Wir könnten es entfernen, jedoch würde dies ein paar Stunden in Anspruch nehmen.« Legte er den Kopf schief? Das konnte ich nicht bestimmen.

»Für den Moment ist es in Ordnung«, nuschelte ich. »Danke.«

»Danke?« Er klang ehrlich verwirrt.

»Dafür, dass du unseren Vertrag auflöst, anstatt mich bis in meinen Tod zu treiben.«

»Dein Tod stand nie zur Debatte«, sagte er, und bevor ich etwas erwidern konnte, war er verschwunden. Mit ihm die beklemmende Stimmung und der Pakt, der Hugh fast ein Jahr hier festgehalten hatte.

Als hätten meine Tanten nur darauf gewartet, dass er verschwand, stürmten sie in den Salon zurück.

»Ihr seid frei«, verkündete ich stolz.

»Und was ist mit dir? Stimmt das? Du bist eine *Sklavin*?« Frinn wirkte vollkommen aufgelöst, dabei war sie eigentlich die beherrschtere der beiden Schwestern.

Sie hatten wohl gelauscht.

»Keine Sorge, es ist nicht so schlimm, wie du denkst«, beschwichtigte ich sie lächelnd. Nicht mehr.

»Wie kannst du das sagen? Es ist genau das eingetreten, wovor wir dich und Hugh haben beschützen wollen.« Elma schniefte.

»Es ist noch nicht vorbei. Ich kann zwar keine Magie wirken, solange Tian das Stäbchen in meinem Arm nicht entfernt, aber ...«

»Tian?«, fragte Frinn.

»Der Vampir, dem ich ... der mich gekauft hat.«

»Wir könnten es versuchen«, schlug Elma vor.

»Ich ... Ich glaube nicht, dass das funktioniert.«

»Warum nicht?«

»Ich bin sicher, nur mein *Meister* wird dazu fähig sein.«

»Es schadet nicht, es zu versuchen«, beharrte Elma und griff erst nach dem falschen Arm, ehe ich ihr den richtigen anbot.

Eigentlich wollte ich lieber früher als später das Haus verlassen, bevor Tian es sich anders überlegte, doch meine Tanten ließen sich erst davon überzeugen, als sie wieder und wieder dieselben Schmerzen spürten wie ich, wenn sie Anstalten machten, das Stäbchen aus meiner Haut zu holen.

»Es ist in Ordnung«, sagte ich erneut. »Damit komme ich schon zurecht. Ich habe einen Plan. Können wir dieses Haus jetzt endlich verlassen?«

Sie ließen sich nicht noch einmal bitten, und zusammen holten wir Salazar und Paddy aus dem Stall. Der griesgrämige Bedienstete hatte sich überraschend gut um sie gekümmert, dennoch freuten sie sich, als wir sie erneut vor den Wohnwagen spannten.

»Sollen wir dich noch ... bringen?« Frinn brachte es nicht übers Herz, *Meister* zu sagen.

Ich schüttelte den Kopf. »Macht euch auf den Weg. Sobald ich Neuigkeiten habe, schicke ich euch eine Nachricht.«

»Wie immer?«

»Wie immer.« Wenn meine Tanten sich außerhalb von Westwend aufgehalten hatten oder ich nicht ihren genauen Standort wusste, hatte ich ihnen stets eine Nachricht in einer Schenke hinterlassen. Die Wirtin verlangte bloß ein Bronzestück, um auf den Brief aufzupassen. »Seid vorsichtig. Die Wilde Jagd wird fast jede Nacht gesichtet, und die Reiter töten mehr als nur eine Person.« Kit hatte mir davon erzählt. Es waren zwar immer noch keine Vampirinnen oder Vampire unter den Opfern, trotzdem wurde auch der Rat nervös. Der magische Wald tauchte überall auf und gebar die schaurigsten Gestalten. Ganz gleich, wie oft man versuchte, ihn niederzubrennen.

»Wir passen auf uns auf und holen selbst Erkundigungen ein. Ganz dezent natürlich.« Elma strich mir über die Wange. »Ich will Moth keinen Grund geben, sein Handeln zu überdenken.«

»Er hat viel zu schnell zugestimmt, nicht wahr?« Frinn blickte grimmig drein.

Weil ich dieselben Befürchtungen hegte, konnte ich ihr schlecht widersprechen. »Ein Schritt nach dem anderen. Sobald wir Hugh gefunden haben, verschwinden wir von hier. Dann ist egal, was auch immer er geplant hat.«

Zum Abschied umarmten wir uns ein letztes Mal, ehe ich mich zurück zu Tians Haus begab. Ich wollte verhindern, dass meine Abwesenheit bemerkt werden würde.

Dafür war es allerdings zu spät, wie ich sofort erkannte, als ich das Foyer betrat. Kit stand mit den Händen in die Hüften gestemmt da und schimpfte Obambo aus.

»Hey«, begrüßte ich sie beim Hereinkommen.

»Billie!« Die Kirke drehte sich zu mir um, und Bam nutzte die Chance, um sich in Luft aufzulösen. Der kleine Schelm. »Du bist zurück.«

»Natürlich.«

»Was ist daran bitte natürlich? Das letzte Mal musste Tian dich zurückzuholen! Ich habe gerade schon überlegt, wie ich ihm die Nachricht beibringe, dass du …«

»Ganz ruhig, Kit.« Ich berührte sie an der Schulter. »Tian und ich haben uns geeinigt. Solange er mir hilft, Hugh zu finden, werde ich nicht abhauen.« In so vielen Worten hatten wir es nicht gesagt, aber das hatte ich zumindest unserem Gespräch für mich entnommen.

»Ist das so?« Sie schien nicht ganz überzeugt. Die Tatsache, dass ich zurückgekehrt war, hielt sie jedoch davon ab, mir weiter verärgert zu begegnen. Mit ihrem Missmut kam ich zurecht.

»In der Tat. Ich hab Kohldampf. Hat Ruglio was zubereitet? Es duftet nach gebratenem Schwein.« Ich legte einen Arm um ihre Schultern und lenkte sie in Richtung Küche.

»Für mich schon.«

»Jetzt bist du gemein.«

»Du hättest Bescheid sagen sollen.«

»Hast du dir Sorgen gemacht?«

»Natürlich habe ich mir Sorgen gemacht, Billie. Ob du willst oder nicht, du gehörst zur Familie.«

Es traf mich nicht so unerwartet, wie es das hätte tun sollen. Mein Herz zog sich schmerzhaft zusammen, weil diese Familie so viel mehr war als dieses Wort. Sie verließen sich aufeinander, unterstützten sich, ohne zu verurteilen und blieben mutig zusammen, um sich allen Widrigkeiten zu stellen. Dennoch wusste ich, dass sie für mich nicht von Dauer sein würde, und die Schuld dafür lastete allein auf meinen Schultern.

25

Ich saß mit Jamie in einem Wirtshaus und wusste nicht so ganz, wie das passiert war. Im einen Moment war ich mit Kit und Ruglio – dem es nach dem Kampf gegen die weiße Monstrosität auf dem Dachboden besser ging – über den Nachtmarkt geschlendert, im nächsten hatte mich Jamie mehr oder weniger entführt.

Es waren bereits vier Tage vergangen, seit mich Tian gebissen hatte, und seither hatte er sich nicht mehr bei mir blicken lassen. Sein Zimmer war mir verschlossen, wenn er sich darin aufhielt. Wenn ich versuchte, dort auf ihn zu warten, kam er einfach gar nicht zurück.

Kit versuchte, mich zu beschwichtigen, indem sie davon erzählte, dass er oft unter Stimmungsschwankungen litt. Gerade wenn er einen seiner neuen Pläne ausklügelte, in die er keinen von ihnen je einweihte. Manches Mal hatte er sich tagelang in seiner Werkstatt verbarrikadiert, wo er Glas geschmolzen und zu einem Kunstwerk zusammengesetzt hatte. Ich selbst hatte ihn dabei sogar schon beobachtet, aber ...

... aber so wollte ich es nicht haben. Ich hatte eigentlich angenommen, wir befänden uns auf Augenhöhe. Einmal abgesehen von dem Meister-Bediensteten-Verhältnis, das nur noch aus rein gesetzlichen Zwecken existierte. Davon war ich überzeugt.

»Billie? Hörst du mir zu?« Jamie wedelte mit einer beringten Hand vor meinem Gesicht herum, und ich kam wieder zu mir.

Entschuldigend lächelte ich ihn an. »Es schwirrt mir viel im Kopf rum.«

»Ist mir gar nicht aufgefallen«, scherzte er und lächelte verschmitzt. Ich hatte gedacht, dass ich gegen ihn gefeit wäre. Gegen sein Lächeln und das Grau seiner Augen und ... alles. Insbesondere nachdem ich Tian geküsst hatte und meine Gedanken entweder um ihn oder um Moth kreisten. Doch noch immer spürte ich die Anziehung zwischen uns. Etwas musste eindeutig mit mir nicht stimmen, dass ich mich plötzlich nicht nur zu einem, sondern gleich zu zwei hingezogen fühlte. »Kann ich dir irgendwie helfen?«

»Weniger attraktiv sein?«, schlug ich vor und erntete ein lautes Lachen, das selbst mir ein Lächeln entlockte.

»Also wenn das das einzige Problem ist ...« Er sah mich direkt an, ehe sein Lächeln erst aus seinen Augen schwand und dann von seinen Lippen. »Ich dachte, du empfindest etwas für Tian.«

»Wie bitte? Empfinden? Für Tian?« Ich schüttelte den Kopf. »Das ist absurd.«

»Deiner heftigen Reaktion nach bin ich mir da nicht so sicher, jedoch ...« Er ließ das Wort wie den Rauch einer ausgeblasenen Kerze zwischen uns schweben. Langsam beugte er sich vor, und ich konnte mich seinem Blick nicht entziehen. »Was wäre, wenn ich dir sage, dass ich dich auch anziehend finde?«

Mein Herz flatterte. Ich sollte nichts empfinden. Weder für ihn noch für Tian. Trotzdem hörte ich ihm weiter zu, während er mich nicht für eine Sekunde aus den Augen ließ.

»Als ich dich das erste Mal gesehen habe, ist mein Herz stehen geblieben. Klischeehaft und peinlich, um ehrlich zu sein.« Sein Blick wanderte von meinen Augen herab bis zu meinem Mund und schien dann mein Haar zu umfassen. »Ich weiß nicht, was in Tian vorgeht, aber ich ...«

Es war, als könnte er nicht mehr weiterreden. Als hätte er

sich so weit zu mir vorgelehnt, dass er nicht mehr weitergehen konnte. Sorgsam faltete er seine Gefühle wieder zusammen und verschloss sie hinter Tür und Riegel. All dies geschah innerhalb weniger Sekunden. Als ich realisiert hatte, was geschehen war, war es bereits zu spät. Er räusperte sich. »Vergiss das. Wo waren wir stehen geblieben?«

Das vergessen? Sein Geständnis vergessen?

Meine Hände waren so feucht, dass ich sie an meiner Hose abwischen musste. Ich hatte meinen Herzschlag noch nicht unter Kontrolle und musste erst wieder in der Wirklichkeit ankommen.

Jamie mochte mich. Genau das hatte er mit seinen Worten auszudrücken versucht.

»Also, brauchst du mit etwas anderem meine Hilfe außer mit dem hier?« Er deutete auf sein eigenes Gesicht.

Ich blickte auf den Wirt, der einem neuen Gast ein Bier einschenkte, ehe ich mich wieder gesammelt hatte. »Und wieder Tians Zorn riskieren?« Ganz allmählich fand ich den witzelnden Unterton zurück, mit dem wir dieses Gespräch eigentlich begonnen hatten.

Er hob eine Schulter. »Damit bin ich schon öfter zurechtgekommen, und es macht mir bei Weitem nicht so viel aus, wie er gerne hätte.«

»Lass ihn das nicht hören. Das wird sicher sein Ego treffen.« Jamie hob sein Bierkrug, und ich stieß mit meinem dagegen. Eigentlich hatte ich nicht vorgehabt, heute Nacht zu trinken, doch meine Gefühle waren von Jamie, Moth und Tian durcheinandergebracht worden. Zudem war meine Laune am Tiefpunkt angelangt, seit mir Tian aus dem Weg ging. Außerdem ließ es mich an meiner Entscheidung zu bleiben zweifeln. Hätte ich nicht vielleicht doch mit meinen Tanten gehen sollen? »Was machst du eigentlich hier?«

»Wo sollte ich sonst sein? Bei mir allein zu Hause?«

»Auf deiner Feierlichkeit waren so viele Gäste …«

»Dein Punkt?«

»Ich dachte, du wärst an allen anderen Tagen damit beschäftigt, deine Bekanntschaften einzeln zu pflegen.«

»Ich gebe solche *Feierlichkeiten*, damit ich das gerade nicht tun muss. Abgesehen von Tian sind sie mir herzlich egal.« Sein Blick brannte sich förmlich in mich hinein.

Abgesehen von Tian und *dir.* Das wollte er damit sagen, und doch sprach er es nicht aus.

Ich wusste nicht, wie ich damit umgehen sollte, weshalb ich es ignorierte. Darin war ich mittlerweile geübt.

»Warum gibst du dich dann überhaupt mit ihnen ab?«

»Weil ich sonst nichts anderes habe.« Er lächelte, um seinen Worten die Traurigkeit zu nehmen. Das Mitleid, das sich daraufhin in mir regte, konnte ich nicht gänzlich unterdrücken. Auch wenn er es vermutlich nicht haben wollte.

»Auf das Alleinsein«, prostete ich ihm zu, und wir stießen erneut an.

Nachdem ich den Krug geleert hatte, wurde er sofort wieder aufgefüllt, sodass ich irgendwann den Überblick verlor, wie viel ich eigentlich trank. Die Welt wurde etwas weniger düster und meine Sorgen kleiner, auch wenn das schlechte Gewissen blieb, weil ich Hugh nach wie vor nicht gefunden hatte.

»Du bist kein Kronvampir, nicht wahr? Genauso wenig wie Tian.«

»Bin ich nicht«, stimmte er zu, das Kinn auf einer Hand abgestützt. Sein Blick verträumt.

»Willst du dir auch keine Blutbraut nehmen?«

»Hat Tian das von sich gesagt?«

»Er will sein Schicksal niemandem aufbürden.« Ich hickste. »Ich weiß nicht, ob er wirklich so denkt, aber immerhin handelt er danach.«

»Inwiefern?«

»Er hat einen Weg gefunden. Die Sumpfhexe ...«, antwortete ich, ehe ich mir auf die Lippe biss. Es war besser, diesen Teil für mich zu behalten und das Thema zu wechseln. »Wusstest du von seinem Wunsch nach Vergeltung?«

»Er hat es mal erwähnt, ja.« Jamies Blick bohrte sich in meinen. Er hatte wirklich schöne Augen, selbst wenn sie nicht kobaltblau waren, sondern grau schimmerten. »Er hat mir außerdem von deinem Cousin erzählt. Hugh?«

»Ja, Hugh. Ich weiß nicht, wo er festgehalten wird. Ob es ihm gut geht oder er überhaupt noch lebt.« Tränen stiegen mir in die Augen. »Es ist alles meine Schuld.«

»Bestimmt nicht«, sagte er, wie es ein guter Freund tun würde. Er berührte meine Hand, die ich um den Krug geklammert hielt. Warm und sanft. Ich hatte mich gerade erst daran gewöhnt, als er sie auch schon wieder wegzog. »Ich glaube, ich weiß, wo er ist.«

»Was? Wo?« Ich rückte näher an ihn heran und blendete die Geräusche um uns herum aus. »Kannst du mich zu ihm bringen?«

Er massierte sein Kinn, wirkte nervös. »Ich bin noch nicht sicher. Bei dem Haushalt ... Ohne Einladung kommt man da schlecht rein, aber es könnte eine Möglichkeit geben, ihn für dich zu kaufen.«

Ich zuckte bei seiner Wortwahl zusammen. Das war keine Absicht seinerseits, trotzdem war es mir unangenehm.

»Das würdest du für mich tun?« Hoffnung regte sich in mir, dass die Suche endlich ein Ende gefunden hatte.

»Natürlich. Ich habe bereits ein Treffen arrangiert und wollte dir nur vorher Bescheid geben. Deshalb hatte ich dich hier eigentlich abgefangen.« Bevor wir uns beide hatten ablenken lassen. Er presste die Lippen zusammen, während ich ihn mit Dankesreden überschüttete. »Kannst du vielleicht auch etwas für mich tun?«

»Du meinst deinen Gefallen?«

»Den habe ich ganz vergessen«, antwortete er verschmitzt lächelnd. »Du kannst auch ablehnen, aber es würde mir viel bedeuten ...«

»Um was geht es denn?«

»Ehrlich gesagt sind es zwei Sachen, um die ich dich bitten möchte.« Er fuhr sich durchs Haar und wirkte aufgeregt und gleichzeitig unsicher. Als ich nichts weiter sagte, fuhr er fort: »Kannst du mir versprechen, dass du Westwend verlässt? Sobald du mit Hugh vereint bist? Hier ist es nicht sicher. Weder mit der Jagd noch mit dem sich ausbreitenden Wald ...«

Ich schluckte. »Das hatte ich ohnehin vor. Ich muss bloß dieses Stäbchen unter meiner Haut loswerden und dann ...« Denk nicht an Tian! »Dann würde ich verschwinden. Was ist die andere Sache?« Es schmeichelte mir, dass er sich genug Sorgen um mich machte, dass es für ihn ein Gefallen war, wenn ich die Stadt verließ.

Gleichzeitig tat es absurd weh, darüber nachzudenken, ihn und Tian und Kit, Ruglio und Bam zu verlassen. Wahrscheinlich für immer.

»Es fällt mir schwer, dich das zu fragen, weil ich nicht will, dass du deinen Meister betrügst, aber ...«

»Er ist nicht mein Meister, Jamie!«, zischte ich laut genug, um ein paar neugierige Blicke der anderen Gäste auf uns zu ziehen. Ich duckte mich, wie um mich zu verstecken.

»Entschuldige, natürlich nicht. Es ist ... Er hat etwas, das ich brauche. Ich weiß nicht genau, wo es sich befindet, aber ich würde auf sein Schlafzimmer tippen. Das ist der einzige Raum, den er wie seinen Augapfel hütet.«

»Was ist es?« Meine Neugier war entfacht. Und mein Misstrauen.

»Ein magisches Instrument. So was in der Art jedenfalls.« Seine Mundwinkel zuckten nach unten. »Ich weiß nicht, ob du davon gehört hast, doch tatsächlich bin ich einer der schwächsten Vampire, und dieses gläserne Instrument würde mir zumindest helfen, mich gegen meinesgleichen durchzusetzen.«

»Moment mal.« Ich hob beide Hände und versuchte, meine Gedanken zu ordnen. »*Du* sollst einer der schwächsten sein? Du hast fünf Vampire auf einmal zu Kleinholz verarbeitet.«

»Kunststücke und Täuschung«, murmelte er.

»Selbst wenn ...« So ganz konnte sich mein beschwipster Verstand nicht damit abfinden. »Warum gibt Tian es dir nicht einfach? Ihr seid befreundet.«

»Weil ihn Macht nicht interessiert«, antwortete Jamie mit einem verbitterten Unterton. Das war tatsächlich mitunter der stärkste Grund, warum ich ihm glaubte. Er klang ehrlich verletzt.

»Das stimmt nicht. Sonst würde er nicht ...«

»Vielleicht interessiert es ihn bloß, wenn es ihn selbst betrifft.« Er fing meinen Blick auf und bemühte sich offensichtlich um eine gute Atmosphäre zwischen uns. »Er will es mir nicht geben, weil er denkt, dass ich unter seinem Schutz gut zurechtkomme. Aber will ich für immer in seinem Schatten stehen? Nein. Ich will meine eigenen Entscheidungen treffen. Ihn zur Abwechslung auch mal beschützen. Dich und Kit, Ruglio und Bam. Ständig fühle ich mich so hilflos und allein. Kannst du das verstehen?«

Wir sahen einander an.

»Mehr als du denkst«, flüsterte ich. Unwillkürlich war ich mit den Fingern über das Stäbchen gefahren.

»Haben wir eine Abmachung?«

Nachdenklich malträtierte ich meine Unterlippe mit den Zähnen. »Du kannst mir Hugh wirklich zurückbringen?«

»Das verspreche ich. Bei meiner Ehre.«

»Dann gebe ich dir das magische Instrument.« Als wir

uns die Hände über den Tisch hinweg schüttelten, spürte ich bereits den ersten Anflug eines schlechten Gewissens. Auf Jamies Handel einzugehen bedeutete nicht nur, dass ich bald meine Freiheit erlangen würde, sondern auch, dass ich nicht genügend Vertrauen in Tians Fähigkeiten besaß. Die Wahrheit allerdings war die, dass weder Hugh noch ich seine Priorität darstellten. Sobald er der Sumpfhexe das letzte Artefakt überreichte, würde er zum Kronvampir aufsteigen und seine Rache bekommen. Warum sollte er mir dann noch helfen? Er hatte selbst gesagt, dass es für ihn nach seiner Rache keinen Grund zum Leben mehr geben würde.

Jamie und ich vereinbarten, uns ähnlich wie meine Tanten und ich es zu tun pflegten, eine Nachricht in dem Wirtshaus zu hinterlassen, sobald einer von uns seine Aufgabe erledigt hatte. Alles, damit Tian nichts davon mitbekäme.

Nachdem wir uns voneinander verabschiedet hatten, suchte ich Kit auf, die leicht zu finden war. Ich hatte sie eigentlich in der Nähe des Hexers mit den magischen Talismanen zurückgelassen, doch eine Menschentraube zog meine Aufmerksamkeit auf sich. Es könnten sich auch vereinzelt Hexen, Hexer sowie Vampirinnen und Vampire dort aufhalten. So genau achtete ich nicht auf sie. Meine Aufmerksamkeit galt eher den zwei Streithähnen. Oder waren es dann in diesem Fall Streithennen?

Kit hielt den Kopf einer anderen Frau im Schwitzkatzen und zog an ihrem Haar, während diese aufschrie und versuchte, Kit mit ihren Fingernägeln zu verletzen.

»Das gehört zu meinem Zauberstab!«, schrie Kit.

»Ich hatte es zuerst in der Hand!«, ereiferte sich die andere, die sich aus Kits Griff winden konnte und nun atemlos dastand.

»Nein, du hast es mir weggenommen!« Kit wedelte mit dem Finger vor ihrer Nase. »Gib es her!«

»Nein.« Die kleine Schwarzhaarige verschränkte stur ihre Arme.

»Gib es ...«

»Erst wenn du mir ein Bier spendierst.« Sie grinste breit.

»Was?« Blinzelnd wich Kit einen Schritt zurück.

Die Menge lachte auf, manche gingen bereits weiter, weil der erhoffte Kampf sich als zu kurz erwies.

»Ich bin Hattie. Gib mir was aus und du bekommst den Splitter zurück.« Sie zwinkerte Kit zu, wodurch ihre Wangen sich als Reaktion verdunkelten. »Einverstanden?«

»Ich ... habe heute keine Zeit.« Kit klang nicht wie sie selbst, doch da die Gefahr vorbei war, beschloss ich, nicht einzugreifen.

»Das ist fein. Wie wäre es mit morgen Nacht zur gleichen Zeit hier?« Kit nickte bedröppelt, und Hattie holte ein Stück Holz aus ihrer bestickten Westentasche hervor. »Als Zeichen meines guten Willens gebe ich es dir jetzt schon.«

»Warum?«

»Wollte sehen, ob du Feuer in dir hast.« Sie wartete, bis Kit ihr das Stück des Zauberstabs abgenommen hatte, dann machte sie auf dem Absatz kehrt und verschwand.

Hilfesuchend sah die Kirke sich um, bis ihr Blick mich fixierte. Ich lächelte, als ich auf sie zutrat.

»Was war das denn?«

»Wenn ich das wüsste, könnte ich es dir sagen«, murmelte sie, den Holzsplitter in ihrer Faust. »Schnell weg hier.«

Das ließ ich mir nicht zwei Mal sagen.

26

Das Auftauchen von Hattie – wer auch immer sie war – hatte etwas Gutes. Sie hatte Kit vollkommen durcheinander gebracht, sodass ich im Haus verschwinden konnte, ohne von ihr mit einer Aufgabe bedacht zu werden.

Nach einem prüfenden Blick fand ich Ruglio im weißen Salon sitzend und ein Buch lesend. Ich winkte ihm zu und bekam zum ersten Mal ein Lächeln als Antwort. Obambo hatte sich in sein Häuschen zurückgezogen, wie er es manchmal tat, um Energie zu sammeln. Dazu brauchte er magisch aufgeladene Steine, die drum herum platziert waren.

Niemand beachtete mich, als ich mich in den Ostflügel begab und an Tians Schlafzimmertür klopfte.

Ich war zwiegespalten. Einerseits wünschte ich mir, dass er endlich da war und mir die Tür öffnete. Andererseits wollte ich das Instrument so schnell wie möglich an mich bringen, um meinen Teil der Abmachung einzuhalten.

Meine wirren Gefühle mit meinem eigenen Verlangen in Einklang zu bringen stellte sich als größte Schwierigkeit heraus. Ich wusste, was ich tun *musste*, aber ich wusste nicht, was ich eigentlich tun *wollte*.

Tian antwortete mir auch nach dem vierten Klopfen nicht, und als ich den Türknauf drehte, öffnete sich die Tür ohne Weiteres. Mir war es nie vorgekommen, als würde Tian den Raum wie seinen Augapfel hüten, doch was wusste ich schon? Jamie war viel länger mit ihm befreundet und kannte ihn dementsprechend besser. Das musste ich akzeptieren.

Tian war jedenfalls wieder ausgeflogen. Ob er die Sumpfhexe ohne mich aufsuchte, wie ich es ihm gesagt hatte? Oder war er wieder im Rathaus beschäftigt? Es wunderte mich, dass er das Artefakt nicht längst abgegeben hatte. Zögerte er meinetwegen? Traute er der Sumpfhexe doch nicht?

Ich drückte die Tür hinter mir ins Schloss und wartete einen Augenblick, ob er nicht doch aus dem Waschraum herbeieilte. Es blieb still.

»Du kannst das«, murmelte ich und begann meine Suche. Dabei ließ ich kein Möbelstück unbeachtet. Erst in der Nähe seines Bettes und von dort aus zum Waschraum bis zur Glaskuppel.

Ich robbte auf Knien von Ecke zu Ecke, fasste unter den Tisch und stellte mich dann darauf, um die Wand nach geheimen Hebeln oder Mechanismen abzutasten. Staub wirbelte auf und brachte mich zum Niesen. Minuten vergingen, in denen meine Frustration immer weiter anstieg. Gleichzeitig wurde mir klar, dass ich nicht ewig so weitersuchen konnte.

Während ich neben dem Flügel stand, klopfte ich meine Kleidung ab und entfernte Staub und Spinnweben. Den Blick ließ ich ein weiteres Mal durch den riesigen Raum schweifen. Hier gab es kein gläsernes Instrument, das im Entferntesten nach dem aussah, was Jamie mir beschrieben hatte: einer Sanduhr ähnelnd.

Ich befürchtete, die Abmachung mit Jamie ließ sich nicht ganz so einfach einhalten, wie ich es mir erhofft hatte. Das Instrument nicht hier zu finden bedeutete, dass ich das gesamte Anwesen auf den Kopf stellen müsste. Und wie viele Räume beinhaltete dies? Einhundert? Einhundertfünfzig? Ich konnte mir nicht mal eine Zahl ausdenken, weil ich bisher nur einen Bruchteil gesehen hatte.

Mit der Hand fuhr ich über die glatte Oberfläche des Flügels, bis ich die Tasten erreichte. Man konnte darauf eine schöne Melodie klimpern, wenn man darin begabt war, ein Instrument zu ...

Ich erstarrte, als mir ein Gedanke kam. Hatte Tian etwa ...?

Meinem Einfall folgend ging ich in die Knie, um unter dem Flügel nachzuschauen, als in dem Moment die Tür geöffnet wurde. Mein Herz setzte aus.

Ganz langsam stand ich auf und drehte mich um. Tian hatte das Zimmer in Sekundenschnelle durchquert und sich bereits dicht vor mir positioniert. Seine Nasenflügel bebten.

Oh, er war wütend.

»Du solltest hier nicht sein«, knurrte er, packte mich an den Armen und drehte mich zu der Wand, die vorher in seinem Rücken gewesen war.

»Was machst du da?« Ich konnte nicht verhindern, dass sich leichte Panik in meine Stimme mischte. Seine Augen hatten sich rot gefärbt.

»Du«, sagte er, obwohl das nichts mit meiner Frage zu tun hatte.

»Was?«

»Du bist mein Problem. Verstehst du nicht? Du bist es.« Er presste die Lider zusammen und atmete tief durch die Nase ein, bevor er seine Arme sinken ließ. »Es ist meine Schuld. Ich hätte misstrauisch werden sollen, als mich die Sumpfhexe fragte, ob ich meine Meinung nicht geändert habe. Aber das bin ich nicht. Ich war so sehr auf alles fokussiert, was *nichts* mit dir zu tun hat ...«

»Ich weiß nicht, was du mir sagen willst, Tian.« Offensichtlich ging es um etwas anderes als mein Rumschnüffeln in seiner Abwesenheit.

Das beruhigte mich in diesem Augenblick allerdings nur minimal. Er benahm sich nicht wie er selbst.

Als er seine Augen öffnete und diese wieder die normale kobaltblaue Farbe annahmen, kribbelte es in meiner Bauchgegend. Der gequälte Ausdruck in ihnen rief ungeahnte Gefühle in mir hervor, die nicht hätten sein dürfen.

»Du bist meine Blutbraut, Billie. *Das* will ich dir sagen.«

Geschockt war ein zu harmloses Wort, um zu beschreiben, was ich in diesem Moment empfand.

»Das glaube ich nicht. Das kann nicht sein.« Ich schüttelte den Kopf. »Das *sollte* nicht sein.«

Aber was wusste ich schon vom Schicksal?

»Warum nicht?« Tian ließ mich keine Sekunde aus den Augen. Hatte er mit meiner Reaktion gerechnet? »Es ist bloß eine Sache von Wahrscheinlichkeiten, und von dort ist es nicht weit bis zur Wirklichkeit.«

»Gut, fein. Ich versteh das.« Überhaupt nicht! Doch um des Gesprächs willen würde ich seine Worte glauben. »Aber wieso bist du wütend? Du hast doch bereits einen Plan aufzusteigen, und dieser Plan beinhaltet nicht mich.«

»Du lässt mich zögern.« Er blickte zur Seite. Beschämt. »Ich weiß, du würdest nichts davon wollen. Ich weiß, du willst nicht meine Blutbraut sein. Nicht ... Aber dein Blut, einmal gekostet, ist es schwer für mich, es zu vergessen.«

Es war so viel auf einmal, dass ich mich nicht auf alles konzentrieren konnte. Ich wollte ihm so viel sagen, so viele Fragen stellen, und gleichzeitig brauchte ich einen Moment, um das zu verarbeiten.

»Das ist der Grund, warum du mich nicht mehr an deiner Seite haben willst?«, krächzte ich, weil sich meine Kehle plötzlich staubtrocken anfühlte.

»Es ist zu gefährlich für dich. Es tut mir leid. Ich wünschte ...«

»Dann lass mich gehen«, unterbrach ich ihn instinktiv und bereute es sogleich, als ich die Pein in seinem Gesicht erkannte.

Trotzdem wollte ich mein Dasein als Hexe, die jemand anderes gehörte, endlich beenden. Konnte er das verstehen? »Du wirst es trotzdem nicht tun, oder?«

»Ich versuche immer noch, Hugh zu finden ...«, murmelte er wenig überzeugend.

»Das brauchst du nicht. Ich kann ihn allein aufspüren. Lass mich gehen, Tian«, bat ich ruhig. »Bevor es zu spät ist.«

Ich hielt seinem durchdringenden Blick stand, obwohl ich mir miserabel vorkam. Obwohl ich ihm eigentlich sagen wollte, dass ich begonnen hatte, Gefühle für ihn zu hegen. Die Sünde zu groß für uns beide. Eine Hexe, die sich in einen Vampir verliebt hatte.

Lächerlich.

Sekunden verstrichen. Wir atmeten im gleichen Takt, ehe er schließlich, nein, *endlich* meinen linken Unterarm umfasste. Er drehte ihn so, dass das Stäbchen unter meiner Haut deutlich zu erkennen war. Mit seiner anderen Hand holte er einen fingerlangen, spitzen Dolch aus seinem Gürtel hervor.

»Du hast recht«, sagte er heiser und voller Gefühle, als er mit der Spitze des Dolches in meine Haut grub.

Keiner von uns wurde von Schmerzen übermannt, weil er der Meister und ich seine Hexe war. Einzig das Gefühl des Dolches, das meine Haut aufschnitt, war unangenehm, doch es war normal. So wie es sein sollte.

Blut quoll hervor und tropfte auf die Fliesen. Tian benutzte die Spitze der Klinge, um das Stäbchen aus meiner Haut zu hebeln. Als es draußen war, ließ er beides zu Boden fallen. Es klapperte auf den Fliesen. Ein, zwei Mal. Dann herrschte Stille.

Das Stäbchen sah so ungefährlich aus. Schwarz und mit meinem Blut befleckt, als könnte es keinen großen Schaden anrichten. Und doch hatte es bis dahin meine Magie unterdrückt. Magie gegen Magie.

Ich wandte mein Blick wieder zu Tian und spürte den Kampf, den er innerlich ausfocht, als wäre er mein eigener. Die Hilflosigkeit, die er ausstrahlte, weil mein Blut ihn lockte.

Gleichzeitig verlangsamte sich mein Herzschlag, denn ich hatte endlich wieder freien Zugang zu meiner Magie, so klein meine Gabe auch sein mochte. Sofort beruhigte mich die gewohnte Anwesenheit, die ich seit mehr als zwei Wochen vermisst hatte.

Tians Griff um meinen Unterarm löste sich. Es blutete kaum noch, als würde meine Magie bereits instinktiv Arbeit leisten, nachdem sie so lange eingesperrt gewesen war.

Ungeachtet dessen fokussierte ich mich auf Tian, in dessen Augen ein Sturm aus Blau und Rot aufgekommen war. Gegeneinander kämpfend und nie im Einklang lebend.

Ob närrisch oder nicht, ich handelte aus einem Impuls heraus, als ich mich auf die Zehenspitzen stellte und meine Lippen auf seine presste. Als wäre ich dazu fähig, ihn von seiner Blutgier abzulenken, obwohl ich es doch war, die sie befeuerte.

Zunächst bewegte er sich nicht. Wenn überhaupt, erstarrte er.

Ich wollte mich schon peinlich berührt zurückziehen, als er mich an den Oberarmen packte und fest an sich zog. Im selben Augenblick erwiderte er den Kuss mit brennender Leidenschaft, die mich gleichermaßen entzündete. Ein Feuer, von dem ich seit unserem letzten Kuss geträumt hatte, es wieder zu erleben, und von dem ich nichtsdestotrotz fürchtete, es würde mich verbrennen.

»Billie«, hauchte er an meiner Haut. Mit den Lippen wanderte er zärtlich mein Kinn und meinen Kiefer entlang, während ich den Kopf in den Nacken legte. »Ich will dich nicht gehen lassen, auch wenn ich muss.«

»Noch bin ich hier«, versprach ich ihm, ehe ich seinen Mund zu einem weiteren, tieferen Kuss heranzog. Unsere Zungen begegneten sich, und die verschiedensten Empfindungen schossen durch meinen Körper.

Er hob mich auf seine starken Arme, und ich schlang meine Beine um seine Mitte, damit er mich zum Bett tragen konnte. Das Seidenbettlaken fühlte sich göttlich unter meinem Rücken an. Ich konnte mich nicht daran erinnern, jemals auf etwas Edlerem gelegen zu haben.

Tian unterbrach unseren Kuss, als ich unter ihm lag, doch die Hitze zwischen uns blieb. Selbst wenn er als Vampir unfähig war, sie auszustrahlen. Er kümmerte sich darum, die Wunde, die er mir zugeführt hatte, zu verbinden, und stahl währenddessen immer wieder Küsse, von denen es sich schwerer und schwerer trennen ließ.

»Ist es für dich in Ordnung?«, fragte ich, weil sich seine Augen wieder rot gefärbt hatten.

»Ich hadere noch«, gestand er, und seine Fangzähne blitzten hervor. »Aber bevor es gefährlich wird, verschwinde ich.«

»Gefährlich auf welche Weise?«, neckte ich ihn, dann zog ich ihn am Kragen zu mir und küsste ihn.

Mit den Händen fuhr ich unter sein Leinenhemd und genoss das Gefühl seiner Muskeln, die unter meiner Berührung bebten. Viel zu langsam zog er es sich über den Kopf und warf es von sich. Für einen Moment konnte ich nichts anderes tun, als seine Perfektion zu bewundern. Die makellose Haut, das markant hervortretende Schlüsselbein und die breiten Schultern mit den Muskelsträngen und Sehnen, die sich abzeichneten. Ich starrte ihn an.

Er lachte leise und warm. In diesem Geräusch gab es so viel, an das ich mich klammern wollte. Das mir in Erinnerung bleiben sollte. Vor allem weil ich vorhatte, schon bald Westwend zu verlassen. Es war gut möglich, dass ich Tian nie wiedersehen würde.

Die Traurigkeit darüber mischte sich mit meinem Verlangen, und ich übernahm die Kontrolle. Ich überraschte ihn, indem ich ihn mit den Händen an seinen Schultern umdrehte, bis er unter mir lag. Ich setzte mich rittlings auf ihn. Er wirkte ganz besonders anbetungswürdig, als er mich mit großen Augen musterte.

Nach kurzem Zögern öffnete ich die Knöpfe meiner Weste, ehe ich erst sie von meinen Schultern streifte und dann mein Leinenhemd zu Boden warf. Ich trug nur noch mein Unterhemd, das dünne Träger besaß und dessen Stoff kaum dick genug war, um mich zu verhüllen.

Tians Hände lagen an meiner Hüfte und bei dem Anblick, dem ich ihm bot, verkrampften sie sich. Es bestärkte meine Selbstsicherheit, in ihm diese Reaktion auszulösen. Mit einer Fingerkuppe strich er über die Motten, als würde er von dem Tattoo angezogen werden.

»Es ist wunderschön.«

»Du bist wunderschön«, entgegnete ich, weil ich weder an die Motten noch an Moth denken wollte, der einen Anfall kriegen würde, wenn er etwas davon mitbekäme.

Tians raues Lachen wärmte mich von innen.

Ich strich meine Locken hinter die Ohren und beugte mich dann hinab, damit ich seine Lippen wieder mit meinen berühren konnte. Es war doch etwas gewöhnungsbedürftig, weil seine Körpertemperatur weit unter meiner lag. Andererseits reichte meine Hitze für uns beide aus.

Wir hielten einander fest, erkundeten den Körper des anderen und schmeckten uns, während immer mehr Kleidungsstücke fielen. Mit den Fingerspitzen strich er über meine erregten Brustwarzen, die sich durch den Stoff hindurch abzeichneten. Ich warf den Kopf in den Nacken. Mit den Händen stützte ich mich weiterhin auf seiner Brust auf. Im nächsten Moment warf Tian mich wieder unter sich und ersetzte die Finger mit seinem Mund und der Zunge.

Über die Klippe meines Verstandes zu springen hatte noch nie derart verlockend gewirkt.

In Tians Händen wurde ich wie Wachs. Ich wand mich unter seinen zärtlichen und doch festen Berührungen, die in meinem Herzen echoten. Als würde er mir seine Liebe gestehen und nicht nur seine körperliche Anziehung.

Zusammen streiften wir mein Unterhemd von meinem Oberkörper, sodass er zahlreiche Küsse in dem Tal zwischen meinen Brüsten platzieren konnte. Tiefer und tiefer, bis er den Bund meiner Hose erreichte.

An mir herabschauend fing ich seinen verschleierten Blick auf, und eine weitere Welle der Hitze sammelte sich zwischen meinen Beinen. Ich konnte nicht fassen, dass ein derartiges Geschöpf in diesen köstlichen Momenten mir gehörte.

Ich nickte, weil er auf meine Zustimmung zu warten schien, und er öffnete die Knöpfe meiner Hose. Viel zu langsam.

»Tian, bitte«, flehte ich, weil ich mehr von ihm brauchte.

Gemeinsam zogen wir erst meine und dann seine Hose aus. Der Stoff seiner Unterwäsche konnte kaum seine Erektion verhüllen.

Mein Hals fühlte sich plötzlich zugeschnürt an, und mein Gesicht musste einen Teil meiner Sorge widergespiegelt haben, weil Tian von der Innenseite meines Oberschenkels abließ. Stattdessen begab er sich wieder Augenhöhe und saugte an meiner Unterlippe. Lenkte mich ab mit seinen Händen, die meine Brüste massierten.

Ich hätte nicht vorausahnen können, wo diese Nacht endete. Auch jetzt fühlte ich mich schwerelos und als könnte ich weder mein Schicksal noch meinen Körper lenken.

Instinktiv oder vielleicht doch einem Impuls folgend, zog ich meine Unterwäsche aus und öffnete ihm meine Beine. Nachdem er sich seiner ebenfalls entledigt hatte, zog er eine Decke über uns. Nicht weil er fror, sondern weil er mir nicht noch mehr Kälte als die seines eigenen Körpers zumuten wollte.

Meine Atmung hatte sich längst von einem normalen Rhythmus verabschiedet, während Tians Brustkorb sich weiterhin normal hob und senkte. Ich spürte seine Finger an meiner intimsten Stelle. Kälte auf Hitze.

Die Berührung raubte mir die Sinne.

»Götter, hör bitte nicht auf«, flehte ich.

Tian legte seine Stirn an meine. »Würde mir nicht in den Sinn kommen«, wisperte er. Ein Schauer rann durch meinen Körper, einen Moment, ehe ich vollkommen an den Klippen zerschellte.

Als ich wieder halbwegs zu mir kam, küsste Tian meinen Hals, meinen Kiefer.

Ich konnte spüren, dass er mich wollte. So sehr, wie ich ihn wollte. Ihn um den Verstand zu bringen und von ihm an den Rand aller Rationalität gebracht zu werden erschien mir als das Beste, was mir passieren könnte. Mit den Fingern fuhr ich durch sein schwarzes weiches Haar, berührte seine gerade Nase und die hohen Wangenknochen.

Das war der Augenblick, in dem ich das Kratzen seiner Zähne spürte. An der gleichen Stelle, an der er mich bereits zuvor gebissen hatte.

Jäh riss er sich von mir los und nach nur einem Blinzeln lag ich allein da, mit der Decke um meine Mitte geknüllt.

»Tian?«

»Es tut mir leid, Billie, ...«, kam es aus dem angrenzenden Waschraum.

»Geht es dir gut?« Was für eine alberne Frage. Offenbar war er von seinem Blutdurst übermannt worden.

Sorgsam wickelte ich die Decke um meinen Körper und befestigte sie unter meinen Achseln, bevor ich den Waschraum aufsuchte.

Tian lenkte sich ab, in dem er sich Schicht um Schicht wieder ankleidete. Nicht ein einziges Mal blickte er in meine Richtung, und ich konnte das rote Glühen seiner Augen nur erahnen.

»Es ist alles in Ordnung«, sagte ich, weil er mir nicht antwortete. Ich blieb an dem offenen Durchgang stehen, um ihn nicht unter Druck zu setzen, auch wenn mir das Herz zersplitterte, so zerbrechlich wie er wirkte.

»Natürlich ist es das nicht.« Dann sah er von seinen Stiefeln auf, die er geschnürt hatte. In seinen Augen Kobaltblau vermischt mit den letzten roten Nebelschleiern. »Das alles hätte nicht passieren dürfen.«

»Was?«

»Ja, ich fühle mich zu dir hingezogen, und ich mag dich und ... das ist das Problem. Ich kann dir das nicht antun.« Ich hatte ihn noch nie zuvor so aufgewühlt erlebt.

»Wovon zur Hölle redest du?« Mein Herz klopfte mir bis zum Hals. »Bitte sprich mit mir, ja?«

Ich hasste mich für die Verwundbarkeit in meiner Stimme.

»Ich habe dir gesagt, wie meine Zukunft aussieht, Billie. Nicht in einer Beziehung. Nicht glücklich, sondern mit meiner Rache vollendet und am Grund eines Sees. Vielleicht auch als Asche im Wind.« Er war zwar wieder komplett bekleidet, aber nichts wirkte so wie es sein sollte. Wir waren beide der Wirklichkeit entrückt. »Das kann ich dir nicht antun. Das werde ich dir nicht antun. Verzeih mir, dass ich mich überhaupt habe hinreißen lassen.«

»Darf ich auch etwas dazu sagen?« Meine Lippen bebten.

»Nein, in dieser Angelegenheit werde ich nicht nachgeben.« Er holte tief Luft. »Du bist frei und kannst jederzeit gehen. Sobald ich etwas von Hugh höre, werde ich eine Nachricht am Westtor hinterlassen.«

Er wartete nicht auf mich, und ich wusste warum. Seine Entschlossenheit war so wacklig, dass ein Wort von mir ausgereicht hätte, sie in sich einstürzen zu lassen.

Ich sagte nichts.

Ich weinte nicht.

Auch wenn ich mich fühlte, als würde die Welt zusammenbrechen, riss ich mich zusammen. Stück um Stück meines Herzens hielt ich fest. Ich achtete darauf, mich nicht selbst zu verlieren und weiter stark zu sein.

Trotzdem tat es weh. Vielleicht auch deshalb, weil er recht hatte.

Schon jetzt brachte ich kaum Kraft auf, zu gehen. Wie wäre es erst gewesen, wenn wir beendet hätten, was wir begonnen hatten?

Nachdem ich mich wieder angekleidet hatte, schlich ich zum Flügel. Wie ich gehofft hatte, befand sich das magische Instrument darunter versteckt. Es war mit einem Band an einem Holzteil befestigt und wirkte klein und unscheinbar. So groß wie meine Hand mit filigranen Mustern auf dem durchsichtigen Glas. Obwohl es wie eine Sanduhr geformt war, befand sich kein Sand darin. Kurios.

Ich steckte es in einen von Tians Beuteln, sah mich ein letztes Mal in seinem Schlafzimmer um und verschwand dann für immer aus seinem Leben.

27

Ich schickte Jamie eine Nachricht und wartete im Wirtshaus, anders als wir abgemacht hatten. Doch ich brachte es nicht über mich, ins Anwesen zurückzukehren, nachdem Tian gegangen war und ich ihn bestohlen hatte.

Meine Gefühle waren ein einziges dornenbehaftetes Wirrwarr und es half mir nicht, mich aus ihm zu befreien, während ich von Kit, Ruglio und Obambo umgeben war. Sie hatten mich zwar als Hexensklavin ins Haus geholt, aber als neues Familienmitglied aufgenommen. Wahrscheinlich würden sie mir einen Fehltritt wie diesen nicht nochmals verzeihen. Auch wenn ich keinen von ihnen in Gefahr brachte, so missbrauchte ich ihr Vertrauen. Selbst ich hatte Schwierigkeiten damit, mein Verhalten zu rechtfertigen.

Ich war übermüdet und erschöpft. Hatte kein Auge zugetan und nippte an meinem Tee, um mich wachzuhalten. Die Sonne schien in die Markthalle, in die ich durch das Fenster, neben dem ich saß, blicken konnte. Deshalb sah ich auch Jamie kommen, nachdem ich fast drei Stunden auf ihn gewartet hatte. Es war bereits kurz nach Mittag und meine Geduld neigte sich dem Ende.

Je müder, desto gereizter wurde ich. Trotzdem gab ich mir Mühe, Jamie mit einem zivilisierten Gesichtsausdruck zu begegnen.

Das fiel mir direkt leichter, als er sich für seine Verspätung entschuldigte, ehe er sich mir gegenüber an den rechteckigen

Tisch setzte. Sein silberblondes Haar stand zu allen Seiten ab und seine Lider wirkten schwer, was mich irritierte. Konnten Vampire derart müde werden?

»Du hast das Instrument?«, fragte er rau.

»Es ist sicher verwahrt«, antwortete ich und klopfte auf meine Seite. Ich hatte das magische Artefakt in der Innentasche meiner Weste verstaut. »Was ist mit Hugh? Ich weiß, es ist nicht viel Zeit vergangen, und …«

Jamie schüttelte den Kopf. »Deshalb bin ich so spät. Ich hatte recht mit meiner Vermutung. Hier.« Er schob mir einen Zettel auf dem Tisch entgegen. Zögerlich nahm ich ihn an, faltete ihn aber noch nicht auseinander. »Die Adresse, an die er von meinem … Kontakt gebracht wird. Kurz nach Sonnenuntergang. Ich weiß allerdings nicht, in welchem Zustand er sich befindet, Billie. Du solltest auf alles gefasst sein.«

Enders Field las ich lautlos vom Zettel ab. Es befand sich zwischen White Bell und dem Osttor. Keine gefährliche Gegend und mit vielen Fluchtmöglichkeiten.

»Das war nicht unsere Abmachung«, sagte ich lahm.

»Vertrau mir«, beschwor er mich, ohne meinem suchenden Blick auszuweichen. »Er wird dort sein. Und wenn nicht, dann kannst du mir den Kopf abtrennen, und ich werde mich nicht mal wehren. Versprochen.«

Ich schmunzelte. »Warum bist du so dramatisch?«

»Weil ich dich mag, Billie«, antwortete er überraschend ernst. »Es macht mich traurig, dass du Westwend verlassen wirst und wir uns im besten Fall nie wiedersehen werden.«

»Aber du …«

»Ja, ich habe das selbst von dir eingefordert, weil es das Beste für dich ist. Westwend wird dich letztlich das Leben kosten, wenn du weiter hierbleibst.« Mit einer Hand fuhr er sich durchs Haar. »Du weißt das genauso gut wie ich.«

»Warum bist du dir so sicher, dass die Lage eskaliert?« Ich

musste mich irgendwie von der aufkeimenden Hoffnung und der gleichzeitig ansteigenden Angst ablenken, dass doch noch etwas schieflief. Deshalb konnte ich genauso gut mein Treffen mit Jamie verlängern.

»Sagen wir so, es würde mich nicht überraschen, schließlich tut niemand mit Macht etwas dagegen.« Er seufzte auf. »Der Vampirrat ist ein Witz. Nicht mal Tian kann die Mitglieder dazu bewegen, etwas zu unternehmen.«

»Was ist mit den ständigen Sitzungen?« Tian war fast jede Nacht stundenlang im Rathaus gewesen, wie ich durch Kit mitbekommen hatte.

»Es wird bloß geredet. Hat er dir das nicht gesagt?« Über unseren Mangel an Gesprächen wollte ich nicht mit Jamie sprechen. Zum Glück fuhr er fort, ohne eine Antwort zu erwarten. »Vampirinnen wie Fiona Ellewy sind in der Unterzahl und können nichts ausrichten. Das ist der Grund, warum dunkle Magie wie die Jagd überhaupt erst Fuß fassen konnte. Sie interessieren sich weder für die Stadt noch für die Republik. Wie können sie da sagen, dass sie das Land verdient haben? Dass sie über uns alle regieren wollen?«

»Dagegen kann ich nicht mal was sagen. Ich habe es selbst während einer Sitzung mitbekommen.« Ja, Jamie hatte recht. Westwend war nicht mehr sicher, und sobald Hugh, meine Tanten und ich wiedervereint waren, würden wir uns zur Insel im Norden aufmachen. Fernab der politischen Schwierigkeiten, die durch das unstete und unverantwortliche Verhalten der Vampirinnen und Vampire erzeugt wurden.

Ich konnte es kaum abwarten.

Warum aber fühlte ich gleichzeitig dieses Stechen in der Brust?

Weil ich mich eigentlich dazu entschlossen hatte, zu kämpfen? Mich für Hexen und Hexer einzusetzen?

»Das Instrument?«, hakte Jamie nach, als sich Schweigen

zwischen uns eingestellt hatte. Das Wirtshaus war zu dieser Uhrzeit kaum besucht, und abgesehen von uns saßen hier nur drei andere Gäste, die sich mit Tee und Eintopf aufwärmten.

Es gab keinen Grund für mich, an dem Gegenstand festzuhalten. Ich hatte die Tat bereits begangen, und Tian würde mir so oder so nicht verzeihen. Und da ich selbst nichts damit anfangen konnte, konnte ich genauso gut Jamies und meine Abmachung erfüllen.

Jamie holte die magische silberne Sanduhr aus dem Leinenbeutel hervor und betrachtete sie kurz, ehe er beides in seine eigene Innentasche unter seinem edlen Umhang steckte.

»Tian hat dich nicht erwischt?« Forschend sah er mich an.

»Er ist kaum zu Hause«, murmelte ich und zuckte innerlich erneut bei dem Ausdruck *zu Hause* zusammen. Es war sein Zuhause aber nicht meines.

Röte stieg mir eine Sekunde danach in die Wangen, als ich daran dachte, was wir getan hatten und beinahe getan hätten.

Götter, war ich denn von allen guten Geistern verlassen? Fast hätte ich Sex mit einem Vampir gehabt.

Die erwartete Empörung blieb aus.

»Ist etwas anderes vorgefallen?« Seinem Blick entging nichts.

»Nein, alles fein«, log ich, weil ich ihm ganz sicher nicht von dem Zwischenfall erzählen würde.

Einen Moment hielt er inne, ehe er das Thema fallen ließ. »Und deine Magie?«

Ich schob für einen Moment meinen Ärmel hoch, um den Verband zu offenbaren. Der Schnitt war natürlich noch nicht verheilt.

»Ich bin wieder im Vollbesitz meiner Kräfte und meiner Freiheit.« Ich lächelte selbstironisch. »Zumindest so lange, bis ich mich wieder in Schwierigkeiten begebe.«

»Was du nicht tun wirst«, entgegnete Jamie, als hätte er irgendeine Handhabe, was mein Verhalten anging. Er sah mich einen Moment länger an, ehe er sich auf die Unterlippe biss und zur Seite aus dem Fenster blickte. »Ich wünschte, wir hätten uns unter anderen Umständen getroffen. Mehr als du jemals erfahren wirst.«

»Dann wären wir niemals ins Gespräch gekommen, weil ich dir einen Dolch ins Herz gebohrt hätte«, witzelte ich und bekam zum Dank ein breites Lächeln.

»Das mag sein.« Als er sich von seinem Stuhl erhob, tat ich es ihm nach und ließ mich außerdem von ihm in eine Umarmung ziehen. Verrückt. In nur wenigen Wochen war mein allumfassender Hass auf das Vampirvolk zusammengeschrumpft, und ich war nicht mehr fähig, sie alle als gleich abzustempeln. Er drückte mich so fest an sich, dass ich mir einbildete, seinen nicht vorhandenen Herzschlag zu fühlen. Dass ich mir einbildete, ihm schon einmal so nahe gewesen zu sein. »Mach's gut. Pass auf dich auf.«

»Du auch.« Ich atmete seinen Geruch nach Zimt und Seife ein, ehe ich ihn losließ. »Lass dich nicht kleinkriegen.«

Als wäre das besonders amüsant, lachte er auf.

»Es tut mir leid, dass ich nicht mehr für dich tun kann, Billie.«

»Sag das nicht. Du gibst mir Hugh. Das ist genug.«

Ein letztes Mal winkte er mir zu und schritt dann mit erhobenem Kinn aus dem Wirtshaus.

Ein kleiner Restzweifel blieb in mir zurück, während ich ihm durch das Fenster hinterher sah. Ich hoffte, dass ich nicht die falsche Entscheidung getroffen hatte, zu fliehen.

Ich blieb nicht lange unschlüssig stehen. Es wäre einerseits klüger gewesen, meine Tanten zur Rückendeckung nach Enders Field zu zitieren, falls doch etwas schiefging. Andererseits wollte ich sie nicht erneut in eine missliche Lage bringen, in der sie meine Unfähigkeit ausbaden mussten.

Allerdings konnte ich mich selbst davon überzeugen, dass es besser war, ihnen zu sagen, was ich vorhatte, und dass sie sich bereitzuhalten hatten. Sobald Hugh bei mir war, würde mich nichts mehr aufhalten können. Diese verfluchte Stadt im Westen von Wimborne hatte mir bereits zu viel genommen.

Dass sie mir während der vergangenen Jahre oder vielmehr während meiner gesamten Lebenszeit nicht den Verstand geraubt hatte, war schon alles.

Kurz nach Jamie verließ ich ebenfalls das Wirtshaus, um Enders Field auszukundschaften. Es konnte nicht schaden, diverse Fluchtwege zu kennen.

Ich vertraute Jamies Wort zwar, doch niemand konnte sagen, ob seine Handlanger nicht verfolgt wurden. Was, wenn Jamie Hugh nicht hatte kaufen können, sondern stehlen müssen?

Man konnte nie auf alles vorbereitet sein, aber es war naheliegend, eine Reihe von Möglichkeiten auszuschließen oder sich alternative Pläne zurechtzulegen. Immerhin das hatte ich während des letzten Jahres gelernt, als es unabdinglich gewesen war, nicht nur irgendwelche Vampirinnen und Vampire, sondern ganz bestimmte Ziele auszumerzen.

In den seltensten Fällen war alles glatt gelaufen und wenn, dann nur knapp.

Enders Field war eine Straße, die klein und unscheinbar wirkte. Unregelmäßig gepflastert und mit Unrat beschmutzt, weshalb ich die Nase im Vorbeigehen rümpfte. Mehrere viereckige Fenster der umstehenden Häuser zeigten in ihre Richtung. Die meisten von ihnen waren mit Vorhängen verhüllt. Eine Wohngegend ohne Läden oder Handwerksbetriebe. Es gab zudem nur eine Straßenlaterne, die sicher nicht ausreichte, um die gesamte Länge der Straße zu erleuchten, sobald die Nacht anbrach.

Ich lief die Umgebung noch ein paarmal ab und merkte mir jede Ecke und jeden Aussichtspunkt, ehe ich meinen Tanten eine Nachricht schrieb, wo sie auf uns warten sollten. Hoffentlich würden sie sie vorher in der Schenke abholen, wie wir es abgemacht hatten.

Nachdem ich mir bei einem Straßenhändler ein warmes Gebäckstück erstanden hatte, hüllte ich mich in meinen Umhang und harrte zwischen leeren Kisten am südlichen Ende der Straße aus.

Es schneite nicht, doch die Luft war eisig kalt und schmerzte mir schon nach kurzer Zeit in der Lunge. Erst nachdem ich den Umhang über die untere Hälfte meines Gesichts geschoben hatte, ließ es sich leichter atmen.

Trotzdem verstrich die Zeit nur schleppend. Ich konnte mich irgendwann nicht mehr gegen die Müdigkeit wehren und schlief ein.

Ich zuckte zusammen, als die Sonne bereits untergegangen war. Die Straße wurde in Schatten getaucht. Meine Finger fühlten sich taub an und ein paar von ihnen konnte ich kaum richtig bewegen.

Draußen einzuschlafen war eine ganz schlechte Idee gewesen.

Während ich mich umsah – immer noch in meinem Versteck –, nutzte ich meine Magie, um mich zu wärmen. Ich war nicht talentiert genug, ein Feuer aus dem Nichts zu erschaffen, aber ich konnte die noch vorhandene Wärme unter meinem Umhang auf meine Gliedmaße ausweiten.

Nachdem ich mich nicht mehr wie kurz vor einem endlos andauernden Kälteschlaf befand, spitzte ich die Ohren. Ein Gefährt näherte sich mit rasanter Geschwindigkeit. Das

Klackern von Hufen und das Knirschen von Holzrädern wurde lauter und lauter.

Ich musste mich hinstellen, um die Straße entlang sehen zu können.

Wie ich geahnt hatte, war das Licht der Laterne, die ein Laternenanzünder während meines unwillentlichen Nickerchens entzündet haben musste, nicht ausreichend, um mehr als Schatten zu erkennen. Die Silhouette des schwarz gestrichenen Planwagens, der an der Öffnung der Straße, die am weitesten von mir entfernt lag, zum Stehen kam, konnte ich dennoch ausmachen.

Der Stoff bewegte sich, und ein paar Sekunden später wurde eine Person auf die Straße geworfen.

Noch bevor ich realisiert hatte, was geschehen war, zischte eine Peitsche. Ich zuckte ob des bekannten Geräuschs zusammen, als wäre ich davon getroffen worden. Der Wagen setzte sich wieder in Bewegung und war verschwunden, während die Person sich noch stöhnend aufzurichten versuchte.

»Hugh!«, rief ich und quetschte mich durch die gestapelten Kisten. »Hugh!«

Er hob seinen Kopf, als ich auf ihn zu rannte. Sobald er mich erkannte, lächelte er schwach. Ich zögerte nicht, ihn in meine Arme zu schließen. Der Boden war eisig, die Lage unsicher, aber ich wollte nicht warten.

»Billie«, sagte er mit bebender Stimme. Wahrscheinlich gab er sich größte Mühe, nicht die Fassung zu verlieren. Ich wollte mir ein Beispiel an ihm nehmen. Noch war die Gefahr nicht vorbei.

»Geht es dir gut?« Ich nahm sein Gesicht in meine Hände und musterte ihn im Halbdunkel. Abgesehen von ein paar kleineren Blessuren und einer aufgeplatzten Unterlippe konnte ich keine Verletzungen ausmachen. Seine Kleidung war vielleicht nicht neu, aber gepflegt. Neben den Spuren seines

Falls aus der Kutsche gab es keine Löcher oder Flecken. Man hatte sich mehr oder minder gut um ihn gekümmert.

»Ja, ich ... ich weiß nur nicht ...«, begann er, als wir beide zeitgleich bemerkten, dass wir nicht mehr allein waren.

Sowohl von links als auch von rechts näherten sich jeweils ein halbes Dutzend Gestalten. *Vampirinnen und Vampire*, wie ich mit meiner Magie feststellte. Und sie waren nicht gekommen, um sich zu unterhalten.

»Steh auf«, zischte ich und zog Hugh am Ellbogen hoch. »Bleib hinter mir.«

Ich war froh, dass ich den Dolch hatte mitgehen lassen. Damit und mit meiner Magie konnte ich Hugh vielleicht genug Zeit verschaffen, um ...

Man erlaubte mir nicht mal, den Gedanken zu Ende zu führen, schon wurde ich von den zwei Vampirinnen attackiert, die mir von links am nächsten gekommen waren. Sie fletschten ihre Zähne und fixierten mich aus ihren roten Augen.

Doch wenig überraschend waren sie nicht in der Kunst des körperlichen Kampfes ausgebildet. Zu sehr verließen sie sich auf ihre Schnelligkeit und ihre Überlegenheit als Raubtiere.

Im Vergleich zu Tian war es fast schon lächerlich, mich ihrer zu entledigen und dabei Hugh sicher in meinem Rücken zu lassen. Natürlich konnte er im Normalfall mitkämpfen, aber ich wusste nicht, wie seine körperliche Verfassung war, und wollte nichts riskieren.

Ich wehrte den Arm der einen mit meinem eigenen Unterarm ab und riss die Klinge über die Wange und das Auge der anderen. Gleichzeitig saugte sich meine Magie an der Flamme der Öllaterne fest, um sie zum geeigneten Zeitpunkt wie Feuerregen über meine Angreiferinnen und Angreifer fallen zu lassen.

Eine Sekunde später schrien sie auf. Das Haar eines Vampirs fing Feuer, und er rannte aus der Gasse, auf der Suche nach Wasser oder etwas zum Löschen.

Obwohl ich mich gut schlug, steckte auch ich Schläge ein. Hier einen Kratzer von verlängerten Fingernägeln und dort einen Faustschlag, der mich zum Glück nur streifte. Ich biss mir unabsichtlich auf die Innenseite der Wange und schmeckte Blut.

Während ich die eine Hälfte mit Magie auf Abstand hielt, bei der mir Hugh zu Hilfe kam, ohne sich vom Fleck zu bewegen, musste ich die andere weiterhin mit meinem Dolch und reiner Körperkraft kleinkriegen.

Dennoch ... ich gab nicht auf. Endlich hatte ich Hugh wieder bei mir. Wer auch immer diese Gestalten waren, ich würde nicht nachgeben.

Ich würde nicht ...

Die Zähne zusammenbeißend stieß ich mit der Schulter voran in den Bauch des Vampirs. Dadurch bot ich leider einem anderen meinen Rücken an, der die Schwachstelle ausnutzte und mir einen harten Tritt versetzte.

Ich landete auf dem Vampir vor mir und rollte atemlos von ihm herunter auf den Boden. Vor meinen Augen flimmerte es für einen kurzen Moment.

Als ich wieder sehen konnte, hatten die Vampirinnen und Vampire einen Kreis um uns gebildet. Hugh hockte neben mir. Unsicher, warum sie ihren Angriff gestoppt hatten.

Er stützte mich am Arm. Ich spuckte Blut auf die Seite, irritiert. Dann öffnete sich eine Lücke im Kreis, und eine zierliche Vampirin mit dunkelrot geschminkten Lippen und großen grünen Augen trat zu uns.

Ihr Haar war glatt und schwarz, reichte ihr bis zu den Schultern, auf der einen Seite etwas länger als auf der anderen, was ein ungewöhnlicher Schnitt war, wie ich ihn noch nie gesehen hatte. Ihre Brauen waren dicht und geschwungen, das Gesicht oval geformt mit einem flachen Nasenrücken.

Unter ihrem blauen Kleid mit schwarzem Spitzenmieder, das viel zu edel aussah für die Straße, lugten hochhackige Schuhe mit goldenen Schnallen hervor.

Sie ging vor uns in die Hocke und schlang amüsiert die weißen Arme um ihre Knie. Der gefütterte Samtumhang, den sie über ihr Kleid gezogen hatte, breitete sich fächerförmig um sie aus.

»Du bist also das besondere Mädchen, meine Teuerste?«

28

»Besonderes Mädchen? Teuerste?«, wiederholte ich verächtlich. »Soll das ein Scherz sein? Wer bist du?«

Sie legte ihren Kopf schief wie eine Katze, die es genoss, ihrer Beute beim Überlebenskampf zuzusehen. »Man nennt mich Lucille. Du hast vielleicht von mir gehört.«

Götter, ich musste all meine Selbstbeherrschung aufbringen, um dieser Vampirgöre keine Genugtuung zu verschaffen und mir nichts anmerken zu lassen.

Lucille. Die Vampirin, die Tian gewandelt und verstoßen hatte.

»Sagt mir nichts. Musst wohl das falsche *Mädchen* erwischt haben«, log ich. Im gleichen Moment kreisten meine Gedanken weiter um Tian, der in sie verliebt gewesen und letztlich von ihr verflucht worden war. Kein Wunder, dass ich lodernden Hass in mir hochsteigen fühlte.

Sie war ganz genau so, wie ich sie mir vorgestellt hatte.

Wunderschön, arrogant und giftig.

Lucille hob eine Braue. »So scharfzüngig.«

»Was auch immer du zu wissen glaubst, denk noch mal drüber nach«, setzte ich nach. Was sollte ich auch anderes tun? Offensichtlich war ich nicht dazu in der Lage, ein Dutzend Vampirinnen und Vampire sowie eine Kronvampirin auszuschalten.

»Tians Geschmack hat sich verändert. Interessant.« Ihr Kichern klang falsch in meinen Ohren. Als würde sie die richtigen Noten anstimmen, nur um sie falsch auszuführen. »So oder so, es wird aufs Gleiche hinauslaufen, weißt du? Ich habe es mir zur Priorität gemacht, im Leben all die Dinge und Personen, die ich nicht kontrollieren kann, aus dem Weg zu schaffen. Und da ich weder Zeit noch Muße habe, dich zu beherrschen, musst du gehen.«

»Das hatte ich sowieso vor«, beeilte ich mich zu sagen und machte mir nicht die Mühe, meine Verzweiflung zu verstecken. Womöglich würde sie davon bewegt werden, weil sie sich genau diese Reaktion erhoffte. »Ich habe nur auf meinen Cousin gewartet. Wir werden Westwend verlassen und nie wieder zurückkehren.«

»Ganz genau«, sagte sie bloß und nickte bestätigend. »Schön, dass wir uns einig sind.«

»Ehrlich gesagt, glaube ich nicht, dass wir da an das Gleiche denken«, murmelte ich.

Verflucht, wie konnte ich Hugh und mir einen Vorteil verschaffen? Wir waren unserer Freiheit so nah gewesen.

Ihre Mundwinkel zuckten, doch sie ging nicht mehr auf mich ein und erhob sich geschwind. Mehr Aufmerksamkeit gönnte sie uns nicht, weil wir in ihrem langen Leben als mächtige Kronvampirin nicht mal für eine Anekdote reichten.

Nicht dass mich das interessierte. Ich wollte keinen dauerhaften Platz in ihrer Erinnerung einnehmen.

»Erledigt sie.« Sie stolzierte aus dem Kreis, der sich hinter ihr sofort schloss.

Nur kurz kam die Frage auf, woher sie von Enders Field gewusst hatte, dann war ich hauptsächlich damit beschäftigt, Hugh und mir die Angreiferinnen und Angreifer vom Hals zu halten. Es vergingen kaum fünf Minuten, bis Hugh in den Oberarm gebissen wurde und ich selbst dagegen ankämpfen musste, Zähne in den Hals gerammt zu bekommen. Selbst wenn sich mein Körper an das euphorische Gefühl erinnerte, das bei Tians Biss hervorgerufen worden war.

Ich sah unser Ende schon gekommen, als eine bekannte Stimme das Keuchen und Stöhnen unterbrach.

»Aus dem Weg!«, schrie Frinn und steuerte unseren Wohnwagen direkt auf uns zu. Salazar und Paddy wieherten als zusätzliche Warnung.

Ich konnte mich gerade so aus dem Griff der Vampirin befreien und zur Seite abrollen, als Salazar an mir vorbeigaloppierte. Auch Hugh hatte gewusst, was zu tun war, sobald er unsere Tante gehört hatte.

Ein paar der Vampire hatten weniger Glück und waren unter die Hufe und dann unter die Räder geraten. Magie schoss in einem steten blauen Lichtstrom um das Gefährt herum. Schutzmagie, die Frinn und Elma als Einheit beherrschten.

»Rauf mit euch!«, brüllte Elma aus einem Fenster heraus, als der Wagen ein paar Meter hinter uns zum Stehen gekommen war.

Im Laufen packte ich Hugh an seinem Handgelenk und zusammen liefen wir über die verletzten Untoten hinweg, die sich bald schon wieder regeneriert haben würden. Da hatten wir uns jedoch bereits am Handlauf des Eingangs hochgezogen und waren durch die Tür ins Innere gefallen.

Sofort setzte sich der Wohnwagen mit Salazar und Paddy davor in Bewegung.

»Aus Westwend raus«, stöhnte ich noch auf den Holzdielen liegend. Mir tat alles weh.

Während Frinn draußen weiterhin den Wagen steuerte, kletterte Elma aus dem ersten Stock nach unten und nahm uns nacheinander in die Arme, sodass wir schließlich alle auf dem Boden saßen.

»Endlich«, schluchzte sie mit Hughs Gesicht in ihren Händen. »Fast hätten wir euch schon wieder verloren.«

»Wie habt ihr uns überhaupt gefunden? Gab es irgendwo einen öffentlichen Aushang oder eine Verkündung, die ich verpasst habe?«

»Moth«, sagte sie atemlos, sich endlich von ihrem Sohn lösend. Tränen glänzten auf ihren rosigen Wangen. Hugh hielt sich den Arm, aus dem er noch blutete, aber das war nichts Lebensgefährliches. Wir würden beide Westwend mehr oder weniger heil verlassen können.

»Moth?«, wiederholte ich verständnislos.

»Er hat uns eine Nachricht zukommen lassen, nachdem wir deine abgeholt hatten. Er hat uns geschrieben, wo die Übergabe stattfinden wird und dass wir gebraucht werden.« Ihr Blick wurde streng. »Das hätte von dir kommen sollen, junges Fräulein! Wir sind eine Familie. Hast du das vergessen?«

Ich lief vor Verlegenheit rot an. »Ich wollte euch beschützen. Ihr habt bereits so viel durchgemacht meinetwegen und ...«

»Wilhelmine Kron.« Hugh zuckte zusammen, als er meinen vollen Namen aus dem Mund seiner Mutter hörte. So wie ich wusste er, dass es ernst war. »Wann hat dir jemand gesagt, dass du die Last unserer Schicksale, unserer Leben allein zu tragen hast? Wir sind deine Tanten. Wir haben dich großgezogen. Wenn überhaupt beschützen wir *dich* und nicht umgekehrt. Kannst du das endlich in deinen Dickschädel bekommen, Fräulein?«

Ich atmete aus. In meinem Bauch kribbelte es. Es war nicht der richtige Zeitpunkt. Wir waren auf der Flucht und gerade dem Tod entronnen, aber ... wenn nicht jetzt, dann würde ich nie den Mut aufbringen.

»Es ist bloß so, dass ich mich immer so gefühlt habe, als müsste ich euch etwas dafür zurückzahlen. Dafür, dass ihr mich davor bewahrt habt, als Kind verkauft zu werden.« Überwältigt von meinen Erinnerungen, die durch meine eigenen Worte hervorgerufen wurden, sah ich auf meine Hände hinab.

»Ihr habt euch gegen eure Schwester stellen und die Beziehung zu ihr zerstören müssen. Nur für mich. Ich glaube manchmal einfach, dass ich das nicht wert war.«

»Billie.« Frinn kam durch die Klappe, die zum Kutschbock führte. Scheinbar hatten wir Westwend bereits verlassen, sonst würde sie die Gäule niemals allein laufen lassen. Das würde zu offensichtlich machen, dass die Kutsche mit unserer Magie gelenkt wurde. Diese war so wie der Schutzzauber nur für andere Hexen und Hexer sichtbar. Das Misstrauen gab es aber bei vielen Menschen. »Wenn wir dich jemals so haben fühlen lassen, dann muss ich hier und jetzt um Vergebung bitten. Das war nie unsere Absicht.«

Elma nickte. »Wir haben nicht eine Sekunde gezögert, dich zu retten. Der einzige Grund, warum du bei Dory in dem Lager aufgewachsen bist, ist der, dass wir dich lange Zeit nicht finden konnten. Dory hat ihre Spuren gut verwischt.«

»Das wusste ich nicht«, nuschelte ich in mich hinein, weil es mir peinlich war, meine Familie so aufgerüttelt zu haben. »Und ich habe mich hier immer wohlgefühlt, aber ...«

Frinn setzte sich im Schneidersitz zu uns und strich mir beruhigend über den Rücken, wie sie es schon hunderte Male getan hatte.

»Ich verstehe.« Sie küsste meine Wange. »Können wir uns aber darauf einigen, dass wir eine Familie und alle gleichwertig sind? Ja?«

Wir stimmten zu, umarmten uns erneut und genossen das Gefühl von Frieden, das sich zum ersten Mal seit sehr langer Zeit eingestellt hatte.

Tief im Wald, kurz vor Ash Grove, machten wir Rast, anstatt kopflos weiterzureisen. Das war nicht meine Idee gewesen.

Wenn die Entscheidung allein bei mir gelegen hätte, hätte ich bis zur Nordinsel nur die nötigsten Pausen eingelegt. Einfach weil ich mir selbst nicht traute, nicht wieder zurückzukehren.

Doch wie wir alle während des letzten, innigen Gesprächs betont hatten, waren wir eine Familie, und eine Familie traf Entscheidungen zusammen und im besten Fall im Einklang.

Elma kümmerte sich um unsere Wunden, und Frinn versorgte die Pferde. Ich schlief die Nacht durch bis in den Mittag hinein, doch auch das hob meine Stimmung nicht erheblich. Das Problem war mir kein Geheimnis.

Ich vermisste Tian, Kit, Ruglio und Obambo. Selbst Jamie, der mit dem magischen Instrument hoffentlich zu sich fand und sich nicht mehr klein und unbedeutend fühlte.

»Wie geht es dir? Du bist so still.« Elma reichte mir einen Becher mit heißem Kräutertee und setzte sich dann neben mich auf den Kutschbock.

Ich breitete die Decke mit einer Hand auch auf ihren Schoß aus, da es eisig kalt hier draußen war. Doch der Anblick der Natur beruhigte mich. Ich war nicht lange eingesperrt gewesen, im Gegensatz zu Hugh kaum der Rede wert, trotzdem fühlte ich die Angst in mir hochkriechen, wann immer alle Vorhänge und Türen geschlossen waren.

»Ich weiß nicht, ob du mich verstehen würdest«, sagte ich ehrlich auf die sich kräuselnde Oberfläche des Tees blickend.

Paddy schüttelte sich und traf mit ihrem Schweif einen tief hängenden Ast, von dem Schnee rieselte. Die Stute drehte sich um und nieste einmal, ehe sie sich weiter ans Heufuttern machte.

»Du kannst es ja versuchen.« Elma stieß mich leicht in die Seite. »Hat es etwas damit zu tun, wo du in den letzten Wochen gewohnt hast? Wie ich bemerkt habe, hast du deine Magie wieder …«

»Er hat mich freigelassen«, sagte ich leise. »Der Vampir, der mich bei der Versteigerung erstanden hat.«

»Weil du ihn darum gebeten hast?« Ich nickte. »Das ist sehr nobel von ihm.« Sie drückte sich gewählter aus als sonst, was mir klar machte, dass ich wie ein rohes Ei wirkte, das jeden Moment zerbrechen konnte. So wollte ich nicht sein.

Ich erzählte ihr alles von Anfang an. Von der Festnahme, meinem Plan, Hugh während der Auktion zu befreien, und meiner Strafe für den Ungehorsam. Tian, der mich gerettet und mir die Augen geöffnet hatte. Kit, die mir geholfen hatte, mich mit meiner Situation zu arrangieren. Ruglio, der stets eine tiefe Ruhe ausstrahlte, und Obambo, den ich beinahe auf dem Gewissen gehabt hatte, nur weil ich mir nicht erlaubt hatte, zu vertrauen. Und Jamie, der wie eine einsame Kerze die Dunkelheit zu erhellen schien.

»Tian ist ein Vampir und trotzdem … Ruglio würde nie einer Fliege was zuleide tun. Es ist ihm sogar schwer gefallen, mit mir gegen ein Monster zu kämpfen. Ich weiß nicht, was ihm widerfahren ist, aber es muss schrecklich gewesen sein …«

»Ah.« Elma blickte in die Ferne. »Ich fürchte, deine zwiespältigen Gefühle sind Frinns und meine Schuld.«

»Wie meinst du das?«

»Ich glaube, wir haben ein zu simples, schwarz-weißes Bild von der Welt gezeichnet, in der wir leben. Nicht, um dir zu schaden, sondern um dich zu beschützen und zu bestärken. Die Wahrheit ist jedoch, dass Hexen nicht alle gut und Vampire nicht alle böse sind, Billie.« Sie stieß ein hohles Lachen aus. »Ich wünschte, es wäre so einfach. Und wir haben dich noch mehr in der Ansicht bestärkt, seit es den Vertrag zwischen dir und Moth gab. Wir wollten es dir nicht schwerer machen als ohnehin schon.«

Mit geschlossenen Augen lehnte ich mich gegen die Holzpaneele in meinem Rücken. »Das weiß ich doch, Elma. Und wahrscheinlich hat mich das auch beeinflusst, aber ich habe aktiv daran glauben *wollen*. Bis ich Tian getroffen habe, gab es jedoch keinen Vampir, der mir das Gegenteil bewiesen hätte. Nicht dass ich meinen Opfern die Chance dazu gegeben habe.«

»Es ist in Ordnung, wenn du ihn magst, Billie. Ich vertraue deinem Urteil.« Als ich die Lider aufschlug, fing ich ihren verständnisvollen Blick auf. In diesem Moment ähnelte sie im schwachen Schein der Nachmittagssonne so sehr meiner Mutter, dass ich fortsehen musste.

»Meinem Urteil«, wiederholte ich leise. »Das ist nicht vertrauenswürdig. Tian will der Sumpfhexe helfen, damit er zum Kronvampir aufsteigen kann, und ich habe nichts getan, um ihn aufzuhalten. Im Gegenteil, ich habe ihm sogar geholfen, das letzte Artefakt zu besorgen, was sie für ihr Ritual benötigt.«

»Billie.« Elma sog scharf die Luft ein. »Die Sumpfhexe? Bist du ihr begegnet?«

Ich nickte. »Sie lebt gar nicht weit von hier, auch wenn ich nicht sicher bin, ob ich den Weg zu ihr finden würde. Ich konnte ihr nichts anhaben, weil sie zum ewigen Leben verflucht wurde, wie du es mir gesagt hast. Glaubst du, wir würden es spüren, wenn Tian ihr neue Macht gegeben hat? Vielleicht hat er es sich ja anders überlegt.«

Es war deutlich, dass Elma einen Augenblick brauchte, um die Information zu verdauen, dass ich der berüchtigten Sumpfhexe begegnet war. Sie musste sich zurück ins Gespräch kämpfen.

»Vielleicht, vielleicht auch nicht.« Seufzend strich sie sich die Stirn glatt. »Du hast einiges erlebt, wie ich sehe. Wer von deinen Begegnungen hat versucht, dich und Hugh zu töten? Das konnten sich Frinn und ich bis jetzt nicht zusammenreimen, und auch Moth hat dahingehend nichts erwähnt.«

»Der Angriff kam unerwartet, und so richtig verstehe ich ihn auch nicht.« Ich erzählte ihr eine Kurzversion von Tians Vergangenheit und von der Rolle, die Lucille darin spielte.

»Scheint mir, als wäre sie immer noch von ihm besessen.«

»Könnte sein. Ich hätte bloß gern gewusst, wer mich verraten hat. Abgesehen von Jamie und seinen Handlangern war niemand eingeweiht, was den Ort angeht.«

»Was ist mit Moth?«

Ich tippte auf das Tattoo. »Ich habe schon lange vermutet, dass er mich damit nicht nur zu sich rufen, sondern auch finden kann. Als er euch die Nachricht geschickt hat, habe ich schon ein paar Stunden in Enders Field ausgeharrt.«

»Wer auch immer geredet hat, ich bin froh, dass wir Westwend heil verlassen konnten. Der Wilde Wald breitet sich weiter aus, und bald schon kann ihm niemand mehr entkommen.« Sie nippte an ihrem Tee, als würde dies die unheilvolle Stimmung, die sie mit ihren Worten kreiert hatte, vertreiben.

»Glaubst du, so wird es enden? Mit Westwend in einer Umklammerung?« Ich war in den letzten Stunden und Tagen zu sehr mit Hugh und mir selbst beschäftigt gewesen, um mir weitere Gedanken über die Jagd und den Wald zu machen. Aber nun, mit mehr Abstand, wirkte das Schicksal der Hauptstadt noch düsterer.

»Ohne die Magie von Hexen ist es schwer, dem etwas entgegenzusetzen, und ich bezweifle, dass die Vampire ihre Hexen befreien, damit sie Magie wirken können. Sie fürchten eher, dass sie davonlaufen.«

»So schätze ich den Rat auch ein«, murmelte ich. Crosspin und der Rat würden auf ihrem hohen Ross sitzen bleiben, bis sie selbst von den Monstern des Waldes oder der Jagd gefällt werden würden. Nicht eine Sekunde vorher.

»Nun, da wir wieder alle zusammen sind, könnten wir uns auf den Weg machen, was meinst du?«

»Zur Hexeninsel?«

»Wenn es einen sicheren Ort für uns gibt, dann ist es dort.«

Ihr eine Antwort schuldig bleibend legte ich meine Wange auf ihre Schulter und betrachtete nachdenklich den winterlichen Wald.

Wir bewegten uns zwei Tage nur sehr langsam voran und achteten darauf, viel zu rasten. Da wir Westwend verlassen hatten, war die Gefahr nicht mehr akut. Außerdem nahmen meine Tanten Rücksicht auf Hughs und meinen mentalen Zustand. Insbesondere Hugh hatte Probleme damit, für mehr als eine Stunde im Wagen eingepfercht zu sein. Er hatte nicht viel gesprochen und das Wenige, was er gesagt hatte, war wirr gewesen. Sein Gedächtnis war lückenhaft und er wurde von schrecklichen Kopfschmerzen heimgesucht, die nachts in Albträumen gipfelten.

Ich hatte ebenfalls Probleme einzuschlafen, da mein Schlafrhythmus zu einer einzigen Katastrophe mutiert war. Es war eine dieser Morgenstunden, als ich wach vor dem Kamin in unserem unteren Bereich saß und auf einem Block zeichnete. Ich hatte ein Fenster geöffnet, damit ein wenig frische Luft mich umhüllte und die Müdigkeit vertrieb, gegen die mein Schlaf nicht ankam. Draußen war es neblig und trist. Je weiter wir nach Norden reisten, desto bitterer würde das Wetter werden.

Seufzend betrachtete ich das leere Blatt einen Moment. Mich als künstlerisches Talent zu bezeichnen, wäre übertrieben gewesen, doch ich war gut darin, einzelne Gesichtspartien zu zeichnen. Wenig überraschend begann ich damit, die Augen von Tian, Kit und Ruglio zu zeichnen, weil ich mich an sie am besten erinnern konnte. Obambo folgte mit seinem ganzen Körper, und ich spürte ein Ziehen in meinem Herzen, weil ich seine stoische Anwesenheit vermisste.

Ich hatte mich gerade an das Ausfüllen von Jamies Iris gemacht, als Hugh die Leiter zu mir herunterstieg. Sein Haar war zerzaust und die linke Wange, auf der er gelegen hatte, zerknittert. Er rieb sich im Gehen die Augen, um sich dann neben mich auf einen Hocker zu pflanzen. Die Hände streckte er einen Moment später dem prasselnden Feuer entgegen.

»Albträume?«, fragte ich leise, um meine Tanten nicht zu wecken.

»Albträume oder Erinnerungen. Schwer zu sagen«, raunte er, bevor ein ausgiebiges Gähnen folgte. »Es ist so komisch, wieder hier zu sein. Nach fast einem Jahr.«

Meine Hand verkrampfte sich um den Bleistift. »Es tut mir leid, dass ...«

»Billie, ich bin weggelaufen damals. Es ist meine Schuld. Du hast mich gewarnt, und ich habe gedacht, dass ich es besser weiß.«

Ich nickte, weil ich nicht mit ihm streiten wollte. »Kannst du dich daran erinnern, warum du vor Moth weggelaufen bist? Hat er sich plötzlich anders verhalten? Es waren nur noch ein paar Wochen bis zur Erfüllung des Vertrags ...«

»Es ist alles so verschwommen. Die Frage habe ich mir auch schon gestellt. Es macht einfach keinen Sinn.« Da er niedergeschlagen wirkte, bohrte ich nicht weiter nach. Wahrscheinlich machte er sich am meisten Vorwürfe. Ich wollte nicht weiter Salz in die Wunde streuen. »Was zeichnest du da?«

»Ich bin ein paar spannenden ... Personen begegnet«, antwortete ich verlegen und hielt ihm den Block hin, damit er einen Blick darauf werfen konnte.

Er erstarrte mitten in der Bewegung. Seine Finger bohrten sich förmlich ins Papier.

»Billie ...«

»Was ist los?«

»Wer ist das?« Er deutete mit den Fingern auf die Augen, die ich zuletzt skizziert hatte.

»Warum?«

»Das ist … Götter, es tut so weh. Verflucht.« Er ließ den Block fallen und drückte die Handballen gegen seine Schläfen.

»Hugh! Sag doch was!« Als er vom Hocker fiel, rief ich nach Elma und Frinn. Sie kannten sich besser in Heilkunde aus und hatten Hugh in den letzten Tagen bereits mit Beruhigungsmitteln versorgt.

Ich kniete neben ihm auf dem Boden und legte vorsichtig seinen Kopf in meinen Schoß. Frinn und Elma eilten die Leiter nacheinander herunter.

»Billie, das ist Moth«, keuchte er mit geschlossenen Augen, als würde ihn selbst das sanfte Licht des Feuers schmerzen.

»W-Was?«

»Ich habe Moths wahres … Gesicht gesehen. Das sind seine Augen«, erklärte er unter Schmerzen. Elma und Frinn warfen uns fragende Blicke zu. Niemand sagte etwas. Wir standen vor einem Abgrund, und ich wusste, dass ich fallen würde. »Ich erinnere mich … Ich bin nicht davongelaufen, er hat mich … er hat mich weggeschafft und … er hat mich auch auf der Auktion gekauft.«

»Das kann nicht sein. Die Augen gehören Jamie. Er hat mir geholfen, dich …« Ich brach ab.

Es war zu gut gewesen. Zu einfach. Jamie hatte etwas von mir gewollt, und plötzlich war er als schwacher Vampir dazu in der Lage gewesen, mir Hugh zu bringen? Etwas, das nicht mal Tian so schnell hatte bewerkstelligen können?

Jamie war Moth.

Moth war Jamie.

Nein.

Nein.

Meine ganze Welt fiel in sich zusammen.

29

Hugh lehnte den Beruhigungstee ab, als der Schmerz hinter seiner Stirn von allein nachließ. Elma und Frinn halfen ihm dabei, sich auf das Sofa zu setzen, bevor ich mich dazu aufraffen konnte, mich ebenfalls zu bewegen. Meine Finger kribbelten, und mein Herz schien seit der Erkenntnis, dass Jamie Moth war in dreifacher Geschwindigkeit weiterzuschlagen.

Ich fühlte mich einer Panikattacke nahe, der ich mit all meiner Kraft entgegenzuwirken versuchte. *Durch die Nase einatmen, Luft vier Sekunden anhalten und durch den Mund ausatmen. Immer und immer wieder.*

Allmählich spürte ich die Ruhe, die sich wie eine Decke warm und weich über mich legte, und ich war bereit, Hugh zuzuhören. Denn er wollte reden. Er wollte uns all das mitteilen, woran er sich erinnerte, nun da der Zauber, den jemand stümperhaft auf ihn gelegt hatte, gebrochen war.

Wir hätten vorher darauf kommen sollen, dass sein Gedächtnisverlust keinen natürlichen Ursprung hatte. Doch wir waren davon abgelenkt gewesen, ihn endlich wieder zurückzuhaben.

Ich rückte meinen Stuhl an das Sofa, Elma setzte sich neben Hugh, und Frinn wählte den Hocker, von dem er vorhin gefallen war.

»Er hat sich mir in der Nacht gezeigt, in der du zu deinem letzten Auftrag aufgebrochen bist, Billie«, begann Hugh. Er klang selbstsicherer, als ich ihn in den letzten Tagen gehört hatte. »Ich wusste, dass mich Schreckliches erwartete, als er seine Maske fallen ließ, aber ich konnte nichts tun. Meine Magie reichte bei Weitem nicht, um gegen jemanden wie ihn zu bestehen.«

Ich runzelte die Stirn. Natürlich hatte ich in der Vergangenheit bereits ähnliche Gedanken gehegt, da Moth sich mit Leichtigkeit gegen uns gewehrt hatte. Doch bis vorhin hatte ich auch angenommen, dass es sich bei ihm um einen Hexer mit Hass auf das Vampirvolk handelte. Ein Hexer, der bereits mit einer Vampirin verbunden war und deshalb Zugriff zu unerschöpflicher Magie besaß.

Jamie hingegen war ein einfacher Vampir. Oder nicht?

»Hugh, was willst du damit sagen?« Elma sah ihn sorgenvoll an. Auch Frinn schien noch nicht entscheiden zu können, ob sie ihm glaubte oder ob sie seine wirren Worte als Ausdruck seines Traumas abtun sollte.

Ich konnte es ihnen nicht verübeln, schließlich wussten sie noch weniger als Hugh oder ich. Sie waren Jamie nie begegnet.

»Moth oder Jamie, wie du ihn genannt hast, Billie, ist kein Vampir.« Hughs Blick bohrte sich in meinen. »Er ist ein Blutfae.«

Wir holten kollektiv Atem. Niemand außer Hugh schien das begreifen zu können. Blutfae waren seit Langem ausgestorben. Blutfae ...

»Die Wilde Jagd«, überlegte ich laut.

Hugh nickte ernst. »Er hat mir alles erzählt, weil er niemanden sonst hatte, mit dem er sich hätte unterhalten können. Wir haben viele Gespräche geführt. Von Anfang an hatte er vorgehabt, mein Gedächtnis zu manipulieren oder ... mich zu opfern. Als einen von vielen. Ich glaube, letztlich hast du seine Meinung geändert. Er ... Er hat öfter von dir gesprochen.«

Ich schüttelte den Kopf. Das wollte ich nicht hören. Nicht jetzt. »Was hat er vor, Hugh? Wenn er wirklich ein Blutfae ist und die … Hat er die Wilde Jagd heraufbeschworen?« So wie Ms Ellewy es sich zusammengereimt hatte …

»Damit will er seine Artgenossen, die sich versteckt halten, zurückholen. Ihnen eine Heimat geben, die sowieso einst ihnen gehört hat.« Hugh rieb sich die Stirn. »Er hat außerdem unzählige Hexen gekauft, von denen niemand weiß. Ich weiß nicht, wo er sie untergebracht hat, aber er braucht sie für irgendein Ritual, bei dem du ihm helfen musstest.«

»Ich? Wie sollte ich ihm helfen?« Und dann fiel es mir zu spät wie Schuppen von den Augen. »Das magische Instrument«, flüsterte ich. »O Götter …«

»Du weißt nicht, was er vorhat, Hugh?«, hakte Frinn nach.

Elma legte schützend eine Hand auf sein Knie. »Das brauchen wir auch nicht wissen. Wir sind endlich frei und sollten uns in die Verwicklungen von Westwend nicht einmischen.«

»Glaubst du nicht, dass wir uns vorbereiten müssen?« Frinn klang nicht verärgert. Sie wollte die Meinung ihrer Schwester hören.

»Wenn wir uns zur Insel begeben, müssen wir nichts dergleichen tun.«

»Er will die Vampirräte töten«, warf Hugh ein. »Sie sind sein letztes Hindernis. Die einzigen, die ihn mit ihrer Macht aufhalten könnten.«

»Es wäre ein Glück, sie los zu sein«, brummte Elma.

Ich war fast bereit, ihr zuzustimmen, als mir bewusst wurde, von wem sie da sprachen. Wer – abgesehen von Crospin, den ich nicht vermissen würde – noch im Rat saß.

Tian.

»Ich muss gehen«, verkündete ich, während ich so heftig aufsprang, dass mein Stuhl sich zurückschob. Das Geräusch von Holz auf Holz war in der Stille ohrenbetäubend laut. »Ich muss Tian warnen.«

»Billie«, begann Frinn, ehe Elma sie mit einem Kopfschütteln zurückhielt.

»Ich verstehe, wenn ihr euch nicht einmischen wollt. Die Götter wissen, wie sehr, aber ich kann weder Tian noch ... meine Freunde im Stich lassen.« Und dass sie meine Freunde waren, wurde mir jetzt schmerzlich bewusst. Ich hätte nicht einfach verschwinden sollen, ohne mich zu verabschieden. Wieder war ich feige gewesen. Hatte mich vor mir selbst und meinen Gefühlen versteckt.

Frinn wechselte einen Blick mit Elma, die diejenige gewesen war, die den ersten Einwurf gemacht hatte. Sie seufzte.

»Was habe ich erst vor ein paar Tagen gesagt? Wir sind eine Familie, und Familien halten zusammen.«

Tränen brannten mir in den Augen. »Danke.«

»Nicht dafür. Niemals dafür, Billie.« Ihr Lächeln war warm. »Was hast du vor? Wie können wir helfen?«

Ich malträtierte für einen Moment meine Unterlippe mit Daumen und Zeigefinger, ehe ich meine Gedanken ordnen konnte. Das Problem war, ich wusste nicht, wann Jamie das Instrument einsetzen konnte. Ob es längst zu spät war ... Nein, daran wollte ich nicht denken. Er würde seinen besten Freund vielleicht ohnehin verschonen, und dann wäre meine Rettungsaktion unnötig, aber wenn nicht ...

»Ich werde vorausreiten. Wir sind zu langsam mit dem Wagen«, sagte ich schließlich. »Ihr kommt mit dem Wohnwagen nach und begebt euch sofort zum Rathaus. Dort treffen wir uns. Wenn ihr mich nicht seht, geht nicht rein. Riskiert nicht unnötig euer Leben, in Ordnung?«

Frinn stand auf und drückte meine kalte Hand. »Du bist stark, Billie. Wenn sich jemand gegen ein Blutfae behaupten kann, dann du.«

Jamie ... Sein Betrug und seine Täuschung schmerzten mehr, als ich zugeben wollte. Es ließ sich kaum in mir vereinbaren, dass er und Moth ein und dieselbe Person waren. Sie wirkten so gegensätzlich, und trotzdem hätte ich es kommen sehen sollen.

»Hoffen wir, dass das nicht nötig sein wird.« Ich schluckte meine Angst herunter. Für Tian würde ich selbst das tun. »Sobald ich weiß, dass meine Freunde in Sicherheit sind, werde ich gehen.«

Es war bei meiner Ankunft in Westwend dunkler, stiller und kälter als noch vor wenigen Tagen. Keine Stadtwache erwartete mich am Osttor, das geöffnet war. Ich verlangsamte Paddys Geschwindigkeit, die mich verlässlich und schnell in die Stadt gebracht hatte.

Wolken bildeten sich vor ihren Nüstern. Ich hatte mir einen dicken Wollschal um Mund und Nase gewickelt. Auch meine Handschuhe schützten mich vor der klirrenden Kälte, die von vereinzelten Schneeflocken begleitet wurde.

Die ersten Ausläufer des magischen Waldes fanden sich in der Nähe von Tians Haus. Die gesamte Länge einer Gasse war so zugewachsen, dass ich sie nicht mal betreten konnte, selbst wenn ich mutig genug gewesen wäre. Der Wald wuchs so schnell, dass ich das Knarzen und Ächzen auch über das Klappern der Hufen hören konnte.

Schweiß bildete sich in meinem Nacken, weil mein Herz immer schneller und schneller schlug.

War ich zu spät? Hatte Jamie bereits die Kontrolle über die Stadt gewonnen? Oder setzte sich der Vampirrat noch zur Wehr?

Nachdem ich einen kurzen Umweg geritten war, kam ich vor Tians Anwesen zum Stehen. Warmes Licht drang durch die Fenster nach draußen. Der einzige Hinweis darauf, dass jemand zu Hause war.

Ich stieg von Paddys Rücken und entschied mich dagegen,

sie festzubinden. Sie würde schon nicht davonlaufen und falls doch, hätte sie sicherlich einen guten Grund. Noch hatte ich zwar keine weiteren Bestien gesehen, das bedeutete aber nicht, dass sie nicht bereits ihre tödlichen Runden drehten.

Voller Aufregung durchquerte ich den kleinen Vorgarten, ging die wenigen Stufen hinauf und benutzte dann den goldenen Türklopfer, um auf mich aufmerksam zu machen. Es erschien mir nicht richtig, einfach so hereinzuspazieren. Außerdem wollte ich mir nicht die Blöße geben, falls die Tür versperrt war.

Es dauerte nicht lange, bis Kit vor mir stand. Ich konnte an ihrem Gesicht ablesen, dass sie mit allem gerechnet hatte, nur nicht mit mir.

»Billie«, sagte sie atemlos.

»Es tut mir alles furchtbar leid, Kit. Ich werde mich noch ganz oft bei dir entschuldigen, nur jetzt drängt die Zeit«, redete ich direkt los.

»Was meinst du?«

»Wo ist Tian? Ist er im Haus?«

»Er ist gerade erst zum Rathaus aufgebrochen. Eine Notstandssitzung oder so ähnlich. Warum?« Sie runzelte die Stirn, versuchte zu verstehen, was in mir vorging, und wollte es doch nicht wahrhaben.

»Etwas Schlimmes wird passieren, und Tian schwebt in Gefahr.« Ich schluckte schwer. »Wir müssen ihm helfen.«

30

Wir trafen vor dem Rathaus auf meine Tanten und Hugh. Ruglio und Kit hatten sich mir direkt angeschlossen, und auch Obambo hatten wir mitgenommen. Ich trug ihn – in einem Stein als Quelle – bei mir. Es hatte sich nicht richtig angefühlt, ihn zurückzulassen.

Es war ungewöhnlich still, was ein schlechtes Zeichen war.

Paddy begrüßte Salazar mit einem leisen Wiehern, während meine Tanten aus dem Wagen stiegen. Sie hatten sich in Kampfkleidung geworfen, mit Lederhalterungen, an denen diverse Messer und vorgefertigte Zauberbomben hingen, die zwar nicht viel Schaden anrichten, aber für Ablenkung sorgen konnten.

Eilig stellte ich ihnen Kit und Ruglio vor.

»Ich habe nach deiner Beschreibung etwas recherchiert«, sagte Elma und öffnete das alte ledergebundene Buch, das sie mit nach draußen genommen hatte. Wir standen nicht direkt vor dem Rathaus und konnten aufgrund der schneebedeckten Bäume um uns herum nicht gesehen werden. Unser plötzliches Auftauchen wäre der einzige Vorteil, den wir hatten.

Am liebsten wäre ich einfach reingestürmt, weil ich die Ungewissheit, was mit Tian war, nicht länger aushielt, doch das wäre nicht sehr schlau gewesen. Er wäre der Erste, der mich deshalb rügen würde. Es war besser, mich zu gedulden und mit den anderen eine Strategie zu entwickeln.

Und das so schnell wie möglich.

Denn am Ende würde uns keine Strategie der Welt weiterhelfen, wenn Tian und alle anderen bereits vernichtet waren.

Ich schaute über Elmas Schulter und sah auf der linken Seite die Abbildung des Instruments, das ich Tian gestohlen und zu meiner Schande an Jamie weitergereicht hatte.

»Es wird *Verbinder* genannt«, erklärte sie. »Wenn man es geschickt anstellt, kann man die Magie von Dutzenden, vielleicht Hunderten Hexen dadurch kanalisieren und mit einem anderen Gegenstand oder einer Person verbinden. In diesem Fall Moth. Wenn ihm das gelingt, kann er unglaubliche Magie wirken. Mehr als jemand imstande sein sollte.«

»Die Hexen«, sagte Hugh düster. »Dafür hat er so viele gebraucht.«

»Wärt ihr dazu in der Lage, die Magie zu spüren? Setzt er sie gerade jetzt ein?«, fragte Kit, die ihren fast vollständigen Zauberstab fest in ihrer Hand hielt. Ein unscheinbar wirkender Stock, der jedoch untrennbar mit ihrem Leben verbunden war.

Ich hatte sie und Ruglio auf dem Weg hierher in alles eingeweiht. Gerade Kit fiel es schwer, ihren langjährigen Freund Jamie als die Person zu sehen, die sie und Tian betrogen hatte. Trotzdem würde sie immer auf Tians Seite stehen.

Weil Jamie sich am Ende dafür entschieden hatte, allein zu sein und alle zu betrügen, die ihm nahestanden.

Wie oft ich ihm als Moth und dann als Jamie begegnet war. Hatte es Anzeichen gegeben? Ich machte mir selbst die größten Vorwürfe. Sicher, Moth hatte seine Identität verschleiert, aber ich hatte ihn ein Jahr lang beobachtet. Ich war ihm trotz des Machtgefälles zwischen uns nahe gekommen. Hatte ihn wie meine Beute analysiert und hatte seine Macht bemerkt.

Jamie hingegen hatte mich von Anfang an hinters Licht geführt. Hatte seine angebliche Schwäche präsentiert und mich mit seinem charmanten Lächeln in Versuchung geführt.

Ich hatte ihm vertraut.

Obwohl ich Jamie nicht lange als Jamie gekannt hatte, war er mir wichtig geworden. Doch jetzt …

»Es würde mich schon wundern, wenn die Magie spurlos an uns vorübergehen würde«, sagte Frinn. »Allerdings könnte es durchaus auf die Entfernung ankommen.«

Ich knabberte nachdenklich an meiner Unterlippe, als sich eine Idee zu einem Plan formen ließ.

»Wir gehen zusammen rein und trennen uns«, sagte ich, ehe ich die Strategie ausführlich darlegte. Allesamt hörten gespannt zu, und am Ende gab es keine Fragen mehr, nur Hoffnung. »Dann mal los.«

Mit erhobenem Dolch lief ich voran durch den Vorgarten, an dem leeren Springbrunnen vorbei und die schwarze Treppe hinauf. Das Tor war lediglich angelehnt. Mit einer Hand stieß ich die linke Seite auf und schritt zögerlich ins rund angelegte Foyer.

Die anderen folgten mir in einer Reihe. Ich wünschte mir sehr, ich könnte diesen Kampf allein ausfechten und müsste keines ihrer Leben riskieren. Doch diese Wunschvorstellung entbehrte jeder Realität und lenkte mich bloß ab. Deshalb streifte ich sie von mir. Um mein Gewissen würde ich mich, falls ich das hier überlebte, auch später noch kümmern können.

Es war blutig. Der helle Marmorboden mit den lachsfarbenen Adern war überzogen mit blutigen Schlieren und dunklen Lachen, die sich wie Auren um die geschlachteten Personen ausgebreitet hatten. Sie reflektierten das flackernde Licht des Kronleuchters. Trotzdem wirkte die Dunkelheit allgegenwärtig.

Insgesamt zählte ich sechs ausgeweidete Männer und Frauen. Eine von ihnen schien eine Vampirin gewesen zu sein, da man noch ihre Fangzähne erkennen konnte. Der Kopf war von ihrem Körper getrennt. Die anderen schienen menschliche Wächter gewesen zu sein, aber so genau konnte ich das nicht sagen. Jamie hatte offensichtlich kein Erbarmen gezeigt.

Mir drehte sich der Magen um. So war er nicht ... Wie hatte ich mich derart in ihm täuschen können?

»Wir gehen dort lang«, sagte Elma und deutete auf einen der Rundbogengänge. »Dort scheinen magische Impulse herzukommen.«

Was das anging, verließ ich mich auf sie und nickte ihr zu. Sie, Frinn und Hugh machten sich zu dritt im Laufschritt auf den Weg.

»Wo könnte er sein?«, überlegte ich laut, obwohl ich bereits eine Ahnung hatte.

Jamie würde sie vermutlich alle an einen Ort locken und dort seinen Plan in die Tat umsetzen, um so wenig Raum wie möglich für Fehler zu lassen. So hatte sich Moth mir all die Zeit über gezeigt, und Moth war Jamie.

»Der Versammlungsraum«, sagte Kit. Ruglio und ich nickten einstimmig, ehe wir uns zur steinernen Treppe begaben.

Ein Glück, das ich bereits einmal zuvor hier gewesen war. Auch wenn ich mir nicht den ganzen Weg gemerkt hatte, waren die leblosen Körper ein guter Hinweis darauf, dass wir uns in die richtige Richtung bewegten.

Der Versammlungsraum befand sich am Ende eines Ganges, der ausnahmsweise nicht leer war. Leichen schmückten den Boden zwar auch hier, doch es waren lebende Wächter vor der Tür postiert.

Sie hatten mich glücklicherweise nicht gesehen, als ich einen prüfenden Blick um die Ecke gewagt hatte.

Kit und Ruglio sahen mich fragend an. Ich zeigte ihnen mit dem Bisschen Gebärdensprache, das ich aufgeschnappt hatte, dass wir es mit zwei Wachleuten zu tun hatten. Offenbar hatten wir mit dem Versammlungsraum richtiggelegen. Die Frage war nur, wie wir hineinkämen, ohne vorher zu sterben oder verprügelt zu werden.

Ich überlegte, mit meiner Magie eine Ablenkung zu versuchen, und Kit würde sie dann mit der ihren, die stärker war, erledigen. Ruglio wollte ich so lange wie möglich außen vor lassen, da er nicht gerne kämpfte.

Als ich meinen Plan in die Tat umsetzen wollte, kam mir jedoch eine bessere Idee. Ich holte Obambos Stein aus meiner Westentasche und wartete, bis seine grüne Gestalt vor uns auftauchte. Glücklicherweise verriet er uns nicht mit einem lauten Stöhnen.

Obambo verstand schnell, und eine Sekunde nachdem er sich aufgelöst hatte, hörten wir den ersten erstickten Schrei.

»Was ist das?«, rief eine der Wachen.

»Ein Geist?«

»Es gibt keine ...«

»Da vorne!«

»Wir sollten hierbleiben ...«, murmelte der Erste verunsichert beim Anblick von Obambo, dessen Stöhnen lauter wurde.

Schon hatte sich der erste Vampir in meine Nähe begeben, und ich konnte aus meinem Versteck raus, um ihm in einer fließenden Bewegung die Kehle durchzuschneiden. Früher oder später würde er sich davon erholen, aber bis dahin wären wir längst weg.

Da Obambo zwischen mir und den anderen Wachen stand, hatten sie den Angriff nicht genau beobachten können. Sie trauten sich nicht an dem Geist vorbei, der sich nun einem von ihnen näherte, damit dieser abgelenkt war, während Kit den anderen mit einem Zauber belegte. Sein Körper verschwand in einer Rauchwolke und wurde in den eines Schweins gewandelt.

Nun. Zumindest teilweise. Da Kit nicht ihre vollständigen Fähigkeiten zurückerlangt hatte, hatte der Zauber nicht wie beabsichtigt funktioniert. Das Gesicht des Mannes sowie die Beine waren zu denen eines Schweins geworden, alles andere war noch menschlich.

Bevor er ein Kreischen ausstoßen konnte, hatte Ruglio ihm mit einer Vase eins übergebraten.

Ich biss konzentriert die Zähne zusammen und stieß durch Obambo hindurch. Der Dolch bohrte sich zwischen die Rippen des Vampirs. Ich zog ihn hervor, ehe ich ein weiteres Mal zustieß. Dieses Mal traf ich das Herz und vernichtete damit das untote Wesen.

All das hatte nicht mehr als zwei Minuten in Anspruch genommen. Obambo zog sich wieder in den Wohnstein zurück, und Ruglio starrte grimmig auf die leblosen Gestalten.

»Es ist alles glattgegangen«, beschwichtigte ich ihn. »Wenn du willst, kannst du hier warten. Als Rückendeckung.«

Er schüttelte den Kopf, ehe er einen der Vampire um einen Dolch erleichterte.

»Bereit?«, fragte Kit. Sie hatte bereits eine Hand auf den Türknauf gelegt.

Ich konnte kaum an dem Kloß in meinem Hals vorbei schlucken. Wenn ich etwas nicht war, dann bereit. Noch konnten wir uns einreden, dass Tian am Leben war. Sobald wir jedoch die Tür öffneten und seine Leiche sähen, wäre alle Hoffnung verloren.

Es nicht zu wissen würde uns aber auch nicht schützen und deshalb nickte ich.

Kit öffnete die Tür und überließ mir den Vortritt. Die Atmosphäre war so schwer und finster, dass ich kaum atmen konnte. Als würde ich unsichtbaren Rauch aufsaugen. Oder jemand würde auf meiner Brust herumtanzen und mir jeden Atemzug erschweren.

Der riesige Tisch lag umgeworfen auf der Seite. Manche Stühle waren im Kampf zerbrochen, andere standen unberührt herum.

Ich sah zuerst Crosspins abgetrennten Kopf sowie seinen geschändeten Körper unweit davon. Ms Fiona Ellewy spuckte Blut. Sie lehnte gegen eine Wand zwischen zwei hohen Mansardenfenstern und wies unzählige Fleischwunden auf. Ihr ganzer Körper schien von einem Tier zerfetzt worden zu sein, und ich konnte kaum ihre Hände oder Füße in dem Blutbad erkennen. Trotzdem klammerte sie sich ans Leben wie eine Ertrinkende an ein Stück Treibholz.

Nach und nach nahm ich alles in mich auf, ohne auch nur die Hälfte davon verarbeiten zu können. Die einzigen wirklich lebenden Personen, die nicht kurz vorm Sterben standen, waren zwei Ratsmitglieder, die am Ende des länglichen Raums gegen vier andere Vampire kämpften, und vor ihnen war Lucille. Doch nicht nur sie allein.

Ein dreibeiniger Stuhl stand mir im Weg, weshalb ich die kniende Person erst nach einem weiteren Schritt erkennen konnte.

Tian.

Er lebte noch.

Erleichterung und Angst wechselten sich in mir ab. Es war noch nicht zu spät. Ich hatte ihn noch nicht verloren. Man hatte ihm die Handgelenke zusammengebunden, und er war von Kopf bis Fuß mit Blut besprenkelt, das vermutlich nicht nur sein eigenes war. Die Kämpfe mussten schon eine Weile andauern. Er wirkte erschöpft, aber immer noch stur und wütend, so wie ich ihn kannte. Sein Kinn hatte er gereckt, ehe er mein Eintreten wahrnahm.

Lucille und er sahen gleichzeitig in meine Richtung, und während sich auf Lucilles Gesicht ein breites Lächeln ausbreitete, spiegelte sich Entsetzen in Tians wider. Wenn er eine

Wahl gehabt hätte, dann hätte er Kit, Ruglio und mich hochkant wieder rausgeworfen. Das erkannte ich sofort.

Um nichts von sich oder uns preiszugeben, das Lucille noch nicht wusste, hielt er sich zurück, etwas zu sagen. Für mich sprachen seine Augen allerdings Bände.

Ich hatte nicht mit Lucille gerechnet. Mir war nicht in den Sinn gekommen, dass zwischen ihr und Jamie eine Verbindung bestand. Dabei hätte ich sofort damit rechnen sollen.

Wenn sie zusammenarbeiteten, bedeutete das, er hatte mich an sie verraten? Nur deshalb hatte sie doch gewusst, wo ich auf Hugh warten würde. Aber warum hatte Jamie als Moth meine Tanten gewarnt?

Mir schien ein wichtiger Aspekt in meinen Überlegungen zu fehlen. Eine Information, die dieses Chaos entwirren könnte.

»Wo ist Jamie?«, fragte Kit, die ihn auch nicht entdeckt hatte.

»Ah, ihr kommt genau richtig zum großen Finale«, sagte Lucille kichernd. Ihr schwarzes, ungleich geschnittenes Haar strich sie sich mit einer blutigen Hand zurück. »Sieh nur, deine tapferen Gefährten sind alle gekommen, um deinen endgültigen Tod zu bezeugen.«

»Du kannst mich nicht töten, Lucille. Schon vergessen?«, höhnte Tian. »Aber das Leben der Schöpferin wird von ihrem Monster beendet werden. Das kann ich dir versprechen.«

Sie lachte auf und offenbarte dadurch ihre spitzen Fangzähne.

»Ich bereue es fast, mich nicht um dich gekümmert zu haben, mein Prinz«, sagte sie volltönend. Mit einem Fingernagel kratzte sie ihm über die Wange.

Er drehte unwirsch den Kopf, bevor sie ihn am Kinn festhielt.

»So ungezogen«, kommentierte sie wie aus weiter Ferne.

Die Kämpfe im Hintergrund wurden fortgesetzt. Ich besaß

zwar keine Sympathie für die Ratsmitglieder, jedoch wollte ich verhindern, was auch immer Jamie vorhatte. Er hatte Hexen und Hexer für seine Zwecke ausgenutzt und würde ihre Magie aussaugen, was ihn in meinen Augen fast noch schlimmer machte. Dazu kam, dass er mich und alle anderen betrogen hatte und mein Leben ein Jahr lang wie ein Puppenspieler aus den Schatten heraus kontrolliert hatte.

Ich fühlte mich hin- und hergerissen. Letztlich war es jedoch egal, für welche Seite ich mich entschied, es würde zum Nachteil meines Volkes geschehen, was absolut frustrierend war. Nie konnte ich für uns einen Gewinn rausschlagen. Immer nur Schadensbegrenzung betreiben.

Für den Moment wollte ich allerdings Tian retten, und deshalb musste ich seine unmittelbaren Feinde ausmerzen.

»Was ist dein Plan? Ihn gefangen nehmen und quälen? Weil das so großen Spaß macht?« Ich schüttelte den Kopf. »Bist du glücklich, dich so erbärmlich zu verhalten? Lächerlich gar.«

Ihre Augen verengten sich. »Du denkst, du bist was Besseres? Dabei gebe ich im Gegensatz zu vielen anderen zu, was ich will und was mich befriedigt.«

Götter, mir wurde allein beim Zuhören schlecht. Sie hatte wirklich einen Knall.

»Hast du zu tief ins Glas geschaut?« Ich brauchte Zeit. Ich brauchte einen Plan. Ich brauchte ... mehr. Nicht zum ersten Mal hasste ich meine Schwäche. Wenn ich doch nur all meine Magie schöpfen könnte. Dann wäre Lucille mit nur einem Gedanken zu einem Häufchen Asche verbrannt.

»Was?« Sie packte Tians Kopf von hinten und drehte ihn leicht. Nicht genug, um ihm das Genick zu brechen, aber nahe dran. »Du denkst, deine Worte treffen mich, wenn ich weiß, dass er der meine ist? Für immer bin ich in seinem Herzen eingraviert. Für immer bin ich seine Priorität. Seine erste Liebe. Sein Ende.«

Ich ballte die Fäuste, weil ich wusste, dass sie recht hatte. Selbst wenn mir Tians verschlossener Blick etwas anderes sagen wollte.

Sie wäre für immer Teil seines Lebens. Die Rache hatte ihn bereits so verzehrt, dass er sogar mit ihr zusammen sterben wollte. Mit ihr enden wollte.

Lucille musste etwas in meinem Gesicht gelesen haben, da ihr Lächeln breiter wurde. Zufriedener. Gleichzeitig wurde sie entspannter, was ich mir erhofft hatte.

»Erkennst du das erst jetzt? Für dich ist kein Platz in seinem Leben.«

»Es wäre großartig, wenn du nicht über mich sprechen würdest«, mischte sich Tian ein, der mein Wanken bemerkt hatte. Er hob seine Hände. »Wie wäre es, wenn du meine Fesseln löst und wir es darauf ankommen lassen. Sehnst du dein Ende nicht herbei?«

Lucille bohrte ihre Fingernägel in seine Kehle, sodass Blut hervortrat. Wenn er sich nur bewegte, würde sie sie ihm rausreißen. Das würde ihn nicht töten, aber außer Gefecht setzen.

Meine Gedanken rasten. Ich durfte mir ihre Worte nicht zu Herzen nehmen. Dafür war jetzt definitiv nicht die richtige Gelegenheit.

»Hast du dich deshalb mit Jamie zusammengeschlossen? Weil er dir Tian geben wollte?«

Ihre Augen verdüsterten sich. Als würde ein Gewitter durch sie hindurchziehen. »Dieser Bastard bekommt schon, was er verdient.«

Es war mir schleierhaft, was sie meinte und auch wenn ich am liebsten nachgefragt hätte, reagierte ich. Meine Chance war gekommen.

Bevor ich ein verräterisches Anzeichen machen konnte, warf ich den Dolch in meiner Faust auf den Vampir, der direkt neben Lucille stand und in den Kampf gegen die Ratsmitglieder verwickelt war. Der Dolch bohrte sich tief in seinen Rücken, und er wurde von der Kraft nach vorne gedrückt.

Kit rannte durch den Raum. Zum Glück hatte sie sich für Hose und Hemd statt für einen ihrer Röcke entschieden, was ihr das Vorankommen erleichterte. Sie kam mit ihrem Zauberstab in die Nähe des angeschlagenen Vampirs, und es gelang ihr, diesen in einen tiefen Schlaf zu versetzen. Ruglio schloss sich ihr überraschenderweise an und schützte sie mit einem Stuhlbein vor einer Attacke. Obambo schwebte ohne mein Zutun aus dem Stein heraus, damit er sich dem Chaos und der Verwirrung anschließen konnte.

»Ihr glaubt doch nicht, dass euer Eingreifen etwas ändern wird?« Lucille schüttelte gespielt betrübt den Kopf. Sie hielt Tian noch immer an der Kehle fest.

Ich musste mich zurückhalten, mich nicht direkt auf sie zu stürzen. Einzig die unerschütterliche Ruhe, die von Tian ausging, ließ mich zögern.

»Ich begreife immer noch nicht, warum du und Jamie zusammenarbeitet. Er ist ein Blutfae, der Vampire hasst. Du bist eine Vampirin, falls du das vergessen hast.« Ich hakte bloß nach, weil ich Lucilles Aufmerksamkeit auf mich lenken wollte.

»So hat es vielleicht begonnen, doch einmal ein Bastard, immer ein Bastard. Ich hätte dich ja davor gewarnt, ihm zu vertrauen, aber ich schätze, dazu ist es zu spät.« Es irritierte mich, dass sie ehrlich wütend klang.

»Er ist dir in den Rücken gefallen? Vielleicht sollte ich ihn einfach machen lassen.« Schritt für Schritt näherte ich mich Tian, der an seinen Fesseln arbeitete, und Lucille, ohne zu viel Druck auf einmal aufzubauen.

Kit, Obambo und Ruglio setzten sich noch zur Wehr, wie ich aus dem Augenwinkel wahrnahm. Solange dort Bewegung herrschte, hatte ich Zeit, mir eine Lösung zu überlegen, wie ich …

»Ich wollte nicht, dass du hier bist«, sagte Jamie an meinem Ohr. Ich zuckte zusammen. Er legte eine Hand um meinen Hals und verhinderte dadurch jedwede größere Reaktion meinerseits.

Es war absurd. Er hatte meinen Plan, Lucille abzulenken, für sich genutzt und seinerseits meine Ablenkung genutzt, um sich an mich heranzuschleichen. Ich spürte seinen Körper dicht an meinem, und unbändige Wut loderte in mir auf, weil er mich betrogen hatte. Mehrmals. Wie ein leichtgläubiges Weib, das er drehen und formen konnte, wie es ihm beliebte.

Ich war eine beschissene Jägerin und Hexe! Niemals hätte ich derart vertrauen dürfen.

Was war nur falsch mit mir?

Ich atmete tief ein und aus. Angst mischte sich zur Wut. Nicht Angst um mein Leben, sondern um das meiner Freunde und Familie.

Es hätte mir eine Warnung sein sollen, ihn nicht von Anfang an hier zu finden. Stattdessen hatte es mich bloß verwirrt.

»Dann hättest du dieses Chaos nicht erst kreieren sollen«, gab ich möglichst gefasst zurück. Er rückte noch näher, sodass sein Oberkörper an meinem Rücken lag. Die Wärme, die von ihm ausging, war unmissverständlich. Etwas, das mir schon vor einer Weile hätte auffallen müssen. Etwas, das auch Tian stets übersehen hatte.

Blutfae lebten. Blutfae waren keine Vampire. Ihre Herzen schlugen. Sie produzierten Körperwärme.

Jamie hatte uns alle getäuscht.

Ich war mir sicher, dass er einen Zauber benutzt hatte, um die verräterischen Anzeichen zu übertünchen, doch sicher war dieser nicht fehlerlos gewesen. Wir hätten etwas bemerken sollen.

»Ich tue das für meine Familie. Wer, wenn nicht du, würde das verstehen?«

»Um deine Familie zu retten, willst du meine opfern. Das verstehe ich ganz sicher nicht.«

»Dein Cousin kann sich also an alles erinnern? Ich wusste, dass der Zauber nicht der stärkste ist, aber ich hatte mir mehr Zeit erhofft.« Er seufzte. Seine Hand bewegte sich nicht. Würde er es tun? Nachdem er versucht hatte, mich aus der Stadt zu verbannen, wäre seine Geduld damit nun am Ende? »Ich habe seine Gesellschaft sehr genossen, und es tut mir leid, dass ich ihn benutzen musste.«

»Jamie, denk noch mal darüber nach, was du hier tust«, flehte ich ihn an, seine Entschuldigung übergehend. Ich kaufte sie ihm sowieso nicht ab. »Tian ist dein bester Freund. Wie kannst du mit einer wie der da zusammenarbeiten?«

»Das war eine Fehlentscheidung meinerseits. Ich will sie genauso wenig hier haben wie ihr.«

»Wenn er dich in die Finger kriegt, wird er dich zerfleischen!«, fauchte Lucille aufgebracht.

»Er?«, hakte ich nach, doch niemand antwortete mir.

»Wie kann ich dich dazu bekommen, zu gehen?«, murmelte er so leise in mein Ohr, dass ich mir zunächst nicht sicher war, ihn richtig verstanden zu haben.

Eine Gänsehaut breitete sich auf meinem gesamten Körper auf.

»Nur mit Tian. Lebend«, wisperte ich zurück. Und dann lauter für Lucille, die ungeduldig zu werden schien: »Und was wird jetzt geschehen? Du wirst alle Vampire töten und dich zum neuen Herrscher von Westwend aufschwingen?«

Ich musste weiter Zeit schinden. Noch hatte sich Tian nicht selbst befreien können.

»So ähnlich. Mit der Magie der Hexen, die durch mich hindurchfließt, werde ich dem Wald die mangelnde Energie geben können, um sich endgültig festsetzen zu können. Und dann wird meine Familie dem Ruf der Heimat folgen.« Wieder leiser:

»Ich wünschte, wir hätten mehr Zeit, Billie. Ich wünschte, ich könnte dir alles erklären.«

»Jamie ...« Ich war nicht immun gegen die Sehnsucht, die ich in seiner Stimme hörte. Das bedeutete nicht, dass ich ihm verzieh, aber ich fühlte mit ihm.

»Ich wünschte, du wärst fortgeblieben«, sagte er nochmals, bevor ich meinen Hinterkopf gegen seine Nase schlug. Instinktiv ließ er mich los. Obambo kam stöhnend auf mich zugeflogen. Ich duckte mich und erlaubte ihm dadurch, in Jamie hineinzufliegen. Es würde ihm nicht schaden, aber es würde ihn hoffentlich lange genug ablenken.

Ohne zu zögern, preschte ich nach vorne, rutschte halb über den glitschigen Boden, bis ich zwischen Lucille und Tian stoppte. Mein Unterarm wurde von Scherben aufgerissen, und ich unterdrückte den blendenden Schmerz. *Bleib konzentriert!* Lucille verzog das Gesicht zu einer grausamen Fratze und holte mit ihrer klauenartigen Hand aus. Bereit, mir die Kehle rauszureißen, als ich mit einem Schwenker meiner Hand die Flammen der Kerzenleuchter zu mir rief. Eine knisternde Wand erschien zwischen uns und hielt sie auf Abstand.

Ich blickte zur Seite und bemerkte das rote Leuchten der magischen Sanduhr, die Jamie an einer Kette um seinen Hals trug. In ihr die Magie meiner Artgenossinnen und Artgenossen.

Wo blieben meine Tanten und Hugh? Hatten sie die Hexen und Hexer erreicht? Wussten sie nicht, wie sie die Verbindung kappen sollten?

Tian hatte sich im selben Moment aufgerichtet, in dem Jamie den Geist packte, als wäre er eine manifestierte Gestalt, und ihn zu Boden schleuderte. Obambo verpuffte. Der Stein in meiner Tasche wurde warm, als wäre seine Essenz zu ihm zurückgekehrt. Hoffentlich.

Lucille kämpfte immer noch gegen die Feuerwand an, die ich nur mit Mühe und Not aufrechterhalten konnte. Jamie reagierte zu schnell. Ich sah und fühlte, dass er Magie rief, aber ich verstand nicht. Ein faustgroßer Lichtball entstand blitzend und zuckend vor ihm. In der nächsten Sekunde raste er auf uns zu, begleitet von einem allumfassendes Brüllen von Jamie, als würde es ihm alles abverlangen.

Der Ball änderte so schnell seine Richtung, dass ich nicht ausweichen konnte.

Zunächst flog er auf Lucille zu und dann, als würde er von meiner magischen Wand abgestoßen werden, änderte er seine Richtung. Raste auf mich zu. Ich sah mich bereits mit einem Loch in der Brust. Wieder einmal hatte ich versagt.

»Nein!«, rief Jamie, der doch für das Chaos verantwortlich war.

Ich schloss nicht die Augen. Wollte mein Ende kommen sehen. Immerhin hatte ich alles von mir gegeben. Für meine alte *und* meine neue Familie. Ich fühlte keine Reue. Hoffte bloß, dass Jamie sie gehen ließ.

Im letzten Moment warf sich Tian jedoch über mich. Mit dem Rücken zum Ball, der ihn in grünes Licht hüllte, als er von ihm getroffen wurde. Er schrie nicht. Lediglich ein raues Stöhnen verließ seine Lippen, als er nur mit meiner Hilfe auf den Beinen blieb.

»Tian«, murmelte ich sorgenvoll.

Doch ich hatte keine Zeit, mich besser um ihn zu kümmern. Ich bemerkte das Flackern des Verbinders, und schließlich erlosch die Magie gänzlich. Meine Tanten und Hugh hatten es geschafft. Ich wusste nicht, wie viel Zeit uns blieb, deshalb mussten wir uns beeilen.

»Kit, Ruglio! Rückzug!«, rief ich, bevor ich der flammenden Wand das letzte Bisschen meiner Magie gab.

Jamie stellte sich mir in den Weg.

»Lass es mich erklären«, bat er, die Brauen zusammengezogen. Blut rann aus seiner Nase, und er wischte es mit dem

Handrücken fort. Er packte mich mit seiner anderen Hand am Handgelenk. Schmerz durchfuhr mich, als er dadurch meine blutigen Kratzer berührte.

»Wir gehen. Jetzt.« Ich entriss ihm meinen Arm.

Ruglio versetzte ihm, ohne zu zögern, einen gut platzierten Schlag auf die Wange. Jamie hatte nicht mit roher Gewalt gerechnet. Sein Fehler.

Er taumelte zurück, ohne den glühenden Blick von mir zu wenden, und wir konnten zum Ausgang laufen. Langsam nahm er die Hand an seinen Mund, doch ich blickte hastig fort. Wollte seinen Schmerz und seine Sehnsucht nicht mehr sehen, die sich in mir selbst widerspiegelten. Ruglio unterstützte mich dabei, Tian aufrechtzuhalten, während uns Kit den Rücken freihielt.

Ich traute mich weder anzuhalten noch zurückzublicken, bis wir ins Foyer gestolpert waren. Die Erde bebte. Spiegel und Fenster zerbrachen. Einem Instinkt folgend sprintete ich mit Tian, den Ruglio und ich stützten, los. Kit folgte, und eine Sekunde später krachte der Kronleuchter dort auf den Marmorboden, wo wir gerade noch hergelaufen waren.

Obwohl ich kaum noch Magiereserven hatte, spürte ich die Wellen von mächtiger Magie, die von Jamie ausging. Einem Blutfae, der nicht dazu hätte fähig sein sollen. Doch was wusste ich schon von Blutfae?

Auf der Vordertreppe angekommen, bot sich uns ein erschütternder Anblick. Der Wilde Wald war überall. Er überwucherte den einst schneebedeckten Vorgarten und rankte sich an dem gigantischen Rathaus nach oben. Das Gebäude in eine tödliche Umklammerung nehmend.

Erst als wir auf die Straße gestolpert waren, blieben wir stehen, und ich registrierte, dass Kit nicht allein war. Sie hatte Ms Ellewy mitgenommen. In den wenigen Minuten hatte sich deren Körper fast vollständig heilen können, aber sie wirkte weiß wie eine Wand.

»Hier sind wir!« Meine Tanten und Hugh eilten auf uns zu. Abgesehen von kleinen Blessuren schien es ihnen gut zu gehen.

Zusammen eilten wir zu unserem Wohnwagen. Hatte ich geglaubt, vor ein paar Tagen die Stadt so schnell wie möglich verlassen zu müssen, so war die Dringlichkeit kaum vergleichbar mit der heutigen.

Hugh und Frinn kletterten auf den Kutschbock, während wir anderen ins Wageninnere stiegen.

Erst als Salazar und Paddy lospreschten, atmete ich tief durch.

31

Für kurze Zeit stand auf der Kippe, ob wir es überhaupt schaffen würden, Westwend zu verlassen. Der Wilde Wald breitete sich vom Rathaus ausgehend – dem Quell seiner Magie – rasend schnell aus. Schneller noch, als uns die Magie und die beiden Gäule voranbrachten.

Kit tauschte den Platz mit Hugh, als er seine Magie verwirkt hatte, um uns den Weg freizuhalten. Wir waren allesamt zu erschöpft und würden uns nicht mehr gegen eines der brachialen Geschöpfe, die der Wald gebar, zur Wehr setzen können. Geschweige denn gegen die Reiter der Wilden Jagd.

Ich hatte mir aus Jamies Worten zusammengereimt, dass er sie missbraucht hatte, um die Energie von Menschen einzusammeln und als Nahrung für den Wald zu verwenden. Von Anfang an war ihm jedoch bewusst gewesen, dass diese nicht reichen würde. Und es war sein Ziel gewesen, Hexen und Hexer anzuhäufen, damit er ihre Magie für sich nutzen konnte.

Einzig unsere einjährige Beziehung als Moth und seine Jägerin blieb mir ein Rätsel. Was hatte er davon gehabt, dass ich hochrangige Vampirinnen und Vampire getötet hatte? In Relation zum großen Ganzen erschien mir mein Einfluss lächerlich.

Der Wagen rumpelte und polterte trotz der stabilisierenden Magie, so geschwind waren wir unterwegs. Deshalb blieben wir allesamt auf dem Boden sitzen und hielten uns fest.

Ich war froh, dass meine Tanten vor langer Zeit einen Zauber gewebt hatten, der die Möbel und unseren Kram an Ort und Stelle hielt.

Tian lag neben mir auf dem Rücken. Mit einer Hand hielt er sich am Stuhlbein fest, während die andere auf seinem Brustkorb lag. Er atmete nicht schwer, und es stand ihm auch kein Schweiß auf der Stirn. Keine Anzeichen von Krankheit, die bei einem lebendigen Wesen einen Hinweis auf seine Schmerzen gegeben hätten.

Nichtsdestotrotz spürte ich, dass etwas nicht in Ordnung war. Aber auch das musste warten, bis wir uns in Sicherheit befanden.

Ellewy umklammerte einen Stuhl. Ihre Haut war aschfahl und wirkte blutleer. Sie musste bald etwas trinken, sonst würde sie vermutlich einen von uns attackieren, um ihren Durst zu stillen. Elma, Hugh und Ruglio saßen auf der anderen Seite des Tisches. Ich konnte ihre Gesichter nicht sehen, hörte sie aber leise miteinander sprechen. Ruglio bewegte seine Hände, um zur Unterhaltung beizutragen.

Mein Herz klopfte so heftig, dass ich mir einbildete, es würde gegen meine Rippen schlagen. Erst als Kit und Frinn ins Innere taumelten, spürte ich die Angst von mir abfallen.

»Wir haben den Wald erreicht«, verkündete Frinn. Das Gefährt wurde langsamer, und der Stabilisierungszauber griff. Wir mussten uns nicht länger festhalten, auch wenn der Boden weiter gelegentlich erzitterte.

»Es sieht schlimm aus. Der Himmel ist so dunkel wie noch nie zuvor. Kein Mond. Keine Sterne«, murmelte Kit unsicher im Raum stehend.

»Wo fahren wir hin?«, fragte ich beim Aufstehen.

»Zum gleichen Platz wie vorhin. Die Schutzbanne müssten noch intakt sein«, antwortete Frinn. Sie schüttete sich anschließend eine Ladung Wasser ins Gesicht. Ihr graues Haar war zur Hälfte dem Zopf entflohen und stand in alle Richtungen ab. Ein Kratzer zierte ihre Schläfe.

»Geht's?« Ich half Tian dabei, sich auf einen Stuhl zu setzen. Dabei bemerkte ich das Loch in der Kleidung an seinem Rücken. Faustgroß und von Jamies falscher Magie verursacht.

»Etwas stimmt nicht«, raunte er.

Ich übte leichten Druck auf seinen Nacken aus, damit er sich über den Tisch beugte. Mit Zeigefinger und Daumen zog ich den Stoff zurück, wodurch mir ein Blick auf seine Haut geboten wurde. Dort, wo ihn die Magie getroffen hatte, war ein ausgefranster blauer Fleck entstanden, dessen Adern sich grell und ungesund in alle Richtungen erstreckten.

»Täuscht das nur oder pulsieren die Linien?« Ich war nicht sicher, was genau ich da eigentlich sah.

Sofort versammelten sich alle um uns herum, damit sie einen Blick darauf werfen konnte. Einzig Hugh und Ellewy bewegten sich nicht vom Fleck. Letzterer traute ich ohnehin nicht, und Hugh wusste noch weniger vom Heilen als ich.

Für Tian war die Aufmerksamkeit jedoch zu groß. Er schob meine Hand von seinem Nacken und setzte sich gerade hin. Dadurch verhinderte er, dass die anderen den Magiefleck näher betrachten konnten.

»Es wird schon«, sagte er in einem verärgerten Ton. Ich kannte ihn gut genug, um zu wissen, dass es ihm unangenehm war, sowohl im Mittelpunkt zu stehen als auch als schwach angesehen zu werden. Aus diesem Grund ließ ich die Sache vorerst auf sich beruhen. Sobald wir einen Moment für uns stehlen könnten, würde ich ihn erneut ansprechen.

Ich fürchtete nämlich, dass etwas ganz und gar nicht werden würde …

»Wir sind vielleicht vor dem Wald sicher, aber es gibt ein anderes Problem«, sagte Kit, die direkt neben mir stand. Ihr Blick glitt an mir vorbei und fixierte das Ratsmitglied, dessen Augen rot glühten. Die Fangzähne von Ellewy waren verlängert und ragten aus ihrem Mund heraus.

»Beruhigt euch, ich weiß mich zu benehmen«, antwortete sie, Kits Einwurf richtig interpretierend.

»So ganz traue ich dir nicht«, murmelte Hugh, der sich in die Ecke am weitesten von ihr entfernt zurückgezogen hatte. Ich konnte ihm das nicht verdenken, schließlich war er erst vor Kurzem gebissen worden.

»Ich bin keine Bestie«, beharrte die Vampirin.

»Das Gleiche hat auch Jamie gesagt«, gab ich zurück.

Sie verdrehte die Augen, ging aber nicht weiter darauf ein. »Sobald wir haltmachen, gehe ich auf die Jagd. Ein Reh oder Elch tut es auch.«

»Stimmt das?«, fragte ich Tian, der sich auffällig schweigsam gab.

»Man wird schneller wieder durstig, aber wenn man gleichzeitig genug menschliche Nahrung aufnimmt, geht es für eine Weile«, antwortete er gepresst. Ich wünschte, ich könnte ihm die Schmerzen nehmen, so wie er mich vor Jamies fehlgeleitetem Angriff bewahrt hatte.

Aber war dieser wirklich fehlgeleitet gewesen? Oder hatte ich mich erneut von ihm täuschen lassen? Ich war mir sicher gewesen, dass er Lucille hatte angreifen wollen …

»In Ordnung. Es wird nicht mehr lange dauern«, sagte ich, weil ich Tians Wort vertraute. Und meine Familie vertraute mir.

Die Lage beruhigte sich. Wir fanden uns zu Gruppen zusammen, aber niemand hatte so recht Lust, über das Geschehene zu sprechen. Zu frisch waren die Wunden.

Ich übergab Kit Obambos Stein, den sie mit anderen magisch aufgeladenen Steinen meiner Tanten zusammenlegte. Es war zwar nicht sein Häuschen, aber für eine Weile würde er so überleben können.

Eine halbe Stunde später erreichten wir unsere zuvor erkundete Lichtung. Ruglio, Ellewy und Tian gingen in die schwarze Nacht hinaus, um ihren Durst zu stillen. Ich hoffte, dass es ausreichte, um ihre Verletzungen zu heilen.

Wir anderen wurden von Frinn mit freundlichen Befehlen zur Arbeit gebracht. Da wir nun doppelt so viele Personen waren wie vorher, mussten einige Änderungen umgesetzt werden. Elma, die als einzige noch genug Magie wirken konnte, besprach die Fenster, um die Vampirin und die beiden Vampire vor der Sonne zu beschützen. Es sah zwar noch lange nicht nach einem Morgengrauen aus, aber es war besser, diese Art von Vorsorge jetzt schon zu treffen.

Wie es auch sonst meine Aufgabe war, kümmerte ich mich um die Pferde. Sorgte dafür, dass sie es warm und kuschelig hatten, und brachte ihnen frisches Stroh, das wir in einem Seitenfach außen am Wagen aufbewahrten. Zum Glück hatten meine Tanten den Vorrat gerade erst aufgefüllt.

Ich wollte wach bleiben, bis Tian zurückkehrte, doch sobald mich die Wärme umhüllte, war der Kampf gegen meine schweren Augenlider verloren. Dabei hatte ich nicht geglaubt, dass der Schlaf so schnell kommen würde. Vor allem nicht, weil mein Herz in Fetzen lag und ich ständig Jamie, Moth und Tian vor meinem inneren Auge sah. Es gelang mir nur gerade so, mich zu meinem Zimmer zu schleppen, das ich mir mit Kit statt Hugh teilen würde, ehe ich auf dem Bett in voller Montur einschlief.

Entweder hatte ich mehr als zwölf Stunden geschlafen oder ich war nach wenigen Minuten wieder aufgewacht. Kein Sonnenlicht drang durch das kreisrunde Fenster links. Neben mir lag Kit unter einer Wolldecke und schlief tief und fest.

Nach kurzem Zögern drückte ich das Fenster auf. Es hätte durchaus sein können, dass etwas mit Elmas Zauber schiefgelaufen war, doch nein. Es war wirklich Nacht draußen. Also hatte ich so lange geschlafen?

Mein Magenknurren bestätigte dies.

Ein Gefühl des vollkommenen Endes stellte sich bei mir ein. Es ließ sich nicht genauer bestimmen.

In seiner Essenz überzeugte es mich davon, dass mein bisheriges Leben vorbei war und ich an einer Weggabelung stand. Die Entscheidungen, die ich unmittelbar treffen würde, hätten weitreichende Auswirkungen auf alles, was mir lieb und teuer war.

Weil es definitiv zu früh für solch schwere Gedanken war, begab ich mich zunächst in unseren beengten Waschraum. Für diesen benötigten wir ebenfalls Magie und einen riesigen Wasservorrat, wenn wir nicht gerade an einem fließenden Gewässer standen. Eine Kerze spendete mir ausreichend Licht, um mein Gesicht und meine Arme zu waschen. Mühselig kämmte ich die Knoten aus meinem roten Haar, bis es mir seidig glatt über die Schultern fiel. Anschließend tauschte ich die schmutzige Kleidung gegen frische aus, blieb aber bei der Kombination aus Hose, Hemd und Weste.

Anschließend kletterte ich ins Erdgeschoss zurück. Bereits von der oberen Plattform hatte ich sehen können, dass ich nicht die Einzige war, die wach war.

Tian saß mit Ruglio am Tisch. Hinter ihnen knisterte das Feuer, und aus dem Topf, der darüber hing, duftete es köstlich nach meinem Lieblingsgemüseeintopf.

Unten angekommen sah ich, dass die Vampirin auf dem alten Bett lag und die Augen geschlossen hatte. Durch Tian hatte ich erfahren, dass Vampire durchaus schlafen konnten, aber bei ihr war ich mir nicht sicher, ob sie lediglich den Anschein einer seligen Schläferin erwecken wollte.

»Hey«, begrüßte ich Tian und Ruglio, der mir ein zaghaftes Lächeln schenkte.

Ich lasse euch allein, sagte er mit seinen Händen. Bevor ich widersprechen konnte, war er aufgestanden. Er stieß die Vampirin leicht gegen den Fuß, bis sie ihn ansah. Dann wechselten sie ein paar Blicke und Worte, was mich erstaunte, weil sie ihn problemlos verstand. Schließlich erhob sie sich und folgte Ruglio durch die Klappe nach vorn auf den Kutschbock. Ein kalter Luftzug ließ mich erzittern. Ich rückte eilig näher ans Feuer, brachte es aber nicht über mich, mich neben Tian zu setzen.

Jetzt, da die unmittelbar bevorstehende Gefahr abgewendet worden war, musste ich mich meinem Gewissen und seinem Ärger stellen.

»Hast du gut geschlafen?« Seine Frage klang überraschend zivilisiert. Ich hatte eher damit gerechnet, dass Lucilles Auftauchen ihn gänzlich überwältigen würde. Der Tonfall brachte mich jedenfalls dazu, mich zu ihm umzudrehen.

Er saß leicht gebeugt da und hielt die Hände auf der Tischoberfläche gefaltet. Trotz dessen, dass er vorhin auf der Jagd gewesen sein musste, wirkte er blass.

»Es ist so dunkel draußen. Ich muss wie weggetreten gewesen sein«, murmelte ich. Dann gab ich mir schlussendlich einen Ruck und setzte mich ihm gegenüber hin. Das Feuer in meinem Rücken.

»Es war nur für wenige Stunden hell«, sagte er leise. »Wahrscheinlich hat Jamie auch dies zu verantworten.«

»Du meinst länger andauernde Dunkelheit?«

»Ms Ellewy hat mir von ihrer Recherche berichtet. Im Zeitalter der Blutfae hat der Wilde Wald einen Großteil seiner Macht aus der Dunkelheit gezogen. Und je mächtiger er wurde, desto länger hielt die Nacht an. Wir können bloß hoffen, dass die Sonne nicht gänzlich verschwindet.«

»Für deinesgleichen wäre das doch gar nicht so schlimm«, sagte ich, bevor ich darüber nachdenken konnte.

»Hältst du mich für so egoistisch?« Die Schärfe in seinem Blick und seiner Stimme ließ mich zusammenzucken. »Vielleicht sollte mich das nicht wundern, wenn du von dir auf andere schließt.«

»Tian, es tut mir leid.«

»Was genau? Dass du mich bestohlen hast? Oder dass du wieder verschwunden bist, ohne einen von uns vorzuwarnen?« Seine kobaltblauen Augen glühten vor tiefen Gefühlen, die ich ganz genauso empfand, obwohl ich das nicht tun sollte.

Ach, da war ja was.

Es war seitdem so viel geschehen, dass ich meinen Betrug fast vergessen hatte. Oder vielmehr verdrängt?

»Beides. Alles.« Mit dem Zeigefinger fuhr ich die Maserungen des Tisches entlang. »Es gibt viele Gründe für mein Handeln und ich würde lügen, würde ich behaupten, dass mir nicht klar gewesen wäre, was ich damit anrichte. Gleichzeitig dachte ich nicht, dass du mich weiter um dich haben wollen würdest. Du hast mir selbst gesagt, dass es keine Zukunft für uns gibt.«

Einen Moment länger sah er mich an, ehe er seufzend zur Seite blickte. »Ich weiß. Du bist nicht die Einzige, die Fehler gemacht hat. Lass es uns vergessen.«

Dagegen hatte ich nichts einzuwenden, allerdings bezweifelte ich, dass wir nicht noch einmal darauf zurückkommen würden. Zu viele Unsicherheiten waren in diesem Teil unserer Vergangenheit begraben.

Insbesondere, wenn ich mich sofort fragte, was er mit Fehler meinte. Wollte er doch mit mir zusammen sein? Hatte die Begegnung mit Lucille ihn davon überzeugt, dass Rache keine gute Begleiterin war?

»Lucille ist echt ein Miststück«, merkte ich vorsichtig an. »Sie hätte Hugh und mich beinahe kaltgemacht, wenn meine Tanten nicht gekommen wären.«

»Sie hat irgendwie von dir erfahren.« Er lachte auf. »Durch

Jamie wahrscheinlich. Tut mir leid, dass ihr ins Kreuzfeuer geraten seid.«

»Das ist nicht deine Schuld. Wenn ich nur mehr Magie gehabt hätte, hätte ich sie zu Asche verbrannt. Aber sie wurde von etwas beschützt. Meine Flammen haben sie nicht berührt«, überlegte ich laut.

»Es würde mich nicht überraschen, wenn sie ein Schutzmedaillon trägt.« Er verzog das Gesicht.

»Was ist? Hast du noch Schmerzen?«

Er brauchte einen Moment, bis er mir antworten konnte. »Es wird schon wieder.«

»Du bist auch schon mal besser im Lügen gewesen.«

»Ich kann mich nicht daran erinnern, dich belogen zu haben.« Immerhin besaß er noch Humor.

»Tian«, begann ich unsicher und doch entschlossen. Er hatte den Stimmungsumschwung wahrgenommen und rührte sich nicht. »Was ist, wenn ich es zuließe? Wenn es in Ordnung für mich wäre, mein Leben an deines zu binden? Du könntest zum Kronvampir aufsteigen und hättest genug Macht, Lucille zu töten.«

»Auf gar keinen Fall.« Er zögerte nicht mal. »Ich habe diese Entscheidung schon vor langer Zeit getroffen, Billie, und ich werde dich nicht mit mir in den Abgrund ziehen. Vergiss es. Sobald es mir besser geht, bringe ich der Sumpfhexe das letzte Artefakt.«

»Warum so kompliziert, wenn ich dir hier und jetzt eine Lösung anbiete? Sei doch nicht so stur.«

»Sei nicht so leichtsinnig, Billie. Du kennst mich kaum und willst dein Leben an meines binden? Das kann überhaupt nicht gut gehen.«

Ich machte ein abfälliges Geräusch. »Immerhin mag ich dich. Die meisten Blutbräute und Blutbräutigame haben nicht einmal das.«

»Das ist ein ganz schön schwaches Argument, um eine solch schwerwiegende Entscheidung zu treffen.«

»Außerdem würde ich ewiges Leben erhalten und könnte meine gesamte Magie ausschöpfen. Es springt also auch was für mich dabei raus.« Und darum ging es mir mehr, als ich ihm zeigen konnte. Ich hatte es so satt, nicht fähig zu sein, das zu beschützen, was mir wichtig war.

Mit unerschöpflicher Magie ließ sich das viel leichter bewerkstelligen.

Kopfschüttelnd unterdrückte er ein Stöhnen, als er sich erhob. »Lass uns nicht darüber streiten. Ich …«

Ihm versagte die Kraft, und er fiel auf die Knie. Mit den Händen stützte er sich gerade noch rechtzeitig auf dem Boden ab. Instinktiv eilte ich an seine Seite. Eine Hand an seinem Rücken.

»Tian, bitte.«

Er hielt die Augen geschlossen, als müsste er sich sammeln. Ich fühlte mich hilflos und allein, obwohl er direkt vor mir war.

»Es wird alles gut, wenn ich aufgestiegen bin«, presste er hervor, ehe er die Lider öffnete. »Ich weiß, du hast gesagt, du hilfst mir nicht, es der Sumpfhexe zu geben, aber …«

»Sofort«, unterbrach ich ihn. »Wir machen uns sofort auf den Weg.«

Immerhin diskutierte er nicht mehr mit mir.

Ich hinterließ meinen Tanten durch Ruglio eine Nachricht und machte mich dann zusammen mit Tian auf den Weg zur Sumpfhexe. Wenn ich mir gestatten würde, genauer darüber nachzudenken, wie schnell ich meinen eigenen Schwur in den Wind geschossen hatte, die Sumpfhexe nicht nochmals aufzusuchen, nur um Tian zu helfen, hätte ich mich vor Verlegenheit gewunden. Ich hätte mir zudem eingestehen müssen, wie viel mir dieser Vampir bedeutete. Sein Ehrgeiz, sein Unwillen andere in Gefahr zu bringen, der mir so bekannt vorkam. Wir ähnelten uns sehr, und das war manchmal das Frustrierende.

Wem gaukelte ich da etwas vor? Es war ständig das Frustrierende.

Ich zwang Tian dazu, hinter mir auf Paddys Rücken zu steigen, damit er sich an mir festhalten konnte. Ich musste mich auf den Weg konzentrieren und es half, Tian nicht ansehen zu können. Es machte mir Sorgen, welche Auswirkungen Jamies Magie auf ihn hatte. Und obwohl ich der Sumpfhexe nicht helfen wollte, nahm ich dies in Kauf, um Tian zu retten. Ich konnte bloß hoffen, dass sie wusste, was sie tat und dass sie sich an ihre Vereinbarung hielt.

Die Irrlichter waren dieses Mal besonders irritierend. Lag es daran, dass die Nacht fast schwarz war oder an meinem magischen Lichtball, den ich zur Orientierung kreiert hatte? Sie schwirrten so dicht vor meinem Gesicht, dass ich mir nicht anders zu helfen wusste, als mit einer Hand hin und her zu wedeln.

Zum Glück war Paddy die Ruhe selbst und brachte uns bis dicht an den Steg heran, der zum Turm der Hexe führte. Tian und ich stiegen nacheinander ab. Obwohl er nicht danach fragte, legte ich einen Arm um seine Mitte. Es war mir lieber, er würde gar nicht erst fallen.

Als hätte die Sumpfhexe auf uns gewartet, öffnete sich ihre Tür, ohne dass wir anklopfen mussten. Sofort löste das Innere des Turms wieder Beklemmungsgefühle in mir aus. Gleichzeitig wusste ich, dass sie uns nicht hier festhalten würde. Dafür erwartete uns sicher etwas anderes Schlimmes.

»Ich bin überrascht«, sagte die Hexe. Wie auch beim letzten Mal saß sie mit einem Faden zwischen ihren Fingern im Schaukelstuhl. »Ihr seid am Leben, während so viele andere ihren Tod gefunden haben.«

»Was hat der Faden für eine Bedeutung?« Meine Neugier hatte mich gepackt und auf ihren Kommentar wollte ich ohnehin nicht eingehen. Dass wir mehr oder weniger lebten, war eine unbestrittene Tatsache.

»Er stellt unter anderem eine Verbindung zwischen mir und der Welt dar. Meine Art, um mich zu informieren.« Sie legte ihn zur Seite und erhob sich schwerfällig. »Was kann ich für euch tun?«

»Ich habe das letzte Artefakt«, sagte Tian. Er trat aus meiner halben Umarmung und stellte sich der Hexe entgegen. »Damit fordere ich deinen Teil der Abmachung ein.«

»Lass mich sehen«, forderte sie.

Er zog den Ring aus dem Beutel an seinem Gürtel hervor und drehte ihn im Schein der Kerzen, die sich auf diversen Oberflächen im Raum befanden. »Also?«

»Du musst ihn mir schon geben, damit ich meine Magie wirken kann.« Ihre Finger zuckten an den Seiten. Obwohl ihr der Ring so nahe war, konnte sie ihm diesen nicht entreißen.

Ich umfasste Tians Unterarm. »Überlege es dir noch mal. Mein Angebot steht.«

»Nein. Sie muss sich an ihre Abmachung halten. Ich bin nicht so weit gekommen, um jetzt aufzugeben.«

»Es ist kein Aufgeben, wenn ich dir eine bessere Lösung anbiete, Tian«, flehte ich fast schon.

Sein bis dahin entschlossener Blick bekam einen liebevollen Zug, als er auf meinen traf. »Ich mag dich auch, Billie.«

Bevor ich etwas sagen konnte, hatte er den Ring in die Luft geworfen. Die Zeit schien unendlich langsam zu verstreichen, als die Sumpfhexe ihre Hand ausstreckte und den Ring an sich nahm.

Macht explodierte.

Ich wurde zurückgeschleudert und krachte mit dem Rücken

gegen den Tisch, an dem wir vor einer halben Ewigkeit Tee getrunken hatten.

Die Erde bebte, das Haus erzitterte. Türen und Geschirr klapperten im Sturm, während immer mehr Magie freigesetzt wurde. Und mit ihr auch die Sumpfhexe.

Als der Wind allmählich nachließ und ich wieder meine Augen öffnen konnte, stand die Sumpfhexe nicht länger in ihrer alten, klapprigen Gestalt vor mir. Sie sah so jung aus wie Tian oder ich. Von der Zeit unberührt. Rosige Wangen, dunkler Teint und wache, violettfarbene Augen. Sie war nicht schön, aber sie war beeindruckend. Selbst in den löchrigen Kleidern der Alten.

Tian hatte sich im Gegensatz zu mir auf den Beinen halten können. Wahrscheinlich hatte er mit einer Machtdemonstration gerechnet. Ich traute ihm auch zu, dass er von Anfang an gewusst hatte, wofür die Sumpfhexe die Artefakte brauchte. Natürlich gab es nur Eines, was sie wollte – ihre Freiheit. Ich hatte mir bloß nicht erlaubt, darüber nachzudenken.

»Ah, endlich. Vielen Dank, mein Held«, zwitscherte sie, nachdem sie einen prüfenden Blick in den Handspiegel geworfen hatte. Ihr schwarz-weißes Haar lag glatt um ihr ovales Gesicht. »Kommen wir nun zu meinem Teil. Du hast es mir einfach gemacht.«

»Einfach?« Er behielt sie ganz genau im Blick, als sie sich ihm näherte. Der Ring an ihrer rechten Hand sowie die Schnalle an ihrem Hemd und diverse andere Schmuckstücke blitzten.

Mühselig rappelte ich mich auf.

»Deine Blutbraut ist bereits hier. Führe das Ritual mit ihr durch, und ich werde dich nach deinem Aufstieg zum Kronvampir von ihr befreien. So wie du es gewollt hast.«

Er erbleichte, wenn das überhaupt noch möglich war. »Das war nicht ...«

Sie vollführte eine Geste mit der Hand, und aus dem Nichts ertönte Tians Stimme, obwohl er seine Lippen nicht bewegte. »Ich will zum Kronvampir aufsteigen, ohne mich mit einer lästigen Blutbraut herumschlagen zu müssen.«

»Das waren deine Worte, Vampir, und so soll ich sie dir erfüllen.« Die Sumpfhexe fixierte mich. »Armes Kleines. Ihr Tod wird schmerzlos, das kann ich dir versprechen.«

»Nein, ich meinte damit ... ich wollte, dass du mich zum Kronvampir machst ohne Blutbraut und nicht ...« Tian wirkte vollkommen aufgelöst, und auch ich wurde mit jeder Sekunde unruhiger. Schließlich stand mein Leben auf dem Spiel.

»Du hättest dich so klar ausdrücken sollen, wie ich das getan habe. Es gibt keine Möglichkeit für einen Vampir, ohne Blutbraut aufzusteigen. Das solltest du wissen.« Sie zuckte mit den Schultern. »Wenn du nicht willst, dann werde ich nichts tun.«

Tian fiel zu Boden. Der Zauber hatte sich weiter ausgebreitet. Die blauen Äderchen waren nun auch an seinem Hals zu erkennen und würden bald sein Gesicht erreicht haben. Die Sumpfhexe wirkte milde beeindruckt, ehe sie sich zur Tür wandte.

»Warte!«, rief ich. »Heile ihn! Wenn du dich schon in Lug und Betrug kleiden musst, um deine Freiheit zu erlangen, kannst du zumindest einmal ehrenvoll handeln.«

Sie legte verärgert den Kopf schief. »Lug und Betrug, hm? Ich habe getan, was ich tun musste, um diesem Gefängnis zu entkommen.«

»Genauso wie Tian. Sag mir nicht, dass du *sein* Gefängnis nicht bemerkt hast!« Sie zögerte. »Bitte!«

Seufzend drehte sie sich zu ihm und legte eine faltenlose Hand auf seine Stirn. »Ein seltsamer Zauber. Hexe und Blutfae. Interessant.«

»Kannst du ihm helfen?«

Sekunden vergingen, und ich spürte das Aufwallen von fremdartiger Magie. So mächtig. Mit einem mal wurde mir klar, dass die Sumpfhexe einst eine Blutbraut gewesen sein musste. Sie hatte Zugang zu unerschöpflicher Macht. Aber wie konnte sie ohne ihren Partner oder ihre Partnerin an ihrer Seite überleben? »Es ist vollbracht.« Sie ließ ihre Hand sinken. Die Äderchen waren verschwunden. »Wilhelmine Kron«, sagte sie leise. »Merke dir, das ist das letzte Mal, dass ich dich verschone. Wenn wir uns wiedersehen, wirst du sterben.«

»W-Warum?«

»Weil Blutbräute ausgedient haben. Die Ära der Vampire ist vorbei. Dafür werde ich sorgen. Dieses Mal wird mich niemand aufhalten.«

Sie öffnete die Tür und löste sich in einen Schwarm Krähen auf. Ich konnte nicht anders, als ihr wortlos hinterherzusehen.

32

Weder Tian noch ich wollten über das reden, was geschehen war, doch wir waren den anderen, vor allem meiner Familie, eine Erklärung schuldig. Die Sumpfhexe war eine neue Figur im Spiel ums Überleben, insbesondere für Hexen wie mich, die der Schlüssel für den Aufstieg von Vampirinnen und Vampiren waren. Selbst wenn sich ebenjene *Vampire* weigerten, ihn zu benutzen.

Das einzig Gute war, dass Tian geheilt war, auch wenn uns sein Zustand bis dahin vor Augen führte, wie mächtig Jamie mit dem Artefakt war. Vielleicht auch ohne, jetzt da er seine Magie aus dem Wilden Wald ziehen konnte.

Noch einmal versuchte ich, Tian dazu zu überreden, mich als seine Blutbraut zu akzeptieren. Vielleicht geschah dies aus den falschen Gründen, und er erkannte das.

Ich hatte ihm gesagt, dass ich es seinetwegen tun wollte, doch eigentlich wollte ich es aus egoistischen Gründen. Er mochte mich, ich mochte ihn, ja… aber ich wollte genauso mächtig sein wie alle anderen. Ich wollte aufhören, mich derart schwach zu fühlen.

»Du verdienst mehr als das. Als mich, Billie. Sobald ich meine Rache bekommen habe, wird es vorbei sein. Ich werde keinen Grund mehr haben, zu leben, und das hast du nicht verdient.« Denn wenn er starb, würde auch ich sterben. Das verstand ich.

Und es tat weh. Natürlich hatte er sich nicht Hals über Kopf in mich verliebt und sah mich nicht als ausreichenden Grund an, weiterzuleben. Die Schuld, seine Familie getötet zu haben, lastete weiter schwer auf ihm. Ich würde ihn nicht davon heilen können.

Und obwohl ich das nachvollziehen konnte, saß ich einsam auf dem Kutschbock und blickte auf die Sonne, die bereits hinter den höchsten Wipfeln verschwand. Bald schon wären die kurzen Sonnenstunden vorbei und die dunkelste Nacht würde sich erneut über uns legen.

Ich war in eine Decke eingewickelt und wärmte meine Hände an einem Becher Tee, als ich das Jucken und Kribbeln meines Tattoos bemerkte. Zunächst war ich unsicher, ob ich es mir nicht einbildete, aber die Intensität nahm zu.

Moth rief mich zu sich. Jamie.

Wenn ich dich rufe, wirst du kommen. Ganz gleich, was gerade vor sich geht. Wie du über mich denkst. Du wirst kommen, erinnerte ich mich an seine Worte. Ich hatte ihm mein Versprechen gegeben. Doch war es auch nach dem Verrat noch gültig? Wäre es nicht besser, ihm nie wieder zu begegnen?

Das Brennen meines Tattoos nahm zu. Ich krümmte mich über meine Tasse gebeugt zusammen und unterdrückte ein Stöhnen.

Seine Nachricht war deutlich. Wenn ich nicht käme, würde er mich weiter quälen. Es sei denn, ich würde mir das Tattoo eigenhändig von der Haut brennen. Würde das funktionieren?

Ich richtete mich wieder auf. Zögerte. Nein. Ich war nicht schwach. Ich würde mich nicht von ihm kleinkriegen lassen, sondern mein Versprechen im Gegensatz zu ihm einhalten und ihm die Stirn bieten.

Allerdings wäre es nicht klug von mir, dem Ruf allein zu folgen. Genauso wenig wollte ich jedoch einen der anderen in Gefahr bringen. Jamie hatte sich am Ende zwar gegen Lucille gestellt, aber nicht bevor das Miststück Tian in ihre Hände bekommen hatte.

Warum rief er mich zu sich? Was gab es noch zu besprechen, nachdem er eigentlich von mir verlangt hatte, Westwend für immer zu verlassen? Nicht dass ich das vorhatte. Ich würde ihm die Stadt nicht einfach so überlassen ...

Nach kurzer Überlegung ging ich unauffällig nach drinnen und ließ Obambos Stein in meine Tasche gleiten.

»Ich sammle Holz, bevor es ganz dunkel wird«, verkündete ich möglichst neutral.

Elma sah von ihrer Strickarbeit auf. »Brauchst du Hilfe?«

»Etwas Einsamkeit tut mir ganz gut.« Ich zwang mich zu einem Lächeln und blickte absichtlich nicht in Tians Richtung. Sein Blick allein löste ein Kribbeln in meinem Nacken aus, das fast noch schwerer zu ignorieren war als mein Tattoo.

Wieder einmal log ich. Wieder einmal hasste ich mich dafür.

Gleichzeitig war ich dankbar dafür, dass die Sonne noch schien und er mir nicht würde folgen können.

Ihn und Jamie wollte ich weit voneinander entfernt wissen.

Ich tauschte die Decke gegen meinen Umhang, Schal und Handschuhe, bevor ich wieder raus ging. Kit folgte mir. Ich hörte ihre Schritte, noch ehe sie ihre Stimme erhob.

»Du hast etwas vor, oder?«

Götter, das Jucken des Tattoos brachte mich fast um. Ich hätte es mir entfernen lassen sollen, ganz gleich, wie viel Zeit es in Anspruch genommen hätte.

Damals jedoch hatte ich gezögert, alle Verbindungen zu Moth zu durchtrennen. Es war sicher erklärbar, warum ich den Entführer meines Cousins nicht aus meinem Leben hatte streichen wollen. Es musste an der Faszination gelegen haben. Ich hatte mehr von ihm wissen wollen.

Aber jetzt? Was war jetzt meine Entschuldigung?

Genau. Ich hatte keine. Ich folgte Jamies Ruf, weil ich nicht anders konnte. Die Neugier hatte mich fest gepackt.

»Wie kommst du darauf?« Ich streichelte Paddys Nüstern.

»Ich kenne dich mittlerweile gut genug, meinst du nicht auch?«

Es wunderte mich, dass sie nicht gekränkt schien. Sie trat um Paddy herum, bis wir uns gegenüberstanden.

»Er ruft mich zu sich«, flüsterte ich, um nicht von den Vampiren oder der Vampirin gehört zu werden.

»Jamie? Wie?«

»Durch das Tattoo, das er mir als Moth verpasst hat«, murmelte ich. »Ich kann ihn nicht ignorieren.«

»Und du glaubst ihm nicht, dass er uns verschont?«

Ich nickte. »Entweder das oder er wird euch dafür benutzen, mich zu etwas zu zwingen. Wofür auch immer er mich braucht. Ich traue ihm alles zu.«

»Das verstehe ich. Tian würde verhindern, dass du gehst.«

»Ich kann mich nicht dagegen wehren, Kit. Außerdem ... habe ich noch ein Versprechen offen.« *Ausreden* schrie alles in mir, aber ich ignorierte die Stimme. Lächelnd holte ich Obambos Stein hervor. »Damit hat Jamie ja schon Bekanntschaft gemacht, und ich bin dadurch nicht allein.«

Kit legte ihre Hand über den Stein und meine Hand. »Lass mich dich begleiten. Ich werde nicht mit hineingehen, aber zumindest werde ich wissen, was mit dir ist. Bitte, Billie. Du bist nicht auf dich allein gestellt.«

Wir sahen einander an. Ich spürte die Wärme der Freundschaft, die sich zwischen uns gebildet hatte. In letzter Zeit hatte ich Kit bei jeder Gelegenheit von mir gestoßen, aber so wollte ich nicht mehr sein. Als meine Freundin hatte sie mehr verdient.

»Gut«, gab ich schließlich nach, weil sie recht hatte und ich froh war, dass sie es angeboten hatte.

Zusammen verließen wir auf Paddy die Lichtung und ritten erst zur befestigten Straße und dann direkt auf Westwend zu, während die Schatten immer länger wurden.

Das Jucken wurde schlimmer und steigerte sich zu einem stechenden Schmerz, der mir das Reiten erschwerte.

Auf halbem Weg musste sich Kit nach vorne setzen und die Zügel übernehmen. Ich konnte kaum geradeaus sehen.

»Dieser Mistkerl«, knurrte ich. »Kann er sich nicht in Geduld üben?«

Und dann, als wir das Osttor von Westwend passiert hatten, hörte die Folter mit einem Mal auf. Ich konnte wieder durchatmen und mich auf das Kommende vorbereiten. Sicher hatte er gespürt, dass ich mich wieder innerhalb der Stadtmauern befand.

»Wo ist er?«, fragte Kit leise. Es war bereits dunkel geworden und der Wald wirkte gefährlich. Einzelne Menschen bewegten sich schnellen Schritts zu ihrem Zielort. Mit einem Auge immer auf die Umgebung gerichtet und mindestens einer Waffe griffbereit, um sich gegen etwaige Bestien zu verteidigen. Nichts war mehr von dem pulsierenden Leben von vor einem Monat zu sehen.

»Er hat mich als Moth zu sich gerufen«, überlegte ich laut. »Also komme ich zu ihm als Jägerin. Dort entlang.«

Ich war mir fast sicher, dass er in dem Anwesen auf mich warten würde, das er als Moth genutzt hatte. Dort, wo er Hugh fast ein Jahr lang festgehalten hatte.

An der Straßenecke, noch weit genug vom Haus entfernt, damit uns niemand beobachten konnte, stieg ich vom Pferd.

»Bist du sicher, dass ich dich nicht begleiten soll?« Kit nahm Paddys Zügel, nachdem sie ebenfalls abgestiegen war.

Ich legte eine Hand auf ihre Schulter. »Ich werde schon mit ihm fertig. Was auch immer er will, er wird es nicht bekommen.«

»Und wenn er *dich* will?« Genau mein Gedanke. »Wenn er mit zehn Vampiren dort drinnen auf dich wartet?«

»Dann werde ich mich ihm beugen, bis ich einen Weg finde, zu fliehen.«

»Billie …«

»Ich weiß, es ist nicht … ideal. Aber ich befürchte, das, was er euch antut, ist um so Vieles schlimmer, wenn ich nicht gehorche. Ein letztes Mal«, versprach ich mir genauso wie ihr.

»Sei tapfer«, sagte Kit. Tränen schimmerten in ihren Augen. »Ich werde ein paar Runden drehen und bis zum Sonnenaufgang hier auf dich warten. Wenn du nicht kommst, sag ich den anderen Bescheid.«

»Solange du nicht allein nach mir suchst …«

»Einer von uns muss ja klug sein.« Sie umarmte mich fest. Ihre Wärme umhüllte mich, und ich drückte sie enger an mich.

Fast machte ich einen Rückzieher.

»Lustig.« Ich lächelte und ließ sie los. »Danke, Kit. Ich habe jetzt nicht mehr ganz so viel Angst, aber pass auf dich auf. Der Wilde Wald ist gefährlich.«

Ich drückte ihre Hand ein letztes Mal und machte mich dann auf den Weg, ohne mich noch einmal umzusehen. Das würde bloß meinen Willen auf die Probe stellen.

Der griesgrämige Butler öffnete die Tür nach dem zweiten Klopfen. Er wirkte allerdings nicht schlecht gelaunt. Seine Mundwinkel hoben sich zu einem bösartigen Lächeln und ich hasste ihn noch mehr als sonst.

Wortlos ging ich an ihm vorbei in den Salon, wo Jamie bereits auf mich wartete. Mir den Rücken zugewandt stand er am Feuer, sodass ich sein silberblondes Haar, die breiten Schultern und den schwarz-grauen Anzug erkennen konnte, nicht aber sein schönes Gesicht. Im Hintergrund befanden sich vier weitere Personen. Zwei Frauen und zwei Männer, die wie versteinert wirkten, doch ihre Blicke blieben wach.

»Da bist du ja«, sagte Jamie und drehte sich zu mir um. Musternd sah er mich an.

»Du hast mir kaum eine Wahl gelassen«, schoss ich zurück und verschränkte abweisend die Arme. Mein Herz klopfte mir bei seinem Anblick bis zum Hals. Er hatte sich verändert. Strahlte Macht und Entschlossenheit aus. Die lockere Leichtigkeit war von ihm abgefallen.

»Ich habe bloß dein Versprechen eingefordert.« Das Grau seiner Augen wirbelte aufgeregt umher. Er war nicht so ruhig, wie er sich gab, was mir Sorgen machte. Dann zeigte er auf die Personen hinter sich. »Wie du sehen kannst, sind die ersten Blutfae meinem Ruf gefolgt.«

Das waren auch Blutfae? Ich hatte es nicht glauben wollen. Hatte ihn im Unterbewusstsein für eine Ausnahme gehalten. Seinen Plan, seine Familie zusammenzuführen, als Hirngespinst abgetan …

»Dann hast du ja erreicht, was du wolltest«, sagte ich kälter, als ich ihm gegenüber war. »Was willst du von mir? Ich habe Westwend verlassen, aber du ziehst mich wieder zurück. Warum?«

Als er sich mir näherte, wich ich zurück. Er gab sich jedoch nicht so einfach geschlagen und umfasste meine Schultern, sodass ich stehen bleiben musste. Ich wollte ihm nicht in die Augen sehen, weil es mich an die gemeinsamen Stunden in Tians Anwesen erinnerte. Wie wir fast so etwas wie Freunde gewesen waren. An unsere Zeit im Wirtshaus und auf seinem Fest.

Es erschütterte mich, wie viele Masken er getragen hatte.

Denn er war auch Moth gewesen. Hatte mich herausgefordert, festgehalten, manipuliert.

»Ich habe dich hergerufen, weil ich zu unbedacht gehandelt

habe«, antwortete er, nachdem ich keinerlei Anstalten mehr gemacht hatte, zu fliehen. Er ließ seine Hände sinken. »Ich habe dir das Versprechen abgenommen, Westwend zu verlassen, weil ich glaubte, dich nur so schützen zu können. Dabei lag ich falsch. Ausgerechnet Lucille ist mir in den Rücken gefallen.«

»Sie hat also nicht auf dein Geheiß hin gehandelt?«

»Natürlich nicht. Das sagte ich dir doch bereits. Sie und ich sind fertig miteinander. Unsere Wege haben sich nur aus einem Grund gekreuzt, und diesen Grund habe ich ausgemerzt.« Er wirkte ehrlich wütend. »Sie hat damals geschnüffelt und gefunden, wonach sie gesucht hatte. Wären deine Tanten nicht gekommen, hätte ich eingegriffen.«

»Ich glaube dir nicht. Das, was du sagst, steht im Kontrast zu dem, was geschieht.«

Fast schon nebenbei berührte er eine entflohene Strähne meines Haares. »Das war auch der Moment, an dem ich meine Entscheidungen noch einmal überdacht habe. Und später, als ich dein Blut gekostet habe, nachdem du verletzt worden bist, hatte ich die Gewissheit. Dich wegzuschicken war ein Fehler.«

Ich spürte, wie mein Herz schneller schlug, als sich die Erinnerung in mir manifestierte. Im Rathaus, als ich ein letztes Mal zurückgeblickt und Jamie gesehen hatte. Wie er eine Hand an seine Lippen gelegt hatte, die zuvor mich und meine Wunden berührt hatte.

Eine Vorahnung spannte sich wie ein dunkles Firmament über mich.

»Es gibt schlimmere Fehler als diesen«, entgegnete ich betont unbeeindruckt, weil ich eine Meisterin darin war, mich selbst zu belügen.

»Ich will, dass du meine Königin wirst, Billie. Wir zwei zusammen. Ist das eine so absurde Vorstellung? Vor allem, weil ... du nicht nur Tians Blutbraut bist, sondern auch die meine.«

Es war amtlich: Er hatte den Verstand verloren.

»Das stimmt nicht. Das kann nicht wahr sein. Dir kann man nicht mehr helfen, Jamie.« Ich war stolz auf mich, dass ich überhaupt einen Satz zustande brachte. Was ging nur in ihm vor?

Einsamkeit war keine Entschuldigung für ... all das. Ich wollte ihm nicht glauben. Durfte nicht.

»Ich weiß, dass ich dich damit überrenne, aber du musst doch sehen, was ich dir bieten kann.« Er ließ mich los. Gab mir Raum zum Atmen, für wie lange auch immer. »Wenn die Blutfae endlich wieder Fuß fassen können, wird es das Ende von Vampiren sein und damit sind Hexen endlich frei. Es liegt an dir, ihnen zu helfen. Sie zu führen.«

»Du hast Dunkelheit und Verzweiflung kreiert. Westwend ist ein Schatten seiner selbst, Jamie. Kannst du das nicht sehen?« Ich wollte sein Vorhaben nicht gutheißen. Die Tatsache, dass ich ihm vor einem halben Jahr noch zugestimmt hätte, machte es schwerer. Bevor ich mehr in Vampirinnen und Vampiren gesehen hatte, wäre ich ihm bis in die Hölle gefolgt, um seine Vision wahrwerden zu lassen.

Er redete weiter, als hätte er mich nicht gehört. »Wenn du dich dazu bereit erklärst, die Verbindung mit mir einzugehen, werde ich Tian als einzigen Vampir verschonen. Ruglio natürlich auch. Sie müssen uns lediglich Treue schwören. Dir und mir. Für die Verstoßenen, Billie. Für Hexen und Blutfae.«

»Jamie ...« Mir fehlten die Worte. Ich ballte die Fäuste, obwohl mich seine Worte berührten und etwas in mir zum Klingen brachten. War es nicht das gewesen, was ich von Tian hatte hören wollen? Gemeinsam in eine bessere Zukunft für uns alle? »Du wirst ihnen so oder so nicht schaden können. Dazu musst du erst an mir vorbei.« Das war immerhin etwas, bei dem ich mir sicher war.

»Billie ...«

»Tian ist dein bester Freund! Bei den Göttern, wie kannst du so etwas überhaupt sagen? Wie kannst du sein Leben und das von Ruglio verwenden, um mich wieder und wieder zu manipulieren? Wenn es dir wirklich so wichtig ist, mich als gleichwertige Person neben dir zu haben, würdest du mir Zeit geben, all das zu überdenken, Jamie.«

Ich sah ihm an, dass nichts von dem, was ich sagte, bei ihm ankam. Er hatte seine Entscheidung längst getroffen.

»Zeit ist etwas, das ich uns beiden nicht geben kann, Billie. Ich würde dir gern alles erklären. Dir sagen, wer in den Schatten lauert, doch vorher muss ich mein Volk in Sicherheit bringen. Nach Wimborne. Ich muss tun, worauf ich so lange hingearbeitet habe.« Wenn er wüsste, wie ähnlich er und Tian sich in diesem Moment waren. »Verstehst du denn nicht? Gerade du, die genauso wie ich unter der Macht der Vampire zu leiden hatte. Sie schwingen sich als die Könige der Schöpfung auf, dabei sind sie ohne uns nichts. Wir können das neue Reich gemeinsam gestalten.«

Nein, wollte ich sagen, aber ich brachte es nicht über mich. Trotz allem wollte ich mich nicht abwenden. Weil die Essenz dessen richtig war. Andererseits würde ich nicht bei Jamie bleiben können. Nicht so. Ich spürte seinen Schmerz, der tiefer ging, als ich mir hätte ausmalen können. Er verheimlichte mir etwas Essenzielles, und es hatte ihn beinahe zerstört. »Lass mich jetzt gehen, und ruf mich nie wieder.«

Er senkte für einen Moment seine Lider. »Ich fürchte, das kann ich nicht.«

»Jamie …« Ich hätte nicht überraschet sein sollen. Natürlich ließ er mir keine Wahl.

In dem Moment, in dem ich das realisierte, rannte ich los. Jedes Zögern würde mich hier festketten.

Die Blutfae waren mindestens genauso schnell wie ihre brutalen Verwandten, doch ich hatte mir einen Vorsprung verschafft und rannte aus dem Salon. Dieser Raum war abgesehen vom Flur das Einzige, das ich von dem Anwesen kannte.

Eine Flucht durch die Haustür schlug ich mir sofort aus dem Kopf. Da würden sie mich als Erstes abfangen. Vielleicht stand der Butler sogar bereit und würde mir ein Beinchen stellen. Bei ihm würde mich nichts überraschen. Außerdem wollte ich nicht, dass sie Kit draußen bemerkten, und sie gegen mich verwendeten. Ihr schadeten.

Aber jede Sekunde, die ich verlor, würde den Blutfae und somit auch Jamie helfen, mich einzufangen.

Das war der Grund, weshalb ich die Treppe nach oben nahm. Mit jedem Schritt knarzte das Holz und drohte unter mir einzubrechen.

Ich konnte von Glück reden, dass ich es bis nach oben schaffte, ohne mir den Knöchel zu brechen.

Atemlos sah ich mich um. Schritte polterten hinter mir.

»Entscheide dich«, zischte ich und rannte drauflos. Riss meinen neuen Dolch aus der Halterung an meiner Hüfte und ...

Jemand fasste mich am Arm, aber ich konnte mich wegreißen. Durch den Zug verlor ich allerdings das Gleichgewicht und fiel nach vorn. Schlitterte und stolperte in den angrenzenden Raum mit der offen stehenden Tür. Nur mit Mühe und Not konnte ich den Dolch festhalten.

Ich wedelte mit den Armen und kreierte ein Luftschild im Türrahmen, als ich endlich auf Knien zum Halten kam. Mit aufgeschrammten Beinen und brennender Lunge.

Die Blutfae wurden von dem Schild davon abgehalten, mir in das Zimmer zu folgen. Allerdings nicht für lange. So begabt war ich nicht. So viel Kraft besaß keine Hexe, die sich nicht mit einem Vampir oder einer Vampirin verbunden hatte.

Doch das war es, was Jamie mir im Gegensatz zu Tian anbot.

Macht.

»Lasst mich in Ruhe, verdammt«, knurrte ich, ehe ich mich zum Fenster wandte. Mit zittrigen Fingern zog ich es auf. Kalte Luft biss mir förmlich ins Gesicht.

»Es gibt keinen Ausweg, Billie«, hörte ich Jamie hinter mir sagen. Sanft. Nachsichtig. Als hätte er wahrlich Mitleid mit mir.

Und da wusste ich, dass mein Schild sich aufgelöst hatte.

»Du willst das, was ich dir geben kann, aber du wehrst dich dagegen, weil du meine Mittel noch nicht gutheißt.«

»Ich werde sie nie gutheißen.«

Blitzschnell waren die Blutfae an meiner Seite. Ich stieß mit dem Dolch nach ihnen und schlitzte einem von ihnen den Unterarm auf. Blut troff zu Boden, ehe er mir den Dolch aus der Hand schlug. Zwei andere hielten daraufhin jeweils einen Arm von mir fest. Drehten mich daran zu Jamie um, der sich mir in dem leer stehenden Raum näherte.

Der verletzte Blutfae zog sich neben ihn zurück, betrachtete seine Wunde aber nicht weiter. Er hatte nicht mal mit der Wimper gezuckt, und seine Miene wirkte unbewegt. Als hätte er in seinem Leben grausamere Dinge erlebt als das hier.

An meinem linken Arm schob eine der Blutfae meinen Ärmel bis zu meinem Ellbogen hinauf.

»Jamie! Tu das nicht.«

Tu es, sagte meine innere Stimme. *Sobald du es getan hast, bin ich mächtig genug, um nie wieder manipuliert zu werden.*

»Du wirst es nicht bereuen, Billie. Vertrau mir. Als Moth und als Jamie«, bat er, als seine Fangzähne zum Vorschein kamen. Seine Augen färbten sich blutrot und wirbelten all meine Gefühle durcheinander. »Willst du dich nicht endlich mächtig fühlen? Wie wäre es, wenn du all deine Magie ausschöpfen könntest?«

Natürlich wollte ich das, doch ich hatte es mit Tian tun

wollen. Nicht mit Jamie. Nicht nachdem er uns alle betrogen hatte.

Oder?

Anstatt dass er die Zähne in mein Fleisch senkte, riss er seine eigene Haut am Unterarm auf. Blut quoll hervor und tropfte auf die dreckigen Dielen.

»Es ist schnell vorbei«, versprach er, und seine Stimme zitterte, was mich wütend machte. »Wenn es dir hilft, ich bin genauso aufgeregt wie du. Und ich bin froh, dass mein Leben mit deinem verbunden sein wird, Billie.«

Er hatte kein Recht, Unsicherheit vorzutäuschen, während er mir diese Situation aufzwang.

Ich versuchte weiter, mich zu wehren, aber die Griffe um meine Arme blieben eisern.

Als ich sah, was er vorhatte, bewegte ich meinen Kopf heftig hin und her. Der dritte Blutfae, der plötzlich aufgetaucht war, verhinderte das jedoch mit seinen Händen an meiner Wange. Er drückte meinen Mund auf, und Jamie ließ sein Blut hinein träufeln.

Ich würgte und wehrte mich, wollte ausspucken und konnte doch nicht verhindern, dass ich schluckte. Einmal. Zweimal. Dreimal.

Dann zog Jamie seinen Arm zurück und der Blutfae ließ meinen Kopf los.

»Das werde ich dir nie verzeihen, Jamie.« Ich hatte nicht mal gewusst, dass auch Blutfae eine Blutbraut nehmen konnten.

Sein Blick bohrte sich in meinen. Das Rot so dunkel und tief. »Ich weiß.«

Er nahm meinen Unterarm fest in seine Hände, ehe er seine Zähne in meinen Hals stieß.

Ich schrie auf, weil ich wusste, was das bedeutete.

Es würde mich endgültig zu Jamies Blutbraut machen.

Die Euphorie setzte nie ein, nach der ich mich so sehr verzehrte. Vielleicht saß die Furcht zu tief in mir drin. Oder man fühlte während des Rituals bloß den Schmerz seiner Entscheidung.

Jamie zog sich zurück. Seine rot glühenden Augen bohrten sich in meine.

»Sag es«, raunte er heiser. Er hielt meinen Hals an der nicht gebissenen Seite umfasst. »Sag, dass du es willst, Billie. Sag, dass du nichts mehr willst, als die Macht, die ich dir geben kann.«

Mein Blick war wie verschleiert, doch ich spürte bereits das Krachen der Machtwellen an meinen inneren Barrieren. Die Barrieren, die er zum Einsturz bringen konnte. Nein. Wir. Wir zusammen konnten das tun.

Ich schloss die Augen.

»Ja.«

In der nächsten Sekunde presste er wie ein Ertrinkender seinen blutigen Mund auf meinen. Unser Schicksal wurde besiegelt. Das Feuer breitete sich von dort in meinem gesamten Körper aus und schien mich vollkommen und unwiderruflich zu verglühen. Ich schmeckte mein eigenes Blut mit seinem vermischt.

Jamies Hand verkrampfte sich an meinem Hals, denn die Wandlung betraf uns beide. Die Macht, zu der wir nun Zugang hatten, verwüstete alles und kreierte ein Band zwischen uns, das erst mit unserem Tod enden würde.

Ich ertrank in einem rasenden Strom aus Blut und Magie.

DANKSAGUNG

Wenn die Zeit gekommen ist, wird dies voraussichtlich mein 23. veröffentlichtes Buch sein. Für mich definitiv eine beeindruckende Zahl und eine Etappe, die ich ohne gewisse Menschen nie oder nur sehr viel schwerer erreicht hätte.

Allen voran denke ich dabei an meine Freundin und Autorenkollegin Julia Schmuck. Danke dir für die vielen gemeinsamen Schreib- und Lachstunden.

Zudem gilt mein Dank auch folgenden Personen: Karin Pauluth und dem gesamten Team vom Piper Verlag, die gemeinsam jedes Buch zu einem vollendeten Schatz gestalten; meinem Agenten Klaus Gröner und meiner Redakteurin Wiebke Bach.

Vielen Dank auch an April Dawson, Alex Fuchs und Ana Woods sowie Anja Kestermann, Lucie Bellé und Alex Narowski. An meine Eltern und meine Geschwister – hab euch lieb!

Und danke auch an dich, liebe Leserin, lieber Leser. Ich freue mich, dich auch mit meinen nächsten Büchern zu begeistern.

Im zweiten Band geht es spannend weiter!

Coveränderungen vorbehalten

Laura Labas

Night of Shadows and Flames – Die Ewige Nacht

Roman

Piper, 464 Seiten
ISBN 978-3-492-70912-5

In Westwend bricht die Ewige Nacht herein: Während die Tage immer kürzer werden, schleichen grausame Geschöpfe aus dem finsteren Wald in die Stadt, und die Fae hören den Ruf ihres dunklen Königs. Hexen fürchten aufgrund der lang andauernden Nächte um ihr Leben. Der charismatische König der Fae zwingt die junge Hexe Billie, eine magische Verbindung mit ihm einzugehen. Während der gut aussehende Vampir Tian versucht, sie zu retten, wird Billie von widersprüchlichen Gefühlen geplagt …

PIPER

Leseproben, E-Books und mehr unter www.piper.de